GENA SHOWALTER

El guerrero más
OSCURO

Cualquier forma de reproducción, distribución, comunicación pública o transformación de esta obra solo puede ser realizada con la autorización de sus titulares, salvo excepción prevista por la ley.
Diríjase a CEDRO si necesita reproducir algún fragmento de esta obra.
www.conlicencia.com - Tels.: 91 702 19 70 / 93 272 04 47

Editado por Harlequin Ibérica.
Una división de HarperCollins Ibérica, S.A.
Núñez de Balboa, 56
28001 Madrid

© 2018 Gena Showalter
© 2019 Harlequin Ibérica, una división de HarperCollins Ibérica, S.A.
El guerrero más oscuro, n.º 177 - 1.2.19
Título original: The Darkest Warrior
Publicada originalmente por HQN™ Books

Todos los derechos están reservados incluidos los de reproducción, total o parcial. Esta edición ha sido publicada con autorización de Harlequin Books S.A.
Esta es una obra de ficción. Nombres, caracteres, lugares, y situaciones son producto de la imaginación del autor o son utilizados ficticiamente, y cualquier parecido con personas, vivas o muertas, establecimientos de negocios (comerciales), hechos o situaciones son pura coincidencia.
® Harlequin, HQN y logotipo Harlequin son marcas registradas por Harlequin Enterprises Limited.
® y ™ son marcas registradas por Harlequin Enterprises Limited y sus filiales, utilizadas con licencia. Las marcas que lleven ® están registradas en la Oficina Española de Patentes y Marcas y en otros países.
Imagen de cubierta utilizada con permiso de Harlequin Enterprises Limited. Todos los derechos están reservados.

I.S.B.N.: 978-84-1307-423-8
Depósito legal: M-38379-2018

Para todo aquel que haya sufrido maltrato por parte de otro.

Para todo aquel que haya oído las palabras «No estás a la altura» y «No vales para nada».

Para todo aquel a quien le hayan dicho «Tienes aspiraciones demasiado altas» y «No lo vas a conseguir».

Tú eres único y el mundo te necesita. Yo estoy a tu lado y sufro contigo. Tú eres muy valioso.

Tú puedes conseguirlo.

Prólogo

Érase una vez, en el Reino Desierto de Amaranthia, dos príncipes inmortales que nacieron siendo hermanos de sangre y amigos por elección. Púkinn Neale Brion Connacht IV, Puck, y Taliesin Anwell Kunsgnos Connacht, Sin. Cambiaformas legendarios con el don de transformarse en cualquiera, en cualquier momento.

Puck, el mayor, creció y se convirtió en un gran guerrero cuya especialidad era la fuerza bruta. Por mucha fuerza, conocimientos o experiencia que tuviese su oponente, él permanecía invicto. Su gran habilidad en el campo de batalla solo podía compararse a su destreza en el dormitorio.

Sin, el menor, prefería los libros a las batallas y el romanticismo a la guerra, aunque sus triunfos militares no eran menos célebres que los de su hermano, y era un gran estratega.

Los hermanos se querían, y se juraron que siempre se pondrían el uno al otro por delante de todas las demás cosas. Sin embargo, hacía mucho tiempo que las pitonisas de Amaranthia profetizaron que un hermano se casaría con una reina amorosa, asesinaría al otro hermano y uniría a los clanes enfrentados del reino de una vez por todas.

Las pitonisas nunca se equivocaban.

Al final, no tendría importancia cuáles fueran los planes y las esperanzas de los príncipes, porque la profecía se haría realidad...

Algunos cuentos de hadas no tenían un final feliz.

Capítulo 1

Matar a un hombre, apoderarse de su magia. Una historia tan vieja como el mundo.

Puck el Invicto dio un rugido y le arrojó un par de espadas cortas a su último adversario, el rey del clan Walsh. Una de las cuchillas atravesó la coraza de metal del hombre, que cayó de rodillas. La otra le atravesó la garganta desde delante hacia atrás.

Al rey se le escapó un jadeo de espanto y dolor y, después, la sangre de color rojo salió a borbotones por ambos lados de su boca.

—¿Po-por qué?

Tan solo con un pensamiento, Puck cambió de forma y recuperó su aspecto normal para que el rey pudiera conocer la verdadera identidad de quien lo había derrotado.

—Mi hermano os envía saludos —dijo Puck, e hizo girar ambas espadas—. Que descanséis en pedazos.

El rey abrió y cerró la boca, y exhaló un último suspiro antes de quedar completamente silencioso, con la cabeza colgando hacia delante. Puck sacó sus espadas y el cadáver cayó al suelo.

En la guerra solo había una norma: ganar, costara lo que costara.

Los soldados del clan Walsh iniciaron una frenética retirada.

Una neblina oscura y brillante emergió del cadáver del rey y flotó hacia Puck. Una magia muy fuerte se adhirió a las runas que tenía marcadas en las manos, unos símbolos dorados que se extendían desde los dedos a las muñecas. Puro poder. Embriagador. No había nada mejor.

Sintió un zumbido en la cabeza, y la sangre empezó a hervirle en las venas. Por la magia, sí, pero, también, por la sensación de triunfo. En un abrir y cerrar de ojos había terminado la nueva guerra de una larga sucesión de guerras, y los Connachts habían vencido.

Puck se mantuvo en su posición en el centro del ensangrentado campo de batalla. Las dunas de arena se extendían hasta donde llegaba la vista, interrumpidas únicamente por algún oasis con árboles muy altos y lagunas cristalinas. Los dos soles gemelos del reino se habían puesto ya. Era de noche y el cielo era como un mar interminable del mismo color que las moras. Aquella noche no había estrellas.

Cerró los ojos y saboreó la victoria. Tenía muchas probabilidades de perder aquella batalla, porque el ejército enemigo tenía el doble de soldados que el suyo. Así pues, la noche anterior, su hermano Sin le había sugerido que entrara a escondidas al campamento enemigo, que matara a un comandante Walsh, hiciera cenizas el cuerpo y ocupara su lugar. No había sido fácil, pero lo había conseguido.

Con su nueva forma, Puck había dirigido a los soldados para que tendieran una emboscada a los Connachts, pero los había llevado a una trampa. Y, después de eso, llegar al rey había sido un juego de niños.

Sin podía mirar cualquier situación, o a cualquier hombre, y conocer sus debilidades, hasta las más ocultas.

Algunas veces, él se preguntaba qué debilidades percibiría su hermano en él. Aunque, en realidad, no importaba, porque Sin solo pensaba en protegerlo y en hacer todo lo necesario para que él ganara las batallas.

Juntos, entre los dos, iban a contradecir la profecía que se hizo sobre ellos cuando eran niños. ¿Que un hermano iba a matar al otro? ¡Jamás! Su hermano y él iban a regir a los cinco clanes juntos, y nada podría separarlos.

Un vínculo tan fuerte como el suyo no podría destruirse jamás.

Al notar que el viento frío le arrojaba arena a la cara, abrió los ojos. A pesar de las bajas temperaturas, su cuerpo irradiaba calor, porque la adrenalina recorría todas sus venas. Tenía en el torso sudor mezclado con sangre de los vencidos, y el líquido le goteaba por los músculos.

Alguien gritó, a lo lejos:

—¡Hemos vencido!

Se oyeron otros gritos.

—¡La magia de los Walsh es nuestra!

—¡Hemos ganado, hemos ganado!

Se oyeron vítores que ya le resultaban muy familiares. Se había entrenado con aquellos hombres, había sufrido y sangrado con ellos. Para él, la lealtad era más valiosa que el oro, que los diamantes e, incluso, que la magia.

—Volved al campamento —les gritó—. Y celebradlo.

Los soldados se dirigieron en tropel hacia el campamento, que estaba más allá de las dunas. Era un pequeño reino dentro de un reino, que Sin había ocultado con su magia.

Puck envainó sus espadas y recogió la del rey, como perfecto trofeo. Con orgullo, alzó la cabeza y siguió a sus hombres. Había cadáveres y miembros cercenados por todo el terreno, y el aire olía a sangre y a intestinos.

La carnicería no le satisfacía nunca. Sin embargo, tampoco le molestaba.

Se negaba a huir de la violencia. Si alguien amenazaba a su gente, debía morir. El día en que tuviera piedad con un enemigo estaría condenando a todo su clan a la esclavitud o a la muerte.

Puck permaneció entre las sombras y entró por una puerta invisible que solo era accesible para las personas marcadas con la magia de los Connacht. Para todos los demás, la puerta estaba cerrada. A menudo, hombres, mujeres y niños pasaban por delante de ella sin saber ni siquiera que había una dimensión inferior a pocos metros de distancia.

De repente, estaba rodeado de hogueras, de soldados y de sus mujeres. El olor a muerte desapareció y fue sustituido por un olor dulce a asado, a trabajo duro y a perfume.

Una doncella vio a Puck y se le acercó con una mirada de interés.

—Alteza, buenas noches. Si estáis buscando compañía...

—Por favor, no sigas. Yo nunca vuelvo una segunda vez.

Además, nunca olvidaba una cara, y sabía que había yacido con aquella mujer el año anterior.

Antes de acostarse con una fémina, se cercioraba de que ella entendiera su política de una sola vez.

Ella se quedó decepcionada.

—Pero...

Puck había terminado con aquella conversación, así que la rodeó y siguió su camino hacia el límite del campamento, donde tenían su tienda Sin y él. Era un gesto frío por su parte, sí, pero necesario.

Puck no era como los demás miembros de la realeza. La mayoría de los príncipes viajaba con un «establo» y con sus «potrancas», incluso durante la guerra, pero Puck se negaba a acostarse dos veces con la misma mujer. No podía arriesgarse a crear un vínculo sentimental con nadie. Ese tipo de relaciones llevaban al matrimonio. Si no había matrimonio, no habría ninguna reina amorosa. Y, sin reina amorosa, la profecía no podría cumplirse.

Aunque, a decir verdad, a él le encantaba la suavidad femenina que se había negado a sí mismo durante toda la vida. Le encantaba besar, acariciar, sentir crecer la excitación. Los cuerpos sudorosos frotándose y creando fricción. Gemidos, gruñidos y suspiros. La dicha de poder, finalmente, hundirse en el cuerpo de su amante.

Algunas veces, unas pocas horas en la cama de una desconocida no servían para calmar su anhelo…

En el fondo, tenía el deseo secreto y vergonzoso de tener a una mujer a su lado, solo para él, aprender todos los detalles de su pasado, saber cuáles eran todas sus esperanzas y sus sueños. Él soñaba con pasar semanas, meses, años, mimándola, dejándole su marca y recibiendo la de ella.

Sentía el deseo de tener una compañera que fuera suya.

Tal vez, algún día pudiera…

No. Nunca. Sin estaba por delante de las mujeres. Siempre. Su hermano estaba por delante de todo.

Aquella noche, Sin y él iban a hablar de los éxitos y los fracasos de la batalla. Beberían y reirían, y planearían el siguiente paso, y todo seguiría bien en su mundo.

Una enredadera de espinas rodeaba y protegía la tienda, y nadie podía entrar ni salir sin su permiso. Puck desplegó su magia, obligó a las enredaderas a apartarse para abrirle paso y entró.

Cuando vio a su hermano, sintió un golpe de afecto en el pecho. Tenían la misma piel, ojos y pelo oscuros, la misma nariz aquilina y los mismos labios con una expresión implacable, pero Sin tenía los rasgos más suaves. A Puck le habían dicho, en muchas ocasiones, que parecía que su rostro estaba tallado en piedra.

Sin estaba paseándose de un lado a otro, ajeno al mundo que lo rodeaba.

—¿Qué es lo que te preocupa? —le preguntó Puck.

Su hermano nunca se había paseado así, como si estuviera nervioso... hasta hacía poco tiempo. Un mes antes, había asistido a unas conversaciones de paz con un clan vecino y había vuelto... cambiado. Había pasado de ser calmado a ser paranoico, de estar seguro a ser inseguro.

Le había dicho a Puck que, a la mañana siguiente, se había despertado y se había encontrado a todo su ejército asesinado. Él estaba tendido entre todos los muertos y era el único superviviente, y no tenía ningún recuerdo de lo que había sucedido. Ahora ya no podía dormir, porque se sobresaltaba con el menor ruido o movimiento, y se quedaba mirando a las sombras como si hubiera alguien escondido. No había vuelto a visitar su harén, y se negaba a quitarse la camisa durante los entrenamientos.

Puck sospechaba que su hermano tenía el pecho lleno de nuevas cicatrices. ¿Acaso pensaba que los demás lo considerarían un débil si lo veían?

Si alguien decía una sola palabra contra él, ese alguien moriría.

Cada vez que Puck expresaba su preocupación, Sin cambiaba de tema.

Sin se detuvo delante de la hoguera y miró furtivamente a Puck.

Después, poco a poco, se relajó, y esbozó una sonrisa que solo Puck tenía el privilegio de ver.

—Has tardado un buen rato en volver al campamento. ¿Te vas haciendo más lento con la edad?

Puck soltó un resoplido.

—Tú solo tienes dos años menos que yo. Tal vez debiéramos cambiarnos el lugar para la siguiente batalla. Yo planeo y tú luchas.

—Se te olvida que te conozco mejor de lo que te conoces tú mismo. Te preocuparías tanto por mi seguridad que vendrías directamente a mi lado.

Sin estaba en lo cierto.

Su hermano podría arreglárselas muy bien en una batalla, fuera cualquiera el arma. No tenía igual, salvo Puck. Sin embargo, si a Sin le ocurriera algo alguna vez...

«Yo dejaría este reino reducido a cenizas».

Puck se acercó a la palangana de agua que había en la tienda. Se quitó la espada Walsh de la cintura y se lavó la suciedad de aquella noche.

—Cuando éramos pequeños, tú eras el que te preocupabas por mí –dijo, mientras se secaba la cara–. ¿Qué ha pasado?

—Que aprendiste a manejar la espada –dijo Sin, mientras se frotaba las sienes.

Su hermano necesitaba distraerse.

—¿Quieres que empecemos a revisar la batalla?

—Todavía no. Tengo una noticia –respondió Sin. Pasaron unos segundos llenos de tensión.

Puck se puso rígido.

—Dime de qué se trata.

—Nuestro padre ha anunciado tu compromiso con la princesa Alannah de Daingean.

Lo primero que pasó por la cabeza de Puck: «Voy a tener una esposa. ¡Va a ser mía!».

Entonces, frunció el ceño. «Debo ser muy cauteloso». Desde muy temprana edad, había aprendido a mirar el mundo a través de un filtro: «Mi hermano, mi clan, mi reino».

Solo había visto una vez a Alannah y, aunque ella le había gustado, no iba a acostarse con ella y, mucho menos, a casarse con ella. No podía caer en la tentación.

Sin embargo, entendía que Sin estuviera inquieto. Era el rey quien decidía quién sería su sucesor, y no tenía por qué elegir al primogénito. A no ser que el rey se negara a elegir; en ese caso, el guerrero más fuerte ocuparía el trono.

En aquel caso, con su anuncio, el rey Púkinn III había tomado su decisión.

—Nuestro padre se ha apresurado al hablar —dijo Puck—. Yo no voy a casarme con nadie. Te doy mi palabra.

—Esto es una estrategia política para fortalecer la alianza entre nuestros clanes, pero... la profecía... Uno se convertirá en rey con una reina amante a su lado, y asesinará al otro. Las pitonisas nunca se equivocan.

—Hay una primera vez para todo —dijo Puck. Se acercó a su hermano y le tomó la cara con ambas manos—. Ten confianza en mí. Yo nunca me voy a casar. Te elijo a ti, hermano. Siempre te elegiré a ti.

Sin permaneció inflexible, como el acero.

—Si la rechazas, insultarás a los Daingeans, y estallará otra guerra.

—Siempre hay guerra, por un motivo u otro —dijo Puck.

Los clanes obtenían la magia de los hombres a quienes mataban, y estaban desesperados por poseer más magia que los demás.

La magia era fuerza, y la fuerza era magia.

Sin se alejó de Puck.

—Pero, casándote con Alannah, unirás a los clanes, como has soñado. Connacht, Daingean, Fiáin, Eadrom y Walsh.

¿Cómo podía hacérselo entender a su hermano? Sí, era cierto; él soñaba con unir a los clanes y con que, por fin, terminaran las guerras. Se salvarían vidas y reinaría la paz. Amaranthia florecería, porque sus tierras no estarían constantemente asoladas por las batallas.

Sin embargo, aquella concordia sin su hermano no significaba nada para él.

—No hay nada que me importe más que tú —dijo él.

Hacía siglos, existían doce clanes. En el presente, debido a la ambición de los reyes y los ejércitos por poseer la magia, solo quedaban cinco. Si no hacían algo muy pronto, se extinguiría toda la población.

—Para mí, eres lo más importante —repitió.

—No me estás escuchando —dijo Sin—. Daingean es ahora un aliado de Fiáin. Por medio de tu matrimonio con Alannah, Connacht será aliado de Daingean, así que Fiáin se verá obligado a ponerse también de nuestro lado. Cuando suceda eso, Eadrom, que es aliado de Fiáin, tendrá que romper su alianza con Walsh para poder mantener la paz con nosotros. Y lo harán. No tienen vínculos familiares con Walsh. Y ahora que el rey Walsh ha muerto, su nuevo monarca puede empezar de cero con nosotros.

—No me importa. El coste es demasiado alto.

Sin lo observó en silencio, con atención, del modo en que a veces estudiaba sus mapas favoritos. Tenía una mirada de tristeza, pero, también, de determinación. Asintió, como si acabara de tomar una decisión muy importante, y fue hacia la mesa que había en un rincón de la tienda. Sobre la mesa había un pequeño estuche.

—Ha llegado esta mañana —dijo Sin—. Justo antes de la batalla.

—¿Es un regalo?

—Un arma.

¿Un arma?

—No te preocupes. Yo me encargo de ella —dijo Puck. Estaba dispuesto a hacer cualquier cosa, o a matar a cualquiera, con tal de acabar con los problemas de su hermano. Era lo justo; al fin y al cabo, Sin siempre había resuelto los suyos.

Se acercó a la mesa y observó el estuche. Era de metal y estaba forrado de nácar. En cada esquina tenía engastados varios diamantes. La tocó, y notó una vibración de malevolencia en la piel. No era magia, sino una maldad pura. Se le heló la sangre.

—¿Quién la ha enviado?

—Una mujer llamada Keeleycael, que tiene el título de Reina Roja. Dice que espera que disfrutemos de nuestra ruina.

Keeleycael; nunca había oído hablar de ella.

—¿Acaso gobierna un reino vecino? —preguntó. Que él supiera, las mujeres no gobernaban... nada. Por lo menos, no directamente. Las mujeres ayudaban a sus reyes.

—No estoy seguro —dijo Sin.

En realidad, la respuesta no importaba. Nadie que amenazara a su hermano podía seguir vivo.

Sin le había salvado la vida tantas veces, que era imposible contarlas. Había salvado su alma.

Justo antes de que él cumpliera siete años, su primo había muerto en la batalla. El rey necesitaba un nuevo comandante que formara parte de la línea sucesoria al trono, y eligió a Puck. El pequeño príncipe fue arrancado de los brazos de su madre inmediatamente, para que la dulzura de una mujer no influyera más en él.

«Si destruyes a un niño, destruirás al hombre en el que va a convertirse».

Esas eran las palabras que su padre le había gritado a su madre el día en que se lo había llevado.

—Yo también voy —dijo Sin, de cinco años—. Iré allá donde tú vayas.

Puck tenía los detalles de aquel día fatídico grabados en la mente. Los sollozos de su madre se oían por toda la fortaleza. Y Sin tenía las mejillas llenas de lágrimas cuando lo tomó de la mano y salió voluntariamente del único hogar que habían conocido. Su hermano pequeño había decidido permanecer a su lado, y eso había sido un gran consuelo para él.

Los dos niños habían vivido con los soldados más curtidos del clan durante varios años, y se habían entrenado con ellos. Y, en ese tiempo, cualquier emoción blanda o suave había desaparecido en ellos.

Cuando tenían diez y doce años, su padre les había dado una espada y los había abandonado en medio de las dunas de arena más peligrosas del reino. «Volved con el corazón de nuestro enemigo, o no volváis», les había dicho.

Si Puck hubiera podido volver atrás en el tiempo, exigiría que Sin se quedara con su madre, protegido y a salvo entre sus brazos. Pero, ahora, tenía un sentimiento de culpabilidad constante. Hasta que había aprendido a luchar bien, no había podido proteger a Sin del maltrato diario. Y lo peor de todo era que su madre había muerto antes de que pudieran volver a visitarla.

Había tenido un bebé muerto poco después de la marcha de sus dos hijos mayores y, cegada por el dolor, se había quemado viva. Un guerrero habría podido sobrevivir a las llamas, pero una mujer, sin runas ni magia, no.

Puck se frotó la nuca y pensó en cuál era la mejor forma de proceder.

—¿Has abierto el estuche?

—No. Te estaba esperando —respondió Sin, con un temblor.

¿Era miedo? No, imposible. Sin no temía nada cuando él le estaba guardando las espaldas.

–No debería haber traído esta cosa maldita a la tienda –dijo su hermano, y se acercó a la mesa–. Me lo voy a llevar y...

–No –dijo Puck–. Quiero saber lo que hay aquí dentro –dijo.

Sí, quería saber qué era lo que aquella reina desconocida pretendía utilizar en contra de su familia.

–Voy a buscar a uno de los comandantes. Que lo abra él...

–No. Lo haré yo –dijo Puck. Un buen rey no ponía en peligro la vida de su gente–. Déjame. Ya te diré lo que averiguo.

–Si tú te quedas, yo me quedo.

–No quiero que corras peligro, hermano.

Por un instante, a Sin se le llenaron los ojos de lágrimas, pero pestañeó rápidamente.

–Pues lo siento, pero voy a quedarme.

¿Por qué aquellas lágrimas? De repente, Puck no pudo soportar la idea de que su hermano se separara de él.

–Muy bien. Aléjate.

Sin se marchó al otro extremo de la tienda, y Puck sacó una espada corta y se preparó para lo peor. ¿Una explosión? ¿Una trampa de magia?

Entonces, abrió la tapa.

Al principio, no ocurrió nada. Pero, después de un momento, surgió un humo negro del estuche y empezó a oler a azufre. Unos ojos rojos se abrieron y se clavaron en él.

Puck retrocedió y dio un espadazo hacia delante, pero la hoja de metal atravesó solo la oscuridad. ¿Qué...?

Apareció una criatura con cuernos que se lanzó hacia Puck con un grito agudo y estremecedor. Él intentó esquivarla, pero no lo consiguió. Sintió un dolor lacerante que le arrancó un rugido. Aquel monstruo había entrado en su cuerpo y estaba desgarrándole los órganos. Mordía y le clavaba las garras, pero él no mostraba señales externas de las lesiones.

Dejó caer la espada para arañarse el pecho con las uñas, y se rasgó la piel y los músculos, pero no sirvió de nada. El monstruo permaneció dentro de él, aullando con una mezcla tóxica de placer y odio.

Puck se sintió como si le ardieran las venas y, de repente, sintió también un ardor en la cabeza. Se palpó la frente y notó... ¿unos cuernos?

Se le escapó el aliento entre los dientes al ver que le estaba brotando un pelaje marrón en las piernas, y que sus pies se convertían en pezuñas.

El hecho de cambiar de forma no era nada nuevo para él, pero aquella transformación se había producido sin que él la controlara. No podía pararla.

Le salieron unas líneas negras dentadas en el pecho, como unos pequeños ríos de lava que ardían mientras iban extendiéndose. Las líneas tomaron forma de mariposa, una mariposa con las alas tan afiladas como unos cristales rotos, de colores que brillaban a la luz del fuego e iban cambiando a medida que él se sentía inundado por diferentes emociones.

La emoción más fuerte fue el pánico, que le constriñó la garganta y lo asfixió. ¿Era aquello una alucinación provocada por el humo, o se estaba convirtiendo en un monstruo para siempre?

Las rodillas ya no soportaban su peso, y le fallaron. Mientras yacía jadeante en el suelo, el pánico se extinguió. Su mirada se posó en la espada Walsh, y el orgullo que había experimentado hacía un momento se desvaneció por completo. La devoción que sentía por su reino y su gente... también murió. No sentía nada. La espada pasó a ser para él un trozo de metal finamente pulido; el reino, un lugar sin sentido y, sus ciudadanos, personas insignificantes.

Puck buscó emoción, cualquier emoción, escondida en cualquier lugar. ¡Allí estaba! El amor que sentía por Sin, brillante como un faro.

Tenía que proteger a su hermano de aquello... fuera lo que fuera. Sin embargo, cuando intentó alcanzar a su hermano, los músculos se le engancharon en los huesos y lo mantuvieron inmóvil. Volvió el pánico.

−¡Sin!

Sin no lo miró a los ojos.

Por segunda vez, Puck sintió un terrible vacío que, en aquella ocasión, estaba dirigido a su hermano. Su precioso Sin. Su adorado Sin. Sin, su motivo para todo. Pero una daga invisible le cortó el corazón y el afecto empezó a derramarse, a secarse...

Él siguió luchando.

−Te quiero −le dijo, con la voz enronquecida. «No puedo perder a Sin. No puedo...». Pero, mientras hablaba, su corazón se vaciaba.

El amor por su hermano, que había sido una luz que ni la guerra, ni la persecución ni el dolor habían podido extinguir, se convirtió en una antorcha apagada y humeante.

Puck miró a Sin y no sintió nada. No había olvidado el pasado, ni las muchas veces en que su hermano lo había ayudado durante sus siglos de vida, ni todas las cosas a las que Sin había renunciado por él, pero no le importaba nada.

Sin se agachó a su lado con una mirada de tristeza.

−Lo siento, Puck. De veras. Yo sabía lo que había dentro del estuche. Keeleycael... Ella conocía la profecía y dijo que ya estábamos en el camino de la destrucción, y que uno de nosotros iba a matar al otro. De esta manera, podemos vivir. Yo... no podía matarte, y no podía dejar que me mataras. Te habrías odiado a ti mismo para siempre. Lo siento −repitió−. Lo siento mucho.

¿Su hermano lo había traicionado?

No, no era posible. Él nunca haría algo tan espantoso.

–Hice un trato con un demonio –prosiguió Sin–. Nunca me lo perdonaré, pero mejor yo que tú, ¿no? ¿Lo entiendes? Así, tú no te preocuparás por la corona ni por los clanes. Ahora estás poseído por el demonio de la Indiferencia –dijo. Le dio un golpecito en el pecho a Puck, y su voz se endureció–: Los dos estáis unidos para el resto de la eternidad.

De repente, Puck sintió tristeza, decisión y furia. Eran tan fuertes, que parecían una explosión. Su hermano lo había traicionado. Había conspirado para hundirlo. Sin embargo, como todo lo demás, aquella tristeza, aquella decisión y aquella furia se desvanecieron, y solo quedó un desinterés glacial.

Puck el Invicto se había convertido en Puck el Jodido.

Debería irse. Aunque no tuviera el impulso de matar a su hermano, ni de quedarse allí, ni de marcharse, el sentido común le dijo: «No te quedes con aquel que te ha hecho daño».

Por fin, los músculos desbloquearon sus huesos, y Puck se puso en pie.

–Lo he hecho por nosotros –dijo Sin, e intentó alcanzarlo–. Dime que lo entiendes. Dime que vamos a estar juntos.

Puck se alejó de su hermano en silencio. Iría a dar un paseo, pensaría en lo que había pasado y en lo que iba a hacer después.

–Puck...

Salió de la tienda sin mirar atrás.

Capítulo 2

Pasaron los siglos. Puck no sabía el número exacto, pero no le importaba.

No volvió con su hermano ni con su clan, ni siquiera cuando escuchó los rumores de la brutalidad de Sin. Parecía que su hermano se había convertido en el tirano más sanguinario de la historia de Amaranthia. Destruyó la mitad de uno de los dos únicos bosques del reino para construir una fortaleza. Hizo esclavos a los Connachts y de cualquier miembro de los otros clanes, y mató a todo aquel que, según su consideración, conspirara para derrocarlo.

Y consideraba que había miles de personas conspirando para derrocarlo.

En realidad, Puck sabía la verdad. Al final, el alma negra de Sin había aflorado.

Puck vagó sin rumbo, de un extremo de Amaranthia al otro. Los que se interpusieron en su camino, murieron. Si encontraba algo necesario para su supervivencia, lo tomaba. Comida. Armas. Una noche de alojamiento. A veces, aceptaba una amante. Podía endurecerse y podía proporcionarle satisfacción a una mujer, pero a él no le importaba nada su propio placer, y no podía alcanzarlo. Aunque sentía la necesidad fisiológica de liberación, nadie tenía el poder de hacerlo llegar al clímax. Ni siquiera él mismo.

Recordó que una vez, en secreto, había soñado con estar con la misma mujer una y otra vez. Sin embargo, cuando por fin lo hizo, descubrió que la experiencia no tenía ningún significado para él.

A medida que Puck se acostumbraba a Indiferencia, fue dándose cuenta de que el demonio no podía robar ni borrar sus emociones, solo sepultarlas y ocultarlas. Algo que, con el tiempo, Indiferencia dejó de hacer; le había tomado gusto a imponer un castigo cada vez que Puck sentía demasiado, durante demasiado tiempo.

«Nunca sientes indiferencia por eso, ¿eh, demonio?».

La criatura siempre estaba merodeando por su mente, esperando a que Puck cometiera un error, y cada uno de sus pasos era como el golpe de un mazo.

Puck tuvo que aprender a ocultar sus emociones, a cubrirlas con gruesas capas de un hielo místico que creaba con la magia. Él podía hacer aquel tipo de magia en cualquier lugar y en cualquier momento. Con el hielo llegaba el entumecimiento y, con el entumecimiento, la paz.

Era un proceso necesario. Dentro de él todavía bullía un pozo de furia, odio, dolor, preocupación y esperanza. Era como un barril de pólvora que podía explotar cualquier día.

Cuando eso sucediera...

¿Indiferencia lo mataría? ¿Y él, preferiría la muerte o la lucha?

Al menos, el demonio le advertía cada vez que perdía el control de una emoción. Los gruñidos equivalían a un manotazo en la muñeca. Los rugidos significaban que estaba pisando terreno peligroso. Cuando oía un ronroneo, era porque se había permitido sentir demasiado, y el infierno estaba a punto de caer sobre él.

El demonio lo dejaba agotado, sin fuerzas, inmóvil durante días. Prácticamente, en coma.

Para evitar aquel castigo, él creó unas reglas que seguía sin falta:

«Nunca confíes en nadie. Recuerda que todos mienten».

«Mata a cualquiera que amenace tu supervivencia, y toma siempre represalias, incluso por la menor de las ofensas».

«Come tres veces al día, y compra ropa y armas siempre que sea posible».

«Sigue siempre adelante».

En una ocasión, Puck se encontró con la princesa Alannah de Daingean. Ella gritó de terror y escapó del monstruo en el que él se había convertido. Oh, bien.

Aunque la magia todavía estaba en su interior, había perdido la capacidad de cambiar de forma. Los cuernos seguían en su cabeza como si fueran dos vergonzosas torres de marfil. También seguía teniendo el pelaje de las piernas, y las pezuñas volvían a crecerle por muchas veces que se las cortara, con la esperanza de que, tal vez, pudiera liberar su mente del demonio de la Indiferencia si conseguía liberar su cuerpo de los atributos bestiales.

Con el paso del tiempo, diferentes machos lo atacaron con la intención de matar al deshonrado príncipe del clan Connacht. Fue apuñalado, atravesado con estacas y colgado, arrastrado y descuartizado. También le prendieron fuego. Siempre que pudo, luchó. Y, si no podía defenderse a causa del demonio, esperó hasta que su cuerpo sanara, y se tomó una venganza despiadada, cegado por una ira que no podía controlar.

Por supuesto, Indiferencia siempre lo penalizaba después de aquellas venganzas.

Una mañana, mientras Puck caminaba por las dunas que tanto había adorado, se dio cuenta de que le dolían los pies. O, mejor dicho, las pezuñas. Miró hacia abajo y se dio cuenta de que había sufrido múltiples heridas e iba dejando un río de sangre a su paso. Necesitaba robar un par de zapatos y adaptarlos con la magia a sus pezuñas. Y ropa. Se le había olvidado vestirse.

Los dos soles dorados iluminaban un campamento que había a lo lejos. Perfecto. Al llegar, se encontró con varias prendas tendidas en una cuerda entre dos tiendas, y percibió el olor de la carne asándose en el fuego.

No había nadie fuera de las tiendas, pero se oía una conversación.

—...lo han anunciado esta mañana. El príncipe Taliesin de Connacht ha matado a su padre mientras dormía.

—Bueno, pues entonces, Taliesin es el rey ahora —repuso alguien con una voz ronca—. El heredero del trono iba a ser el príncipe Neale, pero creo que ha muerto.

Puck se quedó paralizado. ¿Sin había matado a su padre?

Ellos dos detestaban a su padre, pero ¿matarlo a sangre fría mientras estaba dormido? Eso era caer muy bajo.

Puck pensó que iba a sentir una punzada de sorpresa, o disgusto, o rabia... algo. Mientras se ponía un par de pantalones que le quedaban bastante ajustados, se preguntó qué era lo que tenía que sentir. Lo que sentía, por encima de todo, era la necesidad de detener a su hermano.

—Si el príncipe Neale no ha muerto —dijo uno de los hombres—, entonces, seguirá siendo una bestia.

—¿No preferirías tener como rey a una bestia antes que a Taliesin?

—Sí —respondieron otros dos, al unísono.

Eso significaba que los Connacht debían de estar desesperados.

«¿Puedo darle la espalda a mi clan y dejar a la gente en peligro?».

Además, ¿y si su hermano se casaba con una mujer que lo quisiera, conseguía matarlo y reunía a todos los clanes? Amaranthia terminaría destruida.

Sin tenía que morir.

«Seguir siempre adelante».

Bien. Entonces, él salvaría al clan Connacht de un loco y a todo el reino de la destrucción. Se vengaría de su hermano. Quería vengarse de él, por el futuro brillante que había perdido y por el amor que Sin había destruido con tanta frialdad.

Se merecía poder sentir rabia hacia él. Se había ganado ese derecho.

Indiferencia dio un gruñido de advertencia, y Puck utilizó un velo de magia para envolver su corazón y su mente en hielo.

Recuperó una lógica glacial y se dio cuenta de que, si el demonio se las arreglaba para dejarlo sin fuerzas, Sin lo derrotaría.

«Él ya conoce mis debilidades...».

Apretó los puños. Tenía que averiguar cuáles eran las debilidades de Sin.

Y nadie daba mejores consejos que las pitonisas.

Robó la carne asada y se la comió. Encontró un par de botas y las alteró con ayuda de la magia. Después, se calzó y se dirigió hacia el este. Las deidades vivían en la parte más peligrosa de Amaranthia. Allí, el aire portaba una magia potente que abría grietas por las cuales uno podía caer a otros reinos, o a simas infinitas, o al centro de un volcán o, incluso, al fondo de un océano. Solo los ciudadanos más desesperados osaban entrar en aquel territorio; aquellos que querían salvarse o salvar a un ser querido, reyes que necesitaban consejo para elegir a un sucesor, o gente como él mismo, que no tenía nada que perder.

El viaje duraba tres días, y le pasó factura. No encontró campamentos, ni comida, ni agua. Por lo menos, sí consiguió evitar todas las grietas.

Por fin, llegó a la torre de arena más alta del reino. Las pitonisas vivían en la parte superior y, desde allí, podían divisarlo todo. Estaba demasiado débil como para escalar, así que utilizó su última magia para crear una escalera de arena.

Necesitaba acumular más magia, así que iba a tener que matar a alguien, y pronto.

¿Debería matar a una de las deidades? Según la historia, aquel trío de mujeres había creado Amaranthia a modo de refugio para todo aquel que tuviera tendencias mágicas. Así pues, su provisión de magia debía de ser ilimitada.

Antes, el hecho de pensar en matar a una mujer le habría causado un gran disgusto. Sin embargo, ahora... Una fuente de magia era una fuente de magia.

Al subir a la última planta de la edificación, que no tenía barandillas ni paredes, descubrió a tres féminas vestidas con un pareo de colores que las cubría desde el pecho a los muslos. Sus rostros estaban ocultos por una neblina oscura.

—Sabéis por qué he venido —dijo él, a modo de saludo—. ¿Cómo puedo recuperar lo que es mío? Quiero liberarme del demonio, quiero la corona de los Connacht, quiero reunificar los clanes y proteger mi reino. Quiero el negro corazón de Sin en una bandeja de oro. Quiero a la princesa Alannah.

El viento comenzó a soplar con violencia, y las mujeres preguntaron, al unísono:

—¿Cuál es nuestro credo, Puck el Invicto?

Todo aquel que había nacido en Amaranthia aprendía su credo desde la cuna.

«Si no se da nada, nada se consigue». Cuanto más personal fuera el presente, más detallada sería la respuesta.

¿Había algo más personal que su negro corazón?
Si lo hacía, después no podría matar a nadie.
Pero merecía la pena.
Sacó la espada de la funda que llevaba a la cintura y se hundió la hoja entre las costillas. La sangre salió a borbotones de su pecho. El dolor devoró su fuerza con tanta tenacidad como Indiferencia, y las rodillas le fallaron. Sin embargo, mientras caía, siguió cortando músculos y huesos. Y, finalmente, tuvo éxito.

Era inmortal, así que se recuperaría pronto. En aquel momento, en aquel lugar, permanecería consciente durante un par de minutos más, lo suficiente para conseguir lo que necesitaba. Sin se lo había enseñado bien: el curso de una vida podía cambiar por completo entre una respiración y la siguiente.

Giró la muñeca, y su corazón, todavía palpitante, salió rodando hasta las pitonisas. Oyó murmullos de aprobación y, después, unas voces. Las deidades hablaban una tras otra.

—Adoras tu hogar y a tu gente, a pesar de tus limitaciones. Pero lo que se ha dicho no puede deshacerse. Lo que tenga que ocurrir, ocurrirá.

—Una profecía puede hacerse realidad junto a otra, y lo que era puede corregirse.

—Para salvarnos a todos, cásate con la muchacha que le pertenece a William de la Oscuridad... Ella es la clave...

—Trae a tu esposa a nuestras tierras y trae aquí al oscuro. Solo el varón que viva o muera por la muchacha tiene el poder de destronar a Sin el Demente.

—Solo entonces tendrás todo lo que deseas.

—Pero no olvides las tijeras de Ananke, porque son necesarias.

Las pitonisas susurraron, a la vez:
—No hay otra manera.

A Puck le daba vueltas la cabeza y, mientras perdía el conocimiento, repitió lo que debía hacer, para grabárselo en la mente.

«Encontrar a William el Oscuro. Casarme con la chica a la que ama. Luchar contra Sin».

Una profecía no sustituía a la otra. Las dos iban a funcionar a la vez. William no mataría a Sin, solo lo destronaría. El resto era cosa suya.

Nada podría impedirle que llevara a cabo las tareas. William. Boda. Guerra. Algún día, él llevaría la corona del clan Connacht, salvaría a su pueblo y unificaría los clanes.

Al final, la oscuridad se cerró sobre él y lo engulló. No supo nada más.

Capítulo 3

Gillian Shaw, antes de Puck.
T menos 4 días y 32 segundos antes del vínculo.

«Puedo hacerlo. Puedo».
Lencería sexy.
Perfume embriagador.
Doble cepillado de dientes.
Gillian Shaw, también conocida como Gillian Bradshaw, Gilly Bradshaw y Jill Brads, dependiendo del carné de identidad que utilizara, se paseaba de un lado a otro de su dormitorio. Se sentía como si fuera a hacerse añicos.

«Tengo casi dieciocho años. Puedo hacerlo».

Sin embargo, el nudo que tenía en el estómago la obligó a salir corriendo al baño. Justo a tiempo. El contenido de su estómago cayó al inodoro.

Su novio... Bueno, ¿a quién quería engañar? Él no era su novio. Era un guerrero inmortal de incomparable belleza y poder, que tenía millones de años y era uno de los nueve reyes del infierno. O, más bien, un antiguo rey. Los títulos de los inmortales podían cambiar cuando los reinos cambiaban de manos, y ella ya había perdido la cuenta. Sí sabía, sin duda alguna, que William el Oscuro era un asesino implacable, temido por amigos y enemigos. Sin embargo, cuando sonreía, todas las mujeres se derretían.

Se acostaba con todas. Mucho. No tenía la capacidad de permanecer con la misma. Salvo con ella. Siempre estaba a su lado, pero se negaba a acostarse con ella.

Y había llegado el momento de enseñarle lo contrario.

Aunque él nunca se le había insinuado, siempre se lo pasaba bien a su lado. ¡Claramente! Hacía bromas y se reía como nunca con otras personas. Aquella mañana le había pedido su opinión sobre la camiseta que debía ponerse: la que decía *Puedo hacer desaparecer la cerveza* o *El mejor amigo del mundo*.

¿Comprendía él lo extraño y contradictorio que era? Era valiente e inspiraba terror, era feroz, pero también, honorable, y tenía una moralidad particular: estaba dispuesto a cometer maldades indescriptibles, pero había algunos límites que se negaba a cruzar.

Para ella, era la última esperanza.

«Tengo que ganármelo». ¿Había buscado lo suficiente en internet? ¿Había elegido bien el atuendo? ¿Se había lavado bien los dientes? Uf... Tal vez debiera marcharse a casa antes de que él volviera y la encontrara medio vestida en su dormitorio, y eso cambiara para siempre el curso de su relación.

Demasiado tarde. Ya había cambiado.

En una ocasión, después de una batalla especialmente sanguinaria, él había tenido que guardar reposo en la cama. En su estado de debilidad, no había confiado en nadie. Solo había permitido que se le acercara ella. Y, mientras le curaba las heridas, había reconocido que notaba que ella sentía algo por él, y le había dicho que solo podían ser amigos, que era demasiado joven para estar con un hombre y entender lo que eso significaba.

Gracias a su padrastro, hacía años que lo entendía. Él le había hecho cosas pervertidas y enfermizas que no podía recordar sin que le entraran ganas de morirse. Y les había enseñado a sus hijos que le hicieran cosas pervertidas y enfermizas, también.

Sin embargo, ella había luchado por vivir. Odiaba demasiado a sus familiares políticos como para dejar que ganaran la partida.

Ella se había sentido rechazada por William y había intentado esquivarlo, pero él había seguido buscando su compañía, comportándose como si no hubiera ocurrido nada. En realidad, no. Ella le había contado las peores partes de su pasado, y él había empezado a tratarla como si fuera de cristal.

Ahora, existían dos Gillian. Una de ellas tenía miedo de lo que sentía por William, y la otra quería sentir más y más. Una lo miraba y pensaba: «Es el hombre más aterrador del mundo». La otra lo miraba y pensaba: «Es el hombre más sexy del mundo».

Estaba hecha un lío. ¿Qué importaba más, aterrador, o sexy?

Eh... ¿Y si ninguna de las dos cosas tenía importancia? Era bueno con ella, la única cualidad que importaba.

No obstante, últimamente había empezado a pasar muy poco tiempo con ella. ¿Y si se cansaba de ella? ¿Y si la dejaba?

Solo había una manera de conseguir que un hombre siguiera interesado por una mujer...

Se le encogió el estómago. «Le estás demostrando que tiene razón. No estás preparada. Esto no está bien».

No. ¡No! ¿Hacerle caso al miedo? No, ya no. Aquella noche iba a tomar las riendas de su destino y a demostrarle a William que podía satisfacer todas sus necesidades.

Gillian se lavó la cara con agua fría y se miró al espejo. Sus ojos oscuros estaban llenos de angustia, y frunció el ceño. Nadie podía odiar tanto sus propios ojos como ella.

«¿Quieres que deje de tocarte? Entonces, diles a esos preciosos ojos que dejen de pedir más».

Se le extendió un sudor frío por la frente, y tuvo la sensación de que iba a vomitar por segunda vez.

–Merece la pena el fastidio –murmuró–. Y William, también.

Se había ganado su confianza, su lealtad y su amor siendo bondadoso y dulce con ella. Y, por algún extraño milagro, ella también se había ganado las de él. William debía de confiar en ella y de quererla, a pesar de su rechazo. De otro modo, ¿por qué le habría regalado un coche el día anterior a su cumpleaños? Un Mercedes-Benz S600 Guard, para ser exactos.

Según sus compañeros de clase, era el coche más seguro del mercado porque estaba fabricado a prueba de disparos, granadas y proyectiles de alta velocidad. Y costaba seiscientos mil dólares, una cantidad de dinero obscena. Sin embargo, aparte de todo lo demás, William era un astuto hombre de negocios, y tenía una fortuna.

Pero había otro regalo que le había gustado más que el Mercedes: un folleto de cupones hecho a mano. Dentro había tickets para partidas de videojuegos de toda una noche, cenas en cualquier parte del mundo y sesiones de compras mientras él le llevaba las bolsas.

También había veinte vales por «La cabeza o el corazón de un enemigo».

Y algo mejor que todo eso: había oído por casualidad una charla entre el grupo de amigos comunes, ¡y se había enterado de que William consideraba que su destino era tenerla por compañera!

El problema era que seguía saliendo con otras mujeres.

Así que tenía que ganárselo ahora mismo, antes de que se enamorara de otra persona.

Gillian fue al baño, tambaleándose un poco, y se lavó los dientes una tercera y una cuarta vez. «Me quiere. Siempre me va a querer». Seguro.

Poco tiempo antes, había salido con algunos chicos y chicas de su escuela. Aunque se sentía incómoda, estaba empeñada en divertirse. Sin embargo, cuando todo el mundo se había emparejado y ella también se quedó a solas con uno de los chicos, tuvo pánico. ¿Y si se le insinuaba? Justo cuando lo pensó, William apareció a su lado.

—No la toques jamás —le dijo al muchacho, en tono de amenaza—. Si lo haces, morirás.

Al contrario que su padrastro, él la protegía. Era una luz brillante dentro de una vida oscura.

Con él, se sentía casi normal.

Gillian necesitaba sentirse normal. La mayoría de las chicas de su edad estaban emocionadas por descubrir los placeres del sexo, pero ella ya lo despreciaba. Odiaba los olores, los sonidos y las sensaciones. El dolor, la humillación y la impotencia.

¿Y si William podía descubrirle aquellos placeres?

Sonó su teléfono móvil. ¿Un mensaje de texto de William? Miró la pantalla con esperanza y temor a la vez. Sin embargo, no era él. Era Keeley.

Una pregunta rápida. Si fueras una reina, como yo, y alguien te hiciera algo dañino con tal de salvarte, ¿lo perdonarías, o lo matarías?

Keeleycael, la Reina Roja, pertenecía al pueblo de los Curators y estaba encargada de salvaguardar el mundo. Obtenía su fuerza de la naturaleza. Decía que su mente era un tablero de corcho, porque había vivido tantos siglos que tenía demasiados recuerdos pegados al cerebro. Y no solo recordaba el pasado, sino que sabía cosas del futuro. O, al menos, de un futuro que había visto una vez, pero que había olvidado. Ahora, poco a poco, iba recordándolo todo, porque su matrimonio con Torin le servía de ayuda para conseguir la claridad mental.

Por algún motivo, había decidido tomar a Gillian bajo su protección y enseñarle cómo ser de la realeza con lecciones que le impartía en forma de pregunta rápida.

Gillian respondió:

¿Esas son mis únicas opciones? ¿Matarlo o perdonarlo? De acuerdo. Pero, antes de dar un veredicto, necesito más información. ¿Qué hizo esta persona para herirme?

Keeley: *¿Quién sabe? Yo no estaba allí.*

De todos modos, necesito más información.

Keeley: *Respuesta equivocada. Debes perdonarme. Quiero decir, a él. A él. De lo contrario, la amargura crecerá como la mala hierba y asfixiará toda la alegría. Vamos, vamos. Espero que hayas disfrutado de esta lección de supervivencia en el maravilloso mundo de la inmortalidad, impartida por la profesora Reina KeeKee.*

¿Perdonarte a ti? ¿Qué has hecho, Keeleycael? O ¿qué es lo que vas a hacer? ¡Dímelo!

Keeley: *¡Te quiero, mi dulce no humana!*

¿No humana? Algunas veces, no había forma de comprender a la Reina Roja.

Gillian soltó un resoplido y se metió el teléfono al bolsillo. Volvió a mirarse al espejo. Aquellos ojos... Recordó el motivo por el que estaba en el apartamento de William, y el miedo borró de repente la diversión.

Las desventajas de hacer aquello aquella noche:

Primera, tal vez siguiera vomitando. Segunda, si no lo conseguía, tal vez no tuviera el valor suficiente para volver a intentarlo y tercera, si no hacía nada, podía perder la amistad de William.

Las ventajas:

Primera, lo había elegido a él por voluntad propia. Segunda, era ella la que había planeado el encuentro y tercera, podría controlar todo lo que ocurriera. El sexo con él iba a ser diferente. Y diferente significaba mejor.

¿Y si los recuerdos de William pudieran eclipsar los de su padrastro? ¿Y si William la ayudaba a deshacerse del sentimiento de culpabilidad y de la vergüenza, y dejaba de odiarse a sí misma?

Dejaría de ser una sombra y recuperaría la seguridad. Dejaría de odiarse. No volvería a sentirse aplastada por la vida.

Sonó su teléfono y, al mirar la pantalla, dio un gruñido de fastidio. Torin.

¿Dónde estás?

Torin, otro amigo inmortal, se había casado recientemente con Keeleycael. Era un buen tipo, con cierta tendencia al sarcasmo.

Gillian respondió:

He salido, ¿por qué?

Torin: *Porque me gusta asegurarme de que estás a salvo.*

Más bien, porque le has prometido a William que ibas a vigilarme mientras él está fuera.

Torin: *Eso, también.*

No iba a mentir; la mentira era el único lenguaje que utilizaban su padrastro y sus hermanastros. Sin embargo, tampoco podía decirle toda la verdad a Torin.

Así pues, tecleó:

Estoy en mi apartamento, papá. Gracias por preguntar.

Tenía un apartamento propio al lado del de William. En realidad, aquel apartamento también era de William, porque él los había comprado los dos, pero lo que le pertenecía a él también le pertenecía a ella. ¡El propio William lo había dicho! ¡Dos veces!

Torin: *Puedo detectar tu localización, cariño. Vamos, vete a casa. No sé lo que tienes pensado hacer, pero no es buena idea. Es horrible. Terrible. ¡Lo peor!*

¿Cómo? ¿Lo sabía? Se echó a temblar y apagó el teléfono. Aquella era una buenísima idea. Tal vez, la mejor que hubiera tenido nunca.

«Respira. Respira hondo». Todo iba a salir bien. William tenía mucha experiencia. Sus amigos no le llamaban «William el Lujurioso» sin un buen motivo. Él se cercioraría de que ella disfrutara al máximo, ¿verdad?

Pero ¿dónde demonios estaba? ¿Qué estaba haciendo?

Recordó el día en que se habían conocido.

Ella estaba desesperada por escapar de su padrastro. Había robado dinero y se había comprado un billete de autobús desde Nueva York a Los Ángeles. Allí había conseguido un trabajo en el único sitio donde habían querido contratarla, una cafetería cochambrosa que estaba llena de hombres como su padrastro y sus hermanastros, que iban allí a comer. Entonces, había llegado Danika Ford, una luchadora inteligente que tenía el don sobrenatural de ver el cielo y el infierno. Danika estaba huyendo de un grupo de inmortales poseídos por demonios, conocidos como los Señores del Inframundo. Cada uno era más terrorífico que el anterior: Paris, poseído por el demonio de la Promiscuidad. Sabin, poseído por el de la Duda. Amun, por el de los Secretos. Aeron, por el de la Ira. Reyes, por el del Dolor. Cameo, por el de la Tristeza. Strider, por el de la Derrota. Kane, por el del Desastre.

Torin, por el de la Enfermedad. Maddox, por el de la Violencia. Lucien, por el de la Muerte. Gideon, por el de las Mentiras.

Contra todo pronóstico, Danika se había enamorado de Reyes. La feliz pareja había invitado a Gillian a irse a vivir con ellos a Budapest y, como ella se pasaba las noches aterrada junto a la puerta de su casa, con un bate de béisbol preparado, había pensado: «¿Por qué no?». Al menos, su padrastro y sus hermanastros no podrían encontrarla al otro lado del charco.

Sin embargo, al llegar a su casa, se había sentido como si hubiese ido de mal en peor. Tenía demasiado miedo de sus nuevos compañeros de piso como para dormir, y se había instalado en la sala de ocio, que estaba situada en el centro del espacio y tenía muchas salidas y entradas.

Un día, William se sentó en el sofá y le dijo:
—Vamos, dime que se te dan bien los videojuegos. Aquí, todo el mundo es malísimo, y yo necesito alguien que esté a mi altura.

Habían jugado a los videojuegos durante meses, a todas horas del día, y ella se había sentido como una niña por primera vez en la vida. Había pasado de odiar a todos los hombres a querer a uno de ellos, a medida que iba creciendo una amistad muy improbable. Rápidamente, él se había convertido en lo más importante, maravilloso y preciado de su vida. La persona con la que contaba por delante de todas las demás.

De repente, oyó que se abría y se cerraba la puerta.

¡William había llegado!

Corrió hacia el dormitorio con el corazón acelerado. Oyó unos pasos en el vestíbulo. Aunque tenía las piernas como si fueran de gelatina y llevaba unos tacones altos, adoptó una pose excitante, con una mano en uno de los postes de la cama y, la otra, en la cadera.

William entró en el dormitorio de la mano de otra mujer.

Gillian se sintió humillada. La mujer era increíblemente bella, muy morena, al contrario que ella, que era rubia. Además, seguramente, era inmortal.

Cuando William la vio, se quedó paralizado. La miró de pies a cabeza y entrecerró los ojos. Ella tuvo que contenerse para no bajar la cabeza.

—No deberías estar aquí —le dijo él, con frialdad, con una calma terrorífica—. Te di la llave por si había alguna emergencia, preciosa. No para... esto.

—Yo no había dicho que sí a un trío, Will —dijo la otra mujer, con una sonrisa resplandeciente—. Pero estoy más que dispuesta. ¡Vamos!

«Que alguien me mate, por favor».

William señaló a Gillian y le ordenó:

—Ni se te ocurra moverte de ahí.

Después, sacó a la otra mujer del dormitorio, a pesar de sus protestas.

Gillian se puso las manos sobre el corazón, que le latía desbocadamente. ¿Debería echar a correr?

No. Por supuesto que no. Las mujeres luchaban por lo que querían.

Oyó un portazo, y unos pasos que se acercaban, nuevamente. Cuando William volvió a aparecer en el vano de la puerta, ella había dejado de luchar por mantenerse en pie y se había sentado al borde del colchón.

Él se acercó, en silencio, a su vestidor. Cuando salió, le puso una bata de seda rosa en los hombros y la obligó a meter los brazos por las mangas.

Claramente, aquella bata no era suya. ¿Era de alguna de sus muchas amantes?

Gillian lo observó a través de las pestañas. Era tan guapo... Tenía el pelo negro, la piel bronceada y los ojos del color del cielo de la mañana. Era el hombre más alto que ella hubiera conocido, y el más fuerte.

–¿De qué se trata, tesoro? –le preguntó él, con los brazos cruzados. Por lo menos, su tono de voz ya no era el de un asesino–. ¿Por qué aquí? ¿Y por qué ahora?

–Porque... ¡Porque sí!

–No es suficiente.

–Porque... –titubeó Gillian. «Vamos, díselo»–. Porque los chicos necesitáis el sexo, y no hay mejor modo de mantener interesado a un chico. Y también, porque te deseo –añadió. Tal vez. Sí, seguro–. ¿Me deseas tú a mí?

Él se pasó la lengua por el filo de los dientes.

–No estás preparada para la verdad.

–Sí lo estoy –dijo ella. Se levantó de un salto y se agarró al cuello de su camisa–. Por favor.

–Tu familia te arrebató algo muy precioso –le dijo él, y le soltó los dedos, con firmeza, pero sin hacerle daño–. Yo no voy a hacer lo mismo.

–No, claro que no. Si te acuestas conmigo, me ayudarás a olvidar. Estamos destinados a ser compañeros, ¿no?

Él la miró con tanta suavidad, con tanta ternura, que ella se quedó hundida.

–Yo no quiero ninguna compañera. Acuérdate de que estoy maldito.

Sí. En cuanto se enamorara de una mujer, sería como si alguien apretara un interruptor para que ella hiciera todo lo posible por asesinarlo.

William tenía un libro en el que se describía con detalle la maldición y, también, se mencionaba una posible forma de romperla. El problema era que aquellos detalles estaban escritos en un código formado por símbolos extraños y enrevesados acertijos. Hasta aquel momento, nadie había podido descifrar nada. Pero lo conseguirían.

–Tienes el libro. Hay esperanza.

«Podemos tener un futuro».

−No voy a poner en peligro mi corazón, ni emocional ni físicamente −dijo él, y le clavó la mirada en los ojos mientras jugueteaba con un mechón de su pelo−. No obstante, algún día estaremos juntos.

«Algún día muy cercano. De hecho, dentro de cuatro días. Entonces, me voy a cerciorar de que estés preparada».

Ella se dio cuenta de que William pensaba acostarse con ella, sí, como con muchas otras. Y, cuando la pasión empezara a enfriarse, volvería a retomar su amistad como si nada.

«Por lo menos, seguirá en mi vida».

«Soy patética».

−Yo... tú... no importa. Me voy a casa.

Él le tomó la cara con las manos y se la mantuvo inmóvil. Entonces, Gillian sintió pánico, como el que había sentido las veinticuatro horas del día en Nueva York.

«Deja las manos donde las he puesto, guapa, o te las rompo».

Se le constriñeron los pulmones. No podía respirar.

−No pasa nada, tesoro. Tranquila −le dijo William, pasándole los dedos entre el pelo−. Respira hondo, hazlo por mí.

«Abre la boca, hazlo por mí».

Gillian estalló y comenzó a golpear a William.

−Suéltame. ¡Suéltame!

Le dio un puñetazo en la nariz y le hizo sangrar. No podía pensar en nada, solo en escapar.

−¡No me toques! ¡Deja de tocarme!

−Shh. Shhh. Estás conmigo.

Él la estrechó contra su cuerpo duro y la abrazó para inmovilizarla.

−No voy a permitir que te ocurra nada malo, te lo juro.

Ella siguió luchando. Él la sujetó aún con más fuerza.

Al final, ella se quedó sin fuerzas y se desplomó contra él, entre sollozos.

—Te ayudaré a superar esto —le dijo William—, pero no esta noche. Entre nosotros, el sexo no va a ser solo un vendaje para esconder una herida.

Ella se puso rígida, abrió la boca y volvió a cerrarla. ¿Por qué él no se daba cuenta de que sí necesitaba un vendaje? Su herida estaba supurando herida y, muy pronto, iba a matarla.

Sin embargo, William tenía razón en una cosa: no estaba preparada para mantener relaciones sexuales.

Y, tal vez, nunca lo estuviera, porque su padrastro y sus hermanastros la habían destruido. Si no podía mantener la calma con William, el único hombre en el que confiaba, no podría mantener la calma con nadie. Tendría que renunciar al sexo para siempre. Al pensarlo, se le escapó un sonido de pesar.

—Algún día, mi querida Gilly, recordaremos esta noche y nos reiremos —dijo William, con la misma ternura de antes—. Ya lo verás.

—Puede que tengas razón —dijo ella, pidiendo que fuera cierto.

—Yo soy el hombre más sabio del mundo —dijo él, guiñándole el ojo—. Lo sé todo.

No, no todo. No sabía cuál era el modo de acabar con su maldición.

—Algún día no es hoy —dijo ella, con la voz ronca. Entonces, intentó zafarse de sus brazos, y él se lo permitió—. Me gustaría irme a casa.

—No te avergüences —dijo él—. Conmigo, no. Vamos a hacer como si esto no hubiera ocurrido. Seguiremos como antes —añadió, y la tomó de la mano tal y como había tomado a la otra mujer. A ella se le rompió otra parte del corazón—. Vamos a jugar a unos cuantos videojuegos, a matar zombis.

–No. No te preocupes por mí, ¿de acuerdo? Somos amigos. Siempre lo seremos. Es solo que... ahora necesito estar sola.
–Tesoro...
–Por favor, Liam.
Él la miró de tal modo, que volvió a rompérsele el corazón.

Al día siguiente, seguirían como siempre, y ella seguiría viviendo media vida nada más, temiendo a los hombres y al sexo y, tal vez, incluso a la felicidad. Aquella noche, lloraría.

Capítulo 4

Tres días después.

«Así que... Esta es la mujer por la que William el Oscuro morirá o vivirá».

Puck estaba agachado en la barandilla del balcón de un piso décimo octavo, como si fuera una gárgola, observando el interior de un apartamento espacioso que solo tenía dos ocupantes. William el Oscuro y Gillian Shaw.

Pronto, sería Gillian Connacht.

William. Boda. Guerra.

Ya había encontrado a William, así que sus siguientes tareas eran casarse con la chica, llevarla a Amaranthia y volver a buscar al hombre.

Boda. Traslado. Regreso.

Y ¿no debería primero dejar de mirar fijamente a la muchacha?

Imposible.

Mientras el demonio rugía de disgusto, Puck devoró con la mirada la melena sedosa, ondulada y oscura de Gillian, y sus ojos, que eran del color del whiskey. Eran unos ojos seductores, llenos de yesca. Algún día, algún hombre encendería una cerilla y ella ardería por él, y solo por él.

Tenía la piel dorada e inmaculada y los labios rojos como la sangre, y, en suma, era la encarnación de una princesa de cuento.

«Mi princesa».

Se mordió la lengua. Debería haber notado el sabor de la sangre, pero, por culpa de Indiferencia, no notó nada. No podía negar la verdad: estar cerca de la mujer con la que tenía pensado casarse le había causado una nueva complicación, porque no sentía la más mínima indiferencia. Sus sentimientos eran de posesión.

Pronto, ella le pertenecería. Sería su mujer, su única mujer, sin ser realmente suya.

«Debo contener mis pensamientos sobre ella, o lo echaré todo a perder».

Se sentía como si llevara días mirando a Gillian, como si la conociera, pero, al mismo tiempo, se maravilló de cada detalle nuevo que veía. Era humana, con un espíritu amable y un aura de bondad. Tenía una sonrisa cautivadora y contagiosa, las raras veces que sonreía. También era observadora del mundo y de la gente que la rodeaba, e irradiaba una profunda tristeza.

Habían pasado muchos siglos desde la última vez que él había experimentado una emoción así. Antes de que lo poseyera el demonio, tal vez hubiera sentido solidaridad por ella y hubiera intentado resolver sus problemas. Sin embargo, en el presente, estaba dispuesto a utilizarla sin vacilar. Tenía que hacerlo.

«La guerra antes que una mujer».

—Soy necesario en otro lugar —le dijo William, y le dio un beso en la mejilla.

Puck estudió atentamente a su competidor: medía un metro noventa y cinco centímetros, tenía el pelo negro y los ojos azules y, si seguía besando a su futura esposa, muy pronto también tendría la nariz rota.

No, no. Para conseguir su objetivo tenía que conseguir la colaboración tanto de Gillian como de William.

—Hades necesita mis conocimientos y mi experiencia para borrar del mapa el nuevo palacio de Lucifer —prosiguió William.

Lucifer. El hermano mayor de William.

Gillian frunció el ceño, pero, dentro de pocos segundos, iba a sonreír. Parecía que su estado de ánimo cambiaba mucho cuando estaba con William, como si quisiera sentirse de una manera pero él la hiciera sentirse de otra.

—No, te vas a quedar aquí —dijo. Y su voz, aunque transmitiera ira, tenía el poder de seducir.

No era de extrañar que William se hubiera enamorado de ella y no de otra.

Él había conocido a aquel hombre hacía cientos de años, no mucho después de que las pitonisas hubieran hecho su profecía. En aquel tiempo, William solo se quería a sí mismo, y le había obligado a concentrarse en conseguir las tijeras de Ananke.

Ananke era la diosa de las Ataduras, y se rumoreaba que con sus tijeras se podía cortar cualquier vínculo, ya fuera espiritual, emocional o físico, sin consecuencias. Por supuesto, los rumores también decían que el artefacto cortaba más de lo que el usuario esperaba.

¿Sería cierto, o falso?

Al principio, él había sopesado la posibilidad de cortar sus vínculos con el demonio. Aquella criatura se había convertido en una parte de sí mismo, en otro latido que necesitaba para sobrevivir. Librarse de él sin ninguna penalización... ¿podía haber algo mejor que eso?

Además, de otro modo, ¿por qué le habrían indicado las pitonisas que tenía que encontrar las tijeras?

Sin embargo, si utilizarlas con Indiferencia era la respuesta a sus problemas, ¿para qué le habían indicado también que se casara con Gillian y que reclutara a William?

¿Y si aquellas tijeras podían cortar su conexión con Indiferencia pero también cercenaban sus emociones? Entonces, estaría peor que antes. ¿Y si moría al utilizarlas? Aquel artefacto podía considerar que la muerte era una bendición, en vez de una consecuencia.

Demasiados riesgos.

Al final, Puck había optado por seguir el plan inicial y trabajar con William.

«Ayúdame a derrotar a mi hermano. A cambio, me divorciaré de tu mujer y te la devolveré».

Puck volvió a mirar a Gillian. Tenía los pechos exuberantes, el estómago plano y las caderas redondeadas. Y unas piernas muy largas, perfectas para rodear la cintura de un hombre. «Mi cintura».

Le latió el corazón con fuerza, como si hubiera vuelto a la vida, aunque no hubiera muerto nunca. Como si le estuviera diciendo: «Yo la estaba esperando».

De repente, se dio cuenta de que le hervía la sangre. Tenía una erección presionándole la braqueta del pantalón.

«Quiero tocar su piel». ¿Se quemaría vivo?

«Quiero besar esos labios rojos y carnosos». ¿Sabrían tan dulces como el azúcar, como él pensaba? «Tengo que averiguarlo».

¿Podría ella conseguir que él tuviera un orgasmo? Sí, tenía que averiguarlo.

Apretó los dientes. Aquellas respuestas no importaban. Debía controlarse.

Demasiado tarde; Indiferencia ya le estaba clavando las garras en la mente, haciendo que se sintiera como si tuviese una hemorragia interna.

Utilizó la magia para cubrir de hielo sus pensamientos y sus sentimientos. Últimamente, vacilaba a la hora de hacerlo, porque se convertía en un asesino salvaje que no tenía remordimientos ni piedad.

«Como si antes no fueras un asesino salvaje».

No se ablandaría hasta que el hielo se deshiciera o se agrietara. Eso era algo que él no podía controlar. Tenía que esperar a que algo o alguien provocara en él una emoción tan fuerte como para romper o derretir el hielo.

Si el hielo permanecía, perdería el interés en conseguir sus objetivos.

«Merece la pena correr ese riesgo». No podría conseguir sus objetivos si Indiferencia lo debilitaba.

El intenso frío lo entumeció, pero no tan rápidamente ni tan profundamente como de costumbre. Las capas eran demasiado finas, y sus emociones, demasiado fervientes como para negarlas.

Tan fervientes, que experimentó una resaca emocional que lo dejó con dolor de cabeza y el estómago revuelto.

Pidió más y más hielo a la magia. Y más.

Así. Mejor. Incluso la resaca desapareció.

Muy bien, aquella muchacha le resultaba fascinante, ¿y qué? Solo era un instrumento, nada más.

Cuando Sin hubiera sido destronado, él podría casarse con otra mujer y, junto a su reina enamorada, mataría por fin a su hermano y conseguiría que se cumplieran ambas profecías.

Gillian se puso las manos en las caderas y, con el movimiento, los pechos se le marcaron contra la camiseta. Con el hielo, Puck no tuvo ninguna reacción. Excelente.

—Sea cual sea la nueva guerra que quieres empezar, puede esperar —le dijo ella a William.

El hombre bromeó emitiendo un gruñido.

—Tú no eres mi jefa.

—No estoy de acuerdo con eso —replicó ella y, con la cabeza muy alta, se sacó un papel arrugado del bolsillo del pantalón vaquero–. Voy a usar uno de mis vales. ¿El derecho a qué? A darte órdenes durante veinticuatro horas seguidas.

William se encorvó de hombros y suspiró.

–Regálale un librito de vales, me dijeron. Es divertido y creativo, me dijeron.

Ella se echó a reír, y su risa era encantadora. El hielo de Puck se agrietó.

«Por muy humana que sea, es una encantadora, y más peligrosa que ninguno de los enemigos contra los que yo haya luchado».

Normalmente, no se permitía las distracciones, pero en aquel momento necesitaba una, y dejó vagar la mente...

¿Qué pensarían sus amigos de Gillian?

Durante la búsqueda de las tijeras, había conocido a dos hermanos poseídos por demonios: Cameron, guardián de la Obsesión, y Winter, guardiana del Egoísmo. Ellos habían entendido su situación y se habían ofrecido a ayudarlo. Eso significaba que Cameron se había obsesionado con la misión de Puck y que Winter había decidido que podía aprovechar lo que ocurría en su favor.

Todas las dificultades que habían tenido que soportar darían su fruto muy pronto.

Sonó un timbre, y Puck volvió al presente.

Gillian, con un aura de inocencia y picardía, pestañeó mirando a William.

–Vamos, sé bueno y recibe a nuestros invitados.

Con un murmullo, William abrió la puerta, y varios inmortales entraron al apartamento. Entre ellos había arpías, un enviado, una diosa y doce guerreros poseídos como él. Se dieron abrazos y le entregaron regalos a Gillian.

¿Una fiesta de cumpleaños?

–No, no, no –dijo una chica rubia y menuda, al entrar al vestíbulo–. Todavía no. Esto solo es una pre-celebración. ¿O es una post-pre-celebración, porque William ya ha hecho una celebración? ¡No importa! La verdadera fiesta es mañana. Tal vez. Pero, seguramente, no.

—Keeleycael —dijo William, saludándola con un asentimiento—. ¿Podrías hacerme el favor de contener tu locura por hoy?

Ella le sopló un beso.

—Pero si estoy hablando con tu competencia. Alerta de spoiler. ¡Él gana!

—Si tuviera competencia —respondió William—, me enfadaría contigo por atreverte a mentirme.

Puck frunció el ceño. ¿Keeleycael, la Reina Roja? Sintió desconfianza y tensión, y el hielo volvió a agrietarse.

Como Indiferencia gruñó, Puck volvió a pedir otra capa de desinterés helado. ¿Qué importancia podía tener que ella fuera la misma Keeleycael que le había dado el pequeño estuche a Sin? ¿Qué le importaba a él?

Keeleycael le mordisqueó la oreja a Torin, el guardián de Enfermedad. Después, le susurró algo a William.

Él solo oyó algunas de las palabras.

—Peligro... a la espera... plan para eliminar...

William frunció el ceño y se puso rígido.

—¿Seguro?

La rubia asintió.

—Tus enemigos tienen planeado matarla.

¿A Gillian?

William se puso furioso. Caminó hacia la chica y se la llevó a un rincón.

—Ha sucedido algo muy grave. Tengo que marcharme durante una hora o, tal vez, dos. Por favor, no protestes ni me pidas detalles, a pesar del vale, y te lo compensaré, te lo juro.

Ella se quedó decepcionada, pero asintió.

—Por supuesto. Haz lo que tengas que hacer.

—Gracias —respondió él. Antes de teletransportarse, le dio un pellizco en la nariz. ¿Adónde había ido?

Puck no se movió. Siguió observando a Gillian. Pasaron dos horas, pero William no volvió. Al final, los demás se despidieron y se marcharon, hasta que solo quedó Keeleycael.

¿Debería acercarse? Tal vez no tuviera otra oportunidad de poder hablar con Gillian sin que William estuviera cerca. Pero ¿qué iba a decirle?

«Hace siglos, me dijeron que tú eres la clave para destronar a mi hermano. ¿Quieres casarte conmigo?».

—Una pregunta rápida —le dijo Keeleycael a Gillian.

—Keeley —dijo la muchacha, con un gemido—. ¿De verdad tienes que hacerme preguntas ahora?

Keeley. Un mote.

—Sí, es necesario —repuso la mujer de pelo rubio—. ¿Cuál es tu mayor deseo?

—¿Aparte de una sociedad regida por las mujeres en la que los hombres sean mascotas?

—Obviamente —dijo la rubia, y se quedó pensativa—. Voy a reservar ese deseo para cuando cumplas ocho siglos.

Gillian dio un resoplido.

—¿Ocho siglos? Por favor. Bueno, ¿sabes lo que de verdad quiero? Ser más parecida a ti. Tan fuerte. Tan valiente. Tan... libre.

Puck anotó aquellos deseos en un archivo mental llamado Esposa. ¿Formas de ganársela? Hacer que se sintiera fuerte, valiente y libre.

—¡Muy bien! Es una respuesta absolutamente correcta, así que, adelante, puedes considerarme tu hada madrina —dijo Keeley. Entonces, de un colgante de cuero que llevaba en el cuello sacó un pequeño frasco lleno de líquido—. Toma. Bébete esto, y ya me darás las gracias.

Gillian frunció el ceño.

—¿Qué es?

—Menos hablar y más beber. Y feliz cumpleaños número dieciocho, pequeña. Esto es para que todos tus sueños se hagan realidad... De nada, de nada —le dijo Keeley. Le llevó la mano con el frasco hasta los labios e hizo que la inclinara hasta que la última gota del contenido cayó en su boca—. No te has negado a beber, así que no vas a morir y no vas a llevar a William a la muerte. ¿O ha muerto ya? Espera. Estoy confundida.

—¿William va a morir? —preguntó Gillian, con la voz quebrada.

—¿Es que no me has oído? No, no va a morir. Vamos. Puede que cambie de opinión dentro de otros quinientos años, más o menos.

Puck olisqueó el aire y frunció la frente. Percibió el olor de una poderosa poción que servía para convertir a un ser humano en un inmortal. Era una poción muy escasa; en realidad, se creía que había desaparecido por completo.

Mientras Keeley seguía diciendo cosas sin sentido, Gillian se quedó inmóvil. Sus mejillas perdieron todo el color, y su frente comenzó a sudar. Se agarró el estómago.

—Keeley, ¿qué me has dado? —preguntó, abriendo mucho los ojos.

Entre gemidos, Gillian salió corriendo del salón. Puck pasó de un salto al siguiente alféizar, porque no quería perderla de vista, y la vio entrar en el baño para vomitar.

Gillian estaba demasiado débil y cayó al suelo. Gruñó, cerró los ojos y se acurrucó.

Keeley la siguió, y le dijo:

—Estoy cien por cien segura de que estoy un noventa y tres por ciento segura de que te he dado la dosis correcta. Um... Pero no estoy contenta con tus síntomas. Puede que tengamos que recurrir al plan B.

Puck tuvo un impulso irrefrenable de entrar a través del cristal de la ventana. Tomaría a la chica en brazos y... ¿qué? ¿Qué podía hacer para ayudar? ¿Cómo se debía cuidar a una mortal casi inmortal?

En Amaranthia, los soldados estaban obligados a curarse sus propias heridas y enfermedades con la magia. Si alguien no era lo suficientemente fuerte como para recuperarse sin ayuda, no se merecía vivir.

No importaba. No había necesidad de ayudarla. Keeley se teletransportó lejos justo cuando William entraba en el baño.

Al ver a Gillian, su preocupación fue evidente.

—¿Qué te pasa?

Puck se pasó la lengua por el borde de los dientes mientras su mariposa tatuada se movía como una serpiente que se deslizaba en busca de un nuevo escondite. Desde su pecho, a su espalda, a sus muslos. Al igual que él había vagado por todo Amaranthia, sin rumbo, el demonio se paseaba por los contornos de su cuerpo cada vez que Puck experimentaba alguna emoción con el poder de alterar la vida.

¿Y qué emoción con ese poder estaba experimentando en aquel momento?

Echó un rápido vistazo por debajo de la superficie del hielo, y vio... ¿compasión y envidia?

«No quiero nada, no necesito nada».

Además, William no estaba a su altura en absoluto. A pesar de que él tenía que soportar un lastre, sabía que era más fuerte, más rápido y más capaz que el otro inmortal.

La verdad era la verdad.

—Me encuentro muy mal —susurró Gillian—. Me duele.

—No te preocupes —le dijo William—. Yo te voy a cuidar. Me voy a ocupar de todo.

Entonces, extendió la mano, que, de repente, brillaba de poder.

Puck se sobresaltó. William tenía runas. Eran unas volutas doradas que iban desde las yemas de sus dedos hasta sus muñecas y que servían de conductos para la magia que poseyera.

Con un solo gesto de la mano, abrió en el aire una puerta entre dos reinos. Y, a través de la puerta, él vio... ¿una pared de piedra?

—Voy a arreglar esto, te doy mi palabra —con suma delicadeza, el guerrero tomó en brazos a la bella muchacha morena y se la llevó por la puerta.

Justo antes de que se cerrara, Puck atravesó la ventana con un estallido de cristales, corrió por la habitación y rodó por el suelo.

Capítulo 5

Puck se detuvo. Al erguirse, observó lo que le rodeaba: era una cueva protegida por marcas mágicas que provenían de símbolos. Aquellas marcas en concreto estaban preparadas para reaccionar ante las intenciones de un invasor. ¿Colarse en el reino? Perder los ojos. ¿Pensar en una violación? Perder el miembro. ¿Dispuesto a cometer un asesinato? Despedirse de la cabeza.

También había una marca para avisar a William de la llegada de un intruso. Por primera vez, Indiferencia le hizo un buen servicio a Puck: las marcas lo trataron como hubieran tratado a un animal salvaje, ignorándolo.

Fuera de la cueva había un paraíso tropical lleno de palmeras. El cielo era blanco, y había un mar de agua rosa. Las olas rompían suavemente en una orilla de arena blanca y morada, y olía a sal y a coco. Corría una brisa suave.

Siguió a William hacia una casa grande, cuyo perímetro estaba vigilado por unos pájaros con picos y garras de metal.

William estaba tan preocupado que no se había dado cuenta de que lo seguían.

«¿Lo ves, William? Soy el mejor guerrero».

Encontró un hueco entre las sombras de un balcón

y miró por la ventana. William dejó a la chica morena sobre una enorme cama y le enjugó la frente con ternura, con un trapo.

—Yo no pensé en pasar así la semana de tu cumpleaños, tesoro. Tienes que ponerte bien —dijo, en un tono lleno de pesar—. Se suponía que mañana era el principio... bueno, ahora no importa —dijo, y le acarició la mandíbula con los nudillos—. Ahora vuelvo.

Ella protestó débilmente antes de que él se teletransportara.

Pasó un minuto. Después, dos. Gillian se movía de un lado a otro a causa de los estragos de la fiebre. Puck esperó, con un sentimiento de... ¿compasión?

Soltó una maldición y se concentró en fortalecer el hielo que rodeaba su corazón. Ya había tenido emociones suficientes, y estaba harto de Indiferencia.

De todos modos, ¿cómo era posible que aquella chica lo afectara de un modo tan fuerte, y tan rápidamente? Y ¿por qué estaba enferma? La poción tendría que haberla hecho más fuerte a medida que la transición...

Entonces, vio con claridad la respuesta, y se quedó sin respiración. *Morte ad vitam*. Ella no podía hacer la transición. Su cuerpecillo quería evolucionar, pero no tenía la fuerza suficiente para terminar. A cada hora que pasara, Gillian se debilitaría más y más, hasta la muerte.

Sintió tanta furia y tanto miedo, que el hielo se resquebrajó. Se clavó las uñas en las palmas de las manos, con un gruñido de protesta en la garganta. Indiferencia protestó gruñendo.

«Cuidado. Más hielo. ¡Ahora!».

Puck se calmó, y pensó en que no podía permitir que Gillian muriera. Tenían que casarse, y él tenía que usarla para ganarse la lealtad de William.

Tendría que proceder como si ella fuera a sobrevivir,

¡porque iba a hacerlo! Si William no conseguía salvarla, lo haría él mismo.

Pensó en las opciones que tenía. ¿Acercarse a ella en aquel momento, e iniciar una conversación? Pero... ¿cómo iba a empezar? Con solo ver su aspecto, ella podía morirse de un susto.

Era muy importante la primera impresión, así que tenía que dar su mejor cara, ser seductor y encantador.

Antes de ser poseído por el demonio, las mujeres lo temían, pero muchas de ellas lo animaban, de todos modos. Sin embargo, había perdido el carisma que tenía, y su aspecto era...

Bueno, no siempre había sido tan negativo como él esperaba. A algunas mujeres les gustaba su forma de bestia. Los cuernos estaban de moda, sobre todo, en las novelas románticas. Lo sabía porque, a veces, le leía aquellos libros a Winter, por petición de ella. Parecía que las frases eróticas tenían mucha gracia dichas en alto con su voz monótona.

Dio un paso hacia delante para ayudar a Gillian, pero, en aquel momento, William apareció en la habitación con otro inmortal, y él se quedó inmóvil.

—Este hombre es médico —dijo—. Te va a examinar.

Ella gimió de dolor.

El médico estuvo casi una hora con Gillian. Cuando le susurró el diagnóstico a William y le dijo que no había nada que pudiera hacer, William le dio un puñetazo tan fuerte que lo mandó volando al otro lado de la estancia.

—¿Qu-qué ha dicho? —preguntó Gillian.

—No importa. Es un idiota —dijo William—. Voy a buscar un médico mejor.

Se desvaneció, pero Puck no se movió, porque esperaba que William apareciera enseguida...

Y apareció con un segundo médico. Después, con un tercero y con un cuarto. Todos ellos, después de examinar a la chica mientras ella perdía y recuperaba el conocimiento. William daba órdenes y hacía amenazas. Le sacaron sangre, le hicieron análisis... pero el diagnóstico siempre fue el mismo.

Moriría muy pronto.

—Vayan al salón —les ordenó William a todos los médicos—. Monten un laboratorio y hagan más análisis. Si no encuentran la forma de salvarla, todos morirán.

Ellos se marcharon apresuradamente, y él se sentó junto a Gillian con una expresión suave.

—Vamos, vamos, tesoro —le dijo Gillian, mientras le secaba el sudor de la frente—. Te vas a poner bien. Y es una orden.

—¿Qué me pasa? —gimió ella—. ¿Qué me ha dado Keeley?

—Algo sobrenatural, pero no te preocupes. Tengo a los mejores médicos inmortales buscando el antídoto.

Puck frunció los labios. ¿Acaso le iba a ocultar la verdad?

Gillian se sumió en un sueño agitado, y William le tomó la mano. Parecía que quería transmitir su fuerza a aquel cuerpo debilitado.

Puck quería odiar a aquel tipo. Estaba preparado para empezar el enfrentamiento.

Un poco más tarde, apareció el padre de William, Hades, uno de los nueve reyes del inframundo. Era un hombre alto y musculoso como William, con la piel bronceada y el pelo y los ojos negros. Tenía un piercing de plata en la nariz y una estrella tatuada en cada uno de los nudillos.

—¿Qué tiene de especial esta chica? —le preguntó William.

—No voy a hablar de ella contigo —respondió William.

—Bueno, pues, entonces, voy a hablar de ella yo contigo. No puedes estar con ella. No puedes estar con nadie. Sabes igual de bien que yo que tu felicidad va de la mano con tu muerte.

—Estoy buscando la manera de romper la maldición y...

—Llevas siglos buscándola.

—Mi libro...

—Es una tontería. Un truco para que tengas esperanza de algo que no vas a poder ser nunca y que tu muerte sea más dulce, para tus enemigos, claro. Si el libro pudiera descifrarse, ya estaría descifrado.

Puck no estaba de acuerdo con Hades. Durante toda su investigación, había oído hablar mucho del libro codificado que contenía el modo de salvar a William de la muerte a manos de su amante. La validez de aquel libro estaba confirmada por muchas fuentes.

—¿Has venido a cabrearme? —preguntó William, con un gruñido.

—Cabrearte es un extra —respondió Hades—. He venido a advertirte.

—Bueno, pues ya has hecho las dos cosas.

—No, hijo, no lo he hecho —dijo el rey, en tono de voz muy duro—. La advertencia es la siguiente: si creo que te estás enamorando de esta chica, yo mismo la mataré.

William se puso rígido.

Puck, que mantenía la indiferencia gracias al hielo, sintió que le hervía la sangre de furia al segundo siguiente.

«¿Matar a Gillian, la clave para que yo logre mis propósitos? Inténtalo, y veremos lo que ocurre.

William emitió un grito de guerra y se arrojó contra Hades. Se produjo una pelea salvaje, con puñetazos en los dientes y las narices, con codazos, con rodillazos en la entrepierna. Y, sin embargo, ningún oponente intentó matar al otro.

Debían de sentir afecto el uno por el otro, como Sin y él...

No, como Sin, no. Fuera cual fuera la provocación, un hermano que quisiera a otro no lo maldecía para toda la eternidad, no lo condenaba a existir, en vez de a vivir.

«Antes, yo habría preferido morir antes que hacerle daño. Ahora, estoy dispuesto a morir para hacerle daño».

Mientras esperaba a que terminase la pelea, hizo todo lo posible por conservar la calma. Sin embargo, empezó a notar un zumbido en la mente y, de no haber sido por Indiferencia, le habría echado la culpa de aquella sensación a la impaciencia.

Por fin, Hades se marchó. William le acarició la cabeza a Gillian, murmuró algo de encontrar a un médico mejor, y se marchó.

Había llegado la hora.

Puck entró sigilosamente en el dormitorio. Un momento, ¿se había acordado de vestirse aquel día? Miró hacia abajo, y se percató de que los pantalones estaban tan rasgados que parecían un taparrabos.

No importaba. Los cuernos eran muy chic, y todo aquel barbarismo encajaba con la mística de héroe de novela romántica que quería transmitir. Podría pasar, incluso, por un príncipe azul, o, al menos, por un príncipe que necesitaba un verdadero beso de amor.

Al llegar junto a la cama y ver a su futura esposa, se le aceleró el pulso. No era el único personaje de cuento de hadas que había en la habitación. «La Bella Durmiente está delante de mí».

Los mechones negros de su pelo estaban extendidos por la blanca almohada. Tenía los ojos cerrados, y las pestañas proyectaban una larga sombra sobre sus mejillas. Sus delicados rasgos estaban enrojecidos. Separó los labios.

Era como si le estuviera pidiendo un beso.

«¡Concéntrate! Haz que esto sea breve y dulce».

No podía saber cuándo iba a regresar William.

—Gillian —dijo, con la voz enronquecida.

De ella emanaba una fragancia dulce. Puck inhaló una bocanada y percibió una nota de frutos silvestres. Se le nubló la mente y se le calentó la sangre. La mariposa tatuada chisporroteó en su torso y le derritió la piel.

Indiferencia gruñó con más fuerza y le dio un arañazo en la mente. Iba a haber problemas.

«Fortifica el hielo. Recupera el control».

Gillian giró la cabeza hacia él y pestañeó rápidamente. Después, enfocó la mirada y sus ojos se llenaron de pánico antes de volver la cabeza para mirar a cualquier parte, menos a él. Abrió mucho la boca, como si quisiera gritar. Sin embargo, solo emitió un gemido.

—No te preocupes —le dijo él. Y, para demostrarle que era inofensivo, le arregló la ropa de la cama, tal y como había visto que hacía William—. No he venido a hacerte daño.

El movimiento hizo que las cuchillas que él llevaba prendidas en el pelo tintinearan, y eso llamó la atención de Gillian. Lo miró, y se quedó horrorizada. Él tragó saliva para no soltar una maldición. Los héroes de las novelas románticas, normalmente, no llevaban armas escondidas en el pelo.

«De todos modos, tengo que seguir». No podía prescindir de las cuchillas. Cuando alguien lo desafiaba, y no tenía daga o espada a mano, sacaba una de las cuchillas y empezaba a dar cuchilladas.

A Gillian empezaron a caérsele las lágrimas por las mejillas, y le tembló la barbilla. Era muy vulnerable. Él sintió en el pecho una punzada de... algo.

Con toda la delicadeza que pudo, le secó las lágrimas. Tenía la piel de seda, y desprendía más calor que el sol.

Aquel gesto la ayudó a relajarse, aunque, a él se le tensaran todos los músculos del cuerpo. El pánico de

Gillian empezó a desaparecer, hasta que se fijó en su taparrabos. O, más bien, en la erección que tenía bajo el taparrabos. Entonces, se movió con desesperación sobre la cama, tratando de huir.

—Mírame a mí, muchacha.

Ella alzó la vista... y se le escapó un jadeo, como si fuera la primera vez que se fijaba en su cara. En su cara se reflejó una absoluta confusión y, después, se le extendió un rubor más intenso por las mejillas.

¿Le gustaba lo que veía?

—Me han dicho que podía ayudarte —declaró él. Era cierto. Él se lo había dicho a sí mismo—. Que podemos ayudarnos mutuamente.

Ella frunció el ceño.

—No dijeron que le pertenecieras a William el Oscuro —prosiguió. Aquella era una mentira necesaria; el antiguo Puck habría protestado por ella. Sin embargo, el Puck poseído por el demonio tenía pocos escrúpulos. La forma de conseguir las cosas había dejado de importarle; lo único que le importaba era el objetivo—. Tampoco me dijeron que estuvieras enferma. Ni que fueras humana. ¿Qué estás haciendo con un hombre de la reputación de William?

—¿Qu-quién eres tú? —preguntó él, con curiosidad.

Bueno, aquello era buena señal. Él tomó un mechón de su pelo y lo acarició entre los dedos. Disfrutó de su suavidad y su brillo.

¿Disfrutar? ¿Él?

¿Qué le estaba haciendo aquella muchacha?

Indiferencia rugió.

Él se concentró en la pregunta que le había hecho y en pensar cuál sería la mejor respuesta. Hasta que ella se encogió como si le disgustara que la tocase. Él sintió otra punzada, más aguda en aquella ocasión, y dejó caer la mano.

No, no le molestaba su reacción. ¡Claro que no!

—Me llamo Púkinn. Puedes llamarme Puck. Soy el guardián de la Indiferencia. No estoy seguro de que puedas ayudarme, pero creo que voy a permitir que lo intentes.

Otra mentira. «Claro que vas a ayudarme, muchacha. De un modo u otro».

¿Se sentía intrigada? La chica permaneció en silencio, mirándolo, como si fuera un misterio que no podía resolver.

Ah, sí. Estaba intrigada.

Él sintió otra punzada, que fracturó el hielo que cubría sus emociones y permitió que alcanzaran la superficie de su mente: excitación, hambre, impaciencia, anhelo, furia... Más excitación. La mariposa volvió a moverse, y él comenzó a sudar.

Indiferencia se preparó para dar un golpe letal.

No, no. Allí, en aquel momento, no.

Puck se concentró en la respiración e intentó no adoptar la postura de un guerrero.

Debía marcharse de allí antes de sentir más.

—Volveré cuando te hayas acostumbrado a la idea.

«Y después de haberme calmado».

Abrió la boca para decirle que iba a encontrar la forma de salvarla, pero Gillian ya había cerrado los ojos. Se había quedado dormida. Debía de sentirse a salvo con él, aunque fuera inconscientemente. De lo contrario, la adrenalina no le habría permitido dormirse. «Tengo la victoria al alcance de la mano...».

Aunque cada paso que daba para alejarse de ella era una tortura, teniendo en cuenta la lujuria que sentía, volvió al balcón, con la intención de vigilarla durante toda la noche.

—Vaya, vaya, vaya —dijo alguien, cuya voz le resultó familiar—. ¿Qué tenemos aquí?

Capítulo 6

Antes de que Puck pudiera darse la vuelta, alguien lo agarró por el pelo con fuerza y lo tiró desde el balcón. Una de las cuchillas de su pelo le hizo un corte en la mejilla cuando cayó en un bosquecillo. La arena y las cortezas de los troncos salieron despedidas en todas las direcciones.

Por un momento, mientras estaba tendido en el suelo, tuvo un recuerdo.

Después de un día de entrenamiento especialmente horrible, Sin y él estaba acurrucados juntos, comiéndose los roedores que habían podido cazar, porque los soldados eran responsables de su propia comida. Si uno no cazaba, no comía.

«Ojalá te hubieras quedado con mamá, Sin, pero me alegro mucho de que estés conmigo».

«Tú eres mi persona favorita de todos los reinos, Puck. Siempre estaré contigo».

Sin embargo, aquel «siempre» no había durado demasiado, ¿no?

Puck tragó la amargura que tenía en la garganta y después de recuperar el aliento, se puso en pie.

Hades apareció justo frente a él, en un remolino de humo negro.

—Así que tú eres el guardián de Indiferencia. Durante

todos estos siglos, me he estado preguntando a qué desafortunado le había cargado ella con ese demonio.

Puck sacó una daga.

—Si te refieres a Keeleycael, ella le dio a Indiferencia a mi hermano, y él me lo dio a mí.

«Dar». Aquella era una palabra muy bonita para describir una traición horrible.

Así pues... Hades conocía la historia de su posesión. Los demás pensaban que a él le habían infundido a Indiferencia mientras estaba encerrado en el Tártaro, una prisión para inmortales. Era un error comprensible.

Hacía mucho tiempo, cuando Zeus era el gobernante del monte Olimpo, doce miembros de su ejército de elite robaron y abrieron la caja de Pandora, que era muy parecida a la que contenía a Indiferencia. Salvo que, con aquel acto, los guerreros soltaron a innumerables demonios sobre el mundo, que no sospechaba nada. Los soldados fueron castigados y obligados a albergar a los demonios, tal y como le había ocurrido a él. Pero había más demonios que soldados, así que hacían falta más hospedadores. Se eligió a prisioneros selectos.

Hades esbozó una sonrisa fría.

—Keeley no tiene nada que ver con el hecho de comprender el final.

Keeleycael... Keeley... así que la amiga de Gillian era la infame Reina Roja.

—¿Y por qué se entrometió en mi vida? ¿Por qué quería que yo estuviera poseído?

Él nunca había hecho ningún daño a aquella mujer. Ni siquiera conocía de su existencia hasta que ella lo había atacado.

—Para salvar a mi hijo. Keeley y yo estábamos comprometidos en aquel tiempo, y ella sabía que yo haría cualquier cosa para cerciorarme de que estaba a salvo.

¿Y obligándolo a él a hospedar a Indiferencia, habían

salvado la vida a William? Eso era absurdo. Sospechó que Hades veía el pasado a través de las lentes de su orgullo.

Fuera como fuera, Hades había dejado claro que pensaba destruir a todos aquellos que se interpusieran en el camino de su hijo.

«Matar a cualquiera que amenace mi supervivencia, y vengarse siempre, hasta de la más pequeña ofensa».

Indiferencia gruñó cuando él sintió furia.

Inhaló y exhaló para calmarse. Aunque trato de envolver sus emociones en hielo, no lo consiguió. Era como si el rey hubiera anulado su única defensa. O como si sus emociones hubieran llegado ya demasiado lejos.

—¿Te gustaría conseguir tu libertad? —preguntó Hades—. Antiguamente, yo gobernaba a los demonios. Podría liberarte de Indiferencia sin problemas... pero te haría daño durante el proceso. Algo delicioso para mí, puesto que me encanta hacerles daño a los demás.

La furia se hizo más intensa.

—No, gracias.

—Entonces, escucha, principito —le dijo, caminando a su alrededor con una actitud amenazante—. La Reina Roja también me dijo que mi vida iba a cambiar el día que me encontrara a un guerrero de fuerza y ferocidad inigualables, que me ayudaría a resolver el problema de mi amado hijo. Por supuesto, si yo era buen chico y me abstenía de matarlo. Y, ahora, aquí estás tú, fisgoneando sobre el hijo y el problema en cuestión.

—¿Y ese problema tiene nombre?

—Sí, la muchacha tiene nombre.

La muchacha. Así pues, se trataba de Gillian.

—Puede que sea un problema para William, pero, para mí, es una solución. No voy a marcharme de este reino sin ella.

—¿Ah, sí? —preguntó Hades, enarcando una ceja—.

¿Ya sientes tanta posesividad hacia ella, aunque acabes de conocerla, y a pesar de Indiferencia? Vaya, pues siento curiosidad.

Si Hades pensaba en apartarlo de su futura esposa, y de su futuro, Hades moriría.

—¿Son tu fuerza y tu ferocidad mayores que las mías? —preguntó Hades.

—Sí.

—Vamos a comprobarlo, ¿te parece?

Al segundo siguiente, Hades estaba delante de Puck, lanzando una rápida sucesión de puñetazos. Puck esquivó los tres primeros, pero Hades era un maestro de la estrategia y, claramente, se lo esperaba. Al obligar a Puck a actuar a la defensiva, pudo robarle con la mano libre la daga que llevaba en la cintura. Con ella, le apuñaló en el riñón, el hígado y los intestinos.

Cualquiera de aquellas heridas habría podido matar a un ser humano. Sin embargo, Puck ni siquiera se inmutó, a pesar de que la sangre le caía en ríos por las piernas y sentía un dolor agónico.

Sin la necesidad de luchar limpiamente, le dio un rodillazo en la entrepierna a Hades y, cuando el rey se inclinó hacia delante, intentando respirar, le metió un gancho en la mandíbula.

Hades se tambaleó hacia atrás con un grito de furia que resonó por todo el reino. Cuando se irguió, miró a Puck con los ojos entrecerrados.

Mientras se le cerraban las heridas, él estudió las cutículas de sus uñas. Vaya. Debería hacerse la manicura.

Entonces, Hades se echó a reír.

—Crees que me has vencido, ¿verdad? Lamento desilusionarte, pero no puedes vencerme. Y menos, cuando yo conozco a Indiferencia mejor de lo que tú lo conocerás nunca.

Aquello solo quería provocarle miedo para debilitarlo, pero Hades no iba a conseguirlo. Utilizando su velocidad sobrenatural innata, recorrió la distancia que los separaba y le dio una patada en el estómago al rey, que se tambaleó. Puck aprovechó el traspiés para lanzarse a él y derribarlo.

En medio de la caída, Hades trató de situarse sobre él, pero no lo consiguió. El impacto hizo que el rey exhalara todo el aire que llevaba en los pulmones y lo dejó inmovilizado durante unos momentos.

Puck aprovechó la ventaja; se sacó una cuchilla del pelo y le cortó los ojos a su oponente para cegarlo.

Hades rugió de dolor y golpeó con tanta fuerza a Puck que le aplastó la mejilla, la mandíbula y la tráquea. Él había sufrido cosas mil veces peores, y pudo seguir luchando a pesar de las oleadas de dolor. Le dio puñetazos al rey en la cara, e hizo saltar la sangre de las múltiples laceraciones.

Al mismo tiempo, echó mano de la daga que le había robado Hades. Sin embargo, el rey esperaba aquello, porque hizo girar la hoja de la daga y le cortó la palma de la mano a Puck. La carne y el músculo se dividieron, y el hueso crujió.

Hades le lanzó un puñetazo a la mandíbula, y las articulaciones recién curadas volvieron a dislocarse. Vio las estrellas y sintió aún más dolor, pero no lo reveló ni con palabras ni con actos. Se limitó a ponerse en pie, pisoteó con la bota la nariz de Hades y le rompió el cartílago. Una venganza. Se recolocó la mandíbula. Mejor.

Cuando alzó el pie para dar un segundo golpe, Hades lo agarró del tobillo y le dio la vuelta. Al aterrizar, Puck se volteó hacia arriba y se puso de pie, deslizándose a buena distancia de su enemigo.

—Podríamos seguir así todo el día –dijo–. Vamos, dame lo peor que tengas. ¿O, tal vez, ya me lo has dado?

Hades se echó a reír de nuevo.

—Si quieres a la chica, muy bien, es tuya. Porque, a pesar de lo que piense mi hijo, ella no es para él. Según Keeleycael, morirá si se casa con Gillian. Así pues, mañana yo lo mantendré ocupado, y tú podrás utilizar un poco tus dotes de seducción. O, más bien, mucho. ¿Te has mirado al espejo últimamente? Vas a tener que trabajar mucho. Crea un vínculo con ella, porque es el único modo de salvarla, y llévatela lejos de aquí.

¿Si William se casaba con Gillian, moriría? Interesante. Tal vez, ese fuera el motivo por el que él tenía que casarse con aquella por la que un príncipe del inframundo viviría o moriría, para que William sobreviviera el tiempo suficiente como para destronar a Sin.

Tal vez Gillian causara la muerte de William después de que él se la devolviera.

«No es problema mío», pensó. A él no le importaba lo que iba a sucederle a William cuando se cumpliera la profecía. Sin embargo, no dijo una palabra. No iba a admitir que solo pensaba llevarse a Gillian temporalmente.

Que Hades pensara lo que quisiera pensar. Él...

«Crea un vínculo con ella», le había dicho el rey. No le había dicho que se casara con ella. El único modo de salvarla.

Puck se quedó anonadado al entender la realidad. El vínculo uniría sus almas y, de ese modo, Gillian podría nutrirse de su fuerza y terminar su transición a la inmortalidad. Sería algo más que su esposa. Se convertiría en su otra mitad.

«¡Sería mía!».

Había un ligero problema. Como ella estaba tan débil, podía actuar como un sifón y drenarlo por completo. Eso los mataría a los dos. Seguramente, William temía ese desenlace; de lo contrario, ¿por qué no había formado el vínculo con su amada?

«Merece la pena el riesgo».

Se lo propondría a Gillian y ella aceptaría, aunque solo fuera por ahorrarle a William el dolor y el sentimiento de culpabilidad, o para impedirle que corriera el mismo riesgo. Ella no iba a querer poner en peligro la vida de su amado.

Y eso era una ventaja para él.

La lealtad inquebrantable que Gillian le tenía a William debería agradar a Puck, porque eso garantizaba su victoria. Entonces, ¿por qué estaba apretando los dientes con tanta fuerza, y los puños hasta el punto de que los nudillos iban a rasgarle la piel?

No importaba. El dilema era que ya no sería posible divorciarse. La separación significaría la muerte.

William nunca estaría dispuesto a aceptarlo...

Puck tomó aire de golpe. Las tijeras... claro. Podría utilizar las tijeras de Anake para liberar a Gillian de su vínculo y permitirle que regresara con vida junto a William.

Cada uno de los actos que le habían encomendado las pitonisas estaba cobrando sentido.

Puck reordenó sus tareas: formar un vínculo con Gillian. Llevarla a Amaranthia. Volver a buscar a William.

Vínculo, traslado, regreso.

Hades sonrió con frialdad.

–Excelente. Veo que estás pensando. Te dejo para que lo planees todo. Buena suerte, Puck. La vas a necesitar –dijo. Le sopló un beso desde la palma de la mano y se desvaneció.

Puck se quedó a solas y miró hacia el balcón de Gillian con un sentimiento de determinación que enfureció de nuevo a Indiferencia.

Respiró varias veces, profundamente. Hades le había prometido que iba a distraer a William al día siguiente, pero no se fiaba de él. Ni de nadie. Sin le había dado una buena lección. Sin embargo, las dudas y la preocupación habían quedado atrás. Seguiría adelante según lo que tenía planeado y, pasara lo que pasara, se las arreglaría para salir victorioso.

No iba a rendirse.

«Muchacha, ya eres mía».

Capítulo 7

Puck se pasó toda la noche aplacando a Indiferencia, fortaleciendo la capa de hielo que rodeaba su mente y su corazón. «No sientas nada, no desees nada. La guerra antes que las mujeres, siempre».

La próxima vez que viera a Gillian, estaría preparado. No iba a dejar que su belleza le conmoviera ni que el instinto de posesión guiara sus actos.

En cuanto salió el sol, Puck se colocó entre las sombras y observó la escena mientras Hades trataba de convencer a William para que saliera del reino, sin conseguirlo. Pasaron las horas, y regresó la sensación de impaciencia.

El tiempo no estaba de su lado, ni del lado de Gillian.

Por fin, Hades le dijo a William que tenía una posible pista para hallar la cura para Gillian, y William lo siguió voluntariamente. Puck tuvo la oportunidad que necesitaba para hablar con Gillian sin intromisiones. A no ser, claro, que el rey del inframundo hubiera decidido tenderle una emboscada…

No tenía importancia. Estaba preparado.

Puck recorrió un oasis de palmeras sin apartar la vista de su objetivo. Gillian estaba en la playa, en una silla, bajo un dosel, a la sombra. Ya había adelgazado mucho, y no podía permitirse el lujo de perder más peso. Tenía el pelo apagado y las mejillas muy pálidas.

¿Cuánto tiempo le quedaba?

El instinto de protección le causó una grieta enorme en el hielo, y su mariposa se movió desde el hombro al muslo.

Respiró profundamente para recuperar la calma y se acercó a Gillian. El sol estaba desapareciendo por el horizonte y emitía un resplandor dorado y una luz de diferentes colores que se reflejaban en el agua, y en los ojos de la mujer. Era un escenario tranquilo y bello, perfecto para una seducción. Estuvo a punto de sonreír. William lo había preparado todo para su propia desgracia.

Alrededor de Gillian había ocho guardias armados.

¿Solo ocho?

«Mi futura esposa... Bueno, la chica se merecía algo mejor. Él tenía que enseñarle a William que no lo estaba haciendo bien».

—¿Necesita algo, señorita Bradshaw? —preguntó uno de los guardias.

Bradshaw, uno de sus alias. ¿Acaso William no quería que nadie conociera su verdadera identidad?

—No, gracias —susurró Gillian.

Estaba muy débil, muy cerca del final. El hielo se agrietó aún más. Debía tener cuidado, porque si Indiferencia lo atacaba antes de haber podido formar el vínculo con ella...

Con un movimiento sobrenatural, más rápido de lo que pudiera divisar cualquier ser mortal o inmortal, derribó a los cuatro primeros guardas. Cuando los demás se dieron cuenta de que había un enemigo cerca, prepararon las armas, pero ya era demasiado tarde. Puck los venció con la misma facilidad que a los anteriores.

Se frotó las manos con satisfacción y se acercó a Gillian. Percibió su olor a frutos silvestres, delicioso y embriagador y mágico, que lo atraía más y más hacia ella, y...

Gruñido.

Puck estuvo a punto de tropezarse. «Y yo que creía que estaba preparado...». La chica lo sometía a algún tipo de extraño encantamiento, y podía hacer en pocos segundos lo que la mayoría de la gente no conseguía ni durante meses: conmoverlo.

Al verlo, a ella se le escapó un jadeo. Miró hacia abajo, como si no pudiera soportar su visión. Claramente, era presa del pánico, y eso era algo que no quería provocarle... ¡Y eso que todavía no le había dicho ni una palabra!

¿Por qué lo temía, si él no le había hecho ningún daño? ¿Por qué...?

Ella volvió a mirarlo y se detuvo un instante en su taparrabos. Después volvió a apartar la mirada rápidamente.

La tela estaba deshilachada y rota, y dejaba ver más de lo que ocultaba. Aunque eso podía remediarse fácilmente.

Pero ¿debía resolver la solución? Tal vez ella temiera su propia reacción al ver su cuerpo. Tal vez esa visión le gustara demasiado.

Sí, claro.

En un abrir y cerrar de ojos, Puck se acercó a uno de los soldados inconscientes, le robó la camisa y se la puso. Los pantalones del hombre eran muy pequeños para él. Todos los pantalones le quedaban pequeños. Muy bien. Por lo menos, la camisa era larga, y le cubría la erección, que crecía cada vez más.

Se abotonó la camisa y volvió al lado de Gillian.

—¿Mejor? —preguntó él.

—¿Los has matado? —le preguntó ella, con la voz quebrada.

—No, solo están durmiendo la siesta. Pero puedo cortarles el cuello, si tú quieres.

—No–no. Por favor. No —dijo Gillian.

¿Se disgustaba por unos cuantos asesinatos? Adorable.

—Muy bien, no lo haré —dijo él. «¿Ves lo dócil que puedo llegar a ser, muchacha? Soy perfecto para ti».

Ella lo observó atentamente, lo evaluó, y su pánico fue disminuyendo. Excelente. Sin embargo, al mirarla bien, se dio cuenta de que ella no solo se había calmado, sino que, además, tenía una expresión de gratitud. Pobre muchacha. ¿Cómo podía conformarse con unos niveles tan bajos de decencia masculina?

Claro que, a él no le importaba.

—¿Para qué has venido? —le preguntó ella, con el ceño fruncido.

—Ya te dije que soy el guardián de Indiferencia, y que tú puedes ayudarme a sentir.

O, más bien, a sentir sin que hubiera consecuencias graves. Cuando él hubiera recuperado la corona Connacht, hubiera matado a Sin y hubiera reunificado los reinos, se arriesgaría a utilizar las tijeras con Indiferencia.

—Te prometo —dijo ella, con sinceridad— que no puedo hacerte sentir nada.

«Ya lo has hecho». Le había hecho sentir más que nadie en toda su vida.

«Es tan necesaria para conseguir mis objetivos como peligrosa...». Algún día, tal vez, lo mejor que podría hacer era matarla.

¡Aquel era el peligro del hielo!

Por supuesto, ella no era consciente de lo que él estaba pensando, y se giró para acercársele un poco. Le recordó a un gatito que buscaba calor. Cuánto deseaba acariciarle el pelo y pasarle los nudillos por la mandíbula, y deleitarse con la suavidad de su piel.

¿Deleitarse, él? Tenía que resistirse a su atractivo. No debería tener ningún problema para mantener la distancia emocional.

Tenía que mentir.

—Me dijeron que tu situación era tan triste, que acabé por preocuparme.

—¿Quién te lo dijo? —preguntó ella, con la mirada perdida, como si su mente hubiera viajado muy lejos—. ¿Y por qué ibas a preocuparte? Hazme caso, la preocupación por los demás está muy sobrevalorada —añadió. Se mordió el labio, y preguntó—: En realidad, ¿tú te preocupas... por algo?

Él fingió que reflexionaba su respuesta, y suspiró.

—Ni lo más mínimo —dijo. Aunque parecía que ella estaba de nuevo absorta en sus pensamientos, añadió—: Las pitonisas de mi reino son las que me hablaron de ti. Y quiero preocuparme porque es mi derecho.

Más verdad, en un tono más duro. Las palabras se le escaparon sin que pudiera evitarlo. Poder preocuparse por algo sin recibir un castigo era un derecho de todo el mundo, tanto de mortales como de inmortales.

No pareció que Gillian oyera la última parte de su discurso.

—¿Sientes algo? —le preguntó, con expresión de envidia. Eso confundió a Puck.

—Muy pocas veces, y, cuando sucede...

Puck frunció los labios. No tenía ningún buen motivo para contarle a la muchacha que el demonio le provocaba una debilidad extrema. Por el contrario, lo mejor que podía hacer era mantener en secreto aquella información. El conocimiento era poder, y Puck nunca le iba a conceder a nadie el poder sobre él.

—Eres afortunado —murmuró ella. Sí, tenía envidia. Qué criatura tan extraña.

Por supuesto, Gillian no sabía cuál era el precio de llevar una vida apática. Aquel precio era perder a sus seres queridos y a sus amigos, perder su hogar. Y también, dejar de saborear sus comidas favoritas, que ya no tenían gusto para él. Vivir era solamente sobrevivir. Ni siquiera sus aficiones le producían satisfacción. Las relaciones sexuales lo dejaban vacío e insatisfecho.

—¿Afortunado? Muchacha, podría prenderte fuego y, mientras tú gritaras de dolor, yo te vería quemarte y solo me interesaría el calor de las llamas para librarme del frío de la noche.

—Bueno, entonces, tal vez «afortunado» sea una palabra demasiado fuerte —respondió ella—. Pero no irás a prenderme fuego, ¿verdad?

—No —dijo él, e hizo el esfuerzo de bromear, como hacían los héroes con las heroínas—: Me he dejado las cerillas en casa.

¡Éxito! En sus labios apareció la más ligera sonrisa, como si él le pareciera adorable.

Puck sintió un deseo que le calentó la sangre e hizo que se le endurecieran los músculos del cuerpo. Indiferencia gruñó. Puck apretó los puños.

Para que funcionara su plan, iba a tener que controlarse para no responder a todas sus palabras y actos. Y rápidamente.

Hubo un soplo de brisa fresca y salada, y Gillian se estremeció. ¿Todavía tenía fiebre?

«No desear nada, no necesit...».

En aquel momento, ocurrió algo.

Puck dejó de temer al demonio, al castigo, a las consecuencias. Sintió una necesidad tan fuerte de cuidar a su futura esposa, que se echó a temblar. Se quitó la camisa y le puso la tela sobre los delicados hombros. Cuando ella se acurrucó, al calor de la prenda, él tuvo una satisfacción tan grande como asombrosa. La saboreó plenamente, porque su mente se había quedado sin defensas.

Ah... cómo echaba de menos aquel sentimiento... No solo la satisfacción sexual, sino la satisfacción por un trabajo bien hecho. Por una guerra bien librada. «Dame más. Necesito más».

Gruñido de rabia.

Puck se puso rígido. Tal vez debiera marcharse para pensar, calmarse y reorganizar sus prioridades. Sí, eso era lo que iba a hacer. Sin embargo, al hacer ademán de levantarse, Gillian le miró el pecho, y Puck quiso rugir de placer. Sin darse cuenta, volvió a sentarse. Tal vez se quedara un poco más.

—Gracias —murmuró ella.

¿Por la camisa?

—De nada.

«Por ti, cualquier cosa, muchacha. Ten confianza en mí».

Se sintió culpable al pensar que, aunque quería contar con su confianza, no se la merecía. Sin embargo, oprimió brutalmente aquella emoción.

—Bueno, y ¿cómo te has hecho invisible? —le preguntó ella—. Me refiero a cuando has luchado contra los guardias.

—No me he vuelto invisible. Me moví tan rápidamente que ninguno pudisteis verme.

—Eso es agradable.

¿Solo agradable?

—Mis habilidades son legendarias —dijo él.

¿Alardeando con la esperanza de impresionarla?

—Pero, para tener unas habilidades tan grandes, debes de haber vivido mucho tiempo. Seguramente, sabes muchas cosas, como, por ejemplo cosas sobre una enfermedad sobrenatural... La *morte ad vitam*.

Ah. Así que había oído mencionar el término, y estaba buscando respuestas. ¿Debía contárselo, o no?

Él se acarició la mandíbula y notó una áspera barba de varios días.

—Entonces, ¿eso es lo que te sucede a ti?

—Sí. Todos los médicos están de acuerdo. ¿Qué significa?

Puck decidió que se lo diría.

—Te dieron una poción. Tu cuerpo está intentando evolucionar para convertirse en inmortal, pero no tiene la suficiente fuerza. Solo hay una oportunidad para que sobrevivas —dijo, e hizo una pausa para causar más efecto. Después, continuó—: Tienes que casarte... formar un vínculo con un inmortal y unir tu alma a la suya.

La esperanza le iluminó los ojos, pero, al instante, desapareció.

—Aunque ni siquiera eso es garantía de que te salves —prosiguió Puck—. Podrías extraerle toda la fuerza y matarlo. O, peor aún, convertirlo en un ser humano.

Gillian se quedó horrorizada. Después, pareció que aceptaba la respuesta y la temía. Y, finalmente, pareció que se disgustaba. ¿Por qué? ¿Acaso las mujeres no soñaban con casarse con un hombre fuerte que les proporcionara seguridad en la vida?

Él entendía que tuviera miedo de poner en peligro la vida de William; qué afortunado era aquel tipo por tener a una mujer que se preocupara por su bienestar, tanto como para estar dispuesta a morir con tal de salvarlo.

Al pensar en que ella estuviera dispuesta a morir por salvar a otro hombre, se enfureció. «¡Mi mujer solo me será leal a mí!».

Indiferencia rugió de desagrado.

Puck inhaló y exhaló una bocanada de aire. «Ten cautela. Estás muy cerca de conseguir tu objetivo». Inhalar, exhalar. Bien. Mucho mejor. La furia comenzó a disminuir.

—Vaya, eso es un desastre —murmuró Gillian, que era completamente ajena a la convulsión que había creado. Volvió a mirar a lo lejos y comenzó a murmurar—: No sabía... pensaba que se creaba a los inmortales completamente formados, o que nacían de otros inmortales.

—Los inmortales pueden nacer de varias formas.

Ella pestañeó rápidamente y volvió a mirarlo.

—¿Cuánto tiempo me queda?

—Por tu estado, yo diría que una o dos semanas.

—Vaya. Nunca llegaré a completar mi lista de cosas que hacer en la vida. Suponiendo que la tuviera, claro.

—Tal vez deberías hacer una. Yo puedo ayudarte.

La primera sugerencia: formar un vínculo con una bestia.

Ella lo miró con admiración.

—¿Y por qué ibas a querer tú ayudarme?

—Te vendría bien distraerte, y a mí me vendría bien tener un nuevo objetivo —dijo él—. Yo no le gustaba a la mujer que me gustaba a mí, así que nos separamos. Así que... —terminó, y se encogió de hombros.

La mujer en cuestión era Winter. Él la había deseado todo lo que podía, porque nunca había conocido a nadie como ella. Era tan fuerte que podía derribar a un ejército entero. Sin embargo, cuando lo había rechazado, no le había importado tanto como para intentar que cambiara de opinión.

«Lo siento, muchacho, pero estoy enamorada de otro ser. ¡De mí misma! Lo entiendes, ¿no?».

Él se había separado de ella sin pesar.

—¿Las mujeres son objetivos para ti? —preguntó Gillian, con curiosidad.

—¿Por qué no? Mis objetivos, como mis normas, me impiden quedarme sentado en el sofá, viendo la televisión todo el día y comiendo pizza.

—Pero... si eres incapaz de sentir, ¿cómo puedes desear a una mujer?

—Yo casi nunca siento emociones, pero sí deseo. Una cosa no quita a la otra, muchacha.

Si Gillian lo deseaba, se acostaría con ella. Las cosas que aquella chica le haría desear...

De nuevo, se preguntó si tendría la capacidad de conseguir que él llegara al orgasmo, y cómo reaccionaría Indiferencia.

Solo había una manera de saberlo...

Si tenía que mentir y decirle a William que no iba a tocarla nunca, lo haría. Estaba dispuesto a cualquier cosa con tal de lograr lo que quería. O, tal vez, lo mejor que podía hacer era no tocarla. Los hombres celosos tenían tendencia a cometer idioteces, como acceder a ayudar a un completo desconocido a matar a otro completo desconocido.

Por supuesto, todo dependía de que él pudiera salvar a Gillian de la muerte.

—Supongo que tienes razón —dijo ella, con una sonrisa apagada—. Yo siento toda clase de emociones, pero nunca siento deseo.

Entonces, ¿no quería acostarse con su precioso William? Eso debía de ser mentira.

—¿No has deseado nunca a un hombre?

«Dime la verdad», pensó Puck. Por algún motivo, necesitaba saberlo.

Indiferencia le clavó las garras por dentro, mientras emitía otro rugido de advertencia.

Gillian se apartó de él. Se había puesto muy tensa y tenía una mirada de angustia. Irradiaba más dolor del que cualquier persona podía soportar. Sobre todo, una frágil humana que estaba al borde de la muerte.

El hielo que él había conseguido conservar se derritió.

–No quiero hablar de eso –dijo Gillian, y le recordó a un animal herido acorralado por un depredador hambriento. Después, añadió–: Cambia de tema o márchate.

Capítulo 8

Puck no cambió de tema ni se marchó. «Voy a optar por la tercera posibilidad, muchacha».

—Ah, ya lo entiendo —dijo—. Alguien te hizo daño.

Pronunció aquellas palabras con objetividad, pero, por dentro, estaba furioso. ¿Quién se había atrevido a maltratar a su esposa?

¿Ya pensaba en ella como en su esposa, y no en su futura esposa?

La mariposa tatuada se movió por su cuerpo y regresó a su hombro.

Debido a los castigos que le infligía el demonio, Puck conocía de primera mano la impotencia que se sentía al no poder evitar un ataque. Él también había sufrido un maltrato brutal cuando estaba debilitado. Sin embargo, al recuperar la fuerza, se había resarcido del sufrimiento con más violencia, y dudaba que aquella delicada flor tuviera el poder de hacer lo mismo.

—Mataré al responsable, sea quien sea —dijo. Y lo haría con gusto. Sanguinariamente—. Solo tienes que decirme su nombre.

—Nombres. En plural —le espetó ella, y apretó los labios.

—Sea un hombre, o sean cien, me da igual —dijo Puck. Los mataría a todos. La sangre iba a correr en riadas.

—Gracias por el ofrecimiento, pero creo que ya están muertos.

¿Lo creía, o lo sabía con certeza?

Teniendo en cuenta su relación con William el Oscuro...

—William debió de castigarlos —dijo Puck.

¿Y no le había contado los detalles a la muchacha? Por lo misterioso que era el guerrero, Puck supuso que no.

Ella se encogió de hombros.

—¿Eres amigo de William?

—He oído hablar de él, y estoy seguro de que él ha oído hablar de mí, pero no nos conocemos en persona.

—Si quieres hacerte amigo suyo, estar merodeando por su casa no es la mejor...

—Oh, no, no quiero hacerme amigo suyo. No me importa que me odie —dijo Puck.

—Eso no es inteligente por tu parte. Si no eres su amigo, eres su enemigo, y sus enemigos mueren de una forma dolorosa.

—¿Y a ti te importa eso? —preguntó él. Si Gillian podía aceptar el lado oscuro de William, también podría aceptar el suyo. Un punto a su favor—. Mis enemigos mueren con agradecimiento por poder escapar de mí.

Ella puso los ojos en blanco con un gesto de resignación.

—Vosotros, los inmortales, y vuestras enemistades.

—¿No deberías decir, mejor, «nosotros, los inmortales»? —le preguntó él. Cuanto antes aceptara su destino, mejor. A Gillian le esperaba la eternidad, estuviera preparada o no.

—No, porque voy a morir antes de que la transformación se haya completado, ¿no te acuerdas?

—Morirás, sí —dijo él. Tomó una piedrecita y la lanzó al agua, mientras le concedía un momento a Gillian para que asimilara sus palabras. Después, llegó el momento de hacerse el héroe–. O yo podría formar un vínculo contigo. Podría ayudarte uniendo nuestras almas.

Ella se quedó boquiabierta y lo miró con... ¿interés?

–Pero... ¿el único modo de salvarme es formar un vínculo contigo? ¿Y me lo estás proponiendo de verdad?

–Sí –dijo él, al instante. ¿Le parecería a ella que estaba demasiado ansioso?–. No es que quiera formar un vínculo contigo, pero tampoco quiero dejar de hacerlo. Es algo que nos beneficiaría a los dos.

–¿Y no te preocupa que yo te haga mortal?

No, ya no. Ni un poco.

–Yo soy el dominante de nosotros dos. Mi fuerza vital superará a la tuya, estoy seguro.

«Y, entonces, tú serás mía y solo mía... durante un tiempo».

Ella abrió la boca, pero volvió a cerrarla.

Puck sintió impaciencia y nerviosismo a la espera de su respuesta, e Indiferencia le arañó por dentro.

«Vamos, muchacha, date prisa. Dime lo que necesito oír».

Por fin, Gillian suspiró y dijo:

–Gracias por ese ofrecimiento tan extraño, pero creo que no voy a aceptarlo.

Él sintió tal frustración, que la furia del demonio aumentó un grado más. «Cuidado».

Necesitaba saber qué era lo que había hecho mal, así que preguntó, intentando que su tono de voz fuera razonable:

–¿Es por los cuernos?

¿O, quizá, por el pelaje? ¿Por las pezuñas? Ojalá pudiera cambiar de forma, como antes de que el demonio lo poseyera.

Ella se quedó desconcertada. Se cruzó de brazos y permaneció en silencio.

—Puedo cortármelos —dijo él—. No volverán a crecerme hasta dentro de un tiempo.

Gillian no respondió.

—No siempre he tenido este aspecto.

—No —dijo ella, y él tuvo que pararse a pensar a qué se refería.

A los cuernos, pensó Puck.

—El aspecto no tiene nada que ver —continuó Gillian, con la respiración acelerada—. Es que querrías que nosotros... ya sabes.

—¿Te refieres al sexo?

Sus mejillas se cubrieron de rubor, y asintió.

«A menudo y completamente, muchacha».

En caso de que pudiera tener un orgasmo sin recibir un castigo. O, simplemente, que pudiera tener un orgasmo. Aunque la chica había conseguido que sintiera más cosas durante las pasadas veinticuatro horas que desde hacía mucho tiempo, tal vez no pudiera superar su necesidad de contentar a Indiferencia.

—Exacto —dijo él, en un tono más duro del que hubiera querido. Teniendo en cuenta la desgracia que le había ocurrido en el pasado, era necesario ser más delicado con ella. Algo que no sabía si podría hacer; antes de su posesión, tomaba a sus amantes con dureza—. Sí, claro.

—Bueno, pues yo, no. Nunca.

—Eso es lo que piensas ahora, pero yo haría que cambiaras de opinión.

O moriría intentándolo.

No, por supuesto que no. La guerra antes que las mujeres.

Si tenía que renunciar al sexo, lo haría, y se lo diría para reconfortarla. No. No iba a poder respetar aquel límite, y no quería mentir. En aquel punto, siempre sería sincero con ella.

Pensó cuidadosamente sus siguientes palabras.

—No te forzaría jamás —dijo—. Esperaría a que lo desearas. A que me desearas.

—Te estoy diciendo que, por muy habilidosos que creas que eres, tendrías que esperar toda la eternidad.

—Te tendría en mi cama al cabo de un mes, te lo garantizo.

Ella se quedó consternada, como si tuviera miedo de haber herido sus sentimientos. A mismo tiempo, se le puso la piel de gallina, como si le gustara la idea.

Era tan expresiva... y tan bella...

El hielo se resquebrajó, y Puck notó una fuente de calor en el centro del pecho. Tuvo una erección instantánea y dolorosa; su cuerpo estaba desesperado por liberarse.

Oh, sí. Con ella, sí podría tener un orgasmo.

«Ten confianza en mí, muchacha. Deja que yo te libre de tus miedos».

Indiferencia rugió.

Puck se sobresaltó, y todo aquel calor desapareció por completo.

A lo lejos, se oyó el crujido de una rama. Puck recorrió el oasis con la mirada y, a los pocos instantes, percibió el olor a asesinato y sangre de William.

—William ha vuelto —dijo—. Va a llegar dentro de cinco... cuatro... tres...

—Vete —le dijo Gillian—. Por favor.

¿Le preocupaba su bienestar? Qué dulce y adorable. Y qué detalle más inesperado.

—Uno —dijo él, y terminó la cuenta atrás. Fue corriendo hasta una palmera que había a cien metros de distancia y se escondió detrás del tronco para poder seguir vigilando a Gillian.

William salió de la casa y fue directamente hacia la muchacha. Al darse cuenta de que los guardias estaban inconscientes, la malicia brilló en sus ojos, que pasaron del azul cristalino al rojo.

–¿Estás bien, tesoro? Los guardias...

–Sí, estoy bien –dijo ella, observando la zona. No vio a Puck, y exhaló un suspiro de... ¿alivio? ¿De felicidad, al constatar que él había escapado sano y salvo, o porque no iba a luchar contra su precioso William?

Puck apretó los puños.

–¿Qué les ha pasado a mis soldados? –preguntó William, mientras se agachaba a su lado.

–Vino un hombre. Puck –dijo ella.

Puck se quedó decepcionado al ver que no había intentado protegerlo. ¿Le mencionaría su proposición? Si William conseguía bloquear su vínculo, no habría esperanzas.

–Vino y se movió con tanta rapidez que yo no pude verlo –explicó–. Los guardias no tuvieron ninguna oportunidad contra su velocidad y su fuerza.

«Me alaba». Sintió un cosquilleo de orgullo que le hizo una fisura al hielo. Indiferencia le clavó las garras en la mente y envió hilos de debilidad a sus huesos. Puck soltó una maldición, porque sabía lo que significaba: era la advertencia final de su demonio.

Si continuaba así, el demonio ronronearía y él estaría sentenciado; no podría protegerse de ningún modo. Y, como tampoco podría ayudar a Gillian, la enfermedad acabaría con ella.

La fría realidad le sirvió para olvidar aquel orgullo: si no conseguía sus objetivos, Sin seguiría en el trono, y los ciudadanos de su reino sufrirían. Amaranthia sufriría. Se recubrió con otra capa de hielo. Mejor así.

–Puck. El guardián de la Indiferencia –dijo William, y se puso en pie agarrando una daga con las dos manos. Parecía que a Puck lo precedía su reputación–. Ha jurado vengarse de Torin por atraparlo en otro reino.

No, no. Cameron y Winter habían jurado vengarse de Torin. A él no le había importado lo suficiente.

—Pero ¿cómo ha podido escapar? —preguntó William, pensando en voz alta.

Fácil. Cameron estaba obsesionado con encontrar la salida.

Gillian frunció el ceño.

—¿Y cómo sabes lo que ha jurado que iba a hacer, si no lo conoces?

—Tengo espías por todas partes, tesoro —dijo William—. ¿Te ha dicho algo Puck? ¿Te ha hecho algo ese desgraciado? Hades dijo que tal vez estuviera por aquí y que no lo atacara, pero, con eso, solo ha conseguido que yo tenga ganas de hacerle algo peor.

Gillian empezó a jadear y resoplar como si fuera un gran lobo enfadado, cosa que no era, y Puck sonrió.

—Me dijo lo que es *morte ad vitam* —respondió. Y, mientras William maldecía a los bocazas y a las visitas no deseadas, ella añadió—: No quiero que lo mates por eso. Tú mismo deberías haberme dicho la verdad, pero no lo hiciste, así que él se ofreció a ayudarme amablemente.

Así que estaba intentando protegerlo, pensó Puck.

El hielo se resquebrajó de nuevo. Su cuerpo se convirtió en lava.

—¿Y qué tipo de ayuda te ha ofrecido? —inquirió William, con una expresión torva.

—Antes, prométeme que no le vas a hacer daño. Por favor.

El guerrero se quedó en silencio, y se inclinó para quitarle la camisa que le había dado Puck. A ella se le escapó un jadeo de asombro y, después, un gemido. William no tuvo piedad. Le quitó la tela de los hombros y la arrojó al agua.

Era muy revelador el hecho de que, aunque William

todavía no supiera nada de la propuesta, ya estuviera completamente celoso.

Esa era la reacción que quería Puck, la que necesitaba. Entonces, ¿por qué miraba el pecho del otro hombre y se imaginaba atravesándole el corazón con una espada?

Al oír otro gemido de Gillian, todo el hielo de Puck se derritió, y dio un paso hacia delante para hacer sufrir a William por ello. Sin embargo, Indiferencia lo debilitó, y él dio un traspiés. Tuvo que apoyarse en el tronco de un árbol.

William se disculpó y tomó a Gillian en brazos con ternura. La llevó al interior de la casa. Aunque Puck sabía que debería marcharse y buscar refugio, se acercó al edificio. Tenía unas enormes cristaleras que dejaban pasar la naturaleza al interior y que, además, le permitían verlo todo.

—Quiero que sepas —le dijo Gillian a William, mientras él la subía por las escaleras— que no voy a formar ningún vínculo contigo.

A Puck se le paró el corazón. Entonces, ¿William también se lo había propuesto?

William la dejó sobre la cama y sonrió con tirantez.

—No recuerdo habértelo propuesto, tesoro.

Puck exhaló un suspiro de alivio.

—Sé que no me lo has pedido, y que no me lo vas a pedir —repuso ella—. Así, cuando me haya muerto, no te sentirás culpable ni te preguntarás si deberías habérmelo pedido.

—Tú no te vas a morir —dijo él—. No te lo voy a permitir.

Ella le tomó una mano a William.

—Te quiero, Liam. Cuando no tenía a nadie en el mundo, tú me diste tu amistad y tu alegría, y te estaré eternamente agradecida.

Puck respiró profundamente. ¿Se estaba despidiendo? ¿Estaba preparándose para morir?

«Lucha, Gillian. Lucha por vivir».

—Deja de hablar como si hubieses llegado al final —le ordenó William.

Ella sonrió con tristeza.

—Tienes defectos. Muchos defectos. Pero eres un hombre maravilloso.

—Pues este hombre tan maravilloso va a encontrar la manera de salvarte —le dijo William—. Estoy trabajando las veinticuatro horas al día para asegurarme de que no sea necesario ningún vínculo. Vamos, ahora, descansa un poco.

Después, salió de la habitación con la cabeza muy alta, y dio un portazo.

Gillian no se quedó mirando a la puerta por si regresaba. Por el contrario, miró hacia el balcón con una expresión indescifrable. ¿Estaba esperándolo a él? Sin poder evitarlo, sintió euforia.

Cuando ella cerró los ojos, él se coló en el dormitorio y se acercó a la cama. Percibió su olor a frutas silvestres.

—Duerme, muchacha. Yo me voy a asegurar de que estés bien —le dijo.

Otra mentira. Porque, mientras él hablaba, Indiferencia empezó a ronronear.

Capítulo 9

Fue como si alguien hubiera quitado el tapón de la bañera. El vigor y la voluntad de Puck se fueron por el desagüe, y las rodillas le fallaron.

Hora de marcharse.

Salió de la habitación con sigilo. Tenía que encontrar algún escondite donde pudiera soportar el castigo de Indiferencia y recuperar la fuerza. Después, volvería. Pero, si la chica moría durante ese tiempo...

Esperaba que no sucediera.

Puck avanzó tambaleándose entre los árboles. Sabía, por experiencia, que muy pronto iba a estar demasiado débil como para moverse. Algunas veces, no sabía dónde estaba; otras, sí sabía lo que ocurría a su alrededor, pero no podía hacer nada.

Durante los siguientes días, cualquiera podría atacarlo y hacer lo que quisieran con él. Secuestrarlo, encerrarlo, violarlo o cortarlo en pedazos.

Sin embargo, no estaba preocupado solo por sí mismo. Gillian estaba deteriorándose rápidamente, y el tiempo era su peor enemigo.

Puck sabía que tenía que sobrevivir, porque, de lo contrario, no podría ayudarla.

«No te aproximes nunca a un enemigo hasta que no

hayas explorado el terreno en el que te mueves y hayas encontrado un refugio seguro».

Recordó la voz de Sin, que tanto despreciaba. Su hermano estaba en lo cierto, pero él estaba tan obsesionado con Gillian y con las extrañas sensaciones que le provocaba, que no había pensado en su situación. De todos modos, no le habría importado, y no solo por Indiferencia. Sin era el que se ocupaba de las exploraciones y de los refugios, y él era quien se ocupaba de la lucha. En aquel momento, en aquel estado de debilidad, tenía que encontrar un escondite y construir una defensa indestructible.

A menos que Hades interviniese, William iba a ir en su busca.

En momentos como aquel, Puck echaba de menos a Cameron y a Winter. A su manera, ellos lo habían querido cuando no tenía a nadie más. Cuando Indiferencia lo castigaba, ellos cuidaban de él. Durante siglos, se habían ocupado de obligarlo a ejercitarse para que se mantuviera bien preparado para la batalla. Y, cuando había olvidado cuáles eran sus objetivos, ellos se lo habían recordado.

Y él les había correspondido. Cada vez que Obsesión se apoderaba de Cameron, el guerrero se pasaba días y días encerrado, hablando solo con el demonio, sin comer ni beber. Necesitaba a algún guerrero que estuviera dispuesto a luchar duramente contra él, para distraerlo con alguna obsesión diferente. Winter nunca era la mejor candidata, puesto que, para ella, cualquier acto de generosidad tenía unas consecuencias terribles.

Los demonios siempre cobraban muy caro.

Cuando Winter desafiaba a Egoísmo y hacía algo por altruismo, se volvía loca. En su locura, podía destruir un reino entero y no dejar ni un superviviente... Y, después, acumulaba unos recuerdos de violencia de los que ya nunca podría liberarse.

Puck había ayudado a los hermanos de una forma que nadie más podía hacerlo: compartiendo su hielo.

¿Habrían sufrido sin él?

Probablemente. Pero, al menos, se tenían el uno al otro, del mismo modo que, una vez, él había tenido a Sin.

Cuánto echaba de menos al hermano que había tenido. A su amigo.

Indiferencia ronroneó con gusto mientras lo destruía por dentro y se apropiaba de toda su fuerza. A Puck empezaron a temblarle los miembros, y los huesos se le deshicieron como si fueran de pasta. Cada paso que daba era una lección de angustia.

Tropezó con una piedra y cayó a la arena. Estaba perdiendo el conocimiento, y sabía que no podía quedarse allí, expuesto a todo, convertido en un blanco fácil.

—¡Aquí estás! ¡Por fin! —exclamó una mujer, riéndose—. Estaba empezando a pensar que había confundido los días, pero me di cuenta de que las únicas veces que me he equivocado han sido cuando pensaba que me había equivocado.

Reconoció la voz de Keeley, la Reina Roja. La amiga de William y Gillian. La que le había dado Indiferencia a Sin y le había dicho cómo debía dejar que el demonio lo poseyera. Y la que le había encargado a Hades que le ofreciera ayuda.

¿Qué otros horrores le reservaba para aquel día?

—Torin, por favor, levántalo.

Torin, el guardián de la Enfermedad. El que creía que Puck lo iba a atacar a la primera oportunidad.

Estaba demasiado débil, y no pudo protestar cuando notó que unos brazos lo agarraban y lo apretaban contra un pecho musculoso.

—¿Dónde quieres que lo ponga? —preguntó Torin—. Y no vuelvas a decirme que «en mis pantalones». Otra vez, no.

—¿Qué pantalones? ¿Los tuyos o los míos?
—Ninguno de los dos —respondió Torin.
Keeley refunfuñó.
—Me gusta que lo tengas así sujeto. ¡Se te han abultado los bíceps, cariño!
—Concéntrate, princesa, y dime adónde vamos.
—A nuestro nidito de amor secreto, por supuesto.

Se oyeron pasos y crujidos de ramitas. Puck odiaba con todas sus fuerzas lo que estaba sucediendo. La impotencia y la incertidumbre, y la oscuridad que se apoderaba de su mente y que lo iba a dejar inconsciente en cualquier momento.

—Esta bestia mía, tan sexy es magnífica, ¿verdad? —comentó Keeley. Puck notó la caricia de unos dedos cálidos y suaves en la frente.

Torin soltó un gruñido y respondió en un tono que no era precisamente de buen humor.

—Oírte hablar así de otros hombres me suele poner de un humor asesino.

¿Él, sexy? ¿La bestia de Keeleycael? ¿Acaso aquella pareja sabía algo de que tenía planeado formar un vínculo con Gillian, chantajear a William y matar a Sin? ¿Sabía Keeley lo que había sucedido tantos siglos atrás, cuando ella le había dado la caja a Sin? Hades creía que sí.

—Vaya, mi bebé se siente herido en la autoestima —dijo ella, con su voz suave y ronca—. Voy a ayudarte a que te sientas mejor.

Entonces, se oyó una palmada sobre la piel.

—Ay —se quejó Torin. Todo su cuerpo dio una sacudida—. Qué daño.

—Pues todavía tengo más —replicó Keeley, y Puck se la imaginó reprendiendo a su marido con el dedo índice extendido—. Tú eres el hombre más increíble de la historia, y yo soy la mujer más fiel. Así que actúa en consecuencia.

—Sí, señora —dijo Torin, riéndose. Recuperó la seriedad al instante.

—William va a enfadarse mucho si se entera de que estamos ayudando al futuro marido de Gillian.

¿Lo estaban ayudando a él? ¿La Reina Roja había predicho incluso aquello?

«¡Por supuesto que soy yo! Esto es pan comido».

Ella suspiró.

—Ya me ocuparé de William cuando llegue el momento. Cuando sepa que le he salvado la vida a Gillian y que le he salvado a él para toda la eternidad, y a su verdadera compañera, me rogará que le perdone. ¡Ah! Esta mañana he hablado con el espejo mágico de Hades.

—¿El que aprisiona a la Diosa de los Muchos Futuros?

—Exacto. Ahora ya tengo una pista muy buena sobre el mejor camino que puede seguir Willy. Lo malo es que el muchacho va a tener que sufrir mucho, porque su compañera lo va a obligar a que la persiga en serio. Vaya, esto me recuerda que tengo que hablarles a Gideon y a Scarlet de su bebé.

—¿Ocurre algo? —preguntó Torin, en un tono de preocupación—. ¿O estás intentando decirme que Gideon y Scarlet van a ser los padres de la compañera de William?

—No, no, nada de eso. Pero tienen que saber que la ilusión no es solo ilusión, sino también, visión, y William necesita saber que... ¿qué? Ya se me ha olvidado. Algo sobre descifrar el código... una ilusión...

—No tengo ni idea de qué estás hablando, princesa.

Él, tampoco, pero no le importaba lo suficiente como para gastar energía en tratar de comprenderlo. A cada paso que daba Torin, su cerebro rebotaba en el cráneo. Perdió el conocimiento, aunque volvió a despertar al notar que su rescatador lo depositaba sobre una superficie dura, plana y fría. Era una piedra.

—...haciendo esto? —preguntaba Torin.

—Estuvo a punto de ser mi hijastro —respondió Keeley—. Quiero que sea feliz y, para eso, tengo que empujarlo hacia el camino correcto. Pero también quiero a Gillian, y quiero que ella sea feliz. Y quiero a Puck, y quiero que él sea feliz. O, por lo menos, algún día querré a Puck. Esta es la única forma de conseguir el final perfecto para ellos tres, y hace mucho tiempo que puse en marcha este plan.

¿Decía que iba a quererlo algún día, y ni siquiera lo conocía? ¿Y creía que obligándolo a hospedar a Indiferencia iba a ayudarlo a conseguir un final feliz?

Estaba loca. Lo había destruido todo para él.

—Antes te has equivocado en una cosa, ¿sabes? No nos va a dar las gracias —le dijo Torin—. Jamás.

—¿Acaso no te he enseñado nada? Tenemos que hacer lo que está bien, sea cual sea la reacción de los demás. Por otro lado, la gente puede darte una sorpresa.

—Sí, en esto tienes razón. La gente puede darte una sorpresa con un cuchillo por la espalda.

De nuevo, él perdió el conocimiento...

Abrió los ojos al oír a Torin emitir una sarta de blasfemias. A través de la neblina, le pareció ver paredes de piedra, la sombra de un guerrero y el perfil de una mujer rubia.

—Él tampoco te va a agradecer esto —decía Torin.

—Claro que sí —respondió Keeley, y suspiró—. Bueno, al principio quizá no, pero algún día, sí. Si el resultado no mereciera la pena...

Puck notó que le tocaban la mejilla con unos dedos suaves.

—Será mejor que estés a la altura, Plucky. El tiempo se nos acaba. Ella se muere. Casi llegas tarde. O, tal vez, ya sea demasiado tarde. La vida y la muerte son tan confusas para los mortales...

Aunque intentó levantarse para ir a buscar a Gillian, la oscuridad lo envolvió de nuevo.

Gillian perdía y recobraba el conocimiento. En aquel estado febril, creyó que, tal vez, estuviera manteniendo una conversación con Keeley. No sabía si estaba despierta o si estaba soñando, o si confundía el pasado y el presente con el futuro, como la Reina Roja, que había vivido un milenio y que acumulaba tantos recuerdos, que algunos detalles se perdían en aquel maremágnum.

¿Era aquello la inmortalidad? ¿Podría ella vivir así para siempre?

—Me perdonas, ¿verdad? —le preguntó su amiga, con nerviosismo e inseguridad—. No soy una desconocida, acuérdate. Soy tu mejor amiga. Y te salvé la vida.

—¿Perdonarte?

¿Por qué tenía que perdonarla? Ah, sí. Keeley la había engañado para que se bebiera una maldición eterna.

—Tenías que... haber dejado que me muriera —susurró. No quería vivir toda la eternidad soportando sus miedos y sus fobias.

—¡Tonterías! Vamos, sé buena chica y dile que sí a Puck, ¿de acuerdo? Vas a ser una novia preciosa.

Aquello tenía que ser una alucinación. Ninguno de los Señores del Inframundo ni sus mujeres la animarían para que se casara con Puck.

—Por supuesto, todavía tienes que madurar —prosiguió Keeleycael—. Haces tonterías. Estás confusa. Cambias de opinión a cada segundo —le dijo, y canturreó, con voz de falsete—: «Oh, William, eres perfecto para mí. No, no, William, estoy decidida a quedarme sola para el resto de mi vida. William, te deseo. William, no me interesa tener ninguna relación romántica contigo».

Gillian se ruborizó de vergüenza.

–No sabes ni lo que quieres ni lo que necesitas –continuó Keeley–. Solo sabes que necesitas un cambio, ¿no? Pues es tu día de suerte. Solo tienes que luchar para ponerte mejor. ¡Lucha!

Ella intentó mantener la coherencia de sus pensamientos... Puck. El hombre más guapo al que había visto en la vida. Sí, más que William. Puck le recordaba a un príncipe egipcio que había visto en un libro de cuentos, pero con más músculos. Y, cuando hablaba... era una locura. Tenía un ligero acento irlandés que hacía que se estremeciera.

Sus ojos eran del color del carbón, y sus pestañas, largas y espesas. Tenía los pómulos tan marcados como el cristal, una nariz majestuosa y unos labios tan suaves como los pétalos de una rosa oscura.

A primera vista, los cuernos le habían dado miedo, pero, después, había sentido mucha curiosidad. No estaba segura del motivo.

Él nunca sonreía, nunca dejaba traslucir ninguna emoción. Parecía que estaba desvinculado del mundo, que nada le afectaba, salvo, quizá... ella. En un par de ocasiones, había tenido la sensación de que Puck ardía por ella.

¿Estaba equivocada?

Sin embargo, a pesar de su apariencia animal y de su comportamiento glacial, se había comportado de una forma honorable. Le había ofrecido ayuda y, a cambio, le había pedido que le ayudara a sentir algún tipo de emoción. ¿Sería capaz de conseguirlo?

Y ¿no debería intentarlo? En primer lugar, Puck era su última esperanza y, posiblemente, su salvación. Por otro lado, si moría, no sentiría más miedo ni tristeza. No sentiría más debilidad. El pasado se borraría.

«Lucha un poco más, Gillian. Por favor. Lucha».

¿Luchar por vivir? ¿Luchar contra el mal? ¿Sería capaz?, se preguntó, de nuevo.

En aquella ocasión, vio la respuesta con total claridad. ¡Sí! Sí podía luchar contra el mal. Era necesario que lo hiciera, porque había muchos niños y niñas maltratados por gente que tenía el poder sobre ellos, y esos jóvenes se merecían que alguien los defendiera.

«Quiero ser su defensora».

Aquel sería el primer punto de su lista.

Llevaba demasiado tiempo sin un propósito, porque el miedo la tenía dominada y le había robado la alegría, la esperanza y el placer. ¡Pero eso iba a terminar! Aquel era un nuevo día. Había nacido una nueva Gillian.

Por primera vez, tenía un motivo para vivir. Así pues, sí, iba a luchar.

—Eso es —dijo Keeley, como si le leyera el pensamiento—. Este es tu destino. Es el motivo por el que naciste. El primer paso siempre es el más difícil, pero no te preocupes, dentro de muy poco tiempo estarás corriendo. Además, si sobrevives, William no tendrá que sumirse en una espiral de culpabilidad por tu muerte.

William, el dulce William.

—Puede que, algún día, hagan una película sobre tu vida —dijo Keeley—. Dieciocho años, ¡y ya casada con un inmortal y con un demonio! Pero, bueno, la realidad supera a la ficción, ¿verdad?

Gillian supo que iba a sobrevivir, y casi no podía creérselo. Puck le había dicho que la solución era forjar un vínculo con un inmortal, y ella habría aceptado si él no le hubiera dicho que iba a querer mantener relaciones sexuales con ella.

El sexo seguía en su lista de cosas imposibles para siempre.

—Algún día, pondrás el sexo en la lista de cosas imprescindibles para siempre —le susurró Keeley. De nuevo, era como si le hubiera leído el pensamiento, o como si todo aquello solo fuera una alucinación–. Reconócelo. Deseas a Puck.

¿Ella? ¿Desear a Puck? No... No lo había deseado cuando él la miraba con unos ojos llenos de frialdad, como un depredador. Pero... sí lo había deseado, tal vez, cuando él la había mirado con un calor abrasador. Entonces, había tenido la sensación de que su cuerpo despertaba de un profundo sueño, de que se le aceleraba el pulso y de que tenía latidos en partes diferentes que querían aprender el significado de la felicidad.

¿Podría enseñárselo él?

Por supuesto, también sentía un miedo muy familiar. Y, también, sentimiento de culpabilidad. ¿Cómo se atrevía su cuerpo a traicionar a William?

Qué idea tan tonta. William era su amigo, nada más.

Y ella... ¿aún quería que fuese algo más? Si no lo quería, podría forjar el vínculo con Puck y salvar la vida. Si aún quería algo más con William, tenía que actuar con cautela. Si se vinculaba a Puck, ya no tendría ninguna oportunidad de estar con William, nunca más.

Keeley le dio un beso en la frente.

–Si te casas con Puck, podrías empezar de cero. Pero ahora tienes que sobrevivir, y ya pensarás después en lo demás, ¿de acuerdo?

Empezar de cero. Un nuevo comienzo. Pasaría de ser un ratón asustado a ser una valiente luchadora.

Mientras se iba quedando dormida, Gillian solo podía preguntarse una cosa: ¿William o Puck?

Capítulo 10

Puck abrió los ojos de golpe y se incorporó. Miró a su alrededor, entre jadeos. Estaba en una cueva vacía; en un rincón había una puerta hacia otro reino. Sin embargo, no era la misma puerta que él había utilizado para entrar. ¿Adónde llevaría aquella?

En la pared del fondo había un mensaje escrito con sangre. Algunas de las letras se habían extendido y se habían confundido unas con otras. Vuelve a preguntárselo. Ya está dispuesta a decir que sí al vestido.

¿Al vestido? ¿Qué vestido?

De repente, tuvo una avalancha de recuerdos. Torin y Keeley lo habían llevado hasta allí, un lugar seguro, pero Gillian se estaba muriendo, y tal vez fuera demasiado tarde.

¡No!

Sintió una urgencia desconocida y se puso en pie. Había recobrado las fuerzas, y tenía que conservarlas. «No te permitas sentir nada. No reacciones ante nada».

¿Cuánto tiempo había pasado desde la última vez que había estado con Gillian? ¿Días, o semanas?

Se miró el cuerpo. Llevaba una camiseta y un taparrabos nuevos y limpios. Creyó recordar que Keeley había dicho: «El aspecto bárbaro te va muy bien. Vamos a conservarlo».

Cuando salía de la cueva a toda prisa, el instinto le dijo que agarrara la bolsa de nilón que había en su camino. Sin detenerse, inspeccionó el contenido: cepillo y pasta de dientes, colutorio y peine. ¿Todo ello, por cortesía de Torin y Keeley? ¿Querían que tuviera buen aspecto y que oliera bien cuando se presentara delante de Gillian?

Puck usó todos los artículos sin permitirse el lujo de sentir gratitud.

Cuando más se acercaba a la casa de la playa, más alto oía los gemidos de dolor de Gillian. Echó a correr con rapidez.

—Será mejor que aguantes, muchacha. Ya casi he llegado.

Cuando llegó a la casa, escaló directamente al segundo piso. Las puertas del balcón ya estaban abiertas, y pudo entrar al dormitorio con facilidad. Gillian seguía en la cama, como una estatua.

La muchacha tomó aire, y él oyó un estertor de muerte. Tenía los labios teñidos de azul. No conseguía tomar el oxígeno suficiente del aire. No era más que piel y huesos.

«No puedo reaccionar».

William sabía lo que le ocurría, y sabía que solo había un modo de salvarla. Podría haber forjado el vínculo con ella y haberla salvado de aquello. Sin embargo, la había dejado sufriendo mientras buscaba una solución inexistente.

No se la merecía. Pero iba a aprender la lección. Algunas veces, había que perder un tesoro para comprender su valor. Aquel día, iba a empezar a darle clases a William.

Con todo el cuidado del mundo, la tomó en brazos. Gillian pesaba menos que una pluma.

Ella, buscando su calor, se acurrucó contra él.

«No sientas nada».

Cuando sus preciosos labios formaron el nombre de William, Puck se quedó rígido. Así que pensaba que era el otro hombre quien la estaba llevando. No importaba. Aquel error era una ventaja para él. No quería causarle terror.

–¡Gillian! –exclamó William, y su voz ahogada se oyó por toda la casa. Era como si estuviera luchando contra un adversario.

¿Acaso Torin, Keeley o Hades habían ido a ayudarle a él?

Creía que Gillian iba a ponerse tensa cuando se diera cuenta de que su amado no era el que se la llevaba, pero se acurrucó aún más, como si se sintiera aliviada. ¿Acaso quería que él fuera a buscarla?

Vuelve a preguntárselo. Ya está dispuesta a decir que sí al vestido.

Por si acaso había interpretado mal su lenguaje corporal, Puck se apresuró a confirmarle sus buenas intenciones.

–No voy a permitir que mueras. La última vez que estuve contigo, sentí. Sentí –repitió–. Me arrepentí de dejarte sola, y no voy a volver a hacerlo.

Ella pronunció unas palabras sin sentido, y él trató de descifrarlas. ¿Algo sobre que, después de todo, había conseguido que sintiera?

¿Porque, como él había reconocido que había sentido arrepentimiento, ella creía que ya estaba todo solucionado?

«No te hagas ilusiones, muchacha».

Caminó hasta el balcón con pasos largos y seguros, saltó la barandilla y se dejó caer al suelo. El impacto hizo que Gillian gimiera.

–Lo siento –murmuró él. Mientras corría, notando los

cortes que le hacían las ramas y las piedras en los pies, decidió que iba a volver a la cueva de Torin y Keeley y utilizar su puerta. Ya se las arreglaría allí donde llegara–. Quiero forjar un vínculo contigo, Gillian. No digas que no.

–Sí –susurró ella–. Sí, yo también quiero. ¿Qué... hay que... hacer?

¿Había accedido? Por un momento, él se quedó anonadado. Sin embargo, dijo, rápidamente:

–Solo tienes que repetir lo que yo diga, ¿de acuerdo? –le preguntó, mientras corría hacia la cueva para poner la mayor distancia posible entre Gillian y William.

Ella asintió.

Y eso fue suficiente.

–Te doy mi corazón, mi alma y mi cuerpo –dijo. Esperó a que ella lo repitiera y, después, prosiguió–: Uno mi vida a la tuya y, cuando tú mueras, moriré contigo. Esto que he dicho es lo que voy a hacer.

A él no se le escapó la importancia de aquel momento. Estaban uniendo sus almas. Hasta que no utilizara las tijeras, serían dos mitades de un todo.

Si su vida se hubiera desarrollado tal y como él tenía planeado desde un principio, nunca habría sopesado el hecho de forjar un vínculo con alguien. Habría seguido solo, sin acostarse dos veces con la misma mujer, sin conocer la verdadera satisfacción en el lecho.

Después de Gillian, y después de Indiferencia, su vida volvería a ser suya. «No volveré a compartir a mi mujer con nadie».

Y no confiaría en nadie. Ni siquiera en la siguiente esposa que tuviera. La reina enamorada.

–Repite el resto –le ordenó a Gillian.

A ella se le llenaron los ojos de lágrimas. ¿Acaso lamentaba ya su decisión? Pues era una lástima, porque se le había acabado el tiempo y no tenía más opciones. La vida se le escapaba entre las manos.

Si tenía que obligarla a que lo repitiera, estaba dispuesto a hacerlo.

Entonces, ocurrió el milagro. Ella repitió la frase voluntariamente.

—Esto que he dicho es lo que voy a hacer.

¡Estaba muy cerca de la victoria!

Indiferencia rugió, y Puck apretó los dientes.

—Me parece que... no ha funcionado —murmuró Gillian—. ¿Estás seguro de que... esto... me salvará? Me siento igual... de débil.

—No te preocupes, muchacha. Todavía no hemos terminado.

Por fin, llegaron a la cueva, y Puck atravesó la puerta mística. Entraron a un reino desconocido para él. No había playa, ni gente. Era una selva.

Posibles amenazas: vegetación venenosa, animales salvajes, trampas puestas por los hombres y los propios hombres que las hubieran fabricado.

Por un impulso protector, apretó la cara de Gillian contra el hueco de su cuello antes de adentrarse en un mar de ramas y hojas. Iba a aprovechar el primer refugio que encontraran para terminar la ceremonia.

Allí. Divisó una casa sobre un árbol. Era grande y lujosa.

Puck se puso a Gillian sobre el hombro con todo el cuidado que pudo y trepó hasta lo más alto, donde encontró un precioso dormitorio con muebles blancos. ¿Quién vivía allí?

No importaba. Dejó a Gillian en el centro de la cama y sacó una daga. Se hizo un corte en la muñeca y la puso sobre sus labios. La sangre cayó en su boca, y ella se atragantó.

—Traga —le ordenó él, sin piedad, al ver que agitaba

la cabeza y la sangre le caía por la mejilla. Le sujetó la frente y le tapó la nariz. Era cruel por su parte, pero, si no lo hacía, Gillian iba a morir.

Ella no tuvo más remedio que tragar la sangre, y él suspiró de alivio. Después, con delicadeza, le hizo un corte en la muñeca, posó los labios sobre la herida y bebió.

–Sangre de mi sangre, aliento de mi aliento –dijo, con la voz enronquecida y el corazón acelerado–. Hasta el final de los tiempos. Repite, muchacha.

Ella abrió mucho los ojos y se mordió el labio.

–No... –murmuró, con un escalofrío–. Necesito pensar. Ya no estoy segura...

–Si no lo haces, vas a morir, y yo tendré que luchar con William por nada.

Un millar de emociones diferentes se reflejaron en los ojos de Gillian; la primera era la desesperación.

Puck lo entendía; aquel vínculo le iba a salvar la vida, pero también iba a destruir cualquier posibilidad de estar con William. Al menos, eso era lo que ella pensaba. No sabía que él iba a utilizar las tijeras, y no se lo iba a decir. Que él supiera, William la había marcado con algún tipo de signo después de enterarse de que había estado husmeando por su casa, y eso le permitía oír a través de los oídos de Gillian. El guerrero sabría la verdad cuando él decidiera compartirla con él.

–¿Entiendes que William te habría dejado morir? –le preguntó, con rabia–. Yo estoy aquí, y estoy dispuesto a arriesgarlo todo por ti.

A ella se le escapó un sollozo, y él sintió que la frustración y la ira golpeaban con fuerza el hielo. Indiferencia rugió por su cabeza.

Respiró profundamente y exhaló el aire.

–Gillian –le dijo–, dame una oportunidad. Deja que te salve.

Ella cerró los ojos y se inclinó hacia él, con las mejillas llenas de lágrimas, temblando. Sin embargo, por fin, repitió las palabras:

—Sangre de mi sangre, aliento de mi aliento. Hasta el final de los tiempos.

Capítulo 11

La vida de Gillian cambió para siempre en una fracción de segundo.

La fuerza y el calor inundaron su cuerpo, y la oscuridad y el hielo atravesaron su alma. Aquellas sensaciones contradictorias lucharon por la supremacía y la dejaron tambaleándose. Quería llamar a William a gritos. Él lo arreglaría todo.

Pero él no estaba allí, y lo que podría haber ocurrido ya nunca ocurriría.

Entre sollozos, asimiló el hecho de que había unido su vida a la de un desconocido.

Y eso estaba bien, ¿no? Aquel día era un nuevo comienzo. Tenía un camino nuevo que recorrer, sin William. ¿Y si él decidía apartarla por completo de su vida, ahora que ya no era Gillian, sino Gillian más uno?

¿Cómo iba a poder despedirse para siempre del mejor hombre que había conocido?

Se le empañaron los ojos a causa de las lágrimas.

«William te habría dejado morir. Yo estoy aquí. Estoy dispuesto a arriesgarlo todo».

La antigua Gillian se habría lamentado. La nueva Gillian se alegraría. Por primera vez, tenía un propósito en la vida: rescatar a los niños maltratados. Cada vez que tuviera un éxito, le estaría dando una patada en la entrepierna al demonio.

Por fin, se levantó la neblina oscura que la tenía envuelta desde que había enfermado, y el presente se aclaró.

Estaba en un dormitorio abierto, espacioso, lleno de glamour rústico. La luz del sol entraba por las grietas de las paredes de madera. Olía a lavanda y a humo de turba. Era el olor de Puck. Delicioso.

Estaba tumbada en una cama grande con un colchón blando. Su esposo estaba a su lado, observándola con angustia. ¿Había compartido demasiada fuerza con ella?

Cuando se miraron a los ojos, ella se dio cuenta de que era... era...

«Mucho más guapo de lo que yo había pensado».

Los cuernos eran de marfil, y le conferirían un halo místico y sobrenatural. Tenía el pelo de seda negra, y los ojos muy oscuros, con una mirada llena de posesividad. Aquel día, sus iris le parecían un cielo de medianoche lleno de estrellas. Tenía los labios de un color rosa muy oscuro, y era como si estuvieran pidiéndole que los besara.

Ningún hombre la había mirado nunca con tanta dureza y tanta delicadeza a la vez, como si pudiera matarla o seducirla en cuanto tomara una decisión.

Gillian tuvo una sensación extraña en los pechos, y entre las piernas. Sin embargo, aquello no era importante. Podía ignorarlo. Lo importante era que... ¡estaba viva! Gracias a Puck, tenía un futuro. Tenía esperanza.

Se echó a reír y lo abrazó. Su deuda con él era enorme, pero ¿qué quería él a cambio? Tan solo, sentir una emoción, cualquier emoción.

En teoría, parecía fácil.

Sin embargo, ¿cómo iba a conseguir ella hacer reír al

guardián de Indiferencia? ¿Contándole chistes? ¿Cómo iba a conseguir que llorara? ¿Contándole historias de su niñez?

Y ¿adónde iban a ir? ¿A Budapest, a la fortaleza de los Señores? No creía que acogieran bien a Puck, y ella sabía que él no iba a mimetizarse bien en la sociedad moderna.

En realidad, no tendría que hacerlo. La gente pensaría que iba disfrazado y, seguramente, publicarían posts en internet.

«¿Habéis visto al monstruito del barrio del castillo? ¡Qué falso!».

«Deberían despedir a su maquillador».

«No engañaría ni a mi tío, que es ciego».

Gillian lo soltó, por fin, porque quería hablar de sus pensamientos, planes y esperanzas, pero él la abrazó y la mantuvo inmóvil. A ella se le aceleró el corazón y se le heló la sangre.

Sintió pánico y se echó hacia atrás. Consiguió su libertad y se sintió aliviada... hasta que oyó un rugido bajo y siniestro al fondo de su mente.

Puck tuvo que contener la erección más grande de su vida. El olor a frutas silvestres de Gillian le había llenado las ventanas de la nariz, pero, además, aquella fragancia se había hecho más intensa, porque estaba mezclada con la suya, y se había convertido en el olor de los dos.

Habían forjado un verdadero vínculo.

El cuerpo frágil de Gillian había tomado lo que necesitaba de su cuerpo. Él acababa de recobrar del castigo de Indiferencia y, a causa del vínculo, había vuelto a perder una buena parte de la fuerza que había recuperado. Pero... se alegraba. O casi.

Era un precio muy pequeño a cambio de la increíble transformación de Gillian.

Había recuperado el buen color, ya no tenía los ojos hundidos ni las mejillas demacradas. Volvía a tener el pelo brillante, como si lo hubieran espolvoreado con polvo de diamante.

Femenina y carnal.

Estaba más radiante que nunca. Por el poder que él le había transmitido, y que garantizaba que su corazón siguiera latiendo.

A Puck se le hinchó el pecho de orgullo. No había un hombre que tuviera una esposa más bella.

Ni, tampoco, una esposa más asustada, pensó, al ver que ella miraba a la derecha y a la izquierda como si estuviera buscando una escapatoria.

—Tranquila, muchacha —le dijo, con la voz enronquecida. Pensó que... no, no. No podía ser. Pero... ¿tal vez? Parecía que las emociones se transmitían a través de su vínculo. Miedo, tristeza. Esperanza, felicidad. Rabia, preocupación.

Tenía que ser un error. Sin embargo, Indiferencia se mantuvo en silencio.

Gillian respiró profundamente y cerró los ojos. Se quedó quieta como una estatua durante varios segundos y exhaló el aire; después, miró a Puck, pero bajó la mirada rápidamente.

—Lo siento —dijo ella, y se frotó las sienes.

Él le levantó la barbilla con dos dedos, y se miraron a los ojos.

—Mejor así —le dijo—. Me gustan tus ojos, y quiero verlos.

Ella pestañeó como si aquello le sorprendiera.

Cuando él le metió un mechón de pelo detrás de la oreja, sintió un cosquilleo en los dedos, y el deseo, caliente como la lava, lo inundó. Indiferencia no emitió ningún sonido. Y, algo incluso más asombroso, Gillian se relajó y se inclinó hacia él para recibir la caricia.

—Eres exquisita —le dijo él.

—Gracias —susurró ella—. Y tú...

—Yo, no. Ya lo sé.

—Eh, yo no pienso que...

—¡Gillian! —gritó William. Su voz reverberó por las paredes de la casa.

«Termina la frase», pensó Puck. ¿Qué era lo que pensaba de él?

—William —susurró ella, y los ojos comenzaron a brillarle de emoción.

Puck gruñó en voz baja.

Pero ¿por qué gruñía? Él solo la estaba utilizando, así que, lo que sintiera Gillian por otro hombre no era cosa suya.

Se puso en pie de un salto, daga en mano, justo cuando William atravesaba la pared y lanzaba astillas de madera en todas direcciones. Tenía los ojos rojos de rabia, y se veían relámpagos azules bajo su piel. Por encima de sus hombros se veían un par de sombras que parecían alas. Los rizos negros se le movían alrededor de la cara, agitados por un viento que Puck no podía sentir.

¿Qué clase de inmortal era aquel?

Era hijo de Hades, pero por adopción, así que no tenían lazos de sangre.

Fuera quien fuera, William había perdido la oportunidad de hacer algo contra él. Lo que le ocurriera al esposo, también le ocurriría a la esposa. Si acuchillaba a Puck, Gillian sangraría. Si le rompía los huesos, los de ella también se astillarían.

William le clavó los ojos con una rabia que él hubiera deseado sentir.

—Vas a morir, pero, antes, me suplicarás que tenga

piedad, y yo no te la concederé. Ella es mía, y yo protejo lo que es mío.

—No —susurró Gillian. Se levantó de la cama y se colocó junto a Puck—. No lo mates.

—¿Que es tuya? —preguntó Puck, con desprecio y sin ambages—. Yo he hecho lo que tú tenías miedo de hacer. He luchado por el trofeo, y lo he ganado.

Gillian estaba mirando a William con una súplica en los ojos. ¿Acaso esperaba que él pudiera salvarla de Puck?

En aquella ocasión, Puck sí sintió rabia; tanta, que la mariposa empezó a resplandecer y a moverse por su piel. Los músculos se le hincharon, y los huesos vibraron en su cuerpo. Las garras se le afilaron.

Su mente... permaneció en silencio. De todos modos, él le pidió el hielo a la magia. Nunca había necesitado tanto su fuerza, y no podía arriesgarse a que Indiferencia lo castigara.

Con frialdad, se acercó a Gillian y le dijo a William:

—Ella es mía. Yo nunca le haría daño a mi mujer.

William alzó una daga para clavársela.

—No, William —dijo ella. Se puso delante de Puck y extendió los brazos para protegerlo—. No puedes hacerle daño.

—Oh, tesoro —dijo William, con una sonrisa llena de malevolencia—. Te aseguro que sí puedo hacerle daño.

—No, no lo entiendes. Me ha salvado. Ahora es mi marido. Hemos forjado un vínculo —le explicó ella. Se humedeció los labios y cambió el peso del cuerpo de un pie a otro—. Si le haces daño a él, me lo haces a mí también. Creo —dijo. Después, miró hacia atrás, por encima del hombro, y le preguntó a Puck—: ¿Estoy en lo cierto?

Él asintió.

William se puso aún más furioso.

—El vínculo. Lo has aceptado. Habéis celebrado la ceremonia.

A ella se le llenaron los ojos de lágrimas.

—No quería morir.

—No sabes lo que has hecho —dijo William, que se estaba tambaleando hacia atrás como si le hubieran dado una patada—. Te está utilizando para algo.

—Ya lo sé —dijo ella. Estaba un poco triste y muy preocupada.

—¿Que lo sabes? —preguntó William, con una actitud amenazante—. ¿Y sabes también que le perteneces en cuerpo y alma, y que el vínculo no se puede romper nunca?

—Yo me pertenezco solo a mí misma —dijo ella. Sin embargo, su valentía se desvaneció—. Lo siento. Es solo que... hay muchas cosas que quiero hacer.

Puck le puso una mano en el hombro, con cuidado de no arañarla con las garras que tenía preparadas para hacer trizas a William. Y, como había sucedido antes, ella se inclinó hacia él. Solo fue un momento, antes de que Gillian se diera cuenta de lo que había hecho y se irguiera de nuevo.

Pero aquel momento fue suficiente.

William lo notó.

Dio otro paso hacia atrás. La furia y la agresividad habían desaparecido, y solo quedaban la desesperanza y un evidente deseo. Gillian había sido un salvavidas para él. ¿Acaso la consideraba un ancla para su vida?

—Puedo encerrarlo y mantenerlo siempre a salvo, pero lejos de ti —le dijo William—. Sería perfecto.

Ella emitió un gemido.

—Vamos, inténtalo —dijo Puck.

—Gillian... —insistió William—. ¿Quieres que lo encierre?

A ella se le llenaron los ojos de lágrimas que fueron derramándosele por las mejillas.

—No —dijo—. Lo siento, pero no quiero.

Puck exhaló un suspiro de alivio.

—Muy bien. Lo haremos a tu manera —dijo William, y, con una expresión pétrea, salió de la casa del árbol.

Gillian volvió a gemir y se echó a temblar.

—¿Qué he hecho? —se preguntó. Con un sollozo, se tiró sobre la cama.

El hielo se resquebrajó por la mitad, pero Puck sostuvo las dos mitades en su sitio. Ya había conseguido la primera parte de su objetivo, que era salvar a Gillian y forjar un vínculo con ella. El estado de ánimo de la muchacha tendría que ser la última de sus preocupaciones.

Sin embargo, se sentó a su lado y le acarició el pelo.

Cuando, por fin, ella dejó de llorar, él le preguntó:

—¿Quieres a William?

—Sí. Es mi mejor amigo. O lo era. ¿Y si no me lo perdona nunca?

Sí, la perdonaría. La había mirado de un modo que era la prueba de que estaba dispuesto a perdonarle cualquier cosa. Solo hacía falta tiempo. Sin embargo, un lado oscuro de Puck no quería que Gillian tuviera esperanzas de reconciliarse con él.

—Yo seré tu mejor amigo a partir de ahora —le dijo.

—Si es una orden...

—No, solo una sugerencia.

El cuerpo de Gillian quedó laxo, y la tensión desapareció de ella, por fin. ¿Era porque él había conseguido calmarla, o porque Indiferencia tenía acceso a ella a través del vínculo?

Aquella idea le causó un sobresalto. ¿Podía afectarla el demonio?

—¿Soy inmortal? —preguntó Gillian, frotándose de nuevo las sienes, como si tratara de librarse de un dolor—. ¿O te he convertido en un ser humano?

—Eres inmortal. Ya te dije que yo era la fuerza dominante.

Él siguió acariciándole el pelo y, en muy poco tiempo, se quedó hipnotizado por su tacto sedoso contra los dedos. Por el contraste de los mechones oscuros contra su piel dorada. Por la forma tan elegante en que el cabello caía sobre su espalda.

«Mi esposa está tendida en una cama...».

El deseo apareció en su mente y, de repente, el hambre le clavó las garras. Comenzó a latirle el miembro erecto entre las piernas.

«Debo marcar a mi mujer. Demostrarle que lo es... y demostrárselo a William. Ella me pertenece a mí y solo a mí».

Sí, sí. Él le proporcionaría un gran placer. Le iba a encantar enseñarle a que disfrutara con sus caricias. Muy pronto, ella iba a anhelar su contacto.

«Pero... ¿qué ocurrirá cuando tenga que devolvérsela al otro hombre?».

William le daría las gracias por haberle preparado el camino.

«William morirá si se atreve a tocar lo que es mío...».

A Puck se le escapó un gruñido. Cuando llegara el momento, haría lo que tuviera que hacer.

—Vamos a cimentar nuestro vínculo ahora —dijo, entonces, arrastrando las palabras, casi como si estuviera drogado. «Y, por fin, ¡tendré un orgasmo!».

Gillian se apartó de él, mirándolo con los ojos muy abiertos y una expresión de terror.

—No. Nada de sexo. Nunca. Te doy permiso para que te acuestes con otras. Con todas las que quieras, pero, conmigo, nunca.

Él se sintió como si le hubieran atravesado las entrañas con un cuchillo.

—Somos marido y mujer. Permíteme que calme tus miedos.

—Sí, ya sé lo que somos, pero te dije que nunca he sentido el deseo, que nunca voy a querer experimentarlo, y lo dije en serio.

El hecho de que ella estuviera dispuesta a compartirlo con otras mujeres... lo irritó.

—Está bien. Será como tú deseas.

Gillian siguió llorando, y él siguió hablando, aunque ella hubiera dejado de escuchar.

—Antes de que nos vayamos, tengo que hacer algunas cosas. Tú te vas a quedar aquí, sana y salva —le dijo.

Se levantó y se alejó sin mirar atrás. Bajó del árbol de un salto.

Iba a tomarse unos minutos para calmarse, volver a tomar las riendas de la situación e intentar averiguar qué le había ocurrido a Indiferencia.

Y, después, seguiría el camino de la consecución de sus objetivos. Todo iba a salir bien. Él mismo se encargaría de ello.

Capítulo 12

«¿Qué demonios me pasa?».

En cuanto se había marchado Puck, Gillian había estallado en lágrimas.

Y, ahora, seguía sintiendo la avalancha de diferentes emociones: histeria, tristeza, felicidad, cobardía, obsesión... Su estado de ánimo subía y bajaba, y daba vueltas, mientras unos extraños gruñidos y rugidos resonaban por su cabeza.

La causa tenía que ser el vínculo, pero ella no sabía cómo funcionaban aquel tipo de conexiones. Puck no sentía nada, así que, no podía haber heredado su tristeza, su rabia, su culpabilidad, su dolor y su deseo, ¿verdad? Notó de nuevo aquella extraña quemazón en el cuerpo. Se le endurecieron los pezones y tuvo un dolor entre los muslos, más fuerte que en la ocasión anterior; y, aquella vez, no había duda de cuál era la causa.

Una parte de sí misma deseaba como nunca había deseado, ni siquiera a William.

Cuando Puck le había dicho que quería cimentar su vínculo, ella casi había sentido entusiasmo por la idea de estar con él. Sin embargo, por supuesto, el miedo había superado a todo lo demás...

Si él hubiera intentado presionarla...

Pero no lo había hecho. Le había salvado la vida y se había ido. Y, ahora, ella tenía una gran deuda con él.

Puck decía que quería sentir algo... cualquier cosa. Y ella, con la mente clara después de haber superado la enfermedad, empezaba a sospechar que no era cierto, que no quería sentir. Porque, cada vez que se había ablandado lo más mínimo, había vuelto a retirarse rápidamente detrás de una fachada glacial.

¿Por qué iba a mentirle? No tenía ningún otro motivo para casarse con ella.

Sin embargo, creía que lo había visto sentir pesar, en alguna ocasión. Si sentía antes de forjar el vínculo con ella, ¿por qué había celebrado aquella ceremonia y había puesto en peligro su vida? Solo podía ser porque quería sentir algo más...

Y, bueno, tal vez él no tuviera la culpa de su situación actual. Tal vez todos los inmortales pasaran por aquella fase al principio; o, tal vez, su corazón, que estaba recién destrozado, estuviera dejando escapar la agitación de muchos años.

Se le había roto el corazón porque William le había pedido que eligiera entre el hombre que le había salvado la vida y él. Y ¿cómo iba ella a traicionar a Puck, después de todo lo que había hecho por ella?

Y, al mismo tiempo, ¿cómo había podido hacerle tanto daño a William? ¿Volvería a verlo alguna vez?

Y ¿qué tipo de vida iban a poder llevar Puck y ella?

Cuando Puck volvió a la casa del árbol, encontró a Gillian en la cama, exactamente donde la había dejado.

—¿Todavía sigues llorando? —le preguntó, mientras le metía los pies en un par de botas que había confiscado para ella.

—No, no estoy llorando —respondió Gillian, pero tenía la cara enrojecida y los ojos hinchados.

Claramente, sufría por la pérdida de su precioso William.

Puck esperó la rabia. Sin embargo, no sintió nada, salvo una pequeña opresión en el pecho. Bien. El hielo estaba rodeando su corazón en capas impenetrables.

—Vamos —le dijo, y la sentó sobre el colchón.

—¿Adónde vamos?

Él hizo caso omiso de su pregunta y la sacó de la casa del árbol. Entonces, con la ayuda de las dagas, fue abriéndose paso por entre la espesa vegetación. Ya había explorado el reino, pero solo había encontrado dos puertas: una se abría a un reino brutal, donde les esperaba una muerte segura, y la otra los llevaba de nuevo al paraíso tropical de William. Ninguna de las dos puertas los llevaba en dirección a Amaranthia.

Volvieron al paraíso tropical. Aunque creía que iba a encontrarse una emboscada, William no apareció.

—¿Adónde vamos? —preguntó Gillian nuevamente—. Porque me gustaría sugerir Budapest. Allí tengo amigos.

—No.

—William mencionó que tenías problemas con Torin. Yo podría mediar entre vosotros para...

—No tengo problemas con Torin.

—Ah, bien. Entonces, podemos...

—No.

—Espera un momento —protestó ella y, con un resoplido, se puso en jarras—. Vamos a aclarar unas cuantas cosas antes de seguir andando.

—Sí, de acuerdo.

Puck se volvió y la miró a los ojos. De repente, sintió una avalancha de deseo.

¿Cómo? ¿Cómo era posible que ella le hiciera aquello? Necesitaba controlarse, y ya no tenía ninguna necesidad de ser agradable. La había cortejado y había ganado, y ya podía volver a ser él mismo.

—Nuestra relación no es una democracia. Te he salvado la vida, muchacha. A partir de ahora, yo hablo y tú obedeces, ¿entendido?

—Por esa regla de tres, tú debes hacer lo mismo. Yo también te he salvado la vida.

—¿Ah, sí? Explícame eso.

—William estaba ciego de ira, y te habría hecho prisionero.

—No, te equivocas. Como mucho, me habría gritado. Además, yo he vencido a adversarios mucho más fuertes que William el Oscuro.

—No hay nadie más fuerte que William.

A él se le constriñó el pecho de nuevo.

—¿Qué ha hecho él para ganarse tu lealtad?

—Para empezar, nunca me ha mentido, y nunca se ha aprovechado de mí, ni siquiera cuando yo intenté forzar la situación —dijo ella.

Interesante...

—¿Y cómo intentaste forzar la situación?

Ella se ruborizó.

—Eso no importa. Pasaba tiempo conmigo sin hacer exigencias, disfrutando de mi compañía. Me protegía cuando yo no me protegía a mí misma. Él...

—¡Ya lo he entendido! Es perfecto —exclamó Puck.

La opresión del pecho se transformó en un dolor oscuro y lacerante que atravesó el hielo con facilidad.

Pero Indiferencia permaneció en silencio.

Claramente, el vínculo con Gillian había afectado al demonio. No había otra explicación. Sin embargo, por mucho que Puck hubiera pensado en la situación, no había dado con la respuesta.

¿Qué significaba aquello para él? Y ¿qué significaba para su esposa?

—Si hubieras forjado el vínculo con William —le preguntó, sin poder evitarlo—, ¿estarías en su lecho en estos momentos?

Ella palideció.

—No.

Al menos, eso era algo.

Retomaron el camino y llegaron a la cueva. La siguiente puerta estaba ante ellos.

—Yo paso primero; tú, sígueme de cerca. Y, si se produce una lucha, ve corriendo a ponerte a salvo. Yo te encontraré después.

—Está bien. Sí.

Puck agarró con fuerza las empuñaduras de las dagas antes de salir...

De repente, un viento helado lo azotó. Miró a su alrededor y vio montañas de hielo llenas de árboles, y un cielo gris salpicado de nubes negras que amenazaban lluvia. Prácticamente, era una metáfora de su corazón.

Así pues, la puerta de William era móvil. Eso significaba que se abría a un reino nuevo cada vez que la atravesaba alguien que no fuera su dueño.

A Gillian se le escapó un jadeo y, al instante, empezó a estremecerse. Entonces, él la rodeó con un brazo para darle calor.

Oyeron el aullido de un animal, y la respuesta de otros muchos. Así pues, había vida salvaje. Eso era una ventaja, porque podría darle de comer a su... a Gillian.

Ya era hora de dejar de pensar en ella como en su esposa. Muy pronto se separarían, y no iba a cambiar de opinión por nada.

Sin embargo, al oír que le castañeteaban los dientes, y aunque supiera que era inmortal y podía sobrevivir perfectamente a la temperatura, Puck tuvo la urgencia de encontrar un lugar caliente para ella.

—Por aquí —le dijo, y la llevó hacia un bosquecillo

para protegerse del viento, y caminó hacia un montón de pieles...

Aquellas pieles cubrían cadáveres. En algún momento, unos seres humanos habían pasado por aquella puerta y habían muerto. Los cuerpos estaban perfectamente conservados; no tenían heridas ni manchas de sangre.

Puck tomó el abrigo más pequeño de todos y se lo puso a Gillian sobre los hombros.

—Con esto estarás mejor.

Ella agarró con fuerza las solapas para cerrárselo sobre el cuerpo, y lo miró con gratitud.

—Gracias.

No, él no iba a ablandarse. Se limitó a asentir con tirantez.

Después, miró a su alrededor y vio la boca de una cueva, oculta por varios montones de nieve. ¿Habría depredadores en su interior?

Después de recoger leña y encender una hoguera, le dijo a Gillian que se sentara junto a las llamas.

—No te muevas de aquí.

—Espera, ¿me vas a dejar sola?

—Si grito, sal corriendo.

—Pero...

Puck entró en la cueva con las armas preparadas, sin darle tiempo a terminar la frase. La entrada era muy amplia, y de ella partía un pasadizo estrecho con muchos giros que llevaba a otra sala grande en la que había una fuente termal. El vapor ascendía por el aire en volutas y tenía un olor limpio. No había trazas de sangre ni de putrefacción.

Puck salió de nuevo, pero no se acercó a Gillian. Si percibía de nuevo su olor a frutas silvestres, tal vez no tuviera la fuerza de voluntad suficiente para dejarla, y tenía que dejarla para ocuparse de sus necesidades.

—Has vuelto muy rápido —dijo ella, con una sonrisa de alivio.

Aquella sonrisa...

Su miembro latió de deseo, e Indiferencia... ¡Por fin! El demonio se removió por su mente, clavándole las garras y arañándolo, aunque con mucha menos fuerza de lo normal.

«¿Dónde estabas, demonio?».

Por supuesto, la respuesta fue solo un gruñido bajo.

—Quédate aquí fuera —le dijo Puck a Gillian—. No entres a la cueva sin mí, por si tiene dueño y vuelve. Voy a buscar tu comida —dijo.

—¿Qué? No, no —respondió ella, y se puso de pie con torpeza—. No quiero estar sola. Por favor, quédate conmigo.

—No me voy a alejar mucho. Si ocurre algo, grita.

Cuando ella lo miró con sus enormes ojos castaños, como si estuvieran a punto de arder de deseo, Puck entendió el dilema de William. Entendió por qué el guerrero la había dejado sola para intentar buscar cualquier solución para ella.

—Si ocurre algo, grita —repitió ella—. Vaya, eso sí que es reconfortante. Muchas gracias.

—No te preocupes. Si sufres un ataque y te hieren, te recuperarás. Ahora eres inmortal, ¿no te acuerdas? Y tenemos un vínculo, así que tu vida está ligada a la mía. Si tú mueres, yo, también. ¿Sabes qué significa eso?

—No.

—Que no te dejaría sola si pensara que puede ocurrir una catástrofe.

Aquellas palabras, con las que él quería tranquilizarla, solo sirvieron para que ella se irritara. Gillian le espetó:

—¿Hay algo más que tenga que saber? ¿Me va a crecer un pene ahora que compartimos la vida?

Puck no quería admirarla por tener ánimo en aquella situación, ni disfrutar del hecho de que pudiera ser tan suave y tan fuerte a la vez.

—El único pene con el que vas a tener que vértelas es el mío —dijo él—. Pero no sé qué otras repercusiones habrá.

Ella se ruborizó, y abrió la boca para responder.

Él no quería seguir discutiendo, así que se dio la vuelta y se alejó hacia la parte más profunda del bosque, mientras las maldiciones de Gillian lo seguían.

—Y tú, ¿por qué no estás más enfadado? —le preguntó a Indiferencia—. ¿Dónde está mi nuevo castigo?

Rugido, rugido.

¿Acaso el vínculo había debilitado al demonio y había disminuido su capacidad para dominarlo? Posiblemente. ¿Cómo? No estaba seguro. ¿Podría Indiferencia seguir debilitándolo a él? Tal vez.

Lo cierto era que Puck no quería sentir nada en aquellos momentos. Por primera vez desde que el demonio lo había poseído, prefería tener una gruesa capa de hielo alrededor del corazón. No quería desear a Gillian. No quería calmar sus temores. No quería tener ningún problema a la hora de separarse de ella.

Mientras recorría un camino apartado, siguiendo las huellas de una presa que cazar, fue recogiendo los pétalos de todas las orquídeas de invierno que encontraba, con la intención de utilizarlos en la fuente termal. Le apetecía.

Por fin, encontró a una manada de animales. Eran como un híbrido de conejo y cerdo, de tamaño grande, con un pelaje grueso y el hocico muy grande.

En cuanto notaron su olor, empezaron a gritar y se arrojaron hacia él, tan rápidos como los jaguares, mostrando unos colmillos largos y afilados que brillaban bajo la luz de la luna.

Puck no tuvo tiempo de prepararse. Pudo esquivar la primera oleada, se giró y empezó a dar cuchilladas con las dagas. Cortó cuellos y estómagos y hubo una lluvia de sangre y vísceras que cayeron al suelo. Sabía que sus heridas iban a ser también las heridas de Gillian, y al pensar en que ella iba a recibir cortes y a sangrar...

Dio un grito de rabia y comenzó a acuchillar con más fuerza. Su velocidad sobrenatural impidió que las criaturas pudieran herirlo más. Fueron muriendo una a una.

Cuando terminó la batalla, estaba cubierto de sangre y jadeaba, y había cuerpos de animales muertos a su alrededor. Había oscurecido. ¿Cuánto tiempo llevaba sola Gillian?

Eligió a los animales de mayor tamaño y volvió rápidamente al campamento. Ella estaba sentada delante de la hoguera, sana y salva, y él sintió un gran alivio. La luz de la luna iluminaba su piel y su pelo.

—La comida y la cena —le dijo, mientras dejaba la caza en el suelo—. Límpialos y ásalos mientras yo me baño.

Ella tenía una expresión de ira.

—Has tardado muchísimo. Y no pienso limpiar ni cocinar eso.

—¿No tienes hambre?

No importaba. Iba a comer. Si era necesario, la obligaría a hacerlo. No podía permitir que se debilitara físicamente.

—Tengo mucha hambre, pero...

—Pues, entonces, limpia, cocina y come. Problema resuelto.

—Yo no quiero tocar un animal muerto, y no voy a comer animales. Soy vegetariana.

En Amaranthia, las mujeres nunca contradecían a los hombres. Aunque Puck no iba a permanecer para siempre con Gillian, tampoco iba a tolerar su desobediencia.

—Harás lo que te ordene —le dijo, en un tono amenazante.

Se alejó de nuevo y entró en la cueva, donde notó la calidez del aire. Al llegar a la fuente, arrojó los pétalos de orquídea y, aunque el instinto le urgía a que saliera a buscar a Gillian y la pusiera a salvo, se quitó la ropa y entró en el agua. Se hundió una vez, dos, y se lavó la sangre. Oyó unos pasos a su espalda, seguidos por un quejido femenino, y se le tensaron todos los músculos del cuerpo.

Ella había acudido a él.

Puck ignoró las muestras de indignación de Indiferencia y se mantuvo de espaldas a ella. No sabía lo que iba a ver reflejado en su rostro. ¿Disgusto? ¿Aprobación? Y ¿qué quería ver?

¡Nada!

Ella dio un pisotón en el suelo y dijo:

—Tú eres mi... mi esposo. Tienes que darme frutas y verduras de comer. Es tu deber.

«Tienes que darte la vuelta y mirarla».

Se giró lentamente. Al ver a Gillian, se quedó sin aliento, y la mariposa de su piel viajó hasta la parte inferior de su espalda. Ella tenía las mejillas enrojecidas de indignación, y en sus ojos profundos había una súplica. «Líbrame de mis problemas».

¡No! Nada de salvación. A partir de aquel momento, mantendría las distancias con ella.

—Puede que no me importen muchas cosas en la vida, muchacha, pero vivo de acuerdo con ciertas normas. Tengo que hacerlo, porque esas normas me mantienen con vida a pesar de mi situación. Y mantienen con vida a la gente que me rodea. La norma que tú tienes que memorizar es esta: tres comidas al día. Y trabajarás, o te morirás de hambre.

—Ya te he dicho que soy vegetariana. A mí no me importa trabajar a cambio de mi comida, pero tiene que ser comida que pueda comer.

—Tú puedes comer la comida que te he traído, pero prefieres no hacerlo. Sin embargo, hay una cosa que no entiendes: aunque no te gusten las tareas que yo te encargue, tienes que cumplirlas. Y tienes que comer la comida que te dé, aunque no te guste.

Ella alzó la barbilla.

—Prefiero morirme de hambre.

Él sonrió con crueldad.

—Eso ya no es una opción para ti.

—Pero...

—Harás lo que te ordene, o sufrirás.

—¿Me harías daño? —le preguntó ella.

—Sí —dijo Puck. Siempre haría lo que tuviera que hacer para conseguir lo que necesitaba.

Ella retrocedió, como si la hubieran empujado.

—Te odiaría.

—Y, como seguramente ya habrás comprendido, a mí no me importaría en absoluto.

En sus ojos, el miedo dio paso a la ira y a la incredulidad. Ella alzó la barbilla.

—Quiero irme a casa.

—Yo soy tu casa.

—Quiero irme a mi antigua casa.

—No. Vas a vivir en mi reino.

Ella palideció, y dijo, entre dientes:

—Está bien. Iré a buscar ramitas y frutas silvestres...

—Las ramas son para hacer fuego, y en este reino no hay frutos silvestres.

—Entonces, ¿qué comen los conejos?

—No son conejos, muchacha. Tu situación ha cambiado. ¿No deberían cambiar también tus normas?

Puck pensó un instante. No quería obligarla a comer carne y granjearse su odio; eso podía ralentizar su viaje de vuelta a casa, porque Gillian protestaría a cada paso que dieran. Sin embargo, si no comía, también podía retrasarlos.

Seguramente, si llegaba a un acuerdo con ella, se ahorraría un montón de problemas.

Movió los dedos para indicarle que se acercara. Ella obedeció, de mala gana. Después, él dio unos golpecitos en el borde de piedra del manantial, y ella se sentó y cruzó las piernas.

Con movimientos lentos y cuidadosos, él le quitó las botas y los calcetines. Al ver sus delicados dedos, se le aceleró el corazón. Tuvo una tentación... y no pudo resistirse. Le acarició las uñas con un dedo. Indiferencia rugió.

Ella se estremeció al notar el contacto.

Puck maldijo a los hombres que le habían causado aquel estado de ánimo, e hizo que metiera los pies en el agua caliente y burbujeante. Entonces, ella cerró los ojos con deleite.

Algún día, vería aquella expresión en su rostro por otro motivo completamente distinto...

Puck tuvo que apretar los dientes.

—¿Por qué no comes carne? —le preguntó—. La carne te da fuerzas.

Ella abrió los ojos y lo miró.

—Cuando era más pequeña, mis hermanastros me susurraban cosas en la mesa. Si estábamos comiendo hamburguesas, me preguntaban cuánto tiempo pensaba que había estado mugiendo la vaca antes de morir. Si comíamos pollo, me preguntaban si me imaginaba a los pollitos llorando por su mamá —le explicó.

Pobre y dulce Gillian. Había sido maltratada física, mental y emocionalmente.

—Estás más traumatizada de lo que yo creía.

—Lo sé. Tal vez pudiéramos... ¿llegar a un acuerdo?

Si tú me encuentras algo de comer, algo que no sean animales, yo haré todo lo que pueda por conseguir que sientas algo.

Sus propias mentiras se volvían contra él. Puck la había convencido de que quería sentir algo, de modo que ella tuviera algún motivo para pasar tiempo con él. Pero, si Gillian estaba constantemente intentando hacerle feliz...

Eso lo debilitaría. Tal vez. Tal vez, no.

«¿Por qué ya no te siento con tanta fuerza, demonio?».

No había necesidad de seguir con el engaño. Además, Gillian ya había conseguido que sintiera muchas cosas. Si seguía aparentando que no sentía nada para que ella siguiera esforzándose, se convertiría en un mentiroso.

¿Y qué? Había sido cosas mucho peores.

Debería decirle la verdad, y prometerle que iba a castigarla si ella intentaba hacer que sintiera cualquier cosa. Sin embargo...

A pesar del peligro, le gustaba la idea de que Gillian hiciera todo lo posible por satisfacerle. Sí. Eso.

Daría cualquier cosa, salvo el éxito de su misión, con tal de que su esposa lo sedujera. Pero, primero, tendría que dirigirla en aquella dirección.

—Tú tienes que hacer todo lo que puedas, de todos modos. Aunque no tengamos ningún trato.

Ella le salpicó un poco con agua.

—¿Eso es algo a lo que puedes obligarme?

—No —dijo él.

—Entonces, este trato es la única manera que tienes de conseguir mi cooperación. Si quieres que te haga sentir algo, tienes que darme comida que no sea carne. Y, después de que lo consiga, me llevarás a casa. A una casa que yo elija. Y no le harás daño a William, ni a Torin. Nunca.

«No menciones los nombres de otros hombres», pensó él. Y estuvo a punto de decírselo.

Con tirantez, le separó las piernas y se colocó entre ellas. Ella se puso tensa y, rápidamente, posó las manos en su pecho para empujarlo hacia atrás, pero él se limitó a tapar sus manos con las suyas y la sujetó con firmeza.

—¿Y cómo vas a hacerme sentir emociones? —le preguntó.

—Yo... te contaré chistes e historias tristes.

Él negó con la cabeza.

—Eso ya lo han intentado otras personas, y han fracasado.

Era cierto. Una vez, Cameron se había empeñado en provocar alguna reacción en él. Sin embargo, el intento había terminado mal para el guardián de Obsesión, que sufría un castigo por parte de su demonio cada vez que no conseguía un objetivo.

—¿Y alguna de esas personas habían conseguido hacerte sentir algo previamente?

—No.

—Entonces, ya llevo ventaja.

—¿Y si quiero sentir otra cosa que no sea felicidad o tristeza?

A ella se le resecó la boca al instante.

—Yo no... no puedo...

—¿De qué otra manera vas a conseguirlo? —preguntó él.

A ella se le aceleró la respiración.

—Tendrás que esperar para verlo, supongo.

—Si no has conseguido divertirme ni ponerme triste cuando hayamos llegado a mi hogar, ¿intentarás lo que yo te sugiera?

—Sí —dijo ella, con la voz quebrada—. Si me das frutas y verduras mientras estamos juntos, y me llevas a Budapest cuando haya conseguido que sientas algo... lo haré.

Puck tuvo una sensación de triunfo, y estuvo a punto de sonreír. Aunque quería estar cerca de Gillian, se obligó a soltarla y se alejó hacia el otro lado del manantial.

−Muy bien, muchacha. Trato hecho.

Capítulo 13

Tercer día de matrimonio.

Mientras caminaba a toda prisa para poder seguirle el paso a Puck, Gillian iba murmurando protestas.

Habían entrado en otro reino hacía poco tiempo. Era una selva tropical pantanosa, llena de vegetación espesa y cubierta por las densas copas de los árboles. Aunque era muy bonito, también era peligroso. De las ciénagas surgían llamaradas por doquier y, cuando uno se acercaba a los troncos de los árboles, de estos brotaban largas espinas defensivas. Las hojas trataban de morder con verdaderos colmillos.

Cada criatura que encontraron resultó ser una mezcla de dos tipos de vida salvaje: un gorila con la parte inferior de una araña. Una serpiente con cuartos traseros. Moscas del tamaño de la palma de la mano, con aguijones de escorpión.

Ella no gritó de miedo ni una sola vez, lo cual era un verdadero milagro. Incluso pudo seguir a Puck sin quejas, aunque sí con resoplidos y gruñidos. La única ventaja era que el olor a lavanda y a humo de turba seguía llenándole la nariz.

Y ya no tenía hambre. Él le había dado de comer bayas y plantas. Buen hombre, mal hombre... El veredicto todavía no estaba claro.

Cada vez que se le pasaba por la cabeza la imagen de William, se apartaba aquel pensamiento de la cabeza con determinación, porque sabía que la tristeza solo iba a servir para ralentizar su paso. Si no lo conseguía, se concentraba en Puck. Sentía por él mucho recelo, pero, también, fascinación.

Puck no llevaba camisa, y la visión de su fuerza era espectacular. Tenía una mariposa tatuada que aparecía y desaparecía en diferentes lugares de su espalda. Una vez, cuando él se giró para evitar que una rama le golpease la cara, ella vio la mariposa en su pecho. Algunas veces, cambiaba incluso de color.

Todos los Señores del Inframundo llevaban una marca parecida. O, más bien, los inmortales poseídos por un demonio. A ella nunca le había parecido atractivo. Sin embargo, ahora no podía dejar de mirarlo y se le hacía la boca agua.

Por lo menos, aquellos extraños rugidos ya no resonaban por su cabeza.

Puck tenía otro dibujo en el pecho: una guirnalda de flores alrededor de un pavo real con un pico muy largo y dos círculos en lugar de pies. Uno de aquellos círculos rodeaba su pezón, y el otro descansaba en el centro de su esternón. Era un tatuaje muy detallado, y parecía que el ave estaba a punto de salir volando de su piel.

Él se había cambiado el taparrabos por unos pantalones que había confeccionado con los forros de los abrigos que habían hallado en el reino de hielo. Su Puck tenía muchos recursos. Y, a cada hora que pasaba, le parecía más y más bello.

¿Serían duros aquellos cuernos? ¿Sería su piel oscura tan fría como su actitud, o tan caliente como el fuego? ¿Sería suave el pelaje de sus piernas?

¿Qué expresión tendría si alguna vez le importara algo? ¿Si ella le importara?

Se estremeció, porque sintió atracción y consternación al mismo tiempo.

Tenía que dejar de divagar. Había llegado el momento de hacerle reír. Cuanto antes lo consiguiera, antes la llevaría a casa. Habían hecho un trato, y no le quedaban más que unos días, una semana, como mucho. Si llegaban antes al reino de Puck, ella habría fracasado. Y, si fracasaba...

Él esperaría que ella tratara de seducirlo.

Se le secó la garganta al pensarlo. ¿Podría hacerlo? El sexo todavía ocupaba el primer lugar de su lista de cosas impensables.

Y, sin embargo, la noche anterior había soñado con Puck. Había soñado con que él la besaba y recorría con sus manos las curvas de su cuerpo. Y le había gustado. Al despertar, tenía los pezones endurecidos y estaba excitada.

La causa tenía que ser el vínculo. Y, también, el mismo Puck. Había dormido a su espalda, rodeándola con uno de sus fuertes brazos para darle calor. Tenía muy suave el pelaje de las piernas y no se había quejado cuando ella se había frotado contra él. Y, mejor aún, no se le había insinuado.

Pero con una sola noche no podía superar el miedo de toda una vida. Tenía que conseguir que aquel hombre se riera, o que llorara.

—Estos reinos que estamos atravesando ¿son parte de la Tierra o son parte de otra galaxia? —le preguntó.

—Ambas cosas —respondió él, y siguió en silencio.

Aquello le puso los nervios de punta a Gillian. ¿Por qué se comportaba con tanta frialdad? Durante su baño, estaba ardiendo; la miraba como si quisiera decirle que iba a hacerle cosas muy excitantes y que, después, ella le pediría más.

En ese momento, ella no estaba preparada y se había asustado. Ahora, quería ver aquella mirada de nuevo, pero él estaba muy distante.

Puck apartó una rama del camino. Una hoja trató de morderle la muñeca, y él la aplastó con el puño.

Gillian lo observó. Cada vez sentía más fascinación por él. Tenía seguridad en sí mismo y autoridad. No había nada que le asustara. En muchos sentidos, le recordaba a William. Él era valiente, obstinado y feroz. En otras cosas, le parecía que eran diferentes como la noche y el día. William bromeaba. Puck, no. A William le encantaban las mujeres de todo tipo, y Puck no se fijaba en nadie más que en ella. William la trataba como si fuera de porcelana. Puck la amenazaba con facilidad.

Aquella mañana, le había dicho:

—Hay una norma nueva: harás lo que yo diga, cuando te lo diga, sin vacilar. O te pondré las manos encima y te obligaré a hacerlo.

Ella tuvo ganas de echar a correr, pero se mantuvo firme y le espetó:

—¿Mi nueva norma? Apuñalarte en el vientre cada vez que me pongas las manos encima.

Unas palabras muy valientes y una advertencia sin valor.

Como iba absorta en sus pensamientos, se tropezó con una piedra y se tambaleó. Puck no intentó ayudarla a que mantuviera el equilibrio.

—Bueno, ya es hora de ir más despacio —gruñó ella—. Estoy empezando a quedarme atrás.

—¿Empezando? Tu percepción del tiempo es adorable.

Idiota. Él podía viajar durante horas sin hacer descansos. Y parecía que no necesitaba ni comida ni agua, ni lavarse.

—A este ritmo, me va a explotar el corazón.

Él bajó la velocidad, por fin, y murmuró:

—Las esposas necesitan más cuidados de los que pensaba.

—¿Todas, o solo yo? —preguntó ella.

—Teniendo en cuenta que eres mi primera esposa, solo te tengo a ti como referencia.

Claramente, no sabía bromear, ni ser objeto de una broma. Se tomaba en serio todo lo que ella le decía. Y ¿a qué se refería con lo de «mi primera esposa»? Si tenían un vínculo, no iban a poder divorciarse, ¿no? Pero, tal vez, sí pudieran separarse. De todos modos, él no se casaría otra vez, ¿no?

Bueno, era hora de encauzar la conversación.

—¿Qué cosas te hacían reír antes de que te poseyera el demonio? —le preguntó.

—Sin.

—Sin. ¿Qué es eso?

—Mi hermano menor.

¿Tenía un hermano?

—Cuéntame cosas de él.

—No.

Vaya. Las respuestas breves y cortantes eran la especialidad de Puck. Tal vez no debería probar con la risa, ni siquiera con la tristeza. Tal vez debería probar con la ira.

—Vamos a probar la gravedad —dijo, justo antes de ponerle una zancadilla.

Él se tambaleó hacia delante, pero no cayó al suelo de bruces. Le lanzó una mirada con el ceño fruncido, pero no hubo reacción más allá de eso.

—¿Qué haces, muchacha?

—Tratar de ponerte furioso.

—¿Por qué?

—Porque quieres sentir algo, ¿no te acuerdas? Y, según me has dicho tú mismo, una emoción es tan buena como cualquier otra.

Él volvió a mirarla con el ceño fruncido, y ella decidió cambiar de táctica. Volvería a intentarlo con la tristeza.

—Esta no es la vida que yo me había imaginado que iba a vivir, ¿sabes? —le preguntó, y fingió que sollozaba—. Mi mejor amigo me desprecia... y me están llevando a rastras a mi nuevo hogar, a un mundo nuevo para mí, del que no sé nada. Y la única persona a la que conozco es un hombre del que tampoco sé nada.

—Esta vida es mejor. Piénsalo. Ahora eres Gillian Shaw, la aventurera.

Eso era cierto. Pero... un momento. Cuando los Señores del Inframundo se casaban, sus esposas adquirían un nuevo apellido: Lord. Así pues, si ella se había casado con Puck, ¿no debería llamarse Gillian Lord? En teoría, él estaba poseído y también era un Señor del Inframundo.

—No te enfades, pero... Bueno, en realidad, tú nunca te ofendes. ¿Cuál es tu nombre completo?

—Púkinn Neale Brion Connacht IV —respondió él.

—Entonces, supongo que yo soy Gillian Elizabeth Shaw–Connacht. Primogénita. Huérfana. Inmortal. Esposa de Puck, amigo de los Señores del Inframundo. Y, pronto, seré defensora de los débiles y repartiré sonrisas.

Él siguió sin reaccionar.

—Estoy desperdiciando mi ingenio contigo —dijo ella. Maravilloso.

—Púkinn es un nombre familiar —continuó él, como si ella no hubiera dicho nada—. El nombre que se le da a todos los primogénitos desde que se coronó al primer rey Connacht. Bueno, bueno. Le estaba dando información sin que ella tuviera que pedírsela. Aquello era todo un avance.

Y Puck continuó.

—Mi hermano me llamaba Puck, que significa «espíritu travieso». Mi gente me llamaba Neale, que significa «campeón». Mi ejército me llamaba Brion, que significa «el que asciende». Mis amigos me llaman Irish, por los Púca. Bueno, por los Púca y por otros motivos. Parece que Connacht es el nombre de una provincia irlandesa.

–¿Púca?

–Según la tradición irlandesa, los Púca son cambiaformas. Son seres que pueden adoptar la apariencia de un animal, y se les considera portadores de buena y de mala fortuna.

–¿Lo dices en serio?

–Sí, completamente en serio. Deberías esforzarte más si quieres hacerme sentir alguna emoción, muchacha. A lo mejor, lo que pasa en realidad es que quieres fracasar para verte obligada a hacer lo que los dos sabemos que te voy a pedir.

Ella tragó saliva. No sabía si él tenía razón. En aquel mismo instante, sin que pudiera evitarlo, pasó los ojos sobre su piel oscura y perfecta, sobre sus músculos, sobre los hombros anchos que llevaban a unos brazos fuertes y a unas manos en forma de garra.

¿Cómo era posible que se sintiera excitada por aquellas cualidades monstruosas? Tenía que ser por el vínculo.

–Entonces, ¿el apellido de tu familia es irlandés? –preguntó.

–Más bien, los irlandeses tienen nuestros nombres, los de un grupo de gente de Amaranthia que fue a vivir al mundo de los mortales. Pero yo no soy un Púca. Supongo que soy más un sátiro o un fauno.

–¿Qué significa Gillian?

–Joven.

–Uf.

Él la miró como si ella, también, fuera un imán para sus ojos, y a Gillian se le aceleró el corazón al tiempo que notaba un cosquilleo en el vientre. ¿Cómo era posible que él le provocara aquella respuesta instantánea, que ni siquiera había tenido hacia William?

—He respondido a tus preguntas —le dijo Puck—. Ahora, tú debes responder a las mías.

—De acuerdo —dijo ella, asintiendo.

—En el reino de hielo, te frotaste contra mí mientras dormía.

Vaya. Tenía que decírselo, ¿no?

—No me has hecho ninguna pregunta.

—¿Con qué estabas soñando?

Oyeron un silbido y, un segundo después, un enorme reptil se lanzó desde un árbol hacia ellos. Su objetivo era la cara de Gillian. Puck la agarró en el aire, sin dejar de andar, y la arrojó hacia un lado como si fuera una pelota de béisbol.

Después de contener un grito de espanto, ella se esforzó por ordenar sus ideas. Le debía una respuesta a Puck, y no podía mentir. Detestaba las mentiras, porque era el lenguaje que hablaban su padrastro y sus hermanastros. Sin embargo, tampoco podía admitir la verdad. Cabía la posibilidad de que él lo considerara una invitación.

—He soñado con... algo imposible —dijo ella. Y, antes de que él pudiera responder, volvió a tomarle la delantera—. Has utilizado el tiempo pasado para hablar de tu familia, de tu pueblo y de tu ejército. ¿Qué ocurrió?

—Hace mucho tiempo que no voy a mi casa —dijo él, y ella se dio cuenta de que los hombros se le ponían tensos—. Más adelante hay otra puerta. Es la puerta de entrada a Amaranthia, el reino de todos los reinos, y el hogar más grandioso de todos los hogares. O, por lo menos, lo será muy pronto.

—Espera un momento... ¿Ya estamos al final del viaje? Pero... yo creía que íbamos a tardar varios días, o semanas.

—Hay algunas cosas que tienes que saber —dijo él—. Amaranthia tiene partes desérticas muy extensas, con algún oasis, y solo tiene tres mares principales. Hay magia, y el reino siempre está en guerra.

—¿Hay magia?

—Allí, el tiempo es diferente —prosiguió él, ignorando sus preguntas—. Cien años de Amaranthia pueden ser minutos, horas o días en el reino de los mortales. El reloj se acelera o se ralentiza según la estación.

No, eso no era posible. Tenía que ser una broma.

Ella se puso muy tensa.

—Cuando yo cumpla ciento dieciocho años, ¿puede que mis amigos solo vivan un par de horas más?

—Exacto —respondió él—. Yo he vivido miles de años moviéndome entre diferentes reinos. No te darás cuenta de la diferencia.

—Pero ellos, sí —dijo Gillian, y se detuvo en seco—. No voy a entrar a tu reino. Llévame a Budapest. O a cualquier sitio, siempre y cuando esté en la Tierra.

Él tiró de ella y aumentó la velocidad.

—Da gracias que en Amaranthia el tiempo no vaya hacia atrás. Además, ya has accedido a ello, y no puedes retirarte.

—No, yo...

—Mis amigos están allí. Cameron, el guardián de Obsesión, y Winter, la guardiana de Egoísmo —dijo Puck, y se quedó pensativo—. Puede que ella se entere de la verdad y cause problemas.

—¿De qué verdad? Y ¿por qué iba a causar problemas?

—Muy bien, voy a hacerte una confesión, muchacha. Y, cuando sepas la verdad, no vas a causar problemas, ¿entendido?

—¿Qué verdad? Dímelo.

—Antes de que nos casáramos, te dije que no sabía que le pertenecías a William el Oscuro, pero mentí.

—¿Qué? ¿Mentiste? —preguntó ella. Al instante, se le formó un nudo de horror en el estómago, y se le cortó la respiración—. La mentira era el lenguaje de mi padrastro y mis hermanastros.

—Yo no soy como esos hombres. Nunca te he hecho daño, y me he cerciorado de que estuvieras sana y salva... al mismo tiempo que iba acercándome al camino de conseguir mis objetivos: forjar un vínculo, trasladarte a Amaranthia, volver... El vínculo está forjado, y el traslado a Amaranthia, casi terminado. Después, yo volveré a luchar contra William.

—¿A luchar? —preguntó Gillian—. Te comportaste como si me estuvieras haciendo un favor, desgraciado, pero solo querías conseguir tus metas. ¡Y una de ellas es la guerra!

Él mantuvo la misma calma de siempre, como si no le importara que lo hubiera insultado, y explicó:

—Te engañé por tres motivos: el primero, que necesitaba convencerte para que te vincularas a mí. El segundo, que te habrías resistido durante el viaje. Y el tercer, que necesito la ayuda de William, y tú eres mi baza para las negociaciones.

¡Todavía peor! La había utilizado contra William, un hombre que lo único que había hecho era protegerla. Y ella tenía que haberlo protegido a él.

—¡Nuestro trato queda anulado, Puck! ¡Anulado! ¿Lo entiendes?

—Lo que entiendo es que eres irracional.

—No pienso tratar de hacerte reír ni llorar, imbécil. ¡Lo que voy a hacer es matarte!

Gillian sintió tanta furia que el corazón comenzó a golpearle contra las costillas. ¡Tenía que destruir a Puck!

Se lanzó a su espalda y comenzó a darle puñetazos en el pecho. Sin embargo, a cada golpe que daba, era su pecho el que se consumía de dolor. Pero ¿qué importaba?

—¡Cobarde! ¡Mentiroso! Me das asco.

—Estás viva gracias a mí.

—¡Estoy destrozada por tu culpa!

En su semblante apareció una expresión de arrepentimiento, pero desapareció en un instante.

¿Había sido solo una ilusión? Era demasiado tarde para decirlo. Ella gritó y trató de golpearle la cara, y le aplastó la nariz. Más dolor, y sangre que brotaba de su propia boca y su barbilla. Pero a ella siguió sin importarle.

Puck la agarró por las muñecas para inmovilizarla.

—Lo que te estoy diciendo debería hacerte muy feliz. Después de dejarte con mis amigos, voy a volver al reino de los mortales para reclutar a William. Él tiene que ayudarme a recuperar mi corona y, cuando lo hayamos conseguido, yo cortaré mi vínculo contigo.

Ella respiró profundamente e intentó asimilar lo que le estaba diciendo.

—¿Qué quieres decir con que vas a cortar mi vínculo contigo? ¿Podemos divorciarnos sin que yo muera?

—Pues sí, ese es el plan.

Él no dijo nada más, y continuó andando.

—Explícamelo —le ordenó ella, tratando de bajar de su espalda—. Y suéltame, quiero bajar al suelo. No te voy a atacar más. Por ahora.

Él le pasó un brazo por la cintura y la colocó justo delante de él.

—Yo estoy dispuesto a hacer cualquier cosa por recuperar mi corona —le dijo—. No hay nada que sea demasiado peligroso, ni nada que sea demasiado sanguinario.

—¿Por qué?

—Hace mucho tiempo, mi hermano me traicionó. Yo

era un gran caballero, y él me convirtió en un monstruo. Después, mató a nuestro padre. Y todo, por ocupar el trono de los Connacht. Está destruyendo mi hogar, matando a mi pueblo... Tengo que detenerlo. Voy a salvar las tierras, a los clanes, y a vengar todos los males que él les haya causado. Según las pitonisas, la única posibilidad de éxito para mí era encontrar a William el Oscuro y casarme con su mujer.

¿Las pitonisas? Ah, y, con qué ligereza hablaba de la tragedia que le había causado a ella.

–Yo soy quien se merece llevar la corona –prosiguió él–. Me merezco vengarme. Y seré bueno con mi pueblo. Necesito la ayuda de William.

–Eres despreciable.

–Ya lo sé. Pero, por lo menos, tú sigues viva. Te he salvado de una muerte segura, algo que tu querido William no estaba dispuesto a hacer.

–Gracias por recordármelo, macho cabrío. Pero ¿para qué? Algunas veces es preferible morir que vivir. Pero William es inteligente, y sabrá que no puede fiarse de ti.

Puck se encogió de hombros, como si no le importara.

Gillian supo que tenía que escapar para avisar a William.

Salió corriendo hacia la derecha, pero Puck la alcanzó a los cuatro pasos.

–Prepárate –le dijo–. Vamos a entrar en Amaranthia dentro de cinco, cuatro, tres, dos...

Ella trató de liberarse, pero él la sujetó con más fuerza.

Y, al instante, todo cambió. El calor húmedo de la selva se convirtió en un viento frío del desierto. Notó los golpes de los granos de arena en la piel. El descenso de la temperatura le causó un choque en el organismo y, por un momento, se quedó inmóvil.

Había dos soles dorados en un cielo color granate. Y no había casas, ni animales, ni agua, ni gente.

¡Tenía que escapar! Se giró, le dio un empujón a Puck y se lanzó hacia la puerta que acababan de atravesar...

Pero cayó en la arena.

—¿Dónde está la puerta? —gritó.

Puck miró hacia el cielo, con los brazos extendidos y las piernas separadas. Ante sus ojos, se transformó. Desaparecieron sus cuernos y el pelaje de sus piernas. Sus pómulos marcados y afilados se suavizaron. Las garras retrocedieron, y las pezuñas se convirtieron en pies humanos.

No era solo guapo... Era exquisito. Sin embargo, también era un desconocido para ella. Y prefería lo malo conocido...

Él cerró los ojos y respiró profundamente, como si estuviera saboreando aquel momento. Seguramente, era otro engaño. Aquel ser despreciable no saboreaba nada.

—¿Cómo es posible? —le preguntó ella.

—La magia es un derecho de nacimiento. Pero hacía mucho tiempo que esto no sucedía... Pensaba que había perdido por completo esta habilidad.

No, no era posible que pudiera controlar su apariencia con la magia... Salvo que se había transformado delante de sus ojos, en un instante. No podía negarlo. La magia existía de verdad. Y, según él, era un derecho de nacimiento.

—Entonces, ¿cuando naciste no tenías cuernos ni pezuñas?

—No, hasta que me poseyó el demonio.

—¿Y puedes utilizar la magia para adoptar otras formas?

—Antes, sí, pero ya no —respondió él. Y, con la misma rapidez con la que había pasado a ser hombre, volvió a ser bestia.

–¿Por qué no retienes tu forma humana?

–¿Crees que no quiero? –preguntó él, con seriedad. La tomó de la mano y...

A ella se le escapó un jadeo. Su piel, encallecida y cálida, brillaba. Tenía unos símbolos bellísimos que se le extendían desde las puntas de los dedos a las muñecas, como si estuvieran hechas con henna.

Él retomó la marcha, tirando de ella, y Gillian le preguntó:

–¿Por qué te brillan las manos como un árbol de Navidad?

–Por la magia.

¿Y podría usar aquella magia contra ella?

Gillian sopesó sus opciones. Podría intentar salir corriendo, pero ¿tenía alguna posibilidad de escapar de él? No sabía dónde estaba, ni qué peligros podía haber en aquel reino. Ni cuántos otros guerreros tenían poderes mágicos. Podría quedarse con Puck y esperar una buena oportunidad para huir, pero el cronómetro se había activado. Allí, las horas o los días de William equivalían a años para ella.

Había perdido a su amigo para siempre, ¿verdad? A pesar de lo que le hubiera dicho Puck.

Empezó a llorar.

–Si tú te vas durante unos días, para mí pasarán cientos de años. Cambiaré, pero tú, no. Y William, tampoco –gimió–. Tal vez ya no vuelva a quererme.

Pero ¿a quién estaba engañando? Él ya no la quería. Se había lavado las manos.

A Puck se le tensaron los músculos de la mano.

–Cambiada o no, sí te querrá. Ningún hombre que te mire se libraría de desearte.

–Pues tú, sí. Tú tienes pensado separarte de mí en cuanto puedas.

–Sí, te dejaré marchar. Y puede que, algún día, vuelva a casarme. Mi padre anunció mi matrimonio con la princesa Alannah de Daingean el mismo día que mi hermano me traicionó. Reclamaré a mi prometida y formaré un establo.

A ella se le escapó todo el aire de los pulmones.

—¿Y si ya está casada? Y ¿qué es un establo?

—Mataré a su marido —dijo él, sin alterarse lo más mínimo—. Y un establo es un harén.

No, aquella pesadilla no podía ser cierta. ¿Ella se había casado con aquel hombre?

—Seguro que vosotros dos y tu harén viviréis felices para toda la eternidad.

De repente, aparecieron dos hombres que estaban escondidos bajo la arena, y Gillian retrocedió con sorpresa. Puck no reaccionó.

Al ver que los hombres tenían dagas, ella sintió terror.

—¡Sal corriendo!

Puck, en silencio, tiró de ella para que se mantuviera a su lado.

Los hombres se lanzaron hacia delante con un grito de guerra. Puck tiró al suelo a Gillian y se giró; las cuchillas que tenía prendidas a los largos mechones del pelo les cortaron los ojos a los atacantes, que gritaron de dolor. Puck aprovechó el momento para cortarles el cuello con una daga.

Los dos hombres cayeron al suelo, ensangrentados. De sus cadáveres surgió una extraña neblina negra que envolvió a Puck. Él cerró los ojos e inhaló profundamente, y la neblina desapareció dentro de su cuerpo.

Gillian lo observó con espanto mientras él limpiaba sus armas con despreocupación en la camisa de uno de los hombres.

«¿Qué he hecho?».

Capítulo 14

Otro objetivo cumplido: había encontrado a William, había forjado un vínculo con Gillian y la había llevado a Amaranthia.

«¿Y ahora?», se preguntó Puck. Tenía que negociar con William y guerrear con Sin. William, guerra, divorcio. Todo estaba al alcance de su mano.

Después, sus objetivos cambiarían de nuevo: volver a casarse. Asesinar. Unir a los clanes.

Sabía que debería celebrarlo, pero estaba demasiado ocupado luchando contra el atractivo y el magnetismo de Gillian, recurriendo a sus siglos de experiencia en la desconexión emocional para no lanzarse sobre ella. ¿Por qué le había dicho que le ayudara a sentir algo? ¡Idiota!

Indiferencia rugió, pero volvió a quedarse callado.

Gillian gruñó y se frotó las sienes.

–¡Ay! Han vuelto los rugidos.

Él se sobresaltó.

–¿Qué rugidos?

–Después de que forjáramos el vínculo, empecé a oír rugidos de un animal dentro de mi cabeza. Después, paró, pero ahora ha vuelto. No sé por qué.

–Yo, sí –dijo él.

Así que era eso lo que había ocurrido: Indiferencia estaba moviéndose entre ellos dos. Sin embargo, el demonio debía de estar debilitado, porque había tenido muchas oportunidades para atacarlos a Gillian y a él, pero no las había aprovechado. Los dos habían sentido culpabilidad, envidia, tristeza, esperanza y deseo. Mucho deseo. Y furia.

Cada vez que él percibía su olor a frutas silvestres, quería saborearla. Cada vez que ella hablaba, él quería abrazarla y quedársela para siempre.

«No, no puedo quedármela. Tengo que dejarla marchar».

«Pero, en este momento, es mía».

No, no. Lo mejor sería mantener toda la distancia posible, antes de que ella se le metiera dentro del corazón. Ya había empezado a suceder.

Pero ¿y si hiciera partícipe a Gillian de lo que sentía? Tal vez pudiera ganársela. ¿Y si pudiera quedarse con ella? ¿Qué era lo que habían dicho las pitonisas sobre William, exactamente?

«Cásate con la muchacha que le pertenece a William de la Oscuridad... Ella es la clave... Trae a tu esposa a nuestras tierras y trae aquí al oscuro. Solo el varón que viva o muera por la muchacha tiene el poder de destronar a Sin el Demente.

Solo entonces tendrás todo lo que deseas.

Pero no olvides las tijeras de Ananke, porque son necesarias.

«No hay otra manera».

Puck no viviría ni moriría por ella. «¿Mi reino por mi esposa? ¡No!». Sin embargo, William tampoco iba a vivir ni a morir por ella. Él habría dejado que muriera a causa de la *morte ad vitam*. Y, al final, la había dejado marchar sin luchar por ella. Sin embargo, después de que él se la hubiera llevado, William se habría dado cuenta del tesoro que había perdido, ¿no? Por ese motivo, sí estaría dispuesto a vivir o a morir por ella... Lucharía por Gillian.

Puck apretó los puños. Si, por casualidad, William resultaba muerto justo después de que Sin perdiera la corona de los Connacht, él podría recuperar su clan y su reino, y quedarse con la mujer... Y declararle la guerra a Hades y a la Reina Roja. Y a los Señores del Inframundo. Incluso a la misma Gillian. Ella nunca iba a perdonarlo.

—¿Y bien? —preguntó ella, y él se dio cuenta de que se había quedado absorto—. ¿Por qué estoy oyendo rugidos?

La verdad iba a asustarla mucho, pero ¿no debería advertírselo?

—Indiferencia ha invadido tu mente —le dijo.

—¿El demonio?

Él asintió, y ella se quedó rígida.

—¿Tengo un demonio dentro?

—Todavía está atado a mí, pero está utilizando nuestro vínculo para esconderse dentro de ti.

—¡Sácamelo! ¡Quiero que lo saques ahora mismo!

Él lo intentó, trató de arrastrar al demonio a su mente, pero... no ocurrió nada.

Gillian se tiró del pelo.

—¡No se va!

—No creo que te debilites con las emociones, como me sucede a mí. O me sucedía, más bien. Creo que nuestro vínculo ha debilitado al demonio.

Ella se quedó muy pálida y se abrazó el estómago.

—¿Antes de que forjáramos nuestro vínculo, tú te debilitabas cuando sentías emoción?

—Sí —dijo. Nunca se lo había contado a nadie, ni siquiera a sus amigos, porque cualquiera podría utilizar aquella información contra él—. Por eso estuve varios días alejado después de nuestra primera conversación. No tenía fuerza para volver.

—Eso es horrible. Lo siento, Puck.

¿Compasión? ¿Por él?

—Ya está bien de charla —dijo. Había hecho lo que había hecho, y no tenía intención de sentirse culpable—. Vamos. Cuanto más tiempo esté yo aquí, más tiempo estarás tú separada de William —añadió. Las palabras le salieron de la boca con la fuerza de un latigazo.

—Le has dado demasiada importancia a mi relación con él. William tiene cientos de amantes. Yo solo soy su amiga. O lo era.

—Los amigos son mejores que los amantes. Él cada vez va a estar más desesperado por salvarte de mis garras siniestras. Estará dispuesto a negociar por tu libertad.

—Digamos que tienes razón, y que yo soy especial —respondió ella—. ¿De verdad crees que te va a ayudar, después de lo que has hecho?

—Sí. Porque, para él, tu seguridad es más importante que su orgullo.

—Mira, deja que me vaya —le dijo, entonces, Gillian—. Esto no va a terminar bien para ti.

Puck se detuvo, se dio la vuelta y la miró. Todo se le borró de la mente.

«Es deslumbrante. Exquisita. Seductora. Mía. No, nunca será mía».

Le había favorecido la inmortalidad.

Él había robado ropa para ella. Hubo una ráfaga de viento y el vestido de gasa blanca se le pegó a las curvas del cuerpo. Los mechones de pelo acariciaban su delicado rostro, y los rayos de sol le arrancaban del cabello destellos de color caoba y rubio.

Con una caricia, podría...

«Tengo que concentrarme», se dijo.

—William puede vencer a Sin, pero no a mí —respondió–. Puede que no entiendas hasta dónde puede llegar mi capacidad de hacer el mal porque solo me has visto en los buenos momentos. ¿No te gustaría ver una muestra de lo peor?

Ella palideció, pero halló fuerzas para mantenerse firme.

–Adelante. Muéstramelo. Haz que te odie.

Él enarcó una ceja.

–¿Es que no me odias ya?

–Todavía no, pero estoy cerca.

Si lo odiaba, sería más fácil separarse de ella.

Puck añadió una capa de hielo a su escudo protector y diferentes emociones desaparecieron: primero, la esperanza, después, cualquier rastro de ternura y, al final, el deseo.

Sin piedad, alzó el brazo y extendió el dedo índice.

–Oh, no. El dedo, no –dijo ella, con sarcasmo.

Él se rodeó el dedo con la otra mano, apretó el puño y rompió el hueso como si fuera una rama.

Gillian gritó de dolor y se agarró la mano rota contra el pecho. Le fallaron las piernas y cayó al suelo con una expresión de agonía y la respiración entrecortada.

Sin embargo, después de unos minutos de dolor, la herida se curó, gracias a la edad y experiencia de Puck.

Ella lo fulminó con la mirada.

–Enhorabuena –le dijo–. Has superado mis expectativas. Ahora tienes mi odio y, además, mi desconfianza. Eres un sociópata capaz de romperle un hueso a alguien con tal de demostrar que tienes razón.

–Sí, es verdad. Soy un sociópata. No siento nada, y no deseo nada.

–Eres de hielo –murmuró ella.

–Veo que nos entendemos.

–Lo más horrible de todo es que, a veces, eres amable.

¿Él, amable?

Pues sí. Por dentro notó una calidez, notó el impulso de protegerla, de no hacerle daño nunca.

Sin embargo, dijo:

—Si me delatas, te romperé otro hueso. Si huyes de mí, me cortaré un órgano del cuerpo al minuto hasta que vuelvas. Y, a causa de nuestro vínculo, tú perderás esos órganos también. Y, para que lo sepas, yo nunca hago amenazas vagas. Hago promesas, y las cumplo.

Ella se quedó callada, con el semblante lleno de indignación. Entonces, él le dijo:

—Vas a estar bien ocupada durante mi ausencia. Tienes que cocinar, lavar y coser, como las demás mujeres de Amaranthia.

—¿Somos ricos?

—Sí, mucho. ¿Por qué?

—Entonces, voy a pagar a alguien para que haga todas esas cosas. Y cuando nos divorciemos, me llevaré la mitad de tus posesiones.

—En Amaranthia, las puertas que comunican los reinos se mueven constantemente. Les dije a mis hombres que esperaran con nuestro medio de transporte en un lugar determinado hasta mi regreso, por mucho tiempo que pasara.

—Qué detalle por tu parte.

—Deberías alegrarte, porque, en cuanto lleguemos al campamento, te librarás de mí durante una temporada.

Puck notó una ligera impaciencia en ella, y se enfadó. Durante siglos no había tenido ningún problema para ignorar, enterrar y borrar las emociones. ¿Y ahora tenía que luchar con las suyas, y con las de ella, además?

—Bien, ¿a qué estás esperando? —le preguntó Gillian—. Date prisa, Puck.

Mientras seguía a Puck, Gillian tenía que esforzarse por mantener la compostura. Dentro de una hora, su marido iba a marcharse y a dejarla allí, en su reino. Encontraría a William y haría un trato con él. Tal vez. Si a William le apetecía negociar.

Si no, Puck intentaría que a William le apeteciera negociar. ¡Era implacable!

Esperaba que William fuera a la guerra contra su hermano, Sin. Si Puck no podía vencerlo, ¿cómo iba a poder William?

Su amigo iba a resultar herido.

Tenía que seguir a Puck y salir de Amaranthia, sin que la atraparan, y avisar a William.

—Cuéntame más cosas del reino —le pidió—. Y sobre la magia.

Para su sorpresa, Puck obedeció.

—Nuestros antepasados dicen que tres pitonisas crearon Amaranthia como refugio para los magos.

—Pero parece que hasta los refugios pueden convertirse en zona de guerra, ¿eh?

Él se encogió de hombros.

—Si matas a un hombre, adquieres su magia, y durante siglos se ha asesinado a clanes para poder robarles la magia. La avaricia está en demasiados corazones.

Entonces, para conseguir la magia, ¿iba a tener que matar a alguien? Uf.

Llegaron a la cima de una duna, y vieron a dos hombres con tres camellos. Ella apresuró el paso, pensando que debía de ser su medio de transporte, pero, al llegar junto a los animales, se asustó.

Eran una mezcla de camello y rinoceronte, y tenían una fila de cuernos que iba desde la frente, por todo el cráneo, hasta la nuca. También tenían la boca llena de dientes afilados y la piel cubierta de escamas y pelaje, de colores negro y blanco, como una cebra.

Uno de aquellos seres la tomó manía a primera vista, y era la que ella tenía que montar. Cuando Puck la puso sobre su lomo, el animal dio una sacudida, y Gillian cayó al suelo. Se levantó escupiendo arena.

—Basta de juegos —ordenó él. Con gracia y elegancia, montó sobre la criatura y le tendió la mano a Gillian.

Ella no quería estar tan cerca de él, pero no tenía más remedio, así que tomó su mano sin protestar. Él la levantó con facilidad y la colocó delante de él en la montura. Eso la sorprendió, porque ella pensaba que la pondría en la parte trasera.

—¿Qué es esta cosa? —le preguntó, con un gruñido.

—Una quimera —dijo él, al tiempo que pasaba uno de sus musculosos brazos alrededor de su cintura para sujetarla.

Gillian se puso muy tensa. Si trataba de tocarla...

Tal vez se derritiera. Ya tenía un cosquilleo por todo el cuerpo, pero... no, no podía desear a aquel hombre.

Puck estiró el otro brazo hacia delante, agarró las crines de la quimera y la puso a galopar.

A Gillian se le escapó un grito al ver que todo lo que la rodeaba se convertía en una visión borrosa. Se agarró con fuerza al brazo de Puck, asegurándose de clavarle bien las uñas en la piel y los músculos. Viajaron a una velocidad vertiginosa, y llegaron al campamento pocos minutos después. Puck bajó de un salto, la tomó en brazos y la puso en el suelo. Ella estaba muy mareada y tenía náuseas. Se desplomó.

Su marido la observó sin tratar de ayudarla.

«Vamos, levántate. Él se marcha, y tú vas a seguirlo. Tienes que ganarle este juego».

La quimera trotó para alejarse y pisó la mano de Gillian a propósito. Le rompió los huesos, y ella gritó de dolor.

A Puck también se le había roto la mano, pero permaneció impertérrito.

Cuando pasó lo peor del dolor, ella gimoteó y se

apretó la mano contra el pecho, pero no lloró. No iba a derramar más lágrimas por el trato que estaba recibiendo.

«Aunque me rompas los huesos, no vas a conseguir hundirme».

—Ya te estás curando. Olvídate del dolor y ponte en pie. El verte así, en el suelo, me hace... —dijo Puck. Entrecerró los ojos y mostró los dientes—. Ponte en pie. Ahora.

¿Qué era lo que le hacía? ¿Le hacía sentirse culpable por su maltrato?

Vaya, así que no era tan frío, después de todo.

—Estoy perfectamente, gracias. Y, oh, sí. Que te den —dijo ella, y se quedó quieta, mirando el bullicioso pueblo en el que estaban.

Había muchas tiendas y casas de adobe. En varias hogueras estaban haciendo asados, y los niños jugaban por todas partes. Los hombres no llevaban camisa, tan solo pantalones de lana. Y las mujeres llevaban velos de colores apagados que las cubrían de la cabeza a los pies.

Todo el mundo tenía algo en común: la estaban mirando fijamente.

—Este clan está formado por parias —le explicó Puck—. Valoran la fuerza sobre todas las cosas, y desprecian la debilidad.

Así pues, ¿ella era la chica más desdeñada de todo el pueblo? Bien.

—¡Irish! Ya era hora de que volvieras. Pensaba que tal vez hubieras muerto.

La multitud dejó paso a una mujer y a un hombre de unos veintitantos años. Eran increíblemente guapos, con los ojos de color violeta y el pelo gris, y la piel un poco más clara que el pelo. Tenían que ser hermanos.

No iban vestidos como el resto de la gente del campamento. El chico llevaba una camiseta negra y unos pantalones vaqueros. La mujer llevaba un top de cuero cosido con arandelas de metal y una minifalda plisada. El traje era sexy y, a la vez, de protección.

Los dos llevaban espadas cortas en bandolera, a la espalda; las empuñaduras asomaban por encima de sus hombros.

«Son magníficos, y yo estoy aquí, acobardada, en el suelo».

Gillian se puso en pie.

—Te presento a Cameron, guardián de la Obsesión, y a su hermana, Winter, guardiana del Egoísmo —dijo Puck—. Son los amigos de los que te hablé. Mis únicos amigos. Cameron, Winter, esta es... mi mujer.

Gillian tragó saliva. Obsesión y Egoísmo además de Indiferencia, que, en aquel momento, estaba dejando claro su desagrado a base de gruñidos. Magnífico.

—Hola —dijo, con un nudo en la garganta.

Conocer gente siempre le había resultado muy difícil, y el hecho de haberse vinculado a Puck no iba a ayudarla. A partir de aquel momento, siempre iba a estar preguntándose quién estaba haciendo planes para aprovecharse de ella.

Cameron la miró de arriba abajo y sonrió con picardía.

—Hola, guapa.

Winter hizo lo mismo, y decidió que no merecía la pena saludarla. Volvió a mirar a Puck.

—No puedo describir con palabras lo mucho que te he echado de menos. Pero sí con números. Tres de diez. Me prometiste oro y joyas. Y magia. Lo quiero todo.

Puck la ignoró y le dio un empujoncito a Gillian para que fuera en dirección a Cameron.

—Me marcho a reclutar a William —le dijo a su amigo—. Confío en que estés obsesionado con proteger a Gillian, ahora que la has conocido. Es débil y frágil, pero también es la clave de mi victoria, y de las joyas y el oro de tu hermana.

—Obsesionado e impresionado —dijo Cameron con una sonrisa.

Puck se puso rígido y se pasó la lengua por los dientes.

—Nadie puede tocar a Gillian. Nunca.

Vaya, vaya. Por lo menos, tenía escrúpulos. Y... ¿qué quería decir eso de que era débil y frágil? Desde que lo había conocido, había estado haciendo todo lo posible por estar a la altura, a pesar de las muchas dificultades.

—Si ella desea a algún hombre en alguna ocasión —añadió Puck—, mátalo. No vaciles.

—No lo dirás en serio —dijo ella, con incredulidad.

Cameron se frotó las manos como si le apeteciera la idea.

—Considéralo hecho.

—¿Y yo? ¿Nadie quiere matar a los hombres a los que yo deseo? Además... —añadió Winter, mirando a Gillian—. Ahora eres inmortal, lo cual significa que el tiempo que pases aquí es la historia del origen de tu vida. Y toda historia necesita un personaje malvado —dijo, y alzó una mano—. Yo me ofrezco voluntaria para ser la villana.

—Acepto —respondió Gillian, porque no iba a estar mucho tiempo allí. Iba a seguir de cerca a Puck—. Pero siento destriparte el cuento: los villanos siempre mueren al final.

Puck la tomó de los hombros y la miró con seriedad.

—Voy a decirte una cosa que me dijo mi padre cuando era joven. Si alguien te hace daño, mátalo primero y pregunta después.

—Tú me has hecho daño.

—Tú eres una extensión de yo mismo, lo cual significa que me he hecho daño a mí mismo —dijo él. Se inclinó hacia ella y le rozó la nariz con la suya—. Intenta no echarme de menos, muchacha. Solo voy a estar fuera unos cien años, o doscientos, a lo sumo. Pasará en un abrir y cerrar de ojos.

Idiota.

—Sí, pero para ti solo serán unos minutos, días o semanas.

—Puedes utilizar el tiempo para fortalecerte. Entrénate y aprende a luchar.

Entonces, ¿esperaba que ella pasara cientos de años sin familia ni amigos, viviendo en un pueblo extraño, entrenándose? No solo era una persona indiferente. Además, estaba loco.

—¿Y si muero mientras tú estás fuera? Tú también morirías. Llévame contigo y así podrás protegerme tú mismo —le pidió. De ese modo, no tendría que seguirlo por su cuenta.

—No vas a morir, te lo prometo. Y me... disgustaré si sufres algún daño.

Aunque su voz tenía un tono monótono, consiguió que la palabra «disgustaré» sonara como una terrible amenaza de destruir el reino entero.

—¿Que te disgustarás? Qué horrible para ti.

—Aquí estarás bien protegida —continuó él—. Te lo prometo.

—En primer lugar, tus promesas no significan nada para mí.

Él se encogió de hombros.

—No es mi problema.

—En segundo lugar, las cosas que están bien cuidadas, mejoran constantemente y...

—Ya está bien —dijo él. Se le iluminaron los ojos cuando tomó su cara entre las manos y le acarició las mejillas con los dedos pulgares—. Voy a darte un beso de despedida, esposa. Un roce muy ligero.

¿Cómo? El corazón empezó a darle saltos contra

las costillas, y la sangre le hirvió en un segundo. Notó un cosquilleo en el pecho y, también, entre las piernas. Después de todo lo que había hecho, ¿esperaba besarla delante de otra gente?

—¿Por qué? —preguntó.

Indiferencia comenzó a clavarle las garras en la materia gris, y ella se encogió de dolor, incluso gimoteó.

—Concéntrate en mí, no en él —le dijo Puck, que tal vez estaba reconociendo las señales de la interferencia del demonio.

Ella obedeció. Alzó la cara y lo miró. Aquel hombre había sido innecesariamente cruel con ella, pero, también, bondadoso. ¿Cómo iba a besarlo? Apenas lo conocía, y no confiaba en él.

—Vas a acordarte de mí, y a pensar en mí, durante mi ausencia —le ordenó Puck.

«Protesta ahora. Antes de que te invada el pánico y el demonio reaccione peor aún», se dijo.

Sin embargo, no lo hizo. Quería que él pensara en ella cuando estuviera lejos. Quería que supiera lo que había perdido en el momento en que había empezado a utilizarla.

Se puso de puntillas, y dijo:

—Vamos, bésame. Te reto a que lo hagas.

Entonces, Puck inclinó la cabeza y posó sus labios sobre los de ella. El roce erótico de su lengua le hizo sentir más cosquilleos y avivó las llamas del deseo. Y las sensaciones se intensificaron cuando él empujó con más fuerza y Gillian percibió su sabor divino. A ella se le escapó un gemido de rendición, y él devoró aquel sonido como si estuviera hambriento.

Puck no se molestó en aprender nada de ella ni en explorar sus matices. Tomó, dio y exigió... todo. Su lengua dominó la de ella con la promesa silenciosa de riquezas. Ella no pudo resistirse.

El demonio se quedó callado y, de repente, Gillian recuperó su espacio mental. Los pensamientos se sucedieron rápidamente: el beso era una idea espantosa, el beso era una idea maravillosa. Ya había sido suficiente. No, nunca iba a tener suficiente. Aquello podría ayudarla. Aquello sería dañino para ella, probablemente. La esclavizaría. La liberaría, por fin. Aquello no era nada, y lo era todo.

Aquello era... delicioso.

Entonces, sus pensamientos también se acallaron, y fue su cuerpo el que tomó el control. Los pezones se le endurecieron contra la tela del vestido, como si buscaran la atención de Puck, y notó un calor líquido en el vientre tembloroso. El sabor de Puck era más potente que el champán, y ella quería más.

Cuando iba a apoyarse en él y a posar las manos en su pecho, él la agarró por las muñecas y le impidió que lo hiciera.

—No toques mi tatuaje, muchacha. Ni ahora, ni nunca. Está prohibido.

Gillian pestañeó y recobró la claridad mental. ¿Prohibido? ¿Por qué?

Bah, ¿a quién le importaba? Acababa de experimentar su primer beso, y no había sentido pánico. Y, mejor aún, había deseado sentir placer.

«He besado a un monstruo, y me ha gustado».

Debería estar disgustada consigo misma. Y, Puck... Él debería sentir indiferencia. ¿Era indiferente?

Y ella, ¿quería que lo fuera?

—¿El demonio ha vuelto a ti? —preguntó, avergonzada por lo ronco de su voz.

Él asintió. La estaba mirando fijamente, con las pupilas dilatadas.

—Antes tenías razón. Nuestro trato está anulado. Pero vamos a hacer uno nuevo: cuando yo vuelva, voy a hacer que me desees.

Sin esperar a que Gillian respondiera, él le dio un pellizquito en la barbilla, se giró y se alejó.

«¿Qué haces? ¿Por qué te quedas aquí pasmada? ¡Síguelo!».

Gillian dio un paso hacia delante, pero Winter y Cameron se interpusieron en su camino y la detuvieron. Oh, mierda... Se iba a quedar allí atrapada, ¿verdad?

Puck siguió alejándose, sin mirar atrás.

Winter hizo girar una daga en la mano.

—¿Estás preparada para la diversión, muchachita? Porque yo, sí.

Capítulo 15

Puck tuvo una sensación de urgencia. Para aplacarla, debería haber pedido a su magia otra capa de hielo, pero no quería hacerlo. No había necesidad. Indiferencia permanecía en su cabeza, haciendo un ruido incesante, pero sin debilitarlo. Y, teniendo en cuenta todas las cosas que estaba sintiendo, debería haberlo castigado. Sin embargo, parecía que el demonio había perdido la capacidad de actuar en contra de él.

Entonces, ¿por qué no estaba entusiasmado?

Porque, después de semanas viajando fuera de Amaranthia, lejos de Gillian, y de haber buscado en Budapest, no había encontrado a William.

¿Cuánto tiempo había pasado para Gillian, Cameron y Winter? ¿Y para Sin, que seguía reinando sobre los Connacht? Más o menos, unos trescientos años.

¿Le habría perdonado Gillian por haberle roto el dedo?

Al acordarse de lo que había hecho, se ponía enfermo. ¿Cómo había sido capaz?

A pesar de las pocas semanas que habían transcurrido para él, su vínculo se había fortalecido como si llevaran juntos varios siglos. Cosa que era cierta, para ella. Él se sentía como si la conociera desde siempre, y como si siempre la hubiera echado de menos. Como si siempre hubiera anhelado estar con ella.

Quería estar a su lado.

¿Cómo habría cambiado Gillian? ¿Seguiría siendo dulce, o se habría vuelto dura? ¿A qué habría tenido que enfrentarse sin su ayuda y protección?

Tuvo el impulso de cometer actos violentos contra cualquiera que le hiciese daño.

Durante las primeras horas que había pasado fuera de Amaranthia, que habían sido muchos años para Gillian, ella había sufrido heridas terribles. Él lo sabía porque también las había sufrido. Heridas, roturas de huesos, cortes... Había llegado a perder un pie.

¿Qué le había ocurrido a Gillian? ¿Y por qué Cameron ni Winter la habían salvado de aquellos dolores?

Además, también le preocupaban las pequeñas cosas. ¿Descansaba lo suficiente Gillian? ¿Comía? ¿Seguía riéndose? ¿Se había apagado el fuego de sus ojos?

Sintió rabia hacia sí mismo. ¿Por qué no se había despedido de ella de una vez por todas, sin prometerle que tenían un trato nuevo? ¿Por qué la había besado?

No podía quitarse aquel beso de la cabeza, ni su sabor, ni su olor a frutas silvestres. Ni su tacto, su suavidad, su calor.

¿Seguía odiándolo, o se la había ganado con aquel beso?

No, todavía lo odiaba. Él la había engañado, torturado, abandonado y mentido y, por mucho que quisiera compensarla por todo aquello, no iba a poder hacerlo, si volvía a Amaranthia con William. Y, sin embargo, solo con pensar en que Gillian y William pudieran estar juntos de nuevo...

Tenía que quitarse aquello de la cabeza. Debía seguir con sus planes y, para ello, tenía que encontrar al Oscuro. Había oído rumores de que William pasaba ratos de ocio en Oklahoma City.

Robó un teléfono móvil y, tal y como le habían enseñado Cameron y Winter, puso un anuncio en Inmortal Wanted, una página de la internet más oscura gestionada por un tal Rathbone el Único, uno de los nueve reyes del inframundo.

Demanda: un teletransporte desde Budapest a Oklahoma.

Pago: oro de Amaranthia.

Añadió sus coordenadas exactas y esperó.

Su chófer apareció a los pocos minutos. Era un tipo alto y musculoso, con el pelo negro y largo, los ojos como diamantes y la piel roja como la sangre. Irradiaba poder. No llevaba camisa, y tenía el torso lleno de tatuajes que siempre eran el mismo: un ojo cerrado.

—¿Buscas un teletransporte? —le preguntó, con una voz ronca.

—Sí.

Al tipo le brillaron los ojos de buen humor, y le tendió la mano.

—Yo soy muy cooperativo... cuando no estoy asesinando a sangre fría.

¿Una amenaza? Pues buena suerte si lo intentaba...

Puck le puso una moneda de oro en la palma de la mano y esperó a que el tipo lo rodeara con un brazo. La mayoría de los inmortales necesitaban tocar a aquel que iban a transportar. Sin embargo, aquel no; Budapest desapareció, y él apareció en un callejón oscuro.

Del otro tipo no había ni rastro.

Un gato pequeño, con el pelo enmarañado y varias cicatrices, se acercó a Puck y se frotó contra sus piernas.

—Encantado de hacer negocios contigo —murmuró Puck.

Hacía un calor húmedo y asfixiante. Mientras comprobaba el estado de sus armas, empezó a sudar. Tenía dos dagas y dos pistolas semiautomáticas. Bien.

Sin salir a la luz, observó el entorno. Había edificios de ladrillo rojo y muchas callejuelas que salían de la suya. Algunos peatones recorrían las aceras.

Puck no tuvo más remedio que salir y revelar su presencia a los seres humanos. Nunca había hecho algo así, al menos, no sin matar a todo aquel que lo había visto. Sin embargo, aquel día no había ningún motivo para ocultar su identidad. Más bien, todo lo contrario.

La gente se le quedó mirando. Algunos, incluso, sacaron el teléfono móvil para hacerle una foto. Nadie gritó ni salió corriendo. Interesante. ¿Acaso pensaban que iba disfrazado?

Que corriera el rumor. Que William acudiera a él.

De repente, el aire se cargó de energía y el cielo se oscureció, como si el sol se hubiera ido a otro reino. Los seres humanos jadearon y gritaron, pero aquel ruido fue engullido por otros que provenían del cielo: aullidos de dolor y pena.

¿Qué demonios...?

Antes de que pudiera pensar en lo que había sucedido, el sol volvió a brillar de nuevo en un cielo azul. El coro enmudeció, y los humanos salieron corriendo para alejarse de allí.

Al instante, Puck supo cuál era la respuesta a aquel misterio. Los Enviados, unos inmortales alados cuya misión era asesinar demonios, vivían en el tercer nivel de los cielos, el más cercano al reino humano. Uno de sus líderes había muerto.

No era problema suyo.

Tenía que concentrarse. Entró en el primer hotel que encontró, y su sombra felina se quedó fuera. Iba a meterse a una habitación a esperar la llegada de William.

¿Aparecería?

Los empleados y los huéspedes del hotel lo miraron con extrañeza, pero nadie le hizo preguntas. Cuando le entregaron la llave, subió por las escaleras y fue asegurándose de que las salidas no estuvieran bloqueadas.

Una vez en su habitación, encontró una cama doble con un edredón blanco, un escritorio, una cómoda, una televisión y una mesa de centro. Lo puso todo en un rincón y...

¡Bum!

La puerta estalló en mil pedazos y, en medio del caos, apareció William el Oscuro. A sus pies, el gato. ¿Acaso era el animal el que había conducido a William hasta él? Sí, seguramente. De otro modo, William no habría podido llegar tan rápido.

Entre ellos se hizo el silencio. William no tenía los ojos rojos aquel día, sino muy azules.

—Puedes marcharte —dijo William.

—¿Irme, yo? —preguntó Puck—. ¿Por qué iba a marcha...?

—No, tú, no.

El gato empezó a crecer, y Puck se dio cuenta de que era un cambiaformas. Desapareció el pelaje y apareció una piel roja. Era el inmortal que lo había teletransportado desde Budapest.

El tipo hizo una reverencia.

—Encantado de hacer negocios contigo, Puck. Y contigo, también, William. Aunque me gustaría quedarme a presenciar la carnicería que se va a montar, me necesitan en los cielos. Parece que hay jaleo.

Se tocó el ala de un sombrero invisible y desapareció.

«Jaleo en los cielos. Lo sabía».

—Los Enviados —dijo Puck—. Ha ocurrido algo.

—No deberías preocuparte de ellos, sino de ti mismo —dijo William, en un tono de amenaza—. Dime dónde está Gillian, o te arranco los testículos.

El resentimiento de Puck hizo que Indiferencia empezara a merodear furiosamente por su cabeza.

—Está sana y salva. Eso es todo lo que necesitas saber, por ahora.

William gritó de furia y se abalanzó sobre Puck. Mientras caían al suelo, consiguió agarrarlo por la muñeca y colocarle una banda de oro a su alrededor. La magia latía en el metal.

William cayó sobre él y comenzó a darle puñetazos. A Puck se le golpeó el cerebro contra el cráneo. Dolor. Mareo.

La rabia que sentía se intensificó, e Indiferencia le clavó las garras en la mente. Aunque el demonio ya no tenía la capacidad de debilitarlo, las emociones lo empujaban a matar al propio hombre que lo hospedaba.

Puck consiguió bloquear uno de los puñetazos y dijo:

—Piénsalo. Si me haces daño a mí, estás haciéndoselo a Gillian.

—Te equivocas —respondió William, con una sonrisa fría y calculadora—. ¿Creías que me iba a quedar de brazos cruzados después de que vincularas a mi mujer? He aprendido todo lo que podía sobre ti y sobre los vínculos por matrimonio. Tu propio hermano te traicionó y te robó el reino. ¿Te suena? Ah, y te he hecho un regalo —añadió, señalando la banda de oro con la barbilla.

El metal tenía varios signos grabados.

—¿Qué magia es esta? —preguntó Puck.

—Tú le llamas magia, yo, poder. Soy el hijo de Hades, y tengo poder en abundancia —dijo, y siguió dándole puñetazos—. Y soy invencible.

Puck consiguió bloquearle los puños de nuevo y respondió:

—A pesar de tu poder, no puedes cortar mi vínculo con Gillian. No hay nada que puedas hacer al respecto.

Los ojos azules de William brillaron de furia.

—No te preocupes. No voy a matarte, Pucker. No, no. Vas a sufrir durante siglos.

Puck tuvo que aguantar otra nueva descarga de sus puños sin luchar, pero consiguió subir las piernas y colocarlas entre sus cuerpos. Agarró al otro hombre por los brazos y tiró, y William salió volando hasta chocar con la pared del otro extremo de la habitación. El aire se llenó de polvo. Puck se puso en pie; tenía la boca llena de sangre. Iba a sacar la daga y a acuchillar a William...

No. No podía matarlo.

—Esto es lo que va a ocurrir —le dijo, con una voz tan ronca, que resultaba casi irreconocible—. Vas a reunir un ejército para ayudarme a destronar a mi hermano y a recuperar mi reino. Después, yo utilizaré las tijeras de Ananke para cortar mi vínculo con Gillian. Ella quedará libre de mí para siempre.

«Y no la echaré de menos ni un segundo».

—No necesito ejército. Yo soy un ejército —dijo William, mientras se erguía y rotaba el cuello para colocárselo—. ¿Dónde está Gillian? ¿Te has acostado con ella?

—No —respondió Puck. Se dijo que era mejor callarse, pero sus labios se separaron como si tuvieran voluntad propia, y pronunciaron otra palabra—: Todavía.

William gruñó y dio un paso hacia delante.

—Cuando hayamos destronado a mi hermano, y solo entonces, utilizaré las tijeras —dijo. Aquella promesa le dejó un regusto amargo en la boca, pero continuó—: Acepta mis condiciones. Ahora.

—No. Creo que voy a robar las tijeras y a cortar el vínculo yo mismo. Después, te cortaré las pelotas y te las meteré en la boca. Después de que pasen siglos oyendo tus quejas, tendré piedad y te mataré. Y, al final, conquistaré tu reino solo para divertirme.

Puck bostezó.

—No puedes encontrar las tijeras sin mí —dijo. Había tomado la precaución de esconderlas bien—. Así pues, o me concedes tu ayuda dentro de los cinco segundos siguientes, o volveré junto a Gillian y me acostaré con ella por primera vez. Y por segunda. Y por... tercera. ¿Te gusta imaginártela desnuda en mi cama, con el pelo negro extendido por mi almohada, con las piernas separadas solo para mí?

Esperaba otra explosión de furia por parte de William.

Sin embargo, el otro hombre enarcó una ceja y miró a Puck de pies a cabeza.

—¿Estás seguro de que te iba a aceptar de buen grado? Bonitas piernas. ¿Te las afeitas mucho?

—¿Para qué me las voy a afeitar, si a mi esposa le encanta frotarse contra ellas para que le dé calor? Cuatro segundos.

A William se le hincharon las ventanas de la nariz, y comenzó a caminar en círculo a su alrededor.

—¿Tienes pedigrí? No, seguro que eres un chucho. ¿Duermes con las pezuñas fuera de la cama, o no te importa ensuciar las sábanas?

—Las sábanas pueden lavarse. Mi mente, no. Oh, las cosas que deseo hacerle a mi mujer... Tres...

William se puso rígido, pero no dijo nada más.

—Dos... uno...

William resopló y gruñó, sin aceptar el trato que le había propuesto Puck.

—De acuerdo —dijo él—. El plan A no ha tenido éxito.

Tendría que volver a Amaranthia y seguir adelante sin aquella baza. ¿Qué otra cosa podía hacer?

Cameron y Winter lo ayudarían. Matarían a los peores inmortales de la mitología.

El primer problema era que Cameron se distraía a menudo con sus obsesiones.

El segundo, que Winter estaba dispuesta a traicionar a cualquiera con tal de aplacar su naturaleza egoísta.

El resultado era que los hermanos podían hacer más mal que bien.

«¿Y has dejado a Gillian en sus manos?».

Puck apretó los dientes e ignoró la nueva ronda de protestas de Indiferencia. Caminó hacia la puerta.

—¿Qué, no vas a despedirte? —preguntó William, cortándole el paso—. Tal vez ayude a tu hermano a que te derrote a ti.

Puck aplastó a William contra la pared sujetándolo con fuerza por el cuello.

—Tal vez te mate —dijo. Gillian lloraría, sí, pero las lágrimas podían secarse.

William se echó a reír con un sonido de locura.

—La quieres para ti, ¿eh? Y crees que ella te desea. Pues es una pena. Nunca podrás tenerla. Los vínculos hacen que las parejas crean que el deseo es mutuo, y eso significa que el deseo que ella pueda sentir por ti es falso. Después de todo, ¿qué mujer en su sano juicio iba a elegir a alguien como tú? Con esos cuernos...

—A tu madre le encantaron mis cuernos anoche. Me los abrillantó muy bien.

William soltó otra risotada.

—Durante mi investigación sobre ti, averigüé cuál es el requisito para que consigas tu objetivo. Yo soy la clave. Sin mí, no puedes destronar a Sin. Si quieres quitar a tu hermano de en medio, tendrás que jurarme con sangre que cortarás tu vínculo con Gillian en cuanto yo te entregue la corona Connacht.

¿Lo había conseguido? Sí. Aquel era el momento que había esperado tanto. Abrió la boca para decir que sí, pero, sin pensarlo, respondió:

—Acepto tus condiciones si tú aceptas las mías. Mientras estemos en mi reino, no podrás tocar a Gillian.

William se quedó callado unos instantes.

—Está bien —dijo, por fin, con un rugido—. He esperado mucho tiempo, así que puedo esperar un poco más. No intentaré seducirla, pero, si ella intenta seducirme a mí...

Puck apretó los dientes. Se oyeron unas sirenas a lo lejos; alguien había oído el ruido y había llamado a la policía.

Si permanecían allí más tiempo, iban a detenerlos.

—Acepto tus condiciones —dijo, por fin, y relajó el brazo, que había sido como un grillete de hierro hasta aquel momento, para soltar a William.

El otro hombre tiró de una de las cuchillas del pelo de Puck y se hizo una incisión en la muñeca.

En cuanto sus sangres se mezclaran, en cuanto el juramento saliera por su boca, quedaría obligado para siempre y sería incapaz, físicamente, de faltar a su promesa.

Puck se hizo un corte con la misma cuchilla, y la sangre brotó de la herida justo cuando le daba la mano a William.

—El día que derrotemos a Sin... el día que me entregues la corona de los Connacht y te marches de mi hogar con la intención de no volver nunca, ni de atacarme, ni de atacar a mi pueblo ni de vengarte por los actos que yo he cometido... Ese día, utilizaré las tijeras de Ananke para cortar mi vínculo con Gillian Connacht. Lo juro.

Ya estaba hecho. El futuro estaba decidido.

Puck no tuvo una sensación de triunfo. Sintió un vacío enorme en el pecho.

William se quedó mirándolo fijamente. Después, asintió.

—Vamos a destronar a Sin y a recuperar tu reino.

Capítulo 16

Día 41 después de forjar el vínculo.

Gillian voló por encima de la arena y, al aterrizar, emitió un gruñido de dolor. Se puso en pie, sabiendo que iba a recibir una patada en la cara si se quedaba tendida en el suelo, e intentó recuperar el aliento. Una tarea casi imposible. Escupió sangre y, tal vez, incluso, un diente.

Se pasó la lengua por las encías doloridas. Sí, había perdido un diente. Gracias a su inmortalidad, le habría salido uno nuevo antes de que amaneciera. Lo sabía con certeza, porque le había sucedido ya otras cuatro veces.

—Vuelve a atacarme —le dijo Winter—. Y sé más rápida y más fuerte esta vez.

—Sí, dame un segundo —respondió Gillian. Hizo crujir los huesos de su cuello y giró los hombros, tratando de que se le pasara el mareo.

—En una batalla no hay segundos que valgan.

¡Lo sabía perfectamente!

Después de su fallido intento de salir de Amaranthia con Puck, había accedido a que la entrenaran para el combate. Así, aprovecharía la ausencia de su marido. Además, no podría llevar a cabo su propósito de ayudar a los niños y a las mujeres que eran víctimas de abusos y maltrato, si era una persona débil.

Winter iba a enseñarle cómo utilizar todas las armas disponibles en aquel reino de arena después de que aprendiera a luchar cuerpo a cuerpo. El problema era que la coronel Winter pensaba que el dolor era la mejor motivación.

Gillian se acostaba todas las noches con roturas de huesos y hematomas. Por lo menos, ya había dejado de llorar hasta que se quedaba dormida.

Algún día, sería lo suficientemente fuerte y tendría la suficiente destreza en la lucha como para devolver el favor.

—¿Y bien? —preguntó Winter.

Gillian se concentró para no dejar entrever sus intenciones. Avanzó y echó hacia atrás un brazo, pero, antes de que pudiera dar un puñetazo, Winter se agachó y le lanzó una patada tan fuerte que ella pensó que se le había partido la espina dorsal. Cayó de rodillas y sobre las manos. No tuvo tiempo de levantarse. Winter se sentó en su espalda, la agarró del pelo y le tomó la barbilla con fuerza.

Gillian notó una hoja de metal frío en el cuello.

—¿Cómo vas a defenderte si no sabes defenderte? —le preguntó Winter—. Yo quiero a Puck. Bueno, no lo quiero. Él no es yo. Me gusta. Me calma. Si tú mueres, él muere. Así que no puedes morir. ¿Empiezas a entenderlo?

A Gillian no le gustó oír que su marido le gustaba a otra mujer. Pero solo porque Puck no se lo merecía, no por otro motivo.

—Haz algo —le dijo Winter, hundiendo un poco el filo del cuchillo y haciendo brotar la sangre—. No aceptes mi fuerza de un modo pasivo…

Gillian estalló. Echó hacia atrás la cabeza y golpeó a

su oponente en la barbilla. Se oyó un gruñido de dolor. Ella, sin pausa, se giró y asestó un puñetazo, y le aplastó la nariz a Winter por primera vez. Se rompió el cartílago y la sangre manó profusamente.

Gillian sintió tal satisfacción, que se olvidó de los dolores.

Creía que Winter iba a tener un ataque de rabia, pero, sorprendentemente, la miró con orgullo.

—Bueno, bueno. Por fin estamos avanzando.

—Vamos, lucha —le dijo Gillian, entre jadeos. Le ardía el esternón cada vez que tomaba aliento, y se preguntó si tendría una costilla rota.

—Eh... No. Hoy, no —respondió Winter—. Estás ridícula sin el diente que te falta. Seguiremos mañana, cuando no me entren ganas de llorar al verte.

Entonces, se alejó sin mirar atrás y dejó a Gillian en la cima de la duna.

El poblado estaba abajo, y había unas veinticinco personas mirándola como si todo fuera muy divertido. Parecía que al clan de marginados de Puck le hacía muchísima gracia su determinación por convertirse en una buena guerrera.

—Que os den —les gritó.

A aquellas alturas, ya sabía que los hombres de Amaranthia trataban a las mujeres de una forma deplorable.

«Lo siento, chicos, pero vuestro mundo va a cambiar».

Los violadores y pedófilos serían castigados. Los harenes, prohibidos.

Ella había vivido en una jaula la mayor parte de su vida. Había sido prisionera del miedo y la tristeza. Se imaginaba que las mujeres que estaban encerradas en aquellos harenes también soñarían con la libertad.

«Tengo que entrenarme más deprisa», pensó.

—¡Winter! —gritó—. Vuelve aquí.

A partir de aquel momento, iba a entregarse en cuerpo y alma al aprendizaje.

Cuando Puck volviera, iba a encontrar a una mujer muy diferente, y un reino muy distinto.

22 años después de forjar el vínculo.

Querido Puck:

A Cameron se le ha escapado que le encargaste documentar lo que ocurría durante tu ausencia. Yo he decidido ayudarle porque parece que necesito desahogarme de mi rabia. He empezado a convertirme en el Increíble Hulk.

Estoy tranquila y, al momento, experimento la rabia de mil hombres juntos. Puedo levantar a perdedores de ciento veinticinco kilos como si fueran piedrecitas.

Ya no soy débil ni frágil, Pucky.

Es culpa tuya, y de tu demonio. ¿Qué me habéis hecho?

Mientras soy Hulk, solo hay dos cosas que puedan detenerme; que, al final, pierda las fuerzas y me desmaye, o que alguien me dé a la fuerza sirope de vuestros árboles de cuisle mo chroidhe, cuyas cortezas venenosas son un buen somnífero.

Estoy preparada para tu regreso, deseando mostrarte uno de esos estados de rabia en persona. Sabes que te lo mereces.

Si estás pensando que vas a encontrarte a la misma chica que dejaste aquí, y que puedes intimidarme con facilidad, te equivocas. Durante estos años me han dado puñetazos, patadas, cuchilladas y hachazos. Y no olvidemos que Indiferencia ha tratado de volverme loca incontables veces. Por lo tanto, ahora soy una chica dura.

Espero que te alegre saber que Winter y yo nos hemos hecho amigas, al final. Sí, es muy egoísta, pero a aquellos a los que considera una propiedad suya los protege con su vida. Su espíritu fuerte y feroz nos ha ayudado a todos a seguir a pesar del hambre, las enfermedades y las guerras con otros clanes.

¿Y tú, cómo estás? ¿Qué te hace últimamente Indiferencia?

A propósito, no he vuelto a pensar en nuestro beso ni una sola vez. No te echo de menos, y nunca me pregunto dónde estás ni qué haces. Pensé que querrías saberlo.

Gillian Connacht.

P.D. Puck es un asco.

106 años después de forjar el vínculo.

Querido Puck:

Estoy muy emocionada y tengo que contárselo a alguien. Sí, incluso me sirves tú. ¡He conseguido la magia!

Hace unos sesenta años, Cameron me marcó las manos con runas, a petición mía. Y, hace solo unas semanas, un hombre me tendió una emboscada pensando que podía tomar algo que yo no le estaba ofreciendo. (Para tu información, tu esposa todavía no ha tenido ningún amante. Y no porque te esté esperando, sino porque está esperando a William).

Bueno, Cameron oyó el alboroto y se acercó corriendo, pero ya no era necesario. Yo había empezado a luchar.

Cuando mi atacante exhaló su último aliento, de su cadáver emergió una neblina negra, y esa neblina entró en mí. ¡En mí! ¡Oh, el calor! ¡Oh, el cosquilleo!

Me emborraché de poder y decidí salir de Amaranthia e ir a visitar a los Señores del Inframundo a Budapest, reunirme con William y averiguar si te tenía encerrado en algún sitio, como prometió. Nadie podía impedírmelo, porque la estudiante había superado a sus profesores.

En realidad, no deseaba que estuvieras encerrado. Ya no te odio, ¿de acuerdo? Solo me caes un poco mal. Supongo que me he ablandado con el tiempo. Además, entiendo por qué hiciste lo que hiciste: la traición de tu hermano debió de ser terrible para ti y, por otro lado, crees que los Connacht vivirán mejor bajo tu gobierno. Estoy de acuerdo contigo. Yo también quiero un futuro mejor para mi gente y para los niños que salvemos. Haría cualquier cosa para asegurar su bienestar, incluso destriparte.

Y esto me recuerda algo que quería decirte: si alguna vez vuelves a herirme a propósito, o a mentirme, te cortaré los atributos masculinos y haré un asado con ellos.

No serías el primero, ni el último.

Y sigo con mi pequeña excursión. En cuanto salí del reino, mi magia desapareció. ¿Tal vez ocurrió porque no soy nativa de Amaranthia? O, tal vez, porque no soy lo suficientemente fuerte. Fuera cual fuera el motivo, volví al reino rápidamente.

Ahora me paso los días persiguiendo a los malos: a violadores, pederastas y maltratadores de cualquier tipo. A cualquiera que les haga daño a mujeres o a niños, en realidad. Soy una máquina de matar, y estoy haciendo realidad mi sueño. De hecho, matar me gusta tanto como me gusta la magia.

¿Es malo eso? Sí, seguramente es malo, pero no me importa.

Estamos cambiando Amaranthia poco a poco. Hemos construido un orfanato y un refugio para mujeres. Aunque muchos hombres han intentado detenernos, ninguno lo ha conseguido.

Y pensar que antes yo quería ser normal... ¡Qué

tonta! ¿Por qué me iba a conformar con ser normal, cuando puedo ser extraordinaria? Pucky, ¡me encanta la vida! Salvo... Bueno, no es asunto tuyo.

Ah, y en cuanto a mi gente, me gustaría explicarte que hemos empezado un clan propio. Somos las Shawazons. Cameron es nuestra mascota, y está obsesionado con convertirnos en el clan más importante de la historia. Winter es mi segunda al mando. Mi querida niña solo ha intentado derrocarme en seis ocasiones, pero yo he sido más lista que ella, y después nos hemos reído mucho. Sé que el culpable es Egoísmo. ¡Los demonios son lo peor!

Las Shawazons son un clan de prisioneras liberadas de los establos, antiguas prisioneras, supervivientes de los malos tratos... En resumen, todas aquellas personas a las que los otros clanes consideran desechos. Esta gente es mi familia.

Hace poco, ascendí a dos de mis mejores soldados a generalas. Ya verás cuando las conozcas. Johanna y Rosaleen son magníficas.

Bueno, tengo que terminar ya. Winter me está llamando a gritos, y solo lo hace cuando está a punto de suceder un desastre. O cuando quiere que le limpie la tienda. O que le cepille el pelo. O que le encuentre los zapatos.

Comandante Gillian Connacht

P.D. Te he bautizado de nuevo como Pucky el Afortunado porque estás casado conmigo. Admítelo. ¡Soy increíble!

201 años después de forjar el vínculo.

Querido Puck:
Demonios, ¿dónde estás? Dijiste que, a estas alturas, ya habrías vuelto. No te echo de menos, ni nada por

el estilo, así que espero que no se te suba a la cabeza. Pero ya estoy a punto de divorciarme para poder empezar a salir de nuevo con hombres. O, más bien, por primera vez. ¡Lo que sea! Tengo que adquirir experiencia antes de que llegue William, ¿no?

Winter dice que ella me va a ayudar a elegir un hombre porque ella es Egoísmo y, egoístamente, quiere que yo sea feliz. (Sí, me quiere más a mí que a ti). Pero, hablando en serio, yo no soy una persona infiel, así que no voy a salir con nadie hasta que no nos divorciemos. Quiero divorciarme ya, Puck, así que vuelve rápido a casa.

No es por ti, te lo prometo. Es porque me he dado cuenta de que estoy mejor sin ti. Seguro que hay muchas mujeres solteras por ahí, esperando para mirarte a los ojos inexpresivos y para no recibir nunca ningún cumplido ni ningún ánimo. Y, aunque sé que para ti solo han pasado unos días o unas semanas, para mí han pasado dos siglos. Cada vez soy más fuerte y me parezco más a Hulk, y me vendría bien deshacerme del exceso de energía.

Además, tú también estás mejor sin mí. Hace poco supe exactamente en qué consiste la profecía; se supone que una reina enamorada debe ayudarte a unir los clanes, y yo no soy esa reina. No estoy enamorada y, además, me las he arreglado para crear unas fricciones irreparables entre todos los clanes.

Hoy en día, lo único que tienen en común es que me odian. He matado a sus hombres, les he robado la magia y he ayudado a sus mujeres a escapar de sus jaulas de oro. Las Shawazons hemos enseñado a las mujeres de otros clanes a exigir el respeto de sus hombres.

Y, para que lo sepas, todo el mundo me llama Gillian, la Asaltante de las Dunas. ¿No te parece increíble?

Gillian ~~Connacht~~ Shaw, la Asaltante de las Dunas.

P.D. Puck va a irse a paseo.
300 años después de forjar el vínculo.

Querido Puck:
¿Dónde estás? Dijiste que ya habrías vuelto.
Bueno, no importa. Este retraso tuyo te va a costar muy caro. Considérate oficialmente separado. Me he ganado a tus amigos y me llevo todas tus posesiones.
Pero, demonios, sigo sin poder salir con otros hombres. ¡Estúpido vínculo! Tal vez deba despreciarte de nuevo. Estoy más que preparada para quitar el sexo de mi lista de cosas imposibles, pero, por tu culpa, no puedo hacerlo. No puedo seguir adelante con mi vida en ningún aspecto.
Así que, te lo pregunto de nuevo: ¿Dónde estás? ¿Qué te ha ocurrido? Sé que has sufrido una herida, porque he sentido un horrible dolor de cabeza sin motivo alguno, y he tenido una sensación fría en la muñeca... Y, después, nada.
Mira, estoy preocupada por ti, de verdad, y a mí no me gusta preocuparme. Las preocupaciones solo sirven para distraer y desgastar.
(Tengo que encontrar la forma de romper el vínculo sin las tijeras de Puck).
Un momento. Las tijeras. Tú tienes pensado utilizarlas después de que William te ayude a matar a Sin... lo cual significa que ya las has encontrado... lo cual significa que las tienes escondidas en algún lugar de Amaranthia.
Así pues, mi nuevo objetivo es encontrarlas, aunque tenga que teletransportarme a un volcán a recogerlas.
Ah, se me había olvidado comentarte que puedo teletransportarme. La primera vez ocurrió por casualidad, y vomité al llegar a mi destino, pero, desde entonces, he perfeccionado mucho mi técnica.

Winter dice que no me aficione demasiado a esa capacidad, porque la magia va y viene rápidamente y, además, ella va a robarme la mía, pero yo estoy disfrutando mucho.
Gillian, la Asaltadora de Dunas.
P.D. Puck va a perder sus tijeras.

343 después de forjar el vínculo.

Querido Puck:
Winter tenía razón. Perdí la capacidad de teletransportarme cuando mi nivel de magia descendió.
He visitado a las pitonisas con la esperanza de descubrir la magia eterna. Antes de que ninguna de las tres se dignara a hablar conmigo, tuve que hacerles un regalo para demostrarles mi aprecio. Puede que te hayas dado cuenta de que me corté la mano con el dedo corazón estirado. Soy así de dulce. Y, de todos modos, ¿qué hacen ellas con todas las partes del cuerpo que les regala la gente? Me las imagino delante de calderos humeantes con ojos de tritón, o algo así.
Las pitonisas me dijeron tres cosas, y ninguna de ellas era sobre la magia. La primera, que el hombre a quien amo tiene un sueño, y yo lo mataré. La segunda, que debo elegir entre lo que podría ser y lo que será. Y la tercera, que en mi futuro no hay un final feliz.
No voy a preocuparme por la primera, porque tú nunca vas a volver con William, y él es el único hombre del que podría enamorarme. En cuanto a la segunda, no sé lo que significa, así que no me importa. Y, con respecto a la tercera, que les den a las pitonisas. Voy a demostrarles que están equivocadas.
Y, cuando lo haga, tú sabrás que también puedes demostrarles que se han equivocado con respecto a ti. No necesitas a William para que te ayude a derrocar a Sin.

Puedes hacerlo por ti mismo. O yo puedo hacerlo por ti, si me lo pagas bien. Así que vuelve a casa y libérame de una vez.

Gillian, la Asaltadora de Dunas

P.D. Puck es un asco. (Los clásicos nunca envejecen).

405 años después de forjar el vínculo.

Querido Puck:
Todavía no has vuelto, y yo todavía no he encontrado las tijeras. Me pregunto si las pitonisas tenían razón y en mi futuro no hay un final feliz. ¿Y si me quedo atrapada aquí para siempre, con un marido ausente, un demonio que viene a visitarme, ataques de Hulk y una vida amorosa inexistente?

Me están cortejando, Puck. Soldados, príncipes... incluso reyes. Sí, sí, lo has leído bien. Parece que ha empezado la estación de apareamiento en Amaranthia, y yo soy la novedad número uno en la lista de todo el mundo.

Al principio, todos quería atraparme o matarme. Me enviaban flores envenenadas, notas con encantamientos malditos y asesinos a sueldo. Lo normal, ya sabes. Cuando fracasaron todos los intentos, muchos tipos empezaron a enviarme regalos románticos: oro, joyas, frutas de sus huertos privados, tiendas, ganado y magia. Bueno, no magia, exactamente, sino hombres a los que yo podía matar para poder absorber su magia.

El único líder que no ha demostrado ningún interés en mí es tu hermano.

Yo no he evitado a Sin a propósito, pero solo me he cruzado dos veces con él. Ha construido una fortaleza impresionante en Connacht y la ha rodeado con un laberinto. Su pueblo tiene prohibido salir de allí. Los otros clanes tienen que sobrevivir al paso del laberinto si quieren entrar. He oído historias de terror acerca de monstruos, pruebas de fuerza y resistencia, acertijos y cosas por el estilo.

La primera vez que vi a Sin, supe que era tu hermano sin que me lo dijeran. Se parece mucho a ti. Tiene el mismo pelo y los mismos ojos oscuros.

Seguro que muchas mujeres lo consideran la belleza de la familia, porque Winter lo ha dicho más de mil veces. Para mí, no es tan guapo. Además, no tiene cuernos, ni pelaje en las piernas, ni pezuñas. No es que yo me muera por ninguna de esas características, pero ha llegado el invierno y me acuerdo de lo calentito que eres.

Aunque no quiero acurrucarme contra ti, ni nada parecido.

Admito, sin embargo, que he pensado mucho en nuestras interacciones. La mayoría de las veces eras el hombre de hielo. Otras veces eras agradable, a pesar del demonio. ¿Cuál es la parte predominante?

Bueno, sea como sea, tengo la tentación de colarme en la fortaleza Connacht para espiar un poco. ¿Cómo te sentirías si, cuando vuelvas, yo ya me he encargado de tu hermano? ¿Me darías las gracias cortando el vínculo de una vez? ¿O me guardarías rencor?

Gillian, la Asaltadora de Dunas.

P.D. ¿Sabías que Sin está comprometido con tu antigua novia?

422 años después de forjar el vínculo.

Querido Puck:
He decidido que no vas a volver nunca, así que voy a volver a odiarte porque estoy destinada a morir sin haber tenido nunca un orgasmo. Por lo menos, he he-

cho un nuevo amigo. ¿Te acuerdas de la quimera que me rompió la mano el día que tú me abandonaste en Amaranthia? Bueno, pues hace dos años y medio, su tataratataranieta tuvo un cachorro. El pequeño ha estado a punto de morir muchas veces, porque su madre lo rechazó; supongo que la hembra heredó los genes odiosos de su antepasada. Así pues, yo me hice cargo de su cuidado.

Se llama Peanut y me mira como si yo fuera Santa Claus y todos los días fueran Navidad. Tiene celos de Winter, Cameron, Johanna y Rosaleen, y de todas las demás quimeras que yo intente montar.

Mañana comienza su entrenamiento. Va a ser mi caballo de batalla.

Me parece que estoy en deuda contigo, Puck. Si no me hubieras traído aquí, no lo habría conocido. Y yo no me habría entrenado, no me habría fortalecido, no habría crecido. No sería tan feliz, ni tendría una familia.

Así pues, tengo que reconocer que no te odio. Y sé que las quimeras solo viven doscientos años, y que perderé a Peanut en algún momento, a no ser que encuentre la forma de convertirlo en inmortal, por supuesto.

¿Dónde estás? ¿Dónde está William? Os echo de menos a los dos. Lamento cómo terminaron las cosas. Quiero hablar con vosotros, chicos. Por favor, Puck, date prisa en volver a casa.

Gillian, la Asaltadora de Dunas.

P.D. Si me tienes esperando mucho más tiempo, te recibiré a espadazos.

Capítulo 17

501 años después de forjar el vínculo.

Puck pasó por la puerta de entrada a Amaranthia. Como siempre, la magia le rozó la piel y le llenó las venas, y él se emocionó. Sin embargo, en aquella ocasión no la utilizó para adoptar su forma natural. No tenía ganas de impresionar a William.

Al llegar a su amada tierra, Puck respiró profundamente. El sol brillaba sobre un mar de arena, aunque se estaba preparando una tormenta en el cielo, que estaba más rojo de lo habitual. Seguramente, Gillian ya había aprendido que las tormentas eran muy peligrosas en Amaranthia.

Gillian...

No quería pensar en ella... ni en que iba a verla, a percibir su olor y a tocarla. Aquellos pensamientos lo excitarían, e Indiferencia... ¿qué? Esperó la reacción del demonio, pero Indiferencia se había quedado silencioso.

Sintió ira al pensar en que aquella presencia oscura molestara a Gillian, pero trató de controlarse y pensó en el tiempo. En invierno, las heladas lo cubrían todo, lo cual podría considerarse una metáfora de su vida. La primavera dejaba paso a los días cálidos y a las lluvias torrenciales y, en ocasiones, a las granizadas. En verano, los lagos y los estanques iban secándose y, a veces, caía una lluvia ácida del cielo. Durante el otoño, los días se alternaban entre el calor, el frío y la temperatura perfecta.

Él había vuelto en mitad de la primavera.

No había ningún campamento a la vista, ni agua. Tampoco había nadie esperándolo con un medio de transporte.

No importaba. Podía correr.

—¿Y has traído a mi Gillian a un lugar de mala muerte como este?

«¡Gillian no es tuya! ¡Es mía!».

Nadie había puesto tanto a prueba su paciencia legendaria como aquel tipo. ¿Cómo podía soportarlo Gillian? Era un idiota irreverente que se quejaba de todo, que no se tomaba nada en serio y que no perdía oportunidad de provocarlo.

—No hay ningún reino que sea mejor que este. Y, cuando Gillian ya no sea mía, podrás llevártela donde quieras. Por supuesto, si ella decide irse contigo. Me parece que no te he dicho que, aquí, el tiempo pasa de una manera distinta. Para mi esposa han transcurrido quinientos años, y puede que te haya olvidado.

William soltó un silbido de rabia, sacó su daga y se la puso a Puck en el cuello.

—No acabas de decir quinientos años, ¿verdad?

—Sí —respondió Puck, sin inmutarse—. Gillian tiene ahora más de quinientos años.

Los ojos azules de William se llenaron de vetas rojas y brillantes.

—Será mejor que me encuentre a la chica que dejé. Era perfecta y, si ha cambiado con los siglos...

—¿Quieres decir que prefieres que siga siendo la chica que me eligió a mí antes que a ti? Seguro que, en ese sentido, sigue siendo la misma.

Mentira. Él no estaba seguro de nada.

Otro silbido, y William le clavó un poco el filo del cuchillo en el cuello.

—O cortas, o nos vamos —le dijo Puck—. Gillian está esperando.

Hubo una pausa llena de tensión. Después, de mala gana, William apartó la daga.

—Por aquí —dijo Puck, y comenzó a caminar.

William lo siguió. El hecho de tener a la espalda a un inmortal lleno de deseos de venganza no era lo más inteligente que podía hacer, pero, en aquel momento, no le importaba. Estaba tan cerca de ver a su esposa...

¿Cómo reaccionaría cuando lo viera a él? ¿Y cuando viera a William?

De repente, sintió un dolor en lo más profundo del alma, que estuvo a punto de partirle el pecho en dos.

—Hay una cosa en la que estás equivocado —le dijo a su acompañante—. Ella no era perfecta entonces. Tenía miedo de los hombres y de la intimidad.

William rugió.

—¿Y cómo sabes tú que tenía miedo de la intimidad?

—Porque surgió el tema de conversación —dijo Puck, encogiéndose de hombros.

—Ella sufrió abusos y maltrato de niña. Cosas peores de las que te puedas imaginar, y durante años. Nadie la ayudó, así que se escapó de casa y vivió en la calle, porque la calle era un lugar más seguro que su casa. Esa es la chica a la que estás utilizando contra mí.

La mariposa tatuada de Puck descendió por su pierna, quemándole la piel, empujada por sus sentimientos de remordimiento y de odio hacia sí mismo.

—Ya está bien de charla —dijo, con la voz quebrada, y aumentó el ritmo de la marcha.

William no se quedó rezagado en ningún momento, y eso podía considerarse toda una hazaña, teniendo en cuenta que estaba siguiéndolo a él.

Cuando llegaron a su campamento, tuvo que mirarlo dos veces. Las tiendas habían sido sustituidas por casas de piedra y madera.

Los hombres pululaban por las calles, vestidos con túnicas y pantalones de lana. Por lo menos, la moda no había cambiado. No había mujeres a la vista. Ni tampoco estaban Gillian ni Winter. Las mujeres debían de estar dentro de las casas, cocinando y limpiando.

—Qué pintoresco. La fiesta de las salchichas. La fiesta que menos me gusta de todas —dijo William, irónicamente—. Si alguno de estos desgraciados ha tocado a mi chica…

—Mi chica —dijo Puck, sin poder contenerse. Miró las caras de todo el mundo, pero tampoco vio a Cameron.

—¿Dónde está? —preguntó William.

—Voy a averiguarlo —respondió Puck. Se acercó a uno de los hombres, y dijo—: Tú.

El hombre alzó la vista y abrió unos ojos como platos.

—Milord. Habéis vuelto.

—¿Dónde está mi esposa? ¿Dónde están Winter y Cameron?

El hombre palideció.

—Ellos… se han mudado, señor. Se llevaron a todas nuestras mujeres.

William dio un paso hacia delante.

—No te ha preguntado lo que han hecho, sino dónde están. ¡Responde!

El hombre tragó saliva y se tiró del cuello de la túnica.

—Al este, milord. Son parte de un nuevo clan. Atacan campamentos de otros clanes y les roban la magia. Han provocado la guerra con… todo el mundo.

Entonces, ¿las cosas habían empeorado aún más desde su marcha?

Se volvió hacia William, que tenía una expresión de furia, y dijo:

—Vamos a buscar a mi esposa y a enterarnos de lo que está sucediendo.

—¿Te he dicho ya que eres un asco? —le preguntó Winter a Gillian, con alegría.

—Muchas veces —respondió Gillian, y le sopló un beso antes de mostrarle el dedo corazón estirado—. Deberías intentar darme las gracias. Estoy arreglando tu error, ¿no?

—No, estás salvando a Johanna. Es distinto. Pero me encantaría que pudiéramos entrar pegando tiros.

—Sí, a mí, también —dijo Gillian. Por desgracia, las armas de fuego no funcionaban en Amaranthia. Por lo visto, eran incompatibles con la magia.

Hacía dos días que el clan de los galeses había hecho prisionera a una de las generales de Gillian. Aquella noche, ella iba a hacer que la sangre de los galeses se derramara por las dunas.

Su mente se llenó de rugidos y gruñidos, y ella rugió también. Indiferencia había vuelto. Le gustaba aparecer cada veinte años, volverla loca y marcharse.

«Ignóralo, o te vas a volver loca». No tenía otra opción.

—Para que lo sepas —dijo Winter—, yo nunca cometía errores antes de conocerte.

Gillian dio un resoplido.

—Claro que los cometías. Lo que pasa es que a la gente le daba miedo decírtelo.

Gillian hundió más el cuerpo en la arena de la cima de la duna y se ajustó la bufanda de camuflaje sobre la mitad inferior de la cara. Aquella fina tela le servía de protección contra el viento y la arena. Desde que se había despertado, aquella mañana, estaba llena de impaciencia. Lógicamente, era por la situación de Johanna, pero ¿podría haber algo más?

Estaba a punto de salvar a su amiga, pero se sentía muy nerviosa. Además, Indiferencia había contribuido a empeorar su estado de ánimo.

—¿Por qué no te da miedo decir que tengo defectos? No es que yo los tenga, claro —preguntó la impresionante guardiana del Egoísmo, que estaba agazapada a su lado—. Además, ¿por qué estamos haciendo esto? Tenemos la política de no hacer rescates, y es por un buen motivo. ¿Te acuerdas de todas las trampas y emboscadas con las que podemos encontrarnos?

Gillian esperó. Sabía que su amiga aún no había terminado.

—Si los demás clanes se enteran de que vas a la guerra para salvar a una general de tu ejército, empezarán a secuestrar a más mujeres de nuestro clan.

Gillian suspiró. La verdadera razón de las protestas de Winter era que nadie había intentado secuestrarla a ella.

—Pero también es muy posible que los otros clanes decidan empezar a secuestrar a nuestras mujeres si no hacemos nada. Tienen que enterarse de que hay consecuencias graves si nos atacan.

—¿Y si caemos en una emboscada hoy?

—No es una emboscada si sabemos que es una emboscada. En ese caso, se convierte en una buena oportunidad.

Gillian sabía que Winter no era capaz de resistirse al hecho de aprovechar una buena oportunidad. Ciertamente, su amiga empezó a demostrar más entusiasmo por la situación, y ella supo que los galeses iban a tener una muerte sanguinaria.

Aunque las dos Shawazons iban cargadas de armas,

la más poderosa de todas estaba en sus manos. Gillian extendió un brazo y la luz de la luna hizo brillar las runas que se extendían desde los extremos de sus dedos hasta su muñeca. Eran unas líneas que, entrelazándose, habían formado un portal, y permitían que la magia entrara en su cuerpo cada vez que mataba a alguien.

La magia era poder, y el poder lo era todo.

Nunca volvería a ser una niña indefensa. Nunca volvería a tener miedo de luchar contra los que la atacaran.

—Bueno, y ¿cuál es el plan? —preguntó Winter.

—Vamos a liberar a Johanna y a causar estragos.

—Muy bien. Los estragos son mi especialidad.

Habían decidido entrar a escondidas en el campamento, en vez de utilizar la fuerza, y habían acudido sin refuerzos. Gillian había dejado en casa a su quimera, incluso. Seguro que Peanut estaba enfurruñado, comiéndose sus muebles y mordiendo a todo el que se atreviera a acercarse.

Con un suspiro, estudió la disposición del campamento. Había ciento cincuenta y cuatro tiendas formando filas; de ese modo, unos vecinos podían vigilar la seguridad de los otros. También había una hoguera cada cuatro tiendas, para proporcionar luz y calor a sus ocupantes.

Aquel era un campamento nómada. Sus habitantes podían recogerlo todo y desaparecer en pocos minutos.

Había soldados recorriendo el perímetro para dar la alarma a la menor señal de peligro, y otros soldados patrullando entre las tiendas.

Si atacaban aquel campamento, las Shawazons estarían declarándole la guerra a todo el clan galés.

Sin embargo, eran los galeses los que habían declarado la guerra a las Shawazons al secuestrar a su general. Ciertamente, Johanna había invadido su territorio mientras jugaba a verdad o mentira con Winter, pero no lo había hecho con intención de causar problemas. Solo tenía que robarle un beso a un desconocido guapo.

¿Y solo por eso, los galeses habían decidido torturar a Johanna? Pues deberían haberlo pensado mejor.

Ninguna de sus mujeres iba a quedarse atrás, aunque tuviera que arriesgarlo todo.

Aunque había otras mujeres Shawazons que la habían traicionado en el pasado, ella confiaba en Johanna. Tenían un pasado similar, y habían hablado de sus experiencias. Eso las había ayudado a las dos.

Después de que ella le hubiera contado las peores partes de los abusos que había sufrido, Johanna le había dicho: «Te creo».

Su propia madre no la había creído.

Después, Johanna había añadido: «Lo que te pasó no fue culpa tuya. Lo sabes. Ellos lo saben. Y, ahora, tu cuerpo es un arma. Nadie podrá usar tu mejor arma contra ti otra vez».

Aquel día, Gillian había notado un cambio. La verdad había empezado a ocupar su lugar. Ella no tenía ninguna culpa de los abusos; solo era una niña inocente que estaba al cuidado de un hombre depravado. Ella no había aceptado aquel tratamiento, nunca; él, y solo él, era el culpable de sus actos. Ella nunca volvería a aceptar aquella horrible carga, nunca, jamás.

Cuando se había quitado aquel peso de los hombros, había tenido muchas ganas de llorar de alivio, de furia, de otras emociones que no podía identificar, pero no lo había hecho. Tal vez hubiera derramado todas las lágrimas durante su vida mortal, y ya no le quedara ninguna.

Y, después de todo, había tenido un enorme anhelo de vivir. Quería sentir el abrazo de Puck. Quería notar su respiración en la piel y oír sus palabras de consuelo. Quería que la acariciara con el pelaje suave de sus piernas, y que le diera calor.

Con la esperanza de librarse de aquellos deseos, había empezado a investigar sobre su pasado a la búsqueda de malas acciones de su juventud. Traiciones. ¡Cualquier cosa! Pero, al saber de todas las guerras que había ganado, de los guerreros contra los que había luchado y de la admiración que había suscitado en hombres y en mujeres, lo había echado de menos aún más.

También había averiguado que, en el pasado, Puck había tenido un encaprichamiento con Winter, y se había puesto furiosa. ¡Pero eso no tenía sentido! ¿Qué importaba que le hubiera gustado alguien en el pasado, si ya no quería tener ninguna relación con la guardiana del Egoísmo?

De repente, notó un cosquilleo muy familiar en la nuca, y se le puso la piel muy caliente. Respiró profundamente para calmarse. No tenía ningún motivo para convertirse en Hulk en aquel momento. Se le había acabado el sirope de *cuisle mo chroidhe* y no había tenido tiempo de recoger más corteza del árbol.

—Eh... ¿crees que es necesario que salga corriendo para salvar la vida? —le preguntó Winter.

—No, no. Me voy a controlar —dijo ella.

Alzó la vista para mirar al cielo, en el que brillaban las tres lunas. Sin embargo, se acercaban nubes de tormenta. En cualquier momento iban a empezar a caer dagas de hielo.

—Casi ha llegado el momento —dijo.

Winter besó la empuñadura de su daga favorita, una que le había robado al hermano de Puck cuando Sin se había atrevido a salir de su fortaleza sin la protección de sus guardias.

—La que mate más soldados, gana. Y la perdedora tiene que reconocer que la ganadora es superior.

—Trato hecho —dijo Gillian.

Su amistad con Winter no se había forjado de la noche a la mañana, ni siquiera en una década completa, pero se había forjado y, ahora, no había nadie a quien deseara más a su lado. Sin embargo, cuando volviera Puck… si volvía… ¿cambiaría Winter su lealtad?

–¿Pensando de nuevo en tu maridito? –le preguntó su amiga.

–Ex–maridito, querida. Me considero una divorciada.

A pesar de lo que había dicho, evitaba salir con otros hombres. Quería tener un novio y disfrutar de veladas románticas, de regalos, bailes y cenas. De las sonrisas tiernas de un amante. De todas las cosas que no había podido tener en su vida; al principio, por el miedo y, después, por un matrimonio indeseado.

Sin embargo, si se relacionaba con algún hombre después de cazar y matar a muchos de ellos por haber traicionado o maltratado a sus mujeres, sería una hipócrita.

Winter le dio un golpecito con el hombro.

–Cuando estás a punto de tener un ataque de furia, siempre te pones muy tensa. No te preocupes. Puck va a volver. Algunas veces, Indiferencia hace que pierda la concentración en sus objetivos, pero siempre vuelve al buen camino, más tarde o más temprano.

–¿No debería ser una excepción su reino?

–Con Indiferencia no hay excepciones. Bueno, tal vez…

–¿Cuál?

Su amiga se encogió de hombros y continuó:

–Tal vez, tú. Antes de irse, Puck te miró de una manera que… Me pareció que iba a estallar en llamas. Nunca había visto una mirada tan intensa.

Gillian sintió una descarga de placer. ¡Lo cual era absurdo! No sabía lo que iba a ocurrir con Puck cuando volviera. ¿La desearía?

¡Por supuesto que sí! El vínculo hacía que ella deseara a Puck, a pesar de todo lo que había ocurrido entre ellos; por lo tanto, el vínculo también hacía que él la deseara a ella. Era una cuestión científica.

No obstante, era consciente de que Puck no iba a satisfacer su anhelo de tener un novio tradicional. Con él, no habría cenas románticas ni sonrisas tiernas. Así pues... ¿por qué no lo utilizaba durante una temporada para mantener relaciones sexuales? La satisfacción la esperaba...

La idea ya no le resultaba repulsiva. Podía experimentar la belleza del sexo sin miedo. Había fantaseado muchas veces con Puck, y nunca había vuelto a tener aquellos recuerdos horribles de su vida mortal. Y, como ni siquiera conseguía llegar al orgasmo masturbándose, necesitaba a Puck para terminar el trabajo. Estaba harta de pasarse la noche sobre las sábanas, desesperada y dolorida, incapaz de satisfacer la necesidad que su marido había despertado con un solo beso.

Se oyó el retumbar de un trueno, y ella volvió a la realidad.

—Si me atrapan... —le dijo a Winter.

—Ya sé lo que tengo que hacer. Matar a todo el mundo, arriesgar mi vida aún más y salvarte.

—No, claro que no. Retirarte, robar más armas y más magia, y volver.

A la luz de los relámpagos, vieron que los soldados salían corriendo a buscar refugio. Pensaban que nadie que estuviera en su sano juicio se atrevería a lanzar un ataque bajo una tormenta de hielo.

Pero estaban equivocados. Hacía muchos siglos que ella no estaba en su sano juicio.

Se levantaron los escudos sobre las tiendas para reforzar la protección de la gente.

—Después de esto —dijo Winter—, el rey galés al que acaban de coronar dejará de cortejarte, seguramente.

—Pues mejor —respondió Gillian.

Gillian había matado a los dos últimos soberanos. El primero era un sádico que se deleitaba abusando y maltratando a mujeres. El segundo había matado a una muy querida Shawazon, apuñalándola por la espalda a sangre fría.

Después de otro trueno, cayó la primera daga de hielo y se clavó a pocos centímetros de la cara de Gillian. Indiferencia se llevó tal susto que emitió un aullido y salió corriendo de su mente.

Vaya, vaya. Claramente, al demonio no le gustaban las experiencias cercanas a la muerte. Era bueno saberlo.

—Vamos —dijo ella.

Alzó su propio escudo, se puso en pie y corrió duna abajo.

Capítulo 18

Cayeron más y más dagas que inundaron la tierra. Gillian tuvo que saltar, esquivar y tirarse en picado para no chocarse con cada uno de los obstáculos que encontraba, al mismo tiempo que mantenía su escudo en alto, de modo que los granizos cayeran sobre él y se rompieran en pedazos. Por suerte, el ruido que producían era el mismo que resonaba por los escudos de todo el campamento.

Winter permaneció a poca distancia, tras ella, guardándole la espalda.

Ya no le extrañaba que los Señores del Inframundo disfrutaran tanto de sus escaramuzas: proteger a los seres queridos era lo mejor del mundo. Lo segundo mejor era saber que la guerrera que iba a tu lado estaba dispuesta a morir por ti, si era necesario.

Familia. Aceptación. Apoyo. Era todo lo que Gillian había deseado siempre, y lo había conseguido de una forma que nunca hubiera esperado.

Tuvo una descarga de adrenalina que recargó sus baterías. La magia hizo brillar con fuerza las runas de sus manos, que se convirtieron en una suerte de faros en mitad de la noche. Eso no podía ser, así que, con una salva de magia, provocó un remolino de arena que las envolvió a las dos.

Al principio, cuando estaba aprendiendo el funcionamiento de la magia, pensaba que había diferentes tipos de magia con los que se conseguían resultados diversos. Por ejemplo, la capacidad de teletransportarse o de alcanzar la velocidad de la luz; adquirir una fuerza sobrehumana, o poder respirar debajo del agua, o tener visión nocturna, o poder volar... Sin embargo, pronto se había dado cuenta de que la magia era simplemente poder y de que, cuanta más magia tuviera una persona, más cosas podía hacer.

Para llevar a cabo ciertas cosas con ciertas habilidades, era necesaria una cierta cantidad de magia. Cuanta más magia se utilizase, menos cosas podían hacerse, y el poder iba disminuyendo cada vez más rápidamente. Era un círculo vicioso.

En aquello, parecía que Sin Connacht era una excepción. Se decía que solo tenía tres habilidades de nacimiento: la supervelocidad, el cambio de formas y la visión nocturna. Puck también tenía la supervelocidad y había cambiado de forma el día que la había llevado a Amaranthia. ¿Podría ver en la oscuridad, como su hermano? Y ¿qué más cosas podía hacer?

Le habría gustado...

«¡Concéntrate, muchacha!».

Liberó una segunda salva de magia y aumentó la velocidad del tornado para crear un campo de fuerza. Winter y ella estaban en el ojo del huracán, y no se veían afectadas.

Por desgracia, casi se había quedado sin magia. Cada vez le resultaba más difícil hallar sujetos a los que robársela, porque los hombres ya sabían que odiaba a cualquiera que cometiera crímenes contra las mujeres y los niños. Ya no los celebraban en público ni alardeaban de castigar a la gente que estaba bajo su mando.

Gillian esperaba que, algún día, iba a encontrar el

modo de generar el poder por sí misma, de modo que sus reservas de magia no disminuyeran nunca y le permitieran utilizar todas las habilidades sobrenaturales.

Tener sueños era una buena cosa.

Cuando se acercaba al campamento, a la carrera, empezó a oír voces.

—Te digo que lo he visto con mis propios ojos —decía alguien, en un tono de terror.

—¿Qué quiere?

¿A quién se referían?

«Lo primero, el rescate. Lo segundo, recabar información».

La información podía ser tan valiosa como la magia.

Como el tornado de arena limitaba su visión, tuvo que utilizar más magia para poder ver a través de él y, también, a través de las paredes de lona. En el interior de las tiendas había guerreros limpiando armas. Mujeres cocinando. Parejas manteniendo relaciones sexuales. Discutiendo. Riéndose.

Cuando vio a Johanna, Gillian se detuvo en seco y retrocedió. Le hizo señales a Winter para que corriera al otro lado de la tienda, la más lujosa de todo el campamento, y que esperara allí dos minutos exactos.

Gillian empezó la cuenta atrás y observó bien la escena. En el centro de la tienda había una jaula oxidada, y Johanna estaba agachada en el centro. Tenía los rizos y la piel llenos de barro y suciedad, y la ropa, hecha jirones. Estaba agarrada a los barrotes; tenía los ojos entrecerrados y los labios apretados.

Un minuto.

El carcelero de Johanna, que era el comandante del campamento, estaba tendido en un montón de cojines, afilando una espada.

—Vaya, parece que tenemos otra noche más para estar juntos —dijo, riéndose—. Tal vez la Asaltante de las Dunas aparezca mañana. O no. Tal vez me tenga miedo y se haya lavado las manos.

Quince segundos.

Gillian, tan rápida y sigilosamente como pudo, cortó una hendidura en un lateral de la tienda.

Cinco.

Antes de que el tipo pudiera notar el viento helado, le arrojó el escudo y le golpeó en la sien. Ella sacó una segunda daga.

Él se puso en pie de un salto, con un grito, dispuesto a castigarla con su espada.

En aquel momento, Winter entró por el otro lado de la tienda y le disparó una flecha que le atravesó la muñeca. Él tuvo un espasmo en la mano, y la espada se le cayó al suelo.

Gillian echó a correr, y Winter tiró su escudo en dirección a ella. En cuanto tocó la arena, ella cayó sobre el metal de rodillas. El impulso hizo que el escudo se deslizara por el suelo hacia las piernas del comandante.

Ella le cortó la parte interior de los muslos con las dagas. En cuanto pasó hacia su espalda, se levantó de un salto, se giró y le clavó las dagas en la parte posterior de las rodillas.

Él se desplomó entre gritos de dolor.

Winter había liberado a Johanna y tenía que darle muerte al comandante. Ella no querría hacerlo; querría permitir que fuera su amiga la que asimilara la magia del muerto para que pudiera curarse. Sin embargo, si no intentara por todos los medios quedarse con la magia para sí, Egoísmo le infligiría un terrible castigo.

Gillian le entregó una daga a Johanna lanzándosela a las manos. Johanna la agarró por la empuñadura y apartó de un empujón a Winter, y le clavó la daga en el corazón a su captor.

Una neblina negra se elevó desde su cuerpo y envolvió a Johanna. La muchacha cerró los ojos y echó la cabeza hacia atrás para disfrutar de aquella inyección de poder. Le brillaron las runas de las manos.

—Gracias —dijo Johanna, con un color muy saludable en las mejillas—. Muchísimas gracias.

—De nada —dijo Gillian.

Desde el suelo, Winter expresó sus protestas:

—Hazme un favor: la próxima vez no te dejes capturar.

—Ojalá me hubieras dado un consejo tan sabio antes de que entrara en el campamento e intentara robarle un beso a un guapo desconocido —replicó Johanna—. Me habrías ahorrado unas cuantas torturas.

—Bueno, chicas, tenemos que irnos —intervino Gillian, con impaciencia. Recogió el escudo del suelo y tiró de Winter para que se levantara.

Johanna tomó la espada que había estado afilando el comandante y le sopló un beso.

—¿Te importa que me lleve esto prestado? ¿No? Muchas gracias.

—Eh, yo quería esa espada —dijo Winter, con un mohín.

—¿Y si les robamos las dagas y las espadas a sus amigos? Y no olvidemos la magia —dijo Gillian.

Las tres sonrieron y salieron de la tienda a la tormenta. Los soldados estaban saliendo de las tiendas con los escudos en alto. Entre el caos y la confusión del granizo Gillian y sus amigas se confundieron con todo el mundo y pudieron llevar a cabo un ataque sorpresa perfecto.

Chicas contra chicos. Chicas que mataron a todo el mundo.

Cuando murió el último soldado, habían dejado de caer las dagas de hielo. El olor metálico de la sangre, que había cubierto todo el suelo como una riada, lo impregnaba todo.

La magia se elevó de los cadáveres y fue directamente hacia ellas.

La fuerza inundó a Gillian... pero no fue suficiente para curarle las heridas de la batalla. Vaya, parecía que, a pesar de lo diestros que eran aquellos hombres, no tenían demasiada magia.

—¿A cuántos galeses has matado? —le preguntó Winter.

Gillian tenía la respiración entrecortada. Rasgó un pedazo de lona de una tienda y se envolvió la herida.

—Perdí la cuenta, lo siento.

—De todos modos, no importa —respondió Johanna—. Seguro que os he ganado a las dos. ¿Cuántos años tenéis, abuelitas?

—Ja, ja —dijo Winter.

—Vamos. Tenemos que volver a casa.

Winter y Johanna iban charlando mientras corrían por las dunas. A Gillian le habría gustado participar, pero estaba demasiado ocupada intentando ignorar el dolor de las heridas.

Cuando, por fin, atravesaron la frontera del territorio Shawazon, estaban saliendo los tres soles. Sus preciosos rayos dorados iluminaban el cielo rojo y hacían resaltar una figura... No, no era posible. Gillian pestañeó rápidamente. No podía estar viendo a un ser alto, musculoso, de piel bronceada y con el pelo largo lleno de cuchillas.

O, tal vez, sí...

Él estaba hablando con Rosaleen, de espaldas a Gillian. Tenía el torso desnudo, y la mariposa descansaba entre sus hombros.

Gillian se detuvo en seco, con el corazón acelerado.

—¿Puck?

Capítulo 19

Oyó la voz de Gillian, la voz que tenía el poder de endurecerlo más que el hierro.

Puck se giró rápidamente, y la vio. Gillian Connacht estaba en la cima de una duna de arena, con Winter y con otra mujer desconocida para él. Notó distraídamente la presencia de las otras dos mujeres, y se dio cuenta de que estaban cubiertas de sangre reseca. Sabía que debía preguntarse por el motivo, pero estaba ciego de lujuria.

Gillian había experimentado cambios notables. La inmortalidad no había congelado su desarrollo a los dieciocho años, sino que le había permitido convertirse en una mujer perfecta. Tenía el pelo más largo y más oscuro, y ondulado. Tenía las mejillas más delgadas y los pechos más grandes, exuberantes, y las caderas, redondeadas. Llevaba lo que debía de haberse convertido en el uniforme de las mujeres de Amaranthia: un top de cuero negro y una falda corta y plisada, también negra, cuyas tablas estaban unidas con arandelas de metal para proteger los órganos vitales.

Su cuerpo estaba increíblemente tonificado, y tenía las manos cubiertas de runas brillantes.

Él también debía de haber cambiado, porque lo que

sentía por ella antes no era ni la sombra de lo que sentía por ella ahora. El deseo lo dominaba.

Tal vez su vínculo se hubiera fortalecido aún más con el paso de los siglos que ella había vivido. O, tal vez, la magia de Gillian apelara a la suya. Puck tenía una necesidad casi irresistible de acercarse a ella, tomarla en brazos y acariciarla, saborearla, marcarla.

«Tendré lo que es mío. La deseo con desesperación. Tengo que protegerla. Tengo que quedármela».

«No, no puede ser. Tengo que devolvérsela a William».

La vio estremecerse y agarrarse el costado. Tenía un trapo alrededor del torso, desde las costillas a las caderas.

Alguien le había hecho daño.

Ese alguien iba a morir.

Recorrió rápidamente la distancia que lo separaba de ella, y Gillian se encontró con él a medio camino. Se detuvieron al unísono, a pocos centímetros el uno del otro. Su cuerpo estaba tenso, el de ella irradiaba un calor femenino.

Cuando Puck percibió su olor a frutas silvestres, no pudo contener un gemido. Ni los demás hombres del clan, que interrumpieron sus tareas para mirarla con deseo.

Puck se preparó para la lucha. Si no se daban la vuelta, iban a morir.

Al ver su reacción, todos volvieron a sus quehaceres. Mejor.

Puck miró de nuevo a su mujer, y el resto del mundo desapareció.

Indiferencia comenzó a rugir para mostrar su disgusto, pero ni siquiera el demonio pudo distraer a Puck.

—Gillian...

Ella le dio un puñetazo tan fuerte, que el cerebro le rebotó contra el cráneo.

—Vaya, hola a ti también —dijo él, frotándose la mejilla.

Ella alzó la cara.

—Eso, por mentirme.

—Yo...

Ella le dio otro puñetazo y le partió el labio.

—Lo siento —dijo él, con un zumbido de dolor en los oídos.

—Eso, por romperme el dedo —prosiguió ella. Puñetazo—. Eso, por volver trescientos años más tarde de lo que me prometiste.

Puck esperó el siguiente puñetazo; sin embargo, ella respiró profundamente, exhaló el aire y asintió, como si se hubiera quedado satisfecha con el trabajo bien hecho.

Él enarcó una ceja y le preguntó:

—¿Has terminado ya?

—Bueno, por ahora, sí —respondió Gillian—. Vaya... ¿por qué no estás herido tú también?

A modo de respuesta, él se tocó la pulsera de oro que llevaba en la muñeca.

—Estás en una forma física excelente, y tienes una técnica impecable, a propósito. Winter y Cameron te han entrenado bien. Hasta que tú empezaste a entrenarlos a ellos, claro.

Ella se sintió orgullosa y se atusó el pelo.

—Gracias —respondió. Las mejillas se le tiñeron de un precioso tono de rosa, y él tuvo ganas de acariciárselas—. Ya has leído mis cartas.

—Sí —dijo él.

Había utilizado la magia para absorber hasta la última de las palabras que habían escrito Cameron y ella. Sin embargo, ni siquiera la magia había podido moderar la sorpresa que se había llevado al conocer los detalles.

Gillian había construido un orfanato para los niños necesitados y una casa de acogida para mujeres maltratadas. Había sido cortejada por reyes y príncipes, que iban a ser ejecutados cuando él reuniera a los clanes. Había aprendido a utilizar la magia e, incluso, había matado para obtenerla.

A medida que iba leyendo las cartas, él notaba que ella iba endureciéndose y creciendo. Y, cuando Gillian había mencionado que era feliz, se le había acelerado el corazón, algo que nunca le había sucedido.

Cuando ella había mencionado que tenía ataques de furia durante los que se convertía en Hulk, él había estado a punto de sonreír. Pero las ganas de sonreír se le habían pasado al llegar a la profecía de las pitonisas: «En mi futuro no hay un final feliz».

Se sintió culpable por haber llevado a Gillian a Amaranthia, puesto que la había colocado en un camino concreto. Había condenado a una chica inocente con una infancia trágica. Porque, aunque cortara su vínculo en aquel preciso instante, no serviría de nada. Las profecías se hacían realidad por mucho que trataran de impedirlo.

¿Acaso no se lo había demostrado Sin?

—¿Y bien? ¿Dónde está William? —preguntó Gillian.

Puck sintió un profundo disgusto al oír que ella pronunciaba aquel nombre. Tuvo ganas de besarla con todas sus fuerzas para borrarle el recuerdo del otro hombre.

—El muy idiota se ha marchado por su cuenta con la esperanza de encontrarte, aunque no sabe nada de este reino ni de sus habitantes.

—¿Y tú le has dejado marcharse?

—¿Qué querías, que lo amarrara?

Puck no había seguido a William, sino que había buscado por todo el campamento Shawazon, pensando que Gillian pudiera estar en alguna de las casas. A ella no la había visto, pero había encontrado a muchas mujeres afilando espadas, reparando enseres y practicando movimientos de combate.

Algunos de los hombres estaban recogiendo la basura del campamento. Otros, cocinando. Otros estaban sentados en las piedras, cosiendo. Parecía que todo el mundo estaba feliz.

Gillian no había creado un clan; había hecho un milagro. Su gente la amaba. La habían seguido por elección y no por miedo, y eran tan leales, que se habían negado a responder preguntas sobre ella.

En aquel momento, Gillian retrocedió un paso y se giró.

—¿Adónde vas? —le preguntó Puck.

—¿Adónde voy a ir? A buscar a William.

Él apretó los dientes con rabia y la agarró del brazo.

—Ya le está buscando Cameron.

«Eres un cabrón con suerte», le había dicho su amigo, antes de ponerse en camino. «Es cierto que Gillian ha destruido cualquier oportunidad de unificar a los clanes, pero ha tomado a la vida por las pelotas y ha vivido con pasión hasta el último segundo. ¿Cuántas personas pueden decir eso?».

—Volverán enseguida —dijo Puck.

Gillian se zafó de su mano, pero no volvió a hacer ademán de marcharse, y él respiró con alivio.

—Me gusta nuestra tierra —le dijo, con la esperanza de distraerla.

—¿Nuestra tierra? —preguntó ella.

—A pesar de todo lo que has dicho sobre el divorcio, somos marido y mujer. Lo que es tuyo también es mío.

—Con ese razonamiento, las tijeras también son mías. Dámelas.

Chica lista.

—¿Y si, en vez de dártelas, te pido perdón? Siento haberte mentido, siento haberte hecho daño. Te doy mi palabra de que no volveré a hacerlo.

Gillian se encogió de hombros, pero respondió:

—Será mejor que lo digas en serio. El príncipe de Fiáin me mintió hace unos meses y todavía está aprendiendo a caminar de nuevo.

¿Su mujercita había dejado inmovilizado a un guerrero que llevaba eones luchando en mil batallas? Puck estuvo a punto de echarse a reír.

—¿Me concedes tu perdón?

—Te había perdonado antes de los puñetazos. Pero eso no significa que seamos amigos, ni nada por el estilo. No me fío de ti.

Por ahora, eso valía.

—También siento haber tardado más de lo que pensaba en volver —añadió—, cuando tú ya estabas deseando empezar a salir con otros hombres —dijo, en un tono monótono, para disimular la furia que sentía—. ¿Lo has hecho?

Ella se quedó mirándolo fijamente, sin responder, como si él fuera un niño recalcitrante.

—Por favor, dímelo.

—¿Tú qué crees? Mírame, por favor —respondió ella. Señaló con una mano las curvas de su cuerpecillo, y él se la imaginó abandonándose a la pasión—. Soy una increíble mujer de quinientos diecinueve años. O dieciocho. O veinte. No sé, no me acuerdo.

Puck se relajó un poco.

—Sí, eres increíble, tengas los años que tengas.

Ella volvió a colocarse el pelo.

—A pesar de mi avanzada edad, todavía no necesito bastón para caminar, a no ser que me rompa una pierna, y no me tiembla la mano cuando tengo que darles puntos a mis amigos.

—Pero no has empezado a salir con nadie —dijo él.

—¿Cómo lo sabes? ¿Y a ti qué te importa?

—Es cierto, no me importa. Puedes hacer lo que quieras, con quien quieras.

Ella lo miró de arriba abajo... ¿con pasión?

–¿Estás seguro de eso, Pucky? Tus labios dicen «con quien quieras», pero el resto de tu persona dice «conmigo, ahora». Y, cuando menciono el resto de tu persona, me refiero a ese bulto que tienes en los pantalones.

Entonces, ¿se había dado cuenta? Él irguió los hombros con orgullo. «Mira, esposa, mira lo que me haces con tanta facilidad».

–Te dije que podías hacer lo que quisieras con quien quisieras. No dije que fuese a permitir que los hombres vivieran después.

Aquel tono de voz tan razonable para hablar del asesinato hizo sonreír a Gillian. A él le sorprendió.

Pero ella dominó la expresión de su rostro y se cruzó de brazos.

–Eres igual que antes, en aspecto y en comportamiento. Apasionado y, al instante, glacial. Tu momento de «conmigo, ahora» no va a durar.

–Pues entonces, será mejor que vayamos a nuestra casa para poder hacerlo contigo mientras me dure.

«Estoy bromeando».

«Puede que no esté bromeando».

–Vaya, otra vez. ¿«Nuestra casa»? De eso, nada. No vamos a hacer nada –le espetó. Después, se apresuró a cambiar de tema–: Bueno, y ¿qué te parece mi campamento?

Él admitió la verdad sin problemas.

–Has creado algo muy especial, Gillian.

Aunque los miembros del clan Shawazons a los que había interrogado se habían negado a responder preguntas personales sobre su líder, sí se habían dedicado a alardear de sus conquistas. Era conocida como la Asaltadora de Dunas, una guerrera sin par. Invadía los campamentos de sus enemigos, liberaba a las mujeres de los establos y a las mujeres maltratadas, defendía a los niños y los cuidaba, sobre todo a los huérfanos, y robaba lo que quería cuando quería. Castigaba a los soldados por sus crímenes y entrenaba a las antiguas cautivas para que pudieran hacer lo mismo.

¿Hasta qué punto era todo aquello una exageración, o era cierto? Fuera cual fuera la respuesta, ojalá él pudiera haber visto su transformación, su paso del miedo a la valentía.

Él le había preguntado a Cameron qué dificultades había tenido que superar Gillian, y Cameron le había respondido:

«Bueno, veamos: todas. Pero, antes de que me fulmines con la mirada, fue ella la que se ofreció voluntaria para superar situaciones difíciles, para convertirse en una mejor guerrera y comandante».

—Gracias —le dijo Gillian, con orgullo.

—Pero... las tensiones son más fuertes que nunca. Se libran batallas brutales todas las semanas. Hay emboscadas salvajes diariamente. Lo único en lo que están de acuerdo todos los ciudadanos de Amaranthia es en que te odian.

—¿Y bien? Yo no me arrepiento de nada.

Él debería enfadarse con ella, pero solo sentía más y más satisfacción al ver un espíritu tan fuerte.

Puck estiró el brazo y le acarició la mandíbula con los nudillos. Y, como había hecho el día de su boda, Gillian se inclinó hacia él. En aquella ocasión, emitió el sonido más sexy que él hubiera oído nunca.

—Ummm...

«Mi esposa necesita desesperadamente que la acaricien», pensó él. ¿Cómo iba a arrepentirse de nada de lo que había sucedido?

Aunque Gillian tenía un aspecto mucho más fuerte y mucho más duro que antes, era suave como la seda.

Cuanto más la acariciaba, más electricidad había en el aire, más le costaba respirar. Quería tomarla entre sus brazos y llevársela a la cama más cercana. Sin embargo, no podía hacerlo. No podía permitir que Gillian lo distrajera. La lujuria no debía tener importancia.

Puck le pidió más y más hielo a su magia, hasta que consiguió helar el deseo de su corazón. Una vez que recuperó su armadura frígida, sus pensamientos se calmaron.

Capítulo 20

—Mejor —dijo Puck.

Gillian se sobresaltó, se tambaleó y se apartó de él.

—Y él ha vuelto —murmuró, con desagrado.

¿Se había tambaleado? Puck se dio cuenta de que la herida la había debilitado... ¿Cómo era posible que no lo hubiese pensado?

—Estás herida —dijo—. ¿Quién ha osado herir a mi esposa? ¿Por qué no tenías protección?

Ella dio otro paso atrás, con el ceño fruncido, y aumentó la distancia que había entre los dos.

—Qué pregunta más tonta —dijo Winter, mientras se acercaba.

Él entrecerró los ojos al mirar a su... ¿antigua amiga?

—Tenías instrucciones de garantizar su bienestar, pero has permitido que resultara herida.

Winter hizo un gesto con la mano y se puso en jarras.

—He estado esperando a que me invitarais a unirme a la conversación, pero, como habéis sido tan maleducados de ignorarme, yo soy lo suficientemente maleducada como para inmiscuirme. A propósito, esto es un asco.

—De acuerdo —dijo Puck—. Has permitido que...

—Tenía un plan —prosiguió Winter, con un mohín—. Cuando Puck volviera, yo le presentaría a Gillian.

—Ya la conocía —le espetó él—. Y, ahora, dime por qué has permitido que...

—Adelante —dijo Gillian, interrumpiéndolo—. Preséntamelo. Él no sabe que he cambiado mis nombres.

Winter carraspeó.

—Puck Connacht, te presento a Gillian Connacht, Primera de su Nombre, Reina de los Shawazons, la Asaltante de Dunas, Defensora de los Débiles, Destructora de Establos, Madre de la Peor Quimera del Mundo, Azote de las Arenas, Soberana de todas las Casas, Amiga de Winter.

Gillian le hizo un gesto de aprobación con los pulgares hacia arriba, y Puck no pudo hacer otra cosa que quedarse mirándola fijamente, absorto, como si no hubiera podido congelar sus emociones.

«¿En qué mundo de locura me he metido?».

Winter le dio un beso en la mejilla a Gillian.

—Os concedo un minuto, o dos, o treinta segundos, antes de volver con el botiquín. Terminad vuestra conversación. Y que no se te olvide decirle a tu exmarido que has dividido vuestro patrimonio al divorciarte... O, más bien, que te lo has quedado todo. Es una historia fascinante, y estoy segura de que le va a encantar.

—Eh... estás intentando tomar las riendas de la conversación, cariño —le dijo Gillian, con una sonrisa de afecto.

Él sintió una punzada de envidia. El afecto de Gillian solo le pertenecía a él, y...

Apretó los dientes y puso en blanco la mente.

—Tienes razón. Lo siento —dijo Winter. Entonces, se volvió hacia Puck y le dijo—: No intentes echarme a mí la culpa por lo que has perdido. Deberías haberlo visto venir. Todo el mundo sabe que un matrimonio por amor es mucho mejor que uno de conveniencia. Además, Gillian nunca me creyó cuando le decía que el secreto del éxito de un matrimonio inmortal es mantener su arsenal lleno y sus pelotas vacías. Seguramente estás mejor así...

—Winter... —murmuró Gillian.

—Tienes razón otra vez —dijo su amiga. Guiñó un ojo, dijo adiós con la mano y se fue a recoger el botiquín.

—No estamos divorciados, y no nos vamos a divorciar. Todavía —dijo Puck, tajantemente.

—Quiero mi libertad. Quiero librarme del demonio y de ti.

—Ya lo sé. Estás preparada para tener aventuras con otros.

—Y, por lo que parece, a ti se te rompe el corazón —dijo ella, y se pellizcó el puente de la nariz—. Mira, los divorcios son muy habituales. No es culpa de nadie. Salvo tuya, claro. ¿Qué pensabas que iba a ocurrir si estabas fuera trescientos años más de lo que dijiste? Y, a propósito, yo no necesito que Winter me proteja. Puedo defenderme sola.

—Es obvio —dijo él, con desprecio, y le señaló la herida.

—Como si tú nunca hubieras recibido heridas en la batalla.

—Rara vez. Y no pensé en lo que iba a ocurrir durante mi ausencia.

Al menos, no a cada segundo del día.

—Lo que pasa es que no te importaba —dijo ella—. Puede que Apatía por todas las cosas sea un buen lema para nuestra familia.

Sí, claro. Entonces, ¿por qué dio él un paso hacia ella, como si necesitara tocarla? ¿Y por qué, cuando Gillian había dicho «nuestra familia» él había tenido un escalofrío de anhelo?

A ella se le abrieron mucho los ojos y se le aceleró el pulso. Aquella belleza, que dejaba en mal lugar a los tres soles de Amaranthia, comenzó a jadear, y sus mejillas se tiñeron de rosa.

Él recordó que, antes de su partida, deseaba con todas sus fuerzas estudiar los diferentes tipos de rubor de Gillian. Se preguntaba si su piel sería muy caliente, y hasta dónde llegaría aquel calor. Y, en aquel momento, su curiosidad aumentó.

—¿Te parezco apático? —le preguntó, con la voz ronca.

Ella lo miró de arriba abajo y se humedeció los labios. Después, posó las palmas de las manos sobre su pecho, y empujó.

¿Acaso necesitaba espacio?

Él dio otro paso hacia ella, y otro, y se acercó tanto que le rozó los pezones con el pecho al tomar aire. En cuanto sintió aquel contacto, se le escapó un gruñido. No fue culpa suya, sino de las curvas de aquella mujer. Quería frotarse contra ella en aquel mismo instante.

Sin embargo, retrocedió.

«Cuidado. Actúa con prudencia».

Ella lo observó atentamente. ¿En qué estaría pensando?

—Con respecto a las múltiples veces que has resultado herido durante tu vida, y no solo en la guerra, sino también en el aspecto sentimental... —dijo, por fin—. Sé que una vez deseaste a Winter.

—Sí. Una vez.

—¿Y ahora?

—¿Por qué? ¿Todavía estás dispuesta a compartirme? —inquirió él. No había olvidado la facilidad con la que ella le había dado permiso para acostarse con otras mujeres.

—¡Ja! —exclamó ella—. No sueñes. Te pagaré con la misma moneda. Tú quieres matar a mis amantes, así que yo mataré a las tuyas, lentamente. Bueno, y ¿sigues sintiéndote atraído por Winter?

—¿Matarías a tu amiga?

Ella entrecerró los ojos.

—Contéstame.

—No —dijo él, mientras la miraba con suma atención. Percibió una expresión de alivio, y supo que ella había sentido celos. «Mi mujer me desea, como debe ser», pensó. Entonces, con la voz un poco más ronca, añadió—: Ya hablaremos más tarde de tus celos. Por ahora, vamos a curarte la herida.

Entonces, ella volvió a entrecerrar los ojos.

—Ya has oído a Winter. Ella va a volver con provisiones. Además, soy inmortal. Una inmortal que no tiene celos. Ya me curaré.

—No todos los inmortales se curan de las heridas —dijo él. Se dio cuenta de que el color de sus mejillas se iba a apagando, y de que tenía gotas de sudor en la frente y en labio superior—. ¿Contra quién habéis luchado?

—Contra los galeses.

—Ahora que he vuelto, yo puedo luchar en tu nombre.

—No, gracias, no es necesario. Yo puedo luchar en mi nombre.

—Soy fuerte.

Ella puso los ojos en blanco con exasperación.

—Y yo.

—Pero no eres más fuerte que yo. En este momento, no tienes más fuerza que el viento.

Gillian se encogió de hombros.

—Pero todavía podría vencerte.

—¿De verdad? —preguntó él, en un tono de dureza. Su estatura y su anchura le daban ventaja sobre ella, y ponían de relieve su delicadeza femenina.

—Sí. Y, para tu información, no me das miedo. Ya no.

—¿De verdad? —repitió Puck.

—No, pero estoy segura de que yo sí puedo intimidarte a ti —dijo ella.

Entonces, se le acercó y le pasó los brazos alrededor del cuello. Mientras, con la mirada, lo desafió a que se quedara inmóvil, al tiempo que ella se ponía de puntillas y acercaba los labios a su boca...

¿Pensaba besarlo? ¿Allí, delante de testigos?

«Lo deseo. Puedo tenerla para mí. Puedo dejar claro que es mía».

¡El peligro! La lujuria ya lo estaba dominando y, si caía en sus redes, podía echarlo todo a perder.

Puck se echó hacia atrás.

Ella se rio de manera provocativa, y dijo:

—Has perdido.

Magnífica mujer. Ya había reconocido sus puntos débiles, ¿verdad?

—Y, ¿por qué protestas por el divorcio, de todos modos? —le preguntó Gillian—. Desde el principio tenías planeado cortar el vínculo. ¿Por qué vas a posponer lo inevitable? Y ¿dónde están las tijeras?

—Las tijeras están a buen recaudo —dijo él—. Y tú conseguirás el divorcio que quieres cuando William destrone a mi hermano. Antes, no.

—Bien. ¿Solo tiene que suceder eso antes de que pueda librarme de ti? Perfecto. Vamos a buscar a William y a destronar a tu hermano.

«No, nunca te vas a librar de mí».

«¡Ya está bien!», se dijo, y se concentró en fortalecer su determinación. Nadie tenía más fuerza de voluntad que él. Podía hacerlo, e iba a hacerlo...

—Eh, chicos —dijo Winter, que volvía con un botiquín—. ¿Tenéis un momento para jugar a los médicos?

Gillian se sonrojó.

—El botiquín —dijo él.

Winter le entregó la bolsa.

—No vayáis a pensar que hago esto por bondad, ni nada por el estilo. Si mi chica muere de una infección, tendré que guardar luto. No me gusta nada guardar luto.

Se alejó por segunda vez, y Gillian tomó la bolsa de la mano de Puck. Otra mujer se acercó rápidamente y puso una silla de madera sobre la arena. Gillian le dio las gracias y se cortó el vendaje.

Cuando él vio la herida, un corte que le había separado la carne, cercenado el músculo y roto el hueso, tuvo la sensación de que le rodeaban el corazón con alambre de espino y tiraban con fuerza.

Al limpiarse la herida, ella hizo un gesto de dolor. Después, con un pulso increíblemente firme, se dio los puntos de sutura así misma.

—Tengo una idea —dijo, con tanta calma como si estuviera arreglando las plantas del jardín—. ¿Y si usas las tijeras como gesto de buena fe? Yo te ayudo a destronar a Sin aunque no estemos unidos. Los dos saldríamos ganando.

—No.

Ella lo miró con cara de pocos amigos, pero dejó el tema mientras se ponía una venda nueva alrededor del torso y se levantaba.

—Tenías razón en una cosa: he cosido mucho desde que te fuiste.

¿Quién era aquella mujer? ¿Y por qué él estaba ardiendo de deseo otra vez?

—¿Tesoro? —dijo William, con asombro.

—¡William! Nos has encontrado —exclamó Gillian, riéndose.

Su risa tenía un sonido mágico, y Puck apretó los dientes al ver que ella lo rodeaba y se lanzaba a los brazos del otro hombre. Se le escapó otra carcajada cuando William la hizo girar por el aire.

Indiferencia se puso a gruñir y a rugir, y a golpearse

contra su cráneo. Él no ofreció resistencia, pero se preguntó si aquel era el motivo por el que las pitonisas habían sugerido que estuviera temporalmente casado con Gillian: anular el poder del demonio para poder conservar las fuerzas.

Él siempre había deseado tener emociones sin sufrir un castigo. Sin embargo, ahora que podía hacerlo... ¡Odiaba sus emociones!

—No puedo creer que estés aquí —dijo Gillian, entre lágrimas de alegría.

¿Y por él no había derramado ninguna?

—Como si pudiera mantenerme alejado de ti. Mira cómo estás —dijo William, y le tomó la cara con las manos temblorosas—. Has cambiado, y pensaba que eso no iba a gustarme. Pero la inmortalidad te ha sentado muy bien.

—Y tú... —dijo ella, abrazándolo con fuerza, sin poder parar—. Tú sigues siendo tan perfecto como yo recordaba.

—Te he echado mucho de menos —dijo William y, de nuevo, la hizo girar por el aire.

—¿De verdad? Cuando forjé el vínculo con Puck, fue como si te lavaras las manos y no quisieras verme más. A propósito, ¿por qué has accedido a ayudar a Puck?

William la dejó en el suelo.

—No, a Puck, no. A ti. Y creo que debí de expresarme mal cuando me enteré de que habíais forjado el vínculo. Estaba enfadado conmigo mismo, no contigo. Debería haber sido yo quien te salvara. No estuve a la altura. En vez de eso, me puse a despotricar y a echarle la culpa a todo el mundo. Lo cierto es que fueron mis decisiones lo que nos llevó a aquel día fatídico, no las tuyas, y quiero compensarte por ello.

Ella lo escuchó con cara de adoración.

Puck sintió una gran hostilidad.

—¿Cómo están los Señores del Inframundo y sus damas? —le preguntó Gillian al guerrero.

—Muy bien.

A ella le brillaron los ojos de alegría... pero en su semblante apareció una expresión de melancolía. Echaba de menos a sus amigos. Y era culpa de él, de Puck.

«No me importa. ¡No! Hice lo que era necesario».

—Bueno, yo quiero enterarme de todos los detalles de tu vida —dijo William—. Empezando por el principio, cuando nos separamos, y llegando hasta este lugar de mala muerte.

¿Lugar de mala muerte?

—Yo prefiero que tú me hables de tus aventuras, William —dijo Puck, con una sonrisa fría para ellos dos—. ¿Por qué no nos cuentas todas las conquistas que has hecho desde que Gillian se casó conmigo?

Si las miradas mataran, Puck se habría convertido en un cadáver ensangrentado.

William suavizó su expresión y le dijo a Gillian:

—Se me han olvidado todas, mi amor. No hay nada que contar.

Gillian apoyó la cabeza en su hombro y se colgó de su brazo, mientras miraba a Puck con desdén.

—¿Y si te cuento las cosas más importantes? He fundado mi propio clan, rescatando a mujeres y niños de hogares infernales, y me he convertido en la guerrera más temida de todo el reino. ¡Ah, y hace poco he decido que iba a empezar a tener citas con hombres! ¡Porque me he divorciado!

—¡Ya está bien! —les ordenó Puck, sin poder contenerse—. Si quieres el divorcio, ¡gánatelo!

—Oh la lá. Otra muestra de mal humor —dijo ella—. Volverá a ser el hombre de hielo en tres, dos, uno...

«Congela tus emociones. Vamos. Así... mucho mejor».

—Volvió —dijo ella, con un suspiro.

William hizo un mohín y se burló de él:

—Buaaa... Pobre Pucky. ¿Está llorando nuestro bebé por su reino perdido?

Puck posó la mano en la empuñadura de su daga y pensó en cortarle la lengua a William. Solo necesitaba que estuviera vivo, no que pudiera hablar.

—Sé bueno —le dijo Gillian. Puck se relajó un poco cuando ella soltó a William y continuó hablando—: He pasado mucho tiempo estudiando a tu hermano. Está tan paranoico que se ha construido una fortaleza del tamaño de Texas y lo ha rodeado con un laberinto. Nadie puede llegar hasta él... porque yo nunca lo he intentado. Si permito que me atrapen y me lleven dentro, como si fuera el caballo de Troya, podría matar a los guardias y dejaros entrar a vosotros también.

Puck y William reaccionaron al mismo tiempo.

—No —dijo Puck.

—Ni lo sueñes —respondió William.

Ella frunció los labios con irritación.

—¿Me harán daño? Sí, no lo voy a negar. Pero no temo el dolor. Y esta chica no tiene por qué obedecer a estos hombretones. ¡Que os den!

Más valor. Más terquedad.

—¿Piensas que voy a permitir que vayas directa hacia ese final infeliz? —le preguntó Puck—. No. Te matarían a la primera. O te harían cosas peores —añadió.

Sobre todo, si su hermano averiguaba lo que ella significaba para él. Aunque, bueno, no significaba mucho. Tenía que rehacer la frase: Sobre todo, si su hermano averiguaba que él había forjado un vínculo con ella.

Mejor así.

—No me gusta estar de acuerdo con él, pero tengo que darle la razón en esto —dijo William—. O vamos juntos, o no vamos. ¿Y qué significa eso de un final infeliz?

Gillian hizo un gesto para quitarle importancia a la pregunta y descartarla.

—Saldremos al amanecer —dijo Puck, y señaló el vendaje de su esposa—. Esta noche te vas a curar.

—Sí, señor. Y haremos una fiesta —dijo ella—. Mañana iremos a patearle el culo a Sin el Demente y a conseguir mi divorcio.

Capítulo 21

Había vuelto. Puck había regresado, tal y como prometió, y Gillian se sentía como si tuviera unicornios correteando por el pecho y hadas bailando en el estómago. Era más guapo, incluso, de lo que ella recordaba. Era sobrenaturalmente guapo, con sus rasgos labrados en hielo y piedra, su pelo negro y largo... Con los cuernos. Y con su divino olor, que era más potente que la magia, más embriagador que el vino.

Se estremeció. Todo lo de aquel guerrero la atraía sin remedio. Su enorme estatura y sus anchísimos hombros... sus músculos, sus tatuajes... sus caderas delgadas y sus piernas poderosas...

Su gran erección.

Sí, había tenido una erección. ¿Había sido por ella? ¿O por otra persona? Y ella se había dado cuenta en cuanto había sucedido, a pesar de que quería mirarlo siempre a la cara. Su miembro era como un imán para sus ojos. Parecía que la Asaltadora de Dunas quería darse un paseo por los pantalones de Puck.

En cuanto lo había visto, había sentido una avalancha de lujuria que le había encendido la sangre en las venas y le había causado una dolorosa necesidad entre las piernas. Todavía le ardía la piel, y respirar era todo un lujo, porque lo normal era que jadeara. Y aún tenía el corazón acelerado.

Su cuerpo anhelaba el alivio de aquel deseo, y lo quería solo de él, de su marido.

¿Que ya estaba divorciada, aunque fuera no oficialmente? Vamos, ¿a quién quería engañar?

Llevaba siglos ocultando sus necesidades físicas, así que se había convertido en una experta en aquel tipo de disimulos. Y aquel día le había servido la habilidad, puesto que había conseguido engañar a Puck y a William.

En un par de ocasiones, había temido que Puck pudiera ver lo que había bajo su fachada de calma y descubriera su engaño. Y, una vez, tuvo la sensación de que él la miraba con deseo.

Sin embargo, por muy desesperada que estuviera por Puck, sus motivos para evitar mantener relaciones sexuales con él no habían cambiado: después, se sentiría utilizada. Lo mataría y, a la vez, se mataría a sí misma. No, gracias.

A menos que fuera ella la que lo utilizara a él.

También podía esperar hasta después del divorcio. Seguro que, cuando se cercenara el vínculo, empezaría a desear a otros hombres. Además, ¿qué eran unas cuantas semanas más de abstinencia, después de esperar quinientos años?

—Bueno, chicos, ¿queréis que os haga un tour por el campamento? –les preguntó.

Puck asintió sin apartar la mirada de su rostro, como si no fuera capaz de hacerlo. Ella sintió un calor delicioso en el vientre.

—A mí me encantaría que me hicieras un tour personal y privado –dijo William.

William, su dulce William. Se había emocionado al verlo, mucho más de lo que había creído. Su rostro perfecto de cuento de hadas y sus magníficos ojos azules se habían vuelto aún más duros. Y tenía algo más de dureza en el carácter, también. Ojalá su cuerpo respondiera ante él como respondía ante Puck. William nunca era frío con ella.

Mientras guiaba a sus invitados por el campamento, Puck se colocó entre William y ella, y el calor que desprendía le alteró aún más los nervios. A Gillian le resultaba muy difícil mantener la fachada de tranquilidad.

Ninguno de los dos hombres se dio cuenta, porque estaban demasiado ocupados fulminándose con la mirada el uno al otro.

William fue el primero en atacar. Sonrió a Gillian, y dijo:

—Dime la verdad, tesoro. En una escala del uno al diez, ¿cuánto me has echado de menos? El uno significa que estuviste a punto de morir de dolor, y el diez, que moriste porque no podías vivir sin mí, pero la esperanza de nuestro reencuentro te devolvió la vida.

—Ah, pero ¿nos hemos separado? —preguntó ella, fingiendo que estaba desconcertada.

—Oh, cuánto me hiere tu desdén —dijo él. Pasó por delante de Puck, se detuvo ante ella y le apartó un mechón de pelo de la cara—. ¿Has estado bien aquí?

—Sí —respondió Gillian. No cambiaría por nada el tiempo que había pasado en Amaranthia.

Puck se colocó entre ellos otra vez. Aunque tenía su expresión glacial, tomó a William por el cuello y lo levantó del suelo.

—Te voy a hacer una sola advertencia, William el Lujurioso. Esta es mi tierra.

—Mía —le corrigió Gillian.

Puck continuó:

—Ella es mía. Hasta que no deshagamos el vínculo, nadie puede meterse entre ella y yo. ¿Entendido?

William se zafó de la mano de Puck de un codazo.

—No tienes derecho a…

—¿Ah, no? ¿Quieres que te recuerde el trato que hicimos? Guárdate las manos en los bolsillos.

—¿Qué trato? —preguntó Gillian.

—¿Qué trato crees tú? —respondió Puck—. William tiene que ayudarme a recuperar la corona…

—No, esa parte no. La parte de que tiene que guardarse las manos en los bolsillos.

Puck permaneció en silencio y le lanzó a William una mirada torva.

—No te sientan bien los celos, Pucky —dijo William—. Bueno, no tienes necesidad de mantenerme a raya. Ya lo estoy.

—Protejo mi inversión —replicó Puck.

—No te preocupes tanto, porque la vas a perder muy pronto.

Puck enrojeció de ira. Se agarró varios mechones de pelo y las cuchillas le cortaron las palmas de las manos y le hicieron sangrar. Cerró los ojos con fuerza y gruñó:

—¿Qué está pasando… instinto… matar amenaza… no, no, no puedo…?

¿Matar a William porque había amenazado su matrimonio?

Gillian se acercó a él y lo tocó para intentar distraerlo. Sin embargo, no fue necesario, porque el hombre de hielo volvió enseguida. Puck se irguió y relajó los brazos a ambos lados del cuerpo, con una expresión vacía.

Ella se quedó decepcionada, pero ¿qué esperaba?

—¡Gillian!

Puck y William se apartaron al oír unas risas y una estampida, y vieron que un grupo de niños los apartaba y rodeaba a Gillian.

A ella se le llenó el corazón de amor al recibir sus

sonrisas, sus abrazos y sus besos. Aquellos niños rescatados la adoraban, y el sentimiento era mutuo.

Uno de los profesores dijo:

—Bueno, bueno, niños. Ya está bien. Tenéis que escribir una redacción, y nuestra reina tiene que ocuparse de sus deberes.

Entre protestas y exclamaciones de desilusión, Gillian prometió que volvería a la escuela más tarde. Y las protestas se convirtieron en vítores. Los niños se alejaron.

William la miró con confusión.

—¿Reina?

Ella se encogió de hombros.

—En Amaranthia, las tradiciones son muy fuertes. Aunque he instaurado la democracia, la mayoría de los Shawazons prefieren los viejos tiempos, con una clase dirigente.

William se estremeció.

—Me informé un poco sobre Puck y sobre su reino. Sé que se obliga a las mujeres a convertirse en esclavas de un establo con cientos de prisioneras como ellas. No se les permite luchar ni aprender a escribir y a leer, so pena de sufrir un severo castigo —dijo, escupiendo las palabras hacia Puck, como si él tuviera la culpa de todo.

—Eso está cambiando —dijo ella, con el pecho hinchado de orgullo—. Algunas de mis mujeres tienen sus propios establos de hombres. Hacemos la guerra, y aprendemos lo que queremos sin límites.

William se masajeó la nuca.

—Tenía que haberte enseñado a luchar cuando nos conocimos.

—No, no estaba preparada —reconoció ella. En aquellos tiempos, la violencia le producía pánico.

Puck la miró fijamente.

—¿Y tú, tienes un establo?

—¡Ojalá! —exclamó ella.

William la miró con la boca abierta.

—¿Desearías tenerlo?

—Como si tú pudieras decir algo al respecto —respondió ella, y soltó un resoplido—. Has estado con el noventa y nueve por ciento de la población femenina.

Él hizo ademán de acariciarla, pero apretó el puño y dejó caer el brazo. Respondió, con la voz enronquecida:

—Solo estaba practicando para ti.

«Oh, por favor».

—¿Cuántas veces le has dicho eso a una chica?

—Casi nunca —respondió él, algo avergonzado.

Gillian sonrió.

—Bueno, vamos a terminar el tour —dijo. Cuanto antes llegaran a ver a Peanut, mejor.

Durante la siguiente media hora, todas las mujeres que vieron a Puck y a William estallaron en risitas, o se ruborizaron, o saludaron de manera seductora. William respondió a sus saludos y guiñó el ojo unas cuantas veces, pero Puck fingió que no se daba cuenta o, tal vez, no se diera cuenta de verdad. Siguió mirando a Gillian mientras ella hablaba de las casas que había construido en el poblado con ayuda de sus compañeras de clan y con herramientas y magia. Habían apisonado la tierra, dragado, tallado piedras y forjado metales para la construcción.

Mucho trabajo, mucha energía y, sobre todo, el método de la prueba y el error. Habían creado edificaciones que tenían todo lo esencial: almacenamiento, caldera, arsenal y espacio para dormir.

Como las Shawazons vivían junto a un maravilloso lago de aguas cristalinas, sufrían ataques constantes de otros clanes que querían arrebatarles el poblado.

—Estoy asombrado —dijo William—. Mi delicada muchacha ha...

—¿Delicada? —preguntó ella, con irritación. ¿Iba a tener que darle una lección a su amigo?

Rápidamente, William la aplacó.

—Solo quería hacerte un cumplido. Has cambiado y, ahora, eres muy fuerte. La gente seguirá hablando de tus hazañas eternamente después de tu marcha.

A ella se le encogió el estómago al darse cuenta de que William esperaba que ella dejara Amaranthia. Sin duda, Puck querría lo mismo después de ganarse la corona de los Connacht.

—¿Tú esperas que yo me marche de Amaranthia cuando seas rey? —le preguntó.

Él frunció el ceño.

—Por supuesto.

¡Lo sabía!

—Pues es una lástima. Yo, al contrario que tú, siempre termino lo que empiezo.

Iba a quedarse allí, y seguiría siendo la reina de su clan. Su gente siempre contaría con su protección.

«No tendrás un final feliz...».

Rechazó con todas sus fuerzas aquella predicción de las pitonisas, aunque se le formó un nudo de angustia en el estómago.

—¿Qué es lo que quieres decir? —le preguntó Puck, observándola con intensidad.

—Que si tratas de excluir a los Shawazons cuando unifiques a todos los clanes, yo misma encontraré la forma de destronarte a ti —respondió Gillian, en un tono amenazante. Tuvo la tentación de utilizar lo poco de magia que le quedaba para hacer una demostración de fuerza, pero se abstuvo. Había crecido, había madurado y era muy sabia, y sabía que la magia era para proteger, defenderse y sobrevivir, no para fanfarronear.

Esperaba que él se resistiera. Después de todo, acababa de amenazarlo. Sin embargo, Puck se suavizó.

—Tu clan siempre tendrá un sitio aquí, muchacha.

¿De verdad?

—Está bien. Sí. Gracias —dijo ella, y su indignación desapareció.

Sin embargo, William tomó el relevo. Se tocó la punta de un colmillo con la lengua, como si pudiera saborear la sangre de su enemigo. Para distraerlo, ella dijo:

—Os he enseñado todo lo que he hecho. ¿Por qué no me contáis lo que habéis hecho vosotros durante vuestra ausencia?

—¿Aparte de beber hasta caer en coma y luchar junto al bando de mi padre en el inframundo? —preguntó William, con un suspiro—. He tenido rabietas, te he estado buscando y he pensado en todas las maneras posibles de castigar a Puck.

—¿Ah, sí? ¿Y cuál es tu favorita? —inquirió Puck, aunque no parecía que tuviera demasiada curiosidad, ni que estuviera disgustado.

—Despellejarte vivo y ponerme tu piel como un abrigo mientras te corto en pedazos. Lentamente. Sería una historia con moraleja: cuando alguien quiera experimentar los mayores horrores de la Tierra, que trate de quedarse con mi mujer.

Puck se puso muy rígido. Su lenguaje corporal era más que elocuente: «Es mía, no la toques, o te corto las manos».

Por lo menos, eso era lo que Gillian oía. Y, demonios, le gustaba aquel sentimiento de posesión. Aunque no iba a durar.

—Yo no soy tuya, ni de nadie —le dijo a William—. Eres mi amigo, pero...

—No, no eres mía hoy, pero lo serás. Ya me encargaré yo.

Ella estuvo a punto de preguntarle si no se acordaba de que, según la maldición que pesaba sobre él, su mujer estaba destinada a asesinarlo.

—Pero... ¿cómo puedes estar tan seguro? —le preguntó.

—Porque soy perfecto, nena. Tengo belleza, inteligencia y fuerza. Y estamos predestinados.

Era cierto que, una vez, ella quería pertenecerle a William. Sin embargo, ahora...

—No existe la predestinación. Existe la atracción y, después, si quieres mantener la relación, hay que trabajar muy duro.

—Pero qué es lo que causa ese primer acercamiento, ¿eh? —inquirió William.

—Si me estás diciendo que el primer acercamiento está predestinado, entonces tendrías que explicarme por qué, algunas veces, la atracción desaparece.

Él puso cara de pocos amigos, porque no tenía respuesta.

—Las pitonisas pueden predecir quién estará con quién —dijo Puck.

—Una predicción es algo diferente al destino —replicó ella.

—El destino es lo que nos conduce por la vida —añadió William.

Vaya, así que su amigo era una de aquellas personas que le atribuían a todas las calamidades un motivo sobrenatural o el poder que ejercía un ser superior. Ella, por el contrario, pensaba que las cosas malas ocurrían porque la gente estaba en el lugar equivocado en el peor de los momentos. Porque el mal existía. Y porque había gente buena que se equivocaba al tomar una decisión. Y porque había gente mala que hacía cosas malas.

—¿Acaso Keeley u otra persona ha hecho una predicción sobre nosotros? —le preguntó a William.

—No, pero yo estoy seguro. Lo siento aquí —dijo él, y se golpeó el centro del pecho.

Puck emitió un sonido ronco.

«Sigue andando. No prestes atención a tu marido».

—Hazme caso: no te conviene nada ser mío —le dijo Gillian a William—. Según las pitonisas, mataré al hombre de mis sueños, tendré que elegir entre lo que podría ser y lo que será, y no tendré un final feliz.

—Las pitonisas se equivocan —respondió él—. Estoy seguro de que ni siquiera tienen el certificado de Especialistas en Oráculos.

En... ese certificado no existía, ¿verdad?

Puck sí creía a las pitonisas, sin duda. Y ella, a veces, también, sobre todo cuando tenía el ánimo bajo. Sin embargo, seguía decidida a conseguir que su vida fuera tal y como ella la modelara. Tendría un final feliz, porque no iba a consentir lo contrario. Lucharía, y lucharía duro para conseguir sus metas. Nada iba a detenerla.

Solo había que ver lo lejos que había llegado ya.

—¿Gillian? —dijo uno de los dos, y le acarició la mejilla con sus dedos cálidos y ásperos. Ella tuvo un cosquilleo delicioso—. Te has parado. ¿Por qué?

Ella pestañeó y volvió a la realidad justo cuando William le apartaba la mano a Puck de un golpe. Su esposo hacía reaccionar a su cuerpo incluso cuando estaba absorta en otras cosas.

William y Puck se gruñeron el uno al otro.

Piedad. ¿A quién debía elegir? ¿A la Bella o a la Bestia?

«Tú sabes a quién...».

En aquel momento, decidió que su mejor opción era la retirada.

—Voy a dar órdenes de que nadie os haga daño. Podéis pasear por donde queráis y echar un vistazo, pero vosotros tampoco ataquéis a nadie, ¿de acuerdo? Y no os acostéis con mis soldados.

Si Puck la engañaba...

Después, con los dientes apretados, añadió:

—Os veré en la fiesta de esta noche.

Alzó la cabeza y se alejó antes de que alguno protestara.

Sonrió forzadamente y fue directamente a ver a Rosaleen, una mujer menuda, bella, de piel, pelo y ojos oscuros. No tenía absolutamente ningún defecto, salvo una equis grabada en la frente. Era la marca de su antiguo dueño. El muy salvaje se aseguraba de que sus potras, como llamaban a las esclavas sexuales, pudieran ser identificadas a primera vista si alguna vez conseguían escapar.

—Dobla la guardia en el perímetro del pueblo —le dijo Gillian. Los galeses se iban a enterar de que las Shawazons habían acabado con uno de sus campamentos, porque ella había dejado su tarjeta de visita preferida: ningún superviviente—. Y diles a nuestros mejores cocineros que preparen un gran banquete. Esta noche vamos a celebrar el regreso de mi marido y mi amigo.

—¿Quieres que añadamos algo de veneno para acelerar el final de tu matrimonio? ¿Prefieres que tenga una muerte lenta, o rápida? —le preguntó Rosaleen, con total seriedad.

—Buena pregunta —dijo ella, y fingió que se lo pensaba—. No, nada de veneno. Mañana voy a acompañar a los hombres hasta la fortaleza de los Connacht. Winter y Cameron también vienen con nosotros, lo cual significa que Johanna y tú quedaréis al mando del campamento.

Rosaleen asintió.

—Ten cuidado. Solo he visto a Sin Connacht una vez en la vida, pero me dejó asustada para siempre. Está loco.

—Vamos a derrotarlo —dijo Gillian. No contemplaba la opción del fracaso.

Gillian se fue hacia su casa, una pequeña cabaña de piedra en cuya construcción había participado. No tenía interés en la decoración, así que las paredes estaban sin pintar. Solo tenía algunos detalles personales: las armas que había colgado por aquí y por allá y algunos frascos que contenían trofeos de sus víctimas más terribles, y que había colocado sobre una estantería.

¿Qué pensarían Puck y William al ver su vivienda?

Dentro de casa se encontró el caos. Peanut había tenido una rabieta; había destrozado su propio colchón, desmantelado la mesa de la cocina y arrancado una pata de la silla que reservaba para los invitados.

Lo único que había respetado era el colchón de su ama, y solo porque ella dormía en un altillo y Peanut no sabía subir las escaleras.

No lo vio dentro, así que, con un suspiro, salió al patio. Había una valla que separaba su huerto del establo de Peanut.

—Vamos, sal, estés donde estés —le gritó.

Aunque Gillian seguía siendo vegetariana, Peanut necesitaba comer carne y, por su bien, ella había aprendido a cazar, despellejar y cocinar comidas que lo mantuvieran fuerte. De hecho, tenía un ritual: una vez a la semana iba al bosque más cercano, cazaba y les hacía un ritual de despedida a sus víctimas, porque seguía amando a los animales y esperaba un futuro en el que todos pudieran ser amigos.

Los animales eran increíbles, y tener que matarlos la afectaba más que matar a las personas. Tal vez, seguramente, porque las personas eran horribles.

Peanut salió al trote del establo, como si no hubiera hecho nada, y se tendió a la sombra de un manzano, donde se comió una de las frutas que habían caído al suelo.

Bueno, no todos los animales eran increíbles.

Él no la miró. Incluso volvió la cara.

«Es peor que un niño», pensó ella, y se tendió a su lado.

Él le lanzó una mirada que decía: «Bueno, te permito que me acaricies». Salvo que, cuando ella alargó la mano para rascarle el suave pelaje de detrás de las orejas, añadió, con otra mirada: «Pero solo con los ojos».

—Te he echado de menos, pequeñín.

Él refunfuñó.

—Tengo que irme de viaje mañana otra vez, y no sé cuándo voy a volver –añadió.

A él se le cayó la manzana de la boca, y la fruta rodó por el suelo.

—Lo bueno es que puedes venir conmigo –añadió Gillian, antes de que a Peanut le diera otra rabieta–. Pero tienes que ser bueno con...

Peanut estaba encima de ella, lamiéndole la cara, antes de que pudiera terminar la frase. Gillian se echó a reír y le acarició el cuello con la mejilla mientras lo abrazaba.

—Esta noche tengo que presentarte a mi marido y a mi amigo. Van a venir con nosotros. Estoy segura de que te van a caer fatal los dos. Puck es magnífico, pero terrible, dulce, pero cruel, bueno, pero desconsiderado, inteligente, pero incompetente. Puede que me desee, puede que no. Es difícil saberlo.

Pero, de todos modos, ella seguía deseándolo a él.

Su plan de esperar a que el divorcio se hiciera oficial había sido un poco apresurado. ¿Qué mal podía haber en utilizar a Puck para obtener placer?

Al fin y al cabo, después de todo lo que le había hecho pasar, estaba en deuda con ella.

Y estaba segura de que, por mucho que no lo admitiera, él también la deseaba, y no solo por el vínculo. Lo sabía por cómo se había colocado entre William y ella, por cómo la había mirado...

Si se atrevía a darle ánimos a Puck, ¿se atrevería él a dar el paso?

Bueno, bueno. Solo había una forma de averiguarlo...

Capítulo 22

Puck permaneció entre las sombras, observando a Gillian en su entorno, con su mascota.

«Tal vez él me desee, tal vez no».

«No te hagas más preguntas, esposa. Te desea».

Cuando su mascota se quedó dormida, ella se levantó para ir a ver a su gente. Puck la siguió y la observó; no era capaz de alejarse ni un momento de ella.

«Me he separado de ella durante varias semanas sin problema y, ahora, ¿no soy capaz de separarme durante unos minutos?».

Gillian se puso rígida en un par de ocasiones, como si sintiera que alguien la estaba observando, pero no hizo nada al respecto.

Había cambiado mucho. Caminaba con seguridad, con la cabeza bien alta. Dominaba las habitaciones en las que entraba. Su gente la adoraba, sí, pero ella también adoraba a su gente.

Tenía un gran corazón. Amaba con pasión, y vivía la vida según sus propias normas.

La gatita se había convertido en una tigresa.

Una de sus soldados la abordó para pedirle consejo sobre su relación, y ella le dijo:

«No tengo mucha experiencia en esto, pero supongo

que lo mejor es que siempre le dejes deseando algo más. A no ser que diga algo cruel, o mienta, o te golpee. Entonces, déjalo muerto».

Aunque, claramente, tenía mucho trabajo que hacer en el poblado, siempre se paraba a hablar a cualquiera que se acercara a ella. Tenía abrazos y alabanzas para los niños, y se aseguraba de que el ganado y las quimeras estuvieran bien cuidadas.

Puck estaba fascinado, y excitado, también.

Necesitaba... No sabía lo que necesitaba. ¿Que su mujer desapareciera? ¿Que su mujer estuviera debajo de él? ¿Sobre él? Sí, sí. Todo eso. Necesitaba que su esposa susurrara su nombre entre gemidos, que le clavara las uñas en la espalda, que le rogara...

«¿Qué estás haciendo? ¡Resiste su atracción!».

Detestaba todo aquel deseo. Detestaba sentir temor ante la perspectiva de que su matrimonio acabara, cuando, en realidad, debería estar impaciente por ello.

Gillian era suya, pero no lo era.

Cuando ya no estuviera vinculada a él, desearía de nuevo a William. A no ser, claro, que él consiguiera hacerla adicta a sus caricias. ¿Podría?

Sí, por supuesto. Él podía hacer cualquier cosa, y por ese motivo se le conocía como el Invicto. Sin embargo, no iba a convertirla en adicta a él. No tenía por qué dejar que sus sentimientos se hicieran más intensos y complicar una situación que ya era muy complicada de por sí.

Casi no podía controlar lo que sentía en aquel momento.

Gillian se tomó una uva y esperó a que Puck llegara a la cena. Estaba sentada delante de una hoguera, y William estaba a su lado. Los Shawazons habían formado un círculo a su alrededor, y todo el mundo compartía bandejas de comida, jarras de cerveza y copas de agua. Se oían risas, conversaciones y música que interpretaban las mujeres del clan, con tambores, flautas y arpas. En el centro del círculo había un grupo de bailarinas que agitaban pañuelos con frenesí.

Cameron estaba bailando con ellas, bromeando con una mujer en particular.

A menudo, su amigo se obsesionaba con una sola mujer durante semanas o meses, y hacía todo lo que estaba en su mano por seducirla. Sin embargo, en cuanto se ganaba su corazón, la caza terminaba y su obsesión, también. Se iba en busca de otra.

Aquella mujer había aguantado más que ninguna otra, pero caería en su red. Todas caían.

Gillian se había bañado, se había puesto su mejor traje y se había hecho una trenza. Se había puesto un pañuelo de colores en la cabeza con abalorios de cristal en los bordes.

William había caído de rodillas al verla, como si le hubiera alcanzado un rayo. Aunque ella se había echado a reír por aquella bobada, estaba muy impaciente por saber cuál era la reacción de Puck.

¿Dónde estaba?

Incluso Peanut estaba en la fiesta. Como era de esperar, le había tomado odio a William nada más verlo y se había hecho pis en sus botas, además de morderle el trasero y escupirle en la cara. William, sin embargo, no se había vengado. Había soltado unas cuantas maldiciones, pero nada más. Bien. Si hubiera respondido con violencia física, ella le habría echado del campamento a patadas, y al cuerno con la misión de Puck.

«Si alguien daña lo que es mío, que se atenga a las consecuencias».

Demonios... ¿por qué no aparecía Puck?

—Ya lo estás haciendo otra vez —dijo William.

—¿El qué?

—Estar pendiente de la llegada de Puck y perderte mis mejores movimientos —respondió él—. No lo deseas, tesoro. Hazme caso. Por favor. El vínculo ha sembrado la confusión en tu mente, pero nada más.

—¿Esos eran tus mejores movimientos? Vaya, pues lo siento por ti —dijo ella. Y ¿cómo sabía él que ella deseaba a Puck? ¿Cómo sabía que tenía que mencionar sus miedos con respecto al vínculo?—. Lo siento, Liam, pero has perdido tu toque mágico.

Él entornó los párpados y se inclinó hacia ella. Era muy seductor.

—Tú nunca has experimentado mi toque mágico. Tengo la impresión de que te va a gustar mucho...

Pero ella no sintió nada en absoluto...

—No hace mucho tiempo, tú no me deseabas. Para ti solo han pasado unas semanas. ¿Qué es lo que ha cambiado?

—Tú —dijo él.

—Yo he cambiado, sí. Y tienes razón, deseo a Puck.

Él abrió la boca para decir algo, pero lo pensó mejor y apretó los dientes.

—Él nunca podrá darte lo que necesitas.

—¿Y qué necesito, eh?

—Devoción.

—En realidad, lo que necesito son orgasmos.

Era totalmente cierto. Sentía una marea de deseo. Salvo que la devoción también le parecía algo increíble, sí... Poder confiar en su amante. Saber que él nunca le haría daño a propósito, ni la traicionaría.

En aquel momento, hubo algo de jaleo a la derecha de su sitio. Por costumbre, Gillian echó mano de una de las dagas, pero se quedó inmóvil al ver que Puck acababa de llegar.

El resto del mundo se desvaneció cuando sus miradas se cruzaron. Su sangre se convirtió en lava, y el corazón se le aceleró como el solo de un tambor.

Tuvo un deseo abrumador de alargar el brazo y tocarlo.

A la luz de la hoguera, parecía que sus cuernos eran más largos y más gruesos. No se había afeitado, así que tenía la sombra de la barba en las mejillas. Sin embargo, se había dado un baño, y le caían gotas del pelo húmedo, gotas que caían por su pecho desnudo y que desaparecían en la cintura de sus pantalones.

Era un guerrero, un depredador humano y animal, todo a la vez. Su fascinación por él aumentó aún más.

¿Qué pensaría él de ella?

Puck se quedó mirando su boca mientras se pasaba el dedo pulgar por el labio inferior, como si se estuviera imaginando que la besaba. «Sí, por favor».

Entonces, él la miró de pies a cabeza, recreándose en todos los lugares donde ella sentía el dolor del deseo, como si supiera que estaba desesperada porque sus labios y sus manos siguieran a sus ojos.

¿Lo sabía? Tenía una expresión impertérrita. Se acercó a ellos, y Gillian se dio cuenta de que tenía los puños apretados. Vaya, vaya, parecía que no era tan estoico como quería aparentar.

«Yo le afecto».

Él se sentó a su lado, en silencio. Tomó dos rodajas de calabaza asada de la bandeja más cercana; le lanzó una a Peanut y se metió la otra en la boca. Masticó, tragó y se concentró en los bailarines.

A Gillian le gustaban los movimientos de su mandíbula. Eran carnales.

Por su parte, Peanut lo olisqueó y, después, con delicadeza, le empujó la mano con la cabeza para pedirle una caricia. Era asombroso; su quimera nunca había aceptado a nadie con tanta rapidez.

—Es solo porque este puñetero bicho te huele a ti en Puck —refunfuñó William.

Ella no podía apartar la vista de Puck.

—Sabes que te acabas de comer un pedazo de calabaza, ¿no? —le preguntó—. Carne, buena. Verduras, malas. ¿No te acordabas?

—Yo como para reponer fuerzas, siempre, aunque se me ofrezca comida basura. Además, nada de lo que como tiene sabor para mí.

—¿Por cortesía de Indiferencia?

Él asintió.

—¿Y tus amantes tampoco tienen el sentido del gusto? —preguntó William; se inclinó, tomó un pedazo de calabaza, se lo metió en la boca y lo masticó. Después, cerró los ojos y gimió, como si estuviera a punto de tener un orgasmo. Cuando terminó, se relamió y sonrió con picardía—. Seguro que tratas por todos los medios de proporcionarles a las mujeres unas experiencias mediocres. Bueno, pues yo no me preocuparía más. Ya has dominado el misionero.

—Yo no he vuelto a tener otra amante desde mi matrimonio. Puede que necesite practicar más para llegar a tu nivel de seducción —replicó Puck—. Dime, William el Lujurioso, ¿cuántos miles de mujeres vas a necesitar hasta que encuentres a la que creas que es tu compañera predestinada?

Vaya, parecía que las garras estaban muy afiladas aquella noche. ¿Por qué no había palomitas?

Además... ¡Puck acababa de reconocer que no había vuelto a acostarse con nadie desde que se habían separado!

—Nunca he tenido tantas ganas de matar a un hombre como las que tengo de matarte a ti, Pucky —dijo William, que se había puesto muy tenso.

—El sentimiento es mutuo, idiota.

Ella necesitaba saber si la tensión sexual estaba atormentando a Puck tanto como a ella, y pasó los dedos por sus nudillos. Su piel era suave y cálida. Perfecta.

Él se giró y la miró con los ojos entrecerrados.

—Si vuelves a tocarme, te tumbo en la arena y te tomo aquí mismo.

«¡Sí! ¡Por fin! Me desea con todas sus fuerzas...».

—Espero que te gusten los tríos, Pucky, porque yo me uniría a la fiesta —dijo William, con los ojos de color rojo y una mirada de amenaza.

—Puedes intentarlo —respondió Puck.

—Eh... chicos, necesito que... —intervino Gillian.

Sin embargo, Puck se puso en pie y se alejó sin decir una palabra más. No miró hacia atrás.

Peanut, el muy traidor, se levantó también, y lo siguió.

Ella quería hacer lo mismo, pero se quedó allí y miró a William con cara de pocos amigos.

—¿Qué? —preguntó él—. ¿Qué he hecho mal?

—Deja de coquetear conmigo delante de Puck. Y deja de cabrearlo. No me voy a acostar contigo, William. No voy a serle infiel a mi marido.

—Solo es tu marido temporalmente. Y yo no te estoy pidiendo que le seas infiel.

—Entonces, ¿qué me estás pidiendo?

—¿Qué va a ser? —dijo él, y abrió los brazos de par en par—. Que le des un beso a tu pretendiente. ¿Por qué me miras así? Besar no es engañar. Solo es ayudar a un amigo a que se le llenen de aire los pulmones. Besar es una ayuda para la supervivencia.

—Si crees eso, lo siento por tu verdadera compañera, sea quien sea.

Él observó atentamente su expresión, como si estuviera buscando alguna señal de vacilación. Parecía que nunca le habían rechazado y no tenía ni idea de lo que acababa de suceder. Abrió la boca y la cerró.

Por fin, dijo:

—Tu código moral me excita.

—Por favor, William. A ti te excita hasta la brisa.

—Te deseo —dijo William.

—Está bien. Pongamos que yo también te deseara a ti. ¿Cómo sería nuestra vida juntos?

—Yo lucharía contra Lucifer y tú me curarías las heridas. Como antes.

Uf.

—¿Crees que eso sería suficiente para mí?

Con los ojos azules, cristalinos y muy brillantes, él respondió:

—Y todos los demás momentos los pasaríamos en la cama.

No, no era suficiente.

—¿Y si yo quisiera luchar a tu lado?

—Bueno... lo negociaríamos.

Eso significaba que él intentaría convencerla para que se quedara en casa. La antigua Gillian se habría conformado. La nueva Gillian sentía náuseas.

—Explícame por qué me deseas —le dijo—. Por qué has venido hasta aquí para ayudar a Puck y quieres liberarme del vínculo. Creo que una vez oí a los Señores del Inframundo comentar que estabas esperando a que yo cumpliera dieciocho años para declararte. También recuerdo que me dijiste que nunca te ibas a enamorar ni a casarte.

Él le tiró de la trenza suavemente con un gesto juguetón que no se correspondía con su expresión tensa.

—Desde el principio me di cuenta de que tenías algo diferente. Luché contra eso. Me decía que no iba a hacer nada contigo, tuvieras la edad que tuvieras. Sin embargo, sabía que, en cuanto estuvieras preparada, me abalanzaría sobre ti. Entonces, cuando Puck te llevó consigo, me sentí como si hubiera perdido...

—¿El qué? ¿Tu juguete preferido?

—Como si lo hubiera perdido todo.

Aquellas palabras fueron como un golpe en su esternón. Por un momento, Gillian no pudo decir nada. Esperaba que la tensión disminuyera y él hiciera cualquier broma. Pero William no dijo nada más.

Si la deseaba de verdad, si consideraba que ella era su amante predestinada... ¿por qué no había renunciado a las otras mujeres y la había esperado?

—William...

—No, no digas nada. Por favor, no digas nada hasta que se haya disuelto el vínculo.

¿Tenía razón su amigo? ¿Se desvanecería entonces el deseo que sentía por Puck? ¿Querría ella recibir a William en su cama y en su cuerpo? En aquel momento, no podía imaginarse el hecho de sentir deseo por otro hombre que no fuera su marido...

A él le vibró un músculo debajo del ojo.

—Si crees que debes estar con él, ve, hazlo. Quítate la espina —le dijo, y miró al cielo. Añadió, en voz baja—: Me merezco esto, lo sé.

—No lo estoy haciendo para castigarte —dijo ella—. Y sí, voy a quitarme la espina, pero no porque tú me lo permitas. Lo que tú tienes que hacer es darte una ducha fría esta noche y, después, hacer las paces con Puck. Y yo quiero estar delante, como testigo. Por favor, William, por favor... ´

Él chasqueó la lengua, y la intensidad de su mirada se aminoró un poco.

—Lo de las duchas frías es un mito. Ningún hombre se ha dado nunca una ducha fría. Tenemos la tendencia a darnos duchas calientes y ejercitar un bíceps con movimientos repetitivos hacia arriba y hacia abajo. Eso, si no encontramos un método mejor para sustituir a quien nos ha dejado hinchados y necesitados.

—Pues, entonces, haz eso mismo —dijo ella, y le indicó que se marchara.

—Eres muy dura conmigo, mujer. Algún día me querrás para ti sola.

—Lo siento, William, pero...

—No, no. No digas nada de lo que puedas arrepentirte.

Gillian sintió un cosquilleo en la nuca. Miró hacia la gente y sintió euforia. Puck no se había marchado de la fiesta. Estaba apartado, entre las sombras. ¿La estaba mirando?

A ella se le aceleró el corazón y se puso en pie.

—Quédate aquí y diviértete, Liam. No sé si voy a volver.

—Yo no sé si estaré contando los segundos —dijo él, y le envió un beso desde la palma de la mano. Después, le mostró a Puck el dedo corazón estirado.

Gillian fue hacia su marido rápidamente. Antes de que lo alcanzara, él se giró y se alejó.

Rosaleen se cruzó en el camino de Gillian y la detuvo.

—Tu amigo, el de los ojos azules, ¿es soltero?

—Sí —respondió ella. Había perdido a Puck, ¡demonios!

Rosaleen se abanicó las mejillas rosadas.

—¿Te importa si le tiro los tejos?

—No, en absoluto —dijo Gillian. En todo caso, Rosaleen le estaría haciendo un favor si mantenía ocupado a William.

Johanna se acercó y le puso el brazo sobre los hombros a Rosaleen.

—¿Le has preguntado por ese demonio de ojos azules?

—Soltero —respondió su amiga con una sonrisa.

Las dos hicieron chocar la palma de la mano.

—¿Y el de los cuernos? —preguntó Johanna, moviendo las cejas con picardía—. Has terminado con él, ¿no?

Gillian se puso muy tensa y sintió ganas de cometer un asesinato.

—Todavía está casado. Conmigo.

Las dos mujeres palidecieron, retrocedieron y alzaron las manos en señal de rendición.

—Bueno, bueno –dijo Rosaleen–. Por favor, que no hay ningún motivo para que te conviertas en Hulk.

—No voy a acercarme, de verdad –dijo Johanna.

Gillian respiró profundamente varias veces.

—Lo siento –murmuró–. Mirad, tengo que irme.

Rodeó a sus amigas y empezó a buscar a Puck. Encontró unas huellas extrañas, como de pezuña. Al seguir el rastro, llegó hasta su propia casa.

Puck estaba en el salón, observando las armas que ella tenía colgadas por las paredes.

—¿Dónde está Peanut? –preguntó Gillian.

—En el establo, descansando.

Se preguntó cómo habría encontrado Puck su casa. Ella no se la había mostrado, y ninguna de sus soldados informaría a nadie de su situación sin su permiso.

«¿Me ha seguido, tal y como yo lo he seguido a él, porque su deseo es tan fuerte que no puede controlarlo?».

—¿Para qué has venido? –le preguntó.

—Estamos casados, y lo que es tuyo, es mío, así que quería ver el interior de mi nueva casa –respondió él. Aunque su tono de voz era tan monótono como siempre, cuando se giró hacia ella tenía los ojos llenos de fuego.

—Estás excitado –le dijo ella, al fijarse en su cuerpo. No pudo evitarlo.

Él alzó la barbilla como si se sintiera muy orgulloso.

—Por lo menos, en parte.

—¿Quieres decir que se hace todavía más grande? –inquirió Gillian, casi sin aliento.

–Mucho más.
–¿Y... y es por mí? ¿O por las demás bellezas que había en la fiesta?
–No deseo a ninguna otra mujer, muchacha. Sí, esto es por ti. Solo a ti te deseo.

Capítulo 23

Aquellas palabras de Puck reverberaron por su mente. A Gillian le flaquearon las piernas.

Sin embargo, él se puso rígido, y ella tuvo ganas de ponerse a gritar, porque sabía lo que iba a ocurrir después: que él recuperaría su frialdad.

—Si te conviertes otra vez en el hombre de hielo, voy a envenenar tu próxima comida.

—Y, si tú sigues comportándote como una bruja, yo me la comeré con gusto.

¿Bruja? ¿Cómo se atrevía?

Gillian se acercó a él, mirándolo a los ojos. Se acercó tanto, que uno estaba respirando el aire que el otro exhalaba. La ira se convirtió en excitación.

Se echó a temblar, y ya no pudo seguir fingiendo que aquello no la afectaba en absoluto. Además, tenía los pezones endurecidos y, seguramente, se había ruborizado.

«He pasado demasiado tiempo sin sentir sus caricias. Las necesito».

Y, como si le hubiera leído el pensamiento, Puck actuó con rapidez. Se le acercó, la tomó de las caderas y la empujó contra la pared. Después, posó las manos en la pared, junto a sus sienes. Su enorme cuerpo la aprisionó, y su olor carnal y masculino la envolvió. Gillian sintió que se le cerraban los párpados.

Él la miró con un apetito voraz.

—¿Qué crees que estás haciendo? —preguntó ella.

—Te estoy poniendo donde deseo que estés.

Bueno, pues muchas gracias. A ella le gustaba el lugar donde él deseaba que estuviera.

—Entonces, ¿es cierto que me deseas? ¿No te has convertido otra vez en el hombre de hielo?

—Creo que lo que tengo entre las piernas sirve para responder a tu pregunta, muchacha.

Ella sonrió.

—Vaya, ¿el rey de la apatía acaba de hacer una broma?

—No, solo ha dicho la verdad —dijo él, y comenzó a juguetear con las puntas de su pelo—. Antes pedía hielo a mi magia para impedir que el demonio me castigara por mis emociones. Ahora, lo hago para protegernos a los dos. Tú deberías agradecérmelo. Si te hiciera la mitad de las cosas que estoy pensando…

—¿Qué clase de castigo? —le preguntó Gillian. ¿Se refería a la debilidad que había mencionado una vez?—. Y ¿de qué tienes que protegernos?

Entonces, procesó el resto de sus palabras y se estremeció. ¿Qué se imaginaba Puck que le hacía?

Él entrecerró los ojos y se puso tenso.

De acuerdo. Que guardara sus secretos. Por el momento.

—Pero algunas veces, el hielo se derrite. Yo lo he visto.

Puck asintió.

—El hielo no se derrite por sí solo. Es necesario que algo externo me produzca una sensación ardiente. Por ejemplo, la rabia.

—O el deseo —dijo ella.

Como estaba desesperada por sentir su contacto y quería saber hasta qué punto estaba excitado, posó la mano sobre su corazón. Puck tenía la piel muy caliente; era como lava sobre el granito. El corazón le latía desbocadamente.

«Su desesperación es tan grande como la mía», pensó ella. Y se sintió poderosa.

Él la tomó de la muñeca, levantó su mano y le subió el brazo por encima de la cabeza.

—Está prohibido tocar el tatuaje del pájaro que tengo ahí —dijo él.

—Sí, ya lo sé —dijo ella, al recordarlo—. ¿Por qué?

—Porque yo lo digo.

—¿Y si, algún día, dejas de sentir por completo y te conviertes para siempre en el hombre de hielo?

—Yo me he hecho muchas veces esa pregunta, pero, en este momento, no puedo creer que vaya a volver a alcanzar ese grado de congelación —respondió Puck, y rozó la punta de la nariz de Gillian con la suya—. Tú ya no temes la intimidad con un hombre.

—No.

—Has necesitado mucha fuerza para superar tus traumas del pasado. Mucha fuerza. Siento un gran respeto por ti, muchacha.

Aquellas palabras… Gillian emitió un gruñido y se onduló para frotar el centro de su cuerpo contra la enorme erección de Puck.

—Muy bien, guerrero, me tienes donde querías tenerme y sientes un gran respeto por mí. Y ¿qué vas a hacer conmigo?

—Voy a tomarte. Pero, también, te liberaré un día cercano.

¿Aquellas palabras eran una promesa o una advertencia? ¿Quería asustarla, o atraerla?

—No, te equivocas. Soy yo la que va a tomarte a ti. Y la que te liberará un día cercano.

En el semblante de Puck apareció algo oscuro y primitivo.

—Eres mía. Dilo.

—Yo... No. Yo soy mi única dueña.

¿De verdad era suya aquella voz, aquellas palabras arrastradas, como si estuviera embriagada?

¿Y por qué no iban a serlo? Llevaba siglos deseando a aquel hombre y, por fin, podía tomarlo. Estaban uno junto al otro, tan cerca, que ella notaba las corrientes de pasión en la piel.

Cada vez que tomaba aire, sus pezones se rozaban contra el pecho de Puck y creaban calor y fricción. Cada vez que exhalaba, sus caderas se arqueaban como si tuvieran voluntad propia, buscando un contacto más estrecho.

Puck tomó su cara con una mano, con un gesto agresivo, pero ella no se asustó.

—Si no me dices que eres mía, tendrás que demostrármelo.

No esperó a que ella respondiera. Posó una mano sobre su trasero y extendió los dedos al máximo al tiempo que la besaba. No fue delicado, sino que realizó una exploración feroz. Gillian sintió que le estampaba un sello de posesión, algo que nunca había experimentado. Entre roces sensuales de su lengua, le masajeó el pulso que latía en la base de su cuello.

«He esperado esto tanto tiempo...».

La dulzura del sabor de Puck la enloquecía. Era como una droga; todo aquel calor y aquella dureza masculinos le invadían los sentidos. Se le escaparon pequeños gemidos; le rodeó el cuello con los brazos y se frotó contra él, incapaz de contenerse. Cada nueva colisión con la erección de Puck le causaba más calor y más humedad.

«Más. Necesito más».

Después de quinientos años de frustración, se había

vuelto una desvergonzada. ¿O era Puck el que había hecho los honores?

—Acaríciame. Vamos, acaríciame ya.

—Dime dónde.

—Por dentro.

—Pero ¿y si yo deseo jugar primero con tus pechos? ¿Umm? —le preguntó él, y metió la mano por dentro de su top de cuerpo para acariciarle uno de los pechos y juguetear con su pezón.

—Por favor, Puck. Por favor.

—Vaya, ahora la guerrera me suplica —dijo él. Pero metió la mano por debajo de su falda de cuero—. Muy bien. Vas a tener lo que quieres.

Al notar que él pasaba los dedos por el interior de su muslo, ella le clavó las uñas en la espalda. ¡Qué delicioso!

—Entre las piernas... ¿así? —preguntó él, y acercó un dedo a su sexo, pero lo alejó antes de rozarlo.

—Hazlo —le ordenó ella—. Vamos, acaríciame por dentro con tus dedos.

Entonces, él obedeció. Apartó sus bragas, le separó los pliegues del cuerpo y entró en su dolorido sexo.

—Estás empapada, por mí —dijo él, con la voz enronquecida.

A Gillian le fallaron las piernas, y estuvo a punto de caerse.

—¡No pares! Por favor, no pares...

Él introdujo un segundo dedo en su cuerpo, y ella tuvo un orgasmo. ¡Así, tan rápidamente! ¡Por fin!

—¡Sí, sí, sí! —exclamó, al notar el placer sublime que explotaba en su interior y que alcanzaba todos sus rincones.

Sin embargo, él no había terminado; mientras ella subía a los cielos, él seguía moviendo los dedos para expandirla y prolongar su clímax.

A Gillian se le escapó un grito, pero Puck se tragó el sonido con su profundo beso. Bien, porque él poseía el oxígeno que ella necesitaba.

William tenía razón. Los besos eran supervivencia.

Las paredes internas de su cuerpo se contrajeron y se relajaron. Su mente quedó en blanco, y un calor lánguido se apoderó de ella. Quedó laxa y gloriosamente satisfecha.

Pero aquella satisfacción no duró mucho. Quería más. Más Puck. Más pasión. Más satisfacción. Un orgasmo no era suficiente. Necesitaba otro. Necesitaba sexo. No quería esperar más.

Cuando intentó tocar la cintura de los pantalones de Puck, él la miró fijamente a los ojos. Con el pelo negro tan revuelto, parecía que se sentía tan salvaje como ella. Salvaje, enloquecido e increíblemente bello. Era la perfección masculina, un hombre absorto en la contemplación de una mujer, que la necesitaba a ella y solo a ella. Ninguna otra le valdría.

—Tus ojos —dijo Puck, con reverencia—. Están ardiendo por mí.

«No estoy sola en esto. Tal vez nunca vuelva a estar sola».

De repente, la vulnerabilidad se apoderó de ella.

Y ocurrió lo peor. Se echó a llorar.

Empezaron a caérsele las lágrimas por las mejillas, y rompió a sollozar.

Llevaba siglos sin derramar una sola lágrima, pero, en aquel momento, no pudo contener la riada.

Puck la abrazó mientras lloraba. Le acarició el pelo y le susurró palabras de consuelo.

—Lo entiendo. Una vez, sufriste la traición, y esto es... es la libertad. No puedo soportar ver a mi guerrera llorando. Dime lo que tengo que hacer, y lo haré.

La entendía, sí. Él también había sufrido la traición.

Y la había llamado «su guerrera».

Le había hecho sentir su primer orgasmo, y solo había tenido que esperar quinientos años. El miedo que había sufrido durante tanto tiempo... las pesadillas... El placer que la habían robado sus violadores... ¡Había sido un crimen contra ella! La habían engañado, herido, destruido...

¡No! No habían podido destruirla. Había sobrevivido. Había aprendido a defenderse. Ayudaba a otras personas que lo necesitaban. Y, ahora, tenía aquello: una experiencia sexual nacida del deseo mutuo. Un beso por el que hubiera merecido la pena ir a la guerra. Un recuerdo muy precioso que podía servirle para borrar los demás.

–Siento haber estropeado el momento –dijo, cuando recuperó el aliento. Seguramente, aquella crisis tenía que haberla dejado vacía y debilitada, pero se sentía fortalecida, como si un hueso roto se hubiera soldado y, al curarse, se hubiera hecho más fuerte.

–No lo sientas –dijo él, secándole las lágrimas de las mejillas con los pulgares. Con una sorprendente ternura.

–¿Crees ahora que soy débil? –le preguntó ella.

–Creo que eres más fuerte. Sé todo lo que has tenido que superar, y eres una inspiración para mí.

«¿Yo soy una inspiración para un guerrero tan grande como él?», se preguntó, y tuvo que contener una nueva avalancha de lágrimas.

–¿Esta es la primera vez que tienes un orgasmo? –le preguntó él, con la misma ternura.

–Sí. También es la primera vez que elijo a mi compañero –respondió Gillian. Entonces, la ternura, la gratitud y el afecto ocuparon el lugar de su vulnerabilidad. Y todas aquellas emociones estaban dirigidas a Puck–. ¿No deberíamos ocuparnos de ti?

Hubo una pausa. Después, él dijo:

—No. Debería irme.

La soltó y retrocedió unos pasos.

¿Irse? ¡No! Ella no quería separarse de él.

—Quédate.

Él hizo un gesto negativo, cortante. Entonces, ante sus ojos, cambió. Volvió a convertirse en el hombre de hielo.

Gillian se dijo a sí misma que estaba demasiado relajada como para disgustarse por ello, pero no podía mentir. Sí se había disgustado, y estaba muy decepcionada.

¿Qué era lo que había provocado aquel cambio en él? ¿Cómo era posible que no hubiera obtenido ningún placer y, sin embargo, tuviera fuerzas suficientes como para abandonarla? Ay...

—Ojalá dejaras de convertirte en el hombre de hielo y siguieras siendo Puck. El hombre de hielo es un asco.

—Vamos a hablar —le dijo él, ignorando sus palabras. Su voz ya no era cálida, sino glacial.

Aquello no podía ser bueno, y Gillian se sintió insegura. Sin embargo, forzó una sonrisa y se cruzó de brazos para esconder sus pezones endurecidos. Lo que acababan de hacer había cambiado su mundo, cierto, pero... no podía tolerar aquello. Él estaba comportándose como si no hubiera pasado nada y la miraba como si ella no le importara nada.

—Tienes razón —le dijo—. Tenemos que hablar.

Aunque le temblaban las piernas, consiguió llegar al sofá que había destrozado Peanut y se sentó.

—Una vez me dijiste que la princesa Alannah de Daingean es tu mujer, porque había un matrimonio concertado por vuestras familias. ¿Me has rechazado porque quieres reservarte para ella? Pues creo que ella no te ha esperado. Ahora es la prometida de tu hermano. Llevan bastante tiempo así, aunque no se han casado.

Puck se mantuvo impertérrito, sin darle pistas de lo que pensaba.

Gillian solo había hablado una vez con aquella princesa, pero la miraba con curiosidad cada vez que las dos coincidían en un mercado que se celebraba en la ciudad.

Alannah era guapa, discreta, tímida. Lo contrario a ella.

Su conversación había sido muy breve.

«Tengo entendido que estás comprometida con Puck Connacht», le había dicho Gillian.

«Sí... sí. Pero ahora tiene cuernos, y...».

«Yo soy su mujer, y me gusta matar a la gente que le falta el respeto».

«Por favor, discúlpame».

—¿Y qué importancia tiene? —preguntó Puck, por fin, mientras se sentaba en la silla, frente a ella.

—Solo estoy hablando, tal y como tú querías. Si lo prefieres, puedo volver a la fiesta, con William.

Él siguió sin ofrecer ninguna reacción, pero respondió:

—Me gustaba la idea de casarme con ella —dijo—. Me encontré con Alannah después de que me poseyera el demonio y, al ver mi cambio de apariencia, salió corriendo.

Vaya. Aquel rechazo debía de haberle causado dolor, aunque no sintiera emociones en aquel momento.

—¿Quieres que te cuente un secreto? —le dijo ella.

Él negó con la cabeza. Después, frunció el ceño. Después, asintió.

—Sí, dímelo. Dímelo ahora.

—Siempre te he considerado guapísimo.

Puck la miró con anhelo, con esperanza. Sin embargo, lo ocultó con una máscara de indiferencia unos segundos después.

A ella se le encogió el corazón al formular la siguiente pregunta.

—¿Y qué era lo que te gustaba de la princesa?

—Su belleza, y el hecho de saber que iba a ser mía. En realidad, no la conocía.

—A mí tampoco me conoces —dijo Gillian—. ¿Acaso me deseabas solamente por mi aspecto? ¿O porque ya soy tuya?

—Sé muchas cosas de ti.

—¿Ah, sí? Vamos, habla.

—Te gusta ayudar a la gente. Te disgustan los mentirosos.

—Esas cosas te las he dicho yo. No es nada nuevo. Yo sé que a ti te gustaría hacerle daño a tu hermano, y que te disgusta William.

—Tu afición favorita es coleccionar trofeos de los hombres a quienes has derrotado.

—Eso lo has deducido al ver los trofeos que tengo en casa.

—Quieres quedarte en Amaranthia, incluso después del divorcio. Y no solo para mantener unido a tu clan, sino para seguir gobernándolo. Crees que nadie podrá ocuparse de su bienestar como tú.

—Exacto.

—Pero no puedes quedarte aquí.

—¿Por qué? —preguntó ella, con una furia instantánea—. ¿Vas a intentar echarme de Amaranthia cuando seas el rey? Y date cuenta de que he dicho «intentar».

—No, no lo voy a intentar. Lo voy a hacer.

—Entonces, me mentiste otra vez. Después de haberme prometido que siempre me dirías la verdad.

—Yo no te mentí. Cambié de opinión.

—¿Por qué?

—Porque puedo cambiar de opinión. Este reino es mío.

—Me he hartado de hablar contigo. No me gustas nada cuando tomas este camino, así que me vuelvo a la fiesta.

Él no le dijo nada. Ella salió a la calle y notó el frío nocturno. Un segundo después hubo un portazo y se oyeron unos pasos. Puck la seguía.

A ella se le aceleró el pulso, pero prefirió ignorarlo. A medida que se acercaba a la fiesta, notó una vibración muy familiar en las terminaciones nerviosas. Se detuvo en seco y respiró profundamente para evitar un ataque de ira y no convertirse en Hulk.

—¿Qué te sucede? —le preguntó Puck, a su espalda—. ¿Es que no vas a discutir conmigo?

—¿Eso es lo que quieres? —le espetó ella, y retomó el paso—. ¿Que discuta contigo?

—No. Sí. No lo sé.

—Pues, hasta que lo sepas, no te acerques a mí.

Se oyeron unas carcajadas por encima de la música.

—¡Gillian! —exclamó Johanna—. Ven con nosotras.

—Ella no sabe que ya te has corrido —comentó Puck, en voz baja.

Gillian sintió un escalofrío y una oleada de calor. Sin embargo, él no tenía derecho a mencionar su encuentro después de haberle dicho que iba a expulsarla de Amaranthia.

¿Por qué se sentía tan atraída por Puck? ¿Por qué su respuesta sexual era únicamente hacia él? ¿Sería solo por el vínculo? No, no era posible. Su mente lo deseaba tanto como su cuerpo.

Tenía que ser por cómo la miraba a veces, como si ella fuera una revelación. Por cómo concentraba toda su intensidad en ella, como si no hubiera nada más importante...

Era adictivo.

Puck debió de leerle el pensamiento, porque se puso rígido.

—Quiero que te quedes en mi reino —dijo él, con la voz suave—. Pero no con William. Cada vez que os veo juntos, me dan ganas de destriparlo.

¡No podía ser cierto! Entonces, ¿aquella estupidez de echarla del reino era solo por una cuestión de celos?

«¿Qué voy a hacer con este hombre?».

Antes de que pudiera pensar una respuesta para Puck, él la rodeó y volvió a la fiesta. Como no sabía qué hacer, ella lo siguió.

«¿Cuándo empecé a adorar el tormento, y a buscarlo?».

Puck siguió con la mirada los movimientos de Gillian. Ella se situó junto a sus generales y junto a William, frente a él.

«¿Acaso quiere que yo vea cómo interactúa con ese tipo?», se preguntó. «Muy bien, esposa mía».

Sin embargo, Gillian no iba a poder culpar a nadie de su reacción, salvo a sí misma.

Según transcurrían los minutos, ella evitaba mirarlo, y eso provocó la ira de Puck. Sus ojos eran las ventanas de su alma... ¿Y Gillian quería negarle que viera su alma, después de haber hecho que la deseara más de lo que había deseado ninguna otra cosa en toda su vida?

Cuando estaba entre sus brazos, había tomado lo que había querido, cuando lo había querido. Había despertado a la vida, lo había besado y lo había arañado, y había jadeado, solo por él. Y, cuando había gritado, dentro de él se había roto algo.

Gillian había desvelado que tenía un increíble ingenio y que era desinhibida, además de tener una enorme sensualidad. Él se sentía encantado.

¿El guardián de Indiferencia, encantado?

Más bien, hechizado.

A él le encantaría poder pensar que la causa de todo aquello era el vínculo, pero no podía mentirse a sí mismo. Ya deseaba a Gillian antes de la ceremonia.

Miró a William, que se estaba riendo de algo que le había dicho alguien. Sin embargo, estaba muy tenso. Sabía que había ocurrido algo entre su esposa y él. Tenía que saberlo; a Gillian todavía le ardían los ojos.

«Y yo soy el responsable. Yo he encendido la cerilla».

Ver aquellas llamas había cambiado a Puck. Él nunca se había sentido tan enfebrecido, tan nervioso. El demonio gritaba con fuerza, pero había podido ignorarlo con facilidad.

Antes, al ver a Gillian por primera vez en la fiesta, había estado a punto de caer de rodillas, como William. Sin embargo, lo suyo no habría sido un teatro. Había sentido una avalancha de deseo salvaje, y habían empezado a temblarle las piernas.

Su esposa llevaba un pañuelo de colores en el pelo con cuentas de colores que le caían por la frente. Se había cambiado el traje roto y estropeado por otro de cuero negro que resaltaba sus curvas y dejaba a la vista sus piernas largas y perfectas.

Gruñó al pensar en que él había tenido una mano bajo su falda de tablas, y que ella le había pedido más. Quería zarandear a Gillian y matar a William. Tal vez matara a William, cuando ya tuviera la corona de los Connacht en su poder.

Pero lo que más deseaba era besar a Gillian hasta que ella no pudiera respirar. Quería acariciarla y hacer que gimiera de placer y le rogara... Quería hundirse en su cuerpo una y otra vez.

¡Era un idiota! Debería haberla tomado antes, cuando tenía la oportunidad perfecta, pero no lo había hecho. Y, sin embargo, sabía que eso era lo mejor para todos...

Ya tenía un gran sentimiento de posesión por ella y, si consumaba su matrimonio, si la marcaba, nunca podría separarse de ella. Su posesividad no se lo permitiría, a pesar de Indiferencia.

Para poder quedarse con Gillian, tendría que expulsar a William antes de poder cumplir las condiciones de su juramento de sangre. Y, para eso, tendría que renunciar a la corona de los Connacht y condenar a su pueblo a la destrucción y a la pobreza en manos de Sin. No podía olvidar todos sus objetivos por Gillian y por la felicidad que ella podía darle. Una felicidad que había estado anhelando durante siglos.

Además, cuando utilizara las tijeras para cortar el vínculo, ella dejaría de desearlo, y resurgirían sus sentimientos por William. A él, lo dejaría con unos recuerdos que no quería tener.

Por lo tanto, no iba a volver a tocarla. Era demasiado arriesgado. Desde aquel momento, no bajaría la guardia y seguiría siendo el hombre de hielo. Iba a resistir la tentación que representaba su esposa, por muy potente que fuera su atractivo.

Se oyó el sonido chillón de un cuerno y, de repente, la música cesó y los bailarines dejaron de danzar. Todo el mundo se puso en alerta.

—Vamos, vamos. Preparaos para la batalla —gritó Gillian, al tiempo que se ponía en pie de un salto.

Todos salieron corriendo, recopilando armas a su paso.

William sacó dos dagas mientras se ponía en pie.

—¿Qué ocurre?

—Es la venganza —dijo ella, con deleite—. Estamos a punto de conseguir nuevas reservas de magia.

Puck detectó un ritmo de marcha que le resultaba muy familiar, y se acercó a su esposa.

—Se aproxima un ejército de galeses.

—Sí —dijo Gillian, que seguía evitando mirarlo—. Tenemos trampas preparadas en los límites del pueblo. Yo misma las he puesto a prueba. Además, sé que los soldados tardarán unos tres minutos y veinte segundos, si son buenos, en llegar a nuestras murallas. Y hasta mi espada.

Capítulo 24

William se empeñó en que Gillian debía quedarse escondida en algún lugar seguro, y Puck se dio cuenta de que su esposa se enfurecía. Así pues, aprovechó la oportunidad para demostrar que él era mejor hombre.

—Yo lucharé a tu lado —le dijo.

Gillian no necesitaba sus habilidades de guerrera para la lucha que se avecinaba, porque él la protegería con su vida, si era necesario. Iba a cerciorarse de que no le ocurriera nada, de que nadie pudiera llegar hasta ella. Los soldados que se concentraran en ella morirían antes de conseguirlo.

—¿En serio? —preguntó Gillian y, por fin, lo miró.

Él volvió a ver el fuego en sus ojos castaños, y la gratitud. Y tuvo una sensación extraña en el pecho, un latido que provocó otro ataque de rabia en Indiferencia.

«Lo entiendo, demonio. Prefieres el hielo. Pues lo siento. Y cierra tu asquerosa boca».

—¿Tienes confianza en que puedo ganar? —le preguntó Gillian.

Mirándola a los ojos, él comprendió que ella deseaba con todas sus fuerzas que su destreza en el combate fuera justamente valorada. Quería demostrar que era fuerte, valiente y libre, las características que siempre había deseado poseer.

Y Puck sabía que era cierto. La habían entrenado Cameron y Winter. Después, ella había comenzado guerras y las había terminado. Había sobrevivido durante más de quinientos años sin su ayuda, y podría sobrevivir a otra batalla más.

—¿Podéis terminar ya con las miraditas? —preguntó William, y se colocó entre ellos dos. Se había transformado para la guerra. Sus ojos se habían convertido en dos luces rojas y bajo su piel estallaban relámpagos y rayos. De sus hombros salían humo y sombras.

Todo aquello le causaba perplejidad a Puck. ¿Qué ser era William? ¿Qué tenía su adversario que él no tuviera? ¿Cómo se había ganado la adoración de Gillian?

—¡Puck! —le gritó William—. ¿Me oyes? Si Gillian muere a causa de este ataque, tú también morirás, y yo dejaré a tu pueblo a merced de un rey demente.

—Aquí no va a morir nadie —replicó Gillian.

Una mujer que pasaba apresuradamente por allí se topó por accidente con Gillian. Le pidió disculpas y siguió su camino. Puck trató de sujetar a su esposa, pero William se le adelantó, la agarró para que no perdiera el equilibrio y bloqueó a Puck.

Puck se puso furioso. «¿Osas meterte entre ella y yo?».

—Te lo advertí, Willy —le dijo.

Él había decidido no tocar más a Gillian, sí, pero eso no quería decir que pudiera hacerlo cualquier otro hombre.

—Calmaos los dos, o utilizaré lo que me queda de magia para hacer que os enamoréis el uno del otro —los amenazó ella. Las runas de sus manos estaban muy brillantes y desprendían una maravillosa luz dorada—. William, cariño, tú no conoces este reino ni a estos clanes. Yo, sí. Escóndete tú. Yo me ocupo de todo.

Las runas de Puck respondieron. Vibraron y empezaron a desprender un calor chispeante.

—Gilly... —dijo William, intentando convencerla.

—Lo siento, Liam, pero no tengo tiempo para seguirte la corriente.

—¿Seguirme la corriente? —repitió William, con indignación, mientras ella se alejaba.

Puck la observó mientras daba órdenes. Sus súbditos la obedecían sin protestar, y eso era una clara muestra de sus dotes de mando y liderazgo.

—Vosotras, al parapeto —gritaba—. Vosotros, a la muralla exterior. Tú, lleva nuestra primera línea a proteger las puertas.

La chica a la que Puck había dejado allí no tenía seguridad en sí misma. La mujer a la que había encontrado a su regreso era la seguridad en persona.

«Y yo la deseo aún más por ello».

—Tú le has hecho esto —le rugió William.

Puck lo ignoró y pensó en las defensas que había visto al llegar al poblado. Había un enorme muro de piedra por todo el perímetro. Él habría tenido que escalarlo a su llegada, de no haber sido por la intervención de Cameron.

—Bajad la puerta y dejad que entre —había dicho su amigo—. Preferiblemente, sin matarlo.

Los soldados rodearon todo el perímetro. Él se había fijado en que había varias torres de vigilancia y, conectando aquellas torres, un segundo parapeto donde esperaba una fila de arqueros con sus arcos preparados.

—Si Gillian resulta herida... —dijo William.

—Ya ha dejado claro que puede resultar herida y recuperarse —dijo él.

Y, aquella noche, él iba a demostrarle su fuerza a ella.

Se hartó de la conversación y se dirigió hacia la torre norte. De las mesas llenas de armas que habían dispuesto cerca de las murallas tomó un arco y un carcaj de flechas, tres dagas y dos espadas cortas. La vibración del suelo se intensificó; los soldados galeses estaban cada vez más cerca.

Puck subió por las escaleras hasta el adarve y vio a los arqueros en fila. Había mujeres y hombres con los arcos ya elevados y listos para disparar.

—Intentad no matarme —les dijo, mientras oteaba las dunas—. Mi muerte provocaría la de vuestra reina. Corred la voz —ordenó.

Aquella noche era oscura, y había sitios donde esconderse: árboles y un lago cercano. Pensó en sus opciones: quedarse allí y matar a los soldados que escalaran la muralla, o lanzarse al grueso del ejército enemigo para evitar que pudieran escalar. Sin embargo, aquella segunda opción lo pondría a tiro de los arqueros...

En momentos como aquel, echaba de menos a su hermano.

William apareció a su lado y observó el entorno. Puck ignoró sus comentarios jocosos y siguió sopesando sus opciones.

La lógica le decía que la mejor era la segunda, porque así podría evitar que muchos de los galeses escalaran la muralla. Y, cuantos menos galeses invadieran el campamento, más seguro estaría el clan de Gillian. Si le alcanzaban algunas flechas, ya se le curarían las heridas más tarde.

Y ¿cómo proceder? El parapeto tenía la anchura de una carretera de los seres humanos. En la parte más alejada había un sistema de poleas. Puck metió un extremo de una de las cuerdas en una polea y se ató el otro extremo alrededor de la cintura. Se lanzó hacia delante mientras cargaba tres flechas a la vez. Al caer, disparó las flechas; el metal produjo un silbido que se mezcló con el aullido del viento. Se oyeron gruñidos.

El aterrizaje hizo entrechocar sus huesos dolorosamente, pero Puck no se detuvo. Cargó tres flechas más y disparó. Cargó, disparó.

La magia emergió desde los cuerpos y flotó hacia él. Sus runas la absorbieron. Aquel poder era delicioso, y lo había echado de menos.

Se oyó un nuevo coro de silbidos cuando los arqueros de la muralla dispararon sus flechas. Los soldados seguían corriendo con los escudos levantados. Las flechas chocaban con el acero y, después, caían al suelo inservibles.

William apareció de nuevo junto a Puck.

—No te vas a llevar tú toda la gloria. Intenta seguirme el ritmo.

Se puso en acción y se lanzó hacia el cuadro de soldados. Puck siguió en su sitio. Continuó apuntándose bajas a distancia y acumulando su magia. A cada disparo de su arco caían más soldados y le cedían su magia. Lo llenaron y, al poco tiempo, estaba ahíto.

Con una sonrisa glacial, alzó los brazos y lanzó una violenta oleada de magia desde los dedos. A ambos lados de su espacio se formaron montículos de arena que formaron una nueva muralla y bloquearon el parapeto.

Dejó caer el arco y sacó las espadas. Avanzó a la carrera, dando cuchilladas y cortando cabezas y miembros. Hubo salpicaduras de sangre. Toda la magia que absorbió la utilizó para mantener en pie las dunas de arena.

William se dirigió hacia él, matando a todos los galeses que se interponían en su camino. Para sorpresa de ambos, trabajaron juntos en armonía, luchando, esquivando flechas y matando.

A William le brillaban las runas de las manos. Y aparecían símbolos nuevos en su piel. Eran unos símbolos que Puck no había visto nunca.

—Bueno, ya he tenido bastante.

William el Oscuro le dio una patada a un enemigo, un puñetazo a otro y, después, tiró la espada y le dio un manotazo en la mano a Puck.

¡Bum!

Un poder absoluto estalló entre ellos y aplastó al ejército entero. Nadie pudo escapar. Todos los hombres cayeron, incluidos ellos dos. Ni siquiera fue inmune el muro de arena, que se derrumbó con la explosión.

Gillian, Winter, Cameron y otros cuantos se acercaron corriendo con las armas preparadas.

—¿Qué ha pasado? —preguntó Cameron.

Puck estaba jadeando y temblando.

—No estoy seguro.

Fue William quien respondió.

—Te he utilizado como batería y he desencadenado mi poder. Creo que eso me convierte en la estrella de la noche.

Gillian no estaba de acuerdo. Al ver aquel mar de cuerpos ensangrentados e inmóviles, frunció el ceño.

—Habéis acabado con todo el mundo y os habéis quedado con la magia de todos los soldados. Nosotros necesitábamos esa magia —dijo, con hostilidad—. Habéis desobedecido mis órdenes y habéis robado a mi gente.

—Cálmate, Gillian —le rogó Winter—. Los chicos no querían quitarnos la magia, estoy segura. Más o menos. Van a pedir perdón, ¿verdad, Puck?

Él se quedó desconcertado y no dijo nada. A Gillian empezaron a brillarle los ojos como si fueran de ónice negro, y sus pupilas se expandieron. De su garganta empezaron a brotar gruñidos animales, y se le separaron los brazos y las piernas.

Adoptó una postura de guerra.

—No, no te conviertas en Hulk —le rogó Cameron.

Agarró un par de hachas y expulsó de allí a todos los presentes–. No quiero tener que cortarte las manos otra vez…

Los Shawazons echaron a correr como si su vida dependiera de ello.

Así que aquello era lo que sucedía cuando Gillian se convertía en Hulk. En sus cartas, ella le había explicado que perdía el control de sus actos y hacía cosas de las que luego se arrepentía.

Entonces, se dio cuenta de lo que había dicho Cameron:

–¿Le cortaste las manos? –inquirió, en voz baja, pero con un tono letal.

–¿Gilly? –dijo William, con el ceño fruncido–. ¿Qué…

Gillian emitió un grito agudo y chirriante, tomó dos cadáveres del suelo y se los arrojó a William como si no pesaran más que una pluma.

Puck quiso ir hacia ella, pero Winter le cortó el paso.

–No, no. Perderás un brazo, o algo más. Es imposible detenerla; nadie lo consigue. Lo único que podemos hacer es esperar a que se le pase el ataque de rabia.

William no oyó aquella advertencia y salió corriendo hacia Gillian.

Y, sí, ella le arrancó un brazo.

William gritó de dolor, mientras la sangre salía a chorros de su herida.

Así pues, lo único que podía hacer él era admirar sus dotes para la batalla. Estaba claro que su mujer podía enfrentarse a cualquiera.

A los pocos segundos, a William ya le había crecido otro brazo; aquella era la regeneración más rápida que él hubiera visto nunca. Sin embargo, el otro hombre no volvió a acercarse a Gillian, sino que retrocedió para alejarse de ella, con los ojos abiertos como platos.

¿Qué era lo que ponía a su adorada mujercita en tal

estado? No era posible que dentro de ella se originara tanta rabia.

Cuando Puck y Gillian habían forjado su vínculo, él había tenido la sensación de que las emociones fluían entre ellos. ¿Acaso él le había transmitido la rabia que llevaba acumulando varios siglos?

Se sintió muy culpable. No soportaba mantenerse al margen. Tenía que ayudarla.

Mientras se acercaba a Gillian, ella le arrojó otro cadáver, y otro, y otro.

—No voy a hacerte daño, esposa mía.

Por mucho que le hubiera gustado ver cómo le arrancaba el brazo a William, preferiría que Gillian pudiera sonreír al día siguiente. Si continuaba así, al día siguiente se arrepentiría de todo lo que había hecho y se recriminaría a sí misma haberle hecho daño a aquel idiota.

Más cadáveres. Uno le golpeó en el pecho y lo lanzó hacia atrás. Así pues, no había servido de nada acercarse a ella despacio y con calma. Tenía que hacerlo rápida y brutalmente.

Echó a correr y se abalanzó sobre ella. La derribó y la aprisionó con su peso. A ella se le escapó todo el aire de los pulmones, y la cabeza le rebotó en la arena. El golpe la debilitó, pero… ¿la había dejado inconsciente?

No, no tuvo tanta suerte. Gillian comenzó a arañarle la espalda como si fuera un gato salvaje, y le destrozó la camisa. Incluso le mordió la garganta e intentó arrancarle la tráquea. Puck sintió un enorme dolor. Mediante la magia hizo brotar unas lianas espinosas del suelo y las enrolló alrededor de su cuello, de sus tobillos y sus muñecas, para inmovilizarla.

Después, alzó la cabeza, pero ella no aflojó los dientes, y él gruñó de dolor.

—Ya está bien —le ordenó.

Ella continuó luchando. Una de las espinas de la liana traspasó su muñeca y salió por el lado opuesto. Al ver que sangraba, a él se le encogió el estómago.

Gillian iba a luchar hasta desangrarse, ¿no?

–Gillian –gimió él. ¿Cómo podía ayudarla? No quería utilizar el hielo, como había hecho a menudo con Cameron y Winter cuando sus demonios los dominaban por completo. ¿Y si Gillian nunca se descongelaba?

Sin embargo, ella empezó a dar sacudidas, y las espinas le hicieron cortes en el cuello. Puck supo que no tenía más remedio que actuar si no quería que ella se decapitara a sí misma.

Se colocó a horcajadas sobre su cintura, le tomó la cara con ambas manos y se concentró en el demonio y, después, en el vínculo, el lugar donde estaba localizada su rabia. Oh, sí. Él tenía la culpa.

Puck utilizó un hilo de magia mientras tocaba con unos dedos mentales la longitud del vínculo, como si estuviera tañendo un arpa. Allí donde tocaba, el fuego moría y el hielo se extendía.

Gillian empezó a calmarse, y sus movimientos cesaron. Con miedo por lo que iba a encontrarse, Puck abrió los ojos y la miró. Ella estaba tendida en el suelo, jadeante, mirándolo. Tenía los ojos apagados.

Él tragó saliva para no gritar.

–¿Qué me has hecho? –le preguntó ella, y la monotonía de su tono de voz lo destrozó.

Hizo desaparecer las lianas y la liberó, pero ella no hizo ademán de levantarse.

–He pedido hielo –dijo él–. Para ti.

–Entonces, soy la mujer de hielo.

Sí.

–¿Te encuentras bien, muchacha?

–¿Es esto lo que tú sientes cuando te hielas? –preguntó.

Después, cerró los ojos, como si no le importara la respuesta, y se quedó dormida.

Puck la tomó en brazos y se puso en pie.

—Voy a curarle las heridas. Quien intente impedírmelo, morirá.

Gillian perdió y recuperó el conocimiento varias veces. Más de una vez, notó que tenía una manta de piel pegada a un costado, y se frotó contra ella. Era muy suave.

Y también, en más de una ocasión, oyó voces que le resultaban familiares.

«Tenías miedo de ella», decía Puck.

«Yo soy todos los reinos, todas las edades. Yo soy oscuridad, y ella es luz. Tengo un poder desconocido para ti. No temo a nadie, ni a nada», respondió William.

«Vamos, Willy. Todavía le tienes miedo, reconócelo».

«¡Estoy furioso! Si quieres la corona, no vuelvas a tocarla. Ah, y otra cosa. Si sigue siendo indiferente cuando despierte... ¡Más te vale que no sea indiferente!».

«Eso de que no la toque no estaba dentro de nuestro trato».

La conversación se fue alejando de ella y, más tarde, fue reemplazada por otra.

«No sé cómo, pero hiciste algo que solo se consigue con el sirope de *cuisle mo chroidhe*: calmarla. Nunca ha funcionado ninguna otra cosa».

«El problema es que ya hemos extraído toda la savia de los árboles», añadió Cameron.

«Hay muchos bosques en el territorio de los Connacht», dijo Puck.

«Tal vez, cuando llegue el momento, me case con

ella en ese territorio tuyo», comentó William. «Puedes hacer de testigo, Pucky».

¿William había pasado de la idea de acostarse juntos a la idea del matrimonio? Gillian suspiró mentalmente.

Cuando, por fin, abrió los ojos, Gillian no sabía cuánto tiempo había pasado, pero los recuerdos de la batalla inundaron su mente. Oh... mierda. Le había hecho daño a William y, después, a Puck, y Puck la había sometido con el hielo.

Ya no sentía rabia. No sentía ninguna emoción. Nadie ni nada le importaba, ni siquiera la idea de morir. Ni la de vivir. ¿Lo de dañar a la gente que quería? Bah.

Al pensar en la fuerza que tenía que ejercer Puck para continuar sin causar daños colaterales... ¡le pareció algo increíble! Su admiración por él subió muchos enteros. Era el guerrero de los guerreros. Y ella quería abrazarlo, besarlo y lamerlo, lo cual significaba que el hielo había empezado a derretirse.

La invadieron muchas emociones diferentes. En primer lugar, la consternación... ¿Qué daños colaterales había provocado ella?

Se sentó y miró a su alrededor. Estaba en su cama, sola, sin heridas, con ropa limpia. Se oían voces en el piso de abajo...

Bajó del altillo y vio a Puck, dándole una manzana a Peanut. «Mi familia...».

El corazón se le encogió y, en aquella ocasión, no fue de consternación.

Puck se había bañado y cambiado de ropa, y tenía el pelo recogido en una coleta. Estaba perfecto, con un aspecto sobrenatural, tan masculino, que hizo saltar todos sus instintos femeninos.

Él convertía aquella casa en un hogar.

¡Eh, un momento! No, no era posible que acabara de pensar eso. Solo habían tenido relaciones sexuales una vez, y ella esperaba que se repitieran. Pero no podía olvidar que Puck tenía tendencia a rechazarla después ni, tampoco, que tenía pensado separarse de ella y expulsarla del reino.

¿Volvería a pensar en ella? Tal vez, no. Hasta aquel momento, ella no comprendía la magnitud de su apatía. Era como estar vacío por dentro, como estar completamente privado de emociones.

«No hay un final feliz para ti, Gillian Connacht».

¡Estúpidas pitonisas! Sabía que los finales felices no se conseguían gratuitamente, y estaba dispuesta a luchar con uñas y dientes para conseguir el suyo. Iba a ayudar a Puck y a William a conseguir su objetivo, incluso a aceptar el divorcio. Y, mientras aprendía lo que significaba vivir sin el vínculo, gobernaría a los Shawazons y comenzaría a salir con hombres, tal y como había esperado siempre.

La idea no le resultaba repulsiva, aunque... tampoco excitante.

«¿Por qué me siento como si fuera hacia mi propia ejecución?».

William se estiró en el sofá. Estaba relajado.

—Me he fijado en que Gillian no lleva alianza, Pucker. Pero, claro, no se la diste. Solo le diste quinientos años de sufrimiento.

Puck se puso rígido.

—Es curioso, pero, cuando la tenía entre mis brazos, no fue tu nombre el que gritó.

Entonces, el que se puso rígido fue William.

Ay.

—Creía que vosotros dos os ibais a besar y a hacer las paces.

Al instante, los tres la miraron. William se levantó en silencio, mirándola con recelo. Peanut se le acercó y la acarició con la nariz, como si quisiera decirle: «Tú no puedes hacer nada malo, mamá».

Y Puck... Oh. Puck la devoró con la mirada.

«¡No reacciones!».

—Sé que me convertí en Hulk —dijo ella, tratando de controlar la emoción—. Lo siento muchísimo, William. Y ya sé que no es suficiente con pedir perdón, pero ¿cómo puedo compensarte por haberte arrancado el brazo? ¿Con una cesta de fruta? ¿Con un abrazo? ¿Puedo pagarte cien años de terapia? Por favor, dime que me perdonas. Porque, cuando yo digo que lo siento, soy completamente sincera. De verdad.

—Tesoro, no puedo...

—¿Que no puedes perdonarla? —le interrumpió Puck, con un brillo de provocación en la mirada—. No seas poco razonable, William el Lujurioso. Ella ha dicho sinceramente que lo sentía.

William se puso tenso a causa de aquella agresión, y se preparó para golpear.

—Entonces, ¿quieres que las cosas sean así? Si quieres jugar, Pucker, vamos a jugar.

—¡No! —exclamó Gillian—. Nada de peleas, por favor. William, tu regalo para mí, por haberte permitido que me perdonaras, es que beses a Puck y hagas las paces con él. ¿No? ¿Es demasiado pronto? Bueno, está bien. Tal vez deberíais alejaros de mí. ¿Y si la próxima vez te arranco la cabeza? ¿Y si te mato?

Su amigo sonrió con picardía.

—No puedo estar enfadado contigo. Te perdono. Y te doy las gracias por permitírmelo. Sin embargo, tu preocupación no tiene sentido. Yo soy demasiado fuerte y demasiado rápido.

¡Arg! ¿Acaso nunca se iba a tomar en serio su capacidad?

—Sí, pero... ¿y si no lo eres? No pudiste evitar que te amputara el brazo.

—Bueno, me sorprendiste. La próxima vez estaré preparado. A propósito, ¿cada cuánto te dan este tipo de ataques?

—Una o dos veces al mes.

—Entonces, soy yo el que te debe una disculpa —dijo Puck, y apartó la mirada—. Tengo la culpa de esos ataques de rabia. Son emociones que yo tengo enterradas desde hace mucho tiempo, pero que viajan por nuestro vínculo, y tú eres la que se ve obligada a lidiar con ellas.

¿De veras? ¿Aquella rabia le pertenecía a Puck? Pero... no tenía sentido.

Aquel hombre sentía demasiado, o no sentía nada. Qué existencia tan terrible.

—Bueno, ya está bien de charla —dijo William—. Tenemos que empezar con nuestra misión. Seguro que te agradará saber que me he tomado la libertad de preparar unos uniformes —añadió, y sonrió con picardía. Después, caminó hacia ella.

Peanut le soltó un gruñido para advertirle que no se acercara a su dueña.

William puso los ojos en blanco y le lanzó a Gillian una camiseta con una cara de Puck dentro de un círculo. Tenía un lema que decía: *No me dan miedo las cabras*.

Después, le arrojó otra camiseta a Puck:

—No me des las gracias. Sé que te va a encantar.

Puck sonrió con frialdad.

—¿Mi imagen, puesta sobre los pechos de Gillian? Claro que te doy las gracias, Willy.

A William se le expandieron las ventanas de la nariz.

—Te voy a matar —dijo, entre dientes.

—Sí, inténtalo.

Gillian exhaló un suspiro.

—Vamos a salir dentro de una hora, y tengo cosas que hacer. Por favor, marchaos y preparaos.

—Por ti, cualquier cosa —dijo William. Le sopló un beso y salió de la casa.

Puck se quedó un momento allí.

La miró apasionadamente y dijo:

—Prepárate tú, porque voy a tomarte. Me dije que no iba a volver a tocarte porque, pase lo que pase, tengo que separarme de ti. Se lo juré a William.

Aquellas palabras no deberían hacerle daño, pero... ay.

—Sin embargo —prosiguió él—, ayer no pude mantenerme al margen, ni hoy. Voy a estar contigo muy poco tiempo, y voy a disfrutar de ti mientras pueda. Enhorabuena, muchacha. Me has vencido.

Capítulo 25

Gillian iba recordando las palabras de Puck mientras recorrían las arenas del desierto. Peanut iba a buen paso, pero tenía las patas más cortas que las otras quimeras, y avanzaba con más lentitud. Para consternación de William, ella había utilizado la camiseta de la cabra como almohadilla para el trasero, que cada vez le dolía más.

Al principio, se había sentido entusiasmada por el anuncio de Puck, tan excitada, que pensaba que iba a morirse si él no la acariciaba. Sin embargo, a los pocos minutos estaba tan confusa que tenía ganas de llorar.

¿Debería resistirse a él, o rendirse?

«Enhorabuena, muchacha. Me has vencido».

No parecía muy contento cuando le había dicho eso, pero... ¿cuándo parecía que estaba muy contento? Nunca. Además, parecía que estaba resentido...

Gillian se había casado con él con un único propósito en mente: hacer que sintiera alguna emoción. Sin embargo, no sabía que iba a anhelar sus caricias más que ninguna otra cosa en el mundo. Ojalá pudiera hacerle sentir deseo. Deseo y afecto.

Mientras su grupo de cinco personas avanzaba por el camino, no podía dejar de darle vueltas a su dilema.

¿Se rendía? ¿Luchaba por él? ¿Tomaba lo que pudiera, mientras pudiera, tal y como esperaba hacer él?

—Detesto los comienzos de los viajes —comentó Winter, sacándola de su ensimismamiento—. Y los finales. Y todo lo que sucede en medio.

—Pero te encanta quejarte de los viajes —dijo Cameron.

—Sí, eso es cierto —dijo Winter, con un suspiro.

Y, como Winter, William también iba quejándose de todo lo que podía:

«El sol me odia».

«Tesoro, ¿puedes hacerme el favor de meterle un poco de prisa a tu chucho? Y no me refiero a Peanut».

«Se me ha olvidado traerme el suavizante para el pelo. Si se me abren las puntas, voy a castrar a alguien, y no digo nombres, pero empieza por pe y termina por «ukc».

Por fin, llegaron a un pequeño campamento. Al verla, sus ocupantes gritaron:

—¡No! ¡La Asaltadora de Dunas, no!

Reconoció sus caras al instante. Eran dos de los hombres más buscados de su lista de violadores y maltratadores.

Antes de que pudieran escapar, antes de que nadie de su grupo pudiera reaccionar, ella estaba sobre la arena, espada en mano, haciendo justicia.

Rodaron cabezas, y ella se llenó de magia.

William frunció el ceño.

—Nenita, debes tener más cuidado. ¿Y si te hacen frente?

¿Nenita? Él siempre iba a verla así, ¿no?

—Bien hecho —le dijo Puck, asintiendo con un gesto de aprobación. Sin embargo, no la miró a los ojos, como si supiera que la tensión que había entre ellos dos estaba llegando al punto de ebullición.

Para distraer un poco a todo el mundo, volvió a montar a Peanut, empezó a trotar y preguntó:

—¿Qué nombre les habéis puesto a vuestras quimeras?

—Los animales mueren antes que los inmortales —dijo William—. Lo mejor es no hacerse amigo suyo.

Winter frunció el ceño.

—¿Por qué le voy a poner nombre a una insignificante quimera?

Cameron miró al cielo.

—¿Cuántas nubes hay? ¡Tengo que saberlo!

—No me importa —dijo Puck, encogiéndose de hombros.

¡Aquello era inaceptable!

—Eso no puede ser. Puck, la tuya se llama Walnut. William, la tuya, Pistachio. Cameron, la tuya es Almond. Winter, la tuya, Pecan —dijo, mientras le acariciaba las orejas a Peanut—. Son nuestros amigos.

Nadie respondió. Bien. Nadie tenía objeciones.

Por fin, justo antes de que anocheciera, llegaron a su destino: la entrada al laberinto de Sin. Había una neblina oscura donde terminaba la arena y comenzaba el bosque. No entraron aún; acamparon junto a un pequeño oasis que había cerca. Se pondrían en camino al amanecer.

—¿Crees que Sin tiene soldados esperando dentro? —preguntó Winter—. Puede que salgan e intenten matarnos antes de que nosotros entremos.

—O avisar a Sin de que estamos aquí —añadió Cameron—. Deberíamos... ¡Ah, mira, otra nube!

—Él sentirá mi presencia cuando llegue al territorio de los Connacht —respondió Puck—. Si tiene hombres cerca... vendrán.

William desmontó y miró a Gillian.

—¿Qué tal anda tu nivel de rabia?

—Bien —murmuró.

Con caballerosidad, William se ofreció a montar el campamento mientras ella se ocupaba de las necesidades personales.

Ella aceptó con gratitud y se alejó con Peanut. Llegaron a la orilla del agua, y ella lo cepilló y le dio de comer. Después, cuando la quimera estaba descansando, ella sacó una pastilla de jabón de su bolsa, se desvistió y entró en el lago para bañarse.

Una vez limpia, se puso un vestido muy cómodo que le había regalado una de las mujeres a las que había salvado. Cuando estaba secándose el pelo, oyó unos pasos, y la sangre empezó a hervirle en las venas.

—He traído la cena —dijo Puck.

Gillian se volvió hacia él lentamente, con el corazón acelerado. A la luz de la luna, se le acentuaba la belleza trágica de su rostro cincelado por la crueldad, sin rastro de calidez ni suavidad. Por lo menos, aquella noche, no. Él también se había bañado y no llevaba camisa; su mariposa tatuada se desplazaba de un costado a otro y extendía las alas sobre su ombligo. A ella se le hizo la boca agua.

Incluso el tatuaje del pájaro, que le estaba prohibido tocar, era una tentación para ella.

¿Pondría alguna objeción a que se lo lamiera?

¿De verdad había dudado por un momento si podría negarse a estar con él? En aquel momento, veía la respuesta con toda claridad.

«Lo tendré mientras pueda».

Sin embargo, ¿qué podían hacer aquella noche? Muy pronto, los demás también se acercarían al lago o al río que lo alimentaba para bañarse, y ¿cómo reaccionaría William si los viera? Además, ¿quién sabía qué otras amenazas podía haber cerca?

Un momento. Puck todavía la estaba observando con expectación. Había hecho un comentario sobre... Ah, sí.

—La cena. Gracias.

Él le entregó un pequeño saco lleno de bayas y frutos secos.

—Ven. Vamos a comer juntos.

¡Como si fuera una cita! Lo llevó hasta el camastro de telas que había preparado para Peanut. La quimera estaba exhausta y no se movió ni abrió los ojos.

Puck se sentó a su lado y la observó mientras ella se metía una baya roja en la boca. Cuando Gillian saboreó el zumo dulce de la fruta, gimió de deleite, y él tuvo que tragar saliva.

—Hoy lo has hecho muy bien —le dijo.

—Gracias —dijo ella, y enarcó una ceja—. Te refieres a los dos hombres que he matado, ¿no?

Él sonrió.

—Me refiero a cómo has cabalgado sin quejarte ni una sola vez.

Ella dio un resoplido.

—¿Y me he ganado un trofeo?

—Pues... sí. Lo tengo dentro de los pantalones.

Puck, haciendo bromas y comentarios con doble sentido... Ella tuvo que contenerse para no abanicar sus mejillas enrojecidas.

Y, a decir verdad, deseaba aquel trofeo.

¡Todavía no!

—Pues tú no te has ganado ningún premio. Si no estabas peleándote con William, estabas guardando un silencio de desaprobación.

—Lo odio. Es tan malo como Sin. ¿Qué viste en él?

—Afecto. Diversión. Apoyo.

«Para ser sincera, preferiría ver todas esas cosas en ti».

—Tengo una cosa para ti —dijo él, y se sacó una cosa del bolsillo.

¡Era un anillo! Un intercambio de regalos, pero ella no tenía nada que darle.

—Es la alianza de bodas.

A Gillian se le aceleró el corazón al tomar el anillo. O, por lo menos, al intentarlo, porque él le apartó la mano y le puso la alianza en el dedo anular. Le quedaba a la perfección.

—Es oro puro de Amaranthia —le dijo.

Traducción: tenía un valor incalculable.

—Gracias —le dijo—. Pero yo no tengo nada para ti.

—No necesito nada. No quiero nada.

Qué triste, y qué inexacto.

—Quieres algo: deseas la corona de tu hermano con tanto fervor que estuviste dispuesto a forjar un vínculo con una desconocida y a negociar con un demonio.

—Es mi corona. Solo mía.

—Sí —dijo ella, y le ofreció una baya. Él la rechazó, y ella continuó—: Bueno, ¿y qué hizo él, exactamente, para merecerse la que le va a caer encima? Sé que te traicionó y consiguió que el demonio te poseyera, pero tiene que haber algo más. Y tienes que contármelo, ya que has tenido los dedos dentro de mí, y todo eso.

De repente, con una mirada ardiente, él se pasó la mano por el miembro hinchado. Ella lo observó con fascinación. Entonces, él debió de darse cuenta de que, prácticamente, se estaba masturbando delante de ella, se detuvo y agarró una de las telas que había debajo de él.

Ella contuvo un gruñido de decepción.

—No te preocupes, muy pronto voy a tener los dedos dentro de ti otra vez. Y otras partes de mi cuerpo. Pero no aquí, ni ahora. Tu placer es mío, y solo mío. Sobre todo, nuestra primera vez. Y, especialmente, tu primera vez.

El instinto femenino de Gillian canturreó. Él era tan masculino y carnal...

—Pero si ya he...

—No —dijo él, al tiempo que negaba con la cabeza.

Qué hombre tan delicioso. Qué bestia tan bella.

—En cuanto a la profecía, las pitonisas predijeron que un hermano mataría al otro y unificaría los clanes con una reina enamorada a su lado. Sin y yo juramos que nunca nos casaríamos, que gobernaríamos juntos en igualdad de condiciones. No sé cuándo empezó a conspirar contra mí, solo que tu amiga Keeleycael le dio un estuche que contenía a Indiferencia.

—Pero ¿por qué?

—Según Hades, ella estaba dando los pasos necesarios para asegurarse de que William sobreviviera.

De repente, empezaron a encajar las piezas del rompecabezas, una tras otra, y Gillian empezó a albergar muchas sospechas. Si Puck no hubiera sufrido una posesión demoníaca, nunca habría necesitado la ayuda de William. Ni a ella. Lo más seguro era que Keeley nunca le hubiera dado a ella un brebaje para convertirla en inmortal, y su matrimonio no habría existido. Ella nunca habría ido a Amaranthia ni habría aprendido a utilizar la magia. Ni se habría enfrentado a sus miedos, ni habría hecho realidad sus sueños.

«Me habría perdido todas las cosas buenas de la vida».

Pero, seguramente, si ella dijera que estaba en deuda con su hermano Sin, Puck no lo entendería.

Se tomó otra baya para ganar tiempo y poder pensar en lo que iba a decir.

—Antes de que Sin te traicionara, ¿tú lo querías?

—Más que a nadie, incluso que a mí mismo. Pero ahora deseo verlo sufrir, tanto como deseo proteger a mi pueblo y a mi reino.

Ella se quedó pensativa un instante.

—Si lo único que necesita Sin para poner en marcha la profecía es casarse con una mujer enamorada, ¿por qué no se ha casado ya con la princesa? A menos que ella no lo quiera, claro. Tú ya te has casado. Si lo supiera, ¿estaría más motivado?

—Yo tengo una esposa, pero no es una esposa enamorada. Y nosotros no podemos poner en marcha una profecía. Es la profecía la que controla la situación.

—¿Estás seguro? Tú nunca te habrías puesto en contra de Sin si él no hubiera actuado en contra de ti en primer lugar.

—Él nunca habría hecho nada en contra de mí si no hubiera sabido qué futuro nos esperaba.

Tal vez sí, tal vez no.

—Bueno, por si no te habías dado cuenta, a mí no me convence mucho eso de la predestinación.

—Yo no creo que el destino tenga una parte en todo, solo en algunas cosas.

—¿Como, por ejemplo, el matrimonio y la muerte?

—No. En las relaciones se cometen errores todo el tiempo. Y algunas muertes son prematuras –dijo él. Frunció el ceño, y le preguntó a Gillian–: Dime, ¿qué crees tú que es más fuerte, el amor o el odio?

—El amor, por supuesto. Pero ¿qué tiene eso que ver?

—Yo creo que el destino nos dirige hacia el amor, pero que la gente no siempre colabora. Por el libre albedrío, por el odio, por la maldad. Por cualquier motivo. Pero yo estoy dispuesto a luchar por lo que deseo, y por eso pienso que el destino se impondrá en Amaranthia. William destronará a Sin en mi nombre y te liberará. Yo encontraré a mi reina enamorada, mataré a mi hermano y uniré a los clanes, y salvaré todo lo que siempre he amado.

Buena observación. Tal vez ella necesitara seguir casada con Puck para salvar a los Shawazons.

—Podrías divorciarte de mí para cumplir las condiciones de tu trato con William y, después, volver a casarte conmigo. Yo te ayudaría a conseguir tus objetivos.

—Pero tú no cumples el requisito de estar enamorada. Cabe la posibilidad de que me desprecies, incluso, cuando se corte nuestro vínculo.

Pero... ¿y si se enamoraba de él? Eso no era imposible.

Hizo girar la alianza que llevaba en el dedo. ¿Podría corresponder Puck a su amor? ¿La despreciaría en el mismo momento en que se disolviera el vínculo? ¿Podría ella ayudarle a unir los clanes después de haber causado tanta agitación? Además, si se cumplía la profecía sobre la vida de Puck, ella tendría que empezar a analizar con más diligencia la suya: matar al hombre de sus sueños... no tener un final feliz...

¿Era aquel el destino que quería para Puck?

—¿Tú quieres que me enamore de ti? —le preguntó, por fin.

—Yo quiero... no. No quiero que me ames.

Lo dijo con total seriedad. Y ella no se disgustó. No, ni un poco. El amor lo complicaría todo.

—Bien —respondió ella—. Porque esta reina no quiere cargar con un rey autoritario y frío.

Él no mostró ninguna reacción.

¡Mejor! Ella carraspeó y volvió al tema original:

—Entonces, ¿por qué no te mató Sin cuando tuvo la oportunidad de hacerlo? ¿Por qué se tomó la molestia de infectarte con Indiferencia y dejar que te marcharas? A no ser que te quisiera, también, y quisiera encontrar la manera de anular la profecía y que los dos pudierais seguir vivos.

—Se equivocó al elegir.

Cierto.

Puck se apoyó en el tronco del árbol que estaba a sus espaldas y se cruzó de brazos.

—Ayer dijiste que te parezco atractivo. Bello, incluso. ¿No te importa que tenga cuernos y pezuñas?

Si él no quería su amor, ¿por qué le importaba su opinión?, pensó Gillian.

Sin embargo, si se lo preguntaba, tal vez él se marchara enfadado. Así pues, decidió tomar un camino diferente y señaló los cuernos con un movimiento de la barbilla.

–¿Me dejas?

Él abrió unos ojos como platos. Después, se puso de rodillas e inclinó la cabeza.

Ella se estremeció al ponerse de rodillas y pasar un dedo desde el extremo de uno de los cuernos hasta su base. Era cálido, y tan duro como el titanio. Las capas de marfil estaban superpuestas y formaban varios anillos. De marfil, o de lo que estuviera formada aquella protuberancia.

Al primer roce, él se puso rígido. Después, gimió.

Gillian se quedó inmóvil.

–¿Te he hecho daño?

–¡No! No pares, por favor.

Al ver su desesperación, ella rodeó el cuerno con el puño y apretó.

Él tomó una bocanada de aire, repentinamente, como si ella acabara de apretar otro apéndice de su cuerpo.

–Nunca me habían gustado estos cuernos –dijo Puck–, pero, ahora, no sé si podría separarme de ellos.

–¿Nunca te los había tocado nadie?

–No estoy seguro. No me acuerdo, la verdad.

Ella se excitó tanto que empezó a sentir un dolor en los pechos, y los pezones, que estaban al nivel de los ojos de Puck, se le endurecieron.

El dolor se extendió muy pronto hacia la unión de sus muslos.

Gillian soltó a Puck y volvió a su sitio. Él alzó lentamente la cabeza y la miró. En sus ojos negros se reflejaba el brillo de las estrellas. El aire que había entre ellos estaba lleno de atracción y calor.

«No puedo tomarlo. Aquí, no. Ahora, no». ¡Necesitaban una distracción!

—¿Cómo eras antes de que te poseyera el demonio? —le preguntó, con la voz ronca.

—¿Y qué importa? Ya no soy ese hombre.

—Vamos, cuéntamelo de todos modos.

Él se encogió de hombros, y dijo:

—Me conocían como el Invicto. Si empezaba una guerra, siempre la ganaba. Sin planeaba la estrategia y yo luchaba.

Así pues, la victoria seguía siendo muy importante para él. El hecho de que Sin lo hubiera traicionado y lo hubiera vencido debía de exacerbar mucho el odio que sentía por su hermano.

«Enhorabuena, muchacha. Me has vencido».

¿Llegaría a tener ese resentimiento también contra ella?

—Nací con la capacidad de adquirir cualquier forma en cualquier momento, sin necesidad de utilizar la magia —prosiguió él—. Tenía un establo, sí, pero me aseguraba de que las mujeres quedaran bien satisfechas en mi cama.

—Vaya, ¿y ahora, fanfarroneando? No es necesario. Cariño, he experimentado en persona tu destreza sensual, ¿no te acuerdas?

Capítulo 26

Puck se tambaleó. Gillian le había acariciado los cuernos. Por segunda vez en dos días, había estado a punto de tener un orgasmo en los pantalones, como un adolescente. Y, ahora, ella estaba hablando de su destreza sensual como si ella fuera a morir sin aprender nada más.

Con impaciencia, pensó que estaba dispuesto a hacer cualquier cosa por volver a sentir las manos suaves de Gillian acariciándole los cuernos, por oír su voz llena de placer llamándolo a gritos mientras llegaba al orgasmo. La pasión se había apoderado de él. Una mujer se había apoderado de él.

Pero él no la poseía a ella. Había sido un arrogante al pensar que podría conseguir que ella se volviera adicta a sus caricias y que lo deseara para siempre. William le había hundido las garras demasiado profundamente en el corazón. William, que le daba afecto, diversión y apoyo.

Y Puck estaba a merced de la envidia, un monstruo mucho más poderoso que Indiferencia. Solo podía pensar en arrebatársela al otro hombre. Se estaba enamorando de ella rápidamente, locamente. «¿Quieres que te ame?», le había preguntado ella. Y él había respondido que no. Sabía que, en cuanto él cortara el vínculo con las tijeras, los sentimientos de Gillian por William volverían. Él perdería el corazón de Gillian.

Así pues, tenía que conformarse con disfrutar de su cuerpo y experimentar toda la satisfacción que ella pudiera proporcionarle. Nada más.

—Me has hablado de cuando eras joven —dijo ella, que no se estaba percatando de la agitación que sentía Puck—. Pero no me has contado nada de cuando eras un bebé.

Él se apartó de la cabeza los pensamientos sobre el amor, el sexo y las posibilidades de futuro.

—Supongo que era como todos los niños: comía, me hacía pis y lloraba. No sé qué más te gustaría saber.

—Todo —respondió ella, mientras jugueteaba con una brizna de hierba—. Mientras estabas fuera persiguiendo a William, me di cuenta de que había muchos niños soldado en los campos de batalla. ¿Cuántos años tenías cuando empezaste a entrenarte?

—Siete.

—¡Siete! —exclamó ella con incredulidad—. ¡Qué pequeño!

—Según mi padre, no tan pequeño. Pero mi madre estaba de acuerdo contigo.

—Tenía razón —dijo Gillian—. Ningún hijo mío irá a la guerra.

Qué diferente habría sido su vida si hubiera tenido alguien que lo defendiera, alguien como Gillian.

Entonces, pensó en lo que había dicho ella, y se le cortó la respiración. «Ningún hijo mío». Un hijo. Un hijo de los dos.

Se imaginó a Gillian embarazada de él, y ya no pudo quitarse la imagen de la cabeza.

¿Qué clase de padre sería él? No, él no debía tener hijos. La familia convertía a las personas en seres vulnerables a la traición, tal y como le había demostrado Sin.

¿Se casaría Gillian con William y le daría hijos?

Mientras Puck se moría de celos, Indiferencia reaccionó como si le hubieran dado una descarga eléctrica en el corazón. Se puso a moverse por su mente, aullando de... ¿de dolor?

La mariposa comenzó a moverse por su torso.

Gillian se dio cuenta, y jadeó.

—¿El demonio está intentando debilitarte?

—Probablemente. Pero no lo está consiguiendo —dijo él, y retomó la conversación—. Sin empezó el entrenamiento militar a los cinco años. Aunque podía haberse quedado con nuestra madre, prefirió acompañarme para no dejarme solo.

—Parece que era un buen hermano.

—Sí, lo fue.

Y eso, precisamente, había hecho que su traición le doliera mil veces más.

—¿Cuál es tu recuerdo favorito de él?

—Hay demasiados.

—Elige uno.

Él pensó un momento y suspiró.

—Unos cuantos días después de que nos llevaran a los barracones, yo protesté por el trato que nos daban. No había almohadas en las camas. No nos daban de comer carne servida por mujeres que nos adoraban. No teníamos ropa limpia. Me dieron una paliza por mi insubordinación. A Sin, también.

—Vaya, no parece un recuerdo muy feliz.

—Ahora llega. Ten paciencia.

Ella sonrió, y a él se le clavó la mirada en su boca. Sintió el zarpazo del deseo, pero se obligó a sí mismo a continuar como si no hubiera pasado nada.

—Yo pensé que mi hermano iba a quejarse, que iba a odiarme porque yo no había insistido en que se quedara con mi madre. Sin embargo, él me miró con reverencia y me dijo que yo era la persona más fuerte del mundo, que, por muchas veces que me cayera, siempre me levantaba.

Ella posó la mano en el centro de su pecho.

—Tienes razón. Es un recuerdo bonito. Por mucho que odies ahora a tu hermano, sigues queriendo a la persona que era antes.

Él se encogió de hombros.

—Qué fácilmente desdeñas lo que muchos sueñan con encontrar —dijo Gillian, en voz baja—. Ojalá pudiera decirte que la venganza es dulce y que te sentirás mejor cuando tu hermano haya muerto. Pero los demonios del pasado no desaparecen porque la persona responsable haya muerto.

—¿No te sientes mejor sabiendo que tus violadores han muerto?

—Si han muerto, y estoy casi segura de que sí, mi sentimiento de culpabilidad y mi vergüenza no han desaparecido, de todos modos.

—¿Sentimiento de culpabilidad? ¿Vergüenza? Ni se te ocurra culparte a ti misma por lo que te ocurrió. Cualquier hombre sabe que eso es criminal. Lo que pasa es que hay algunos que deciden obtener placer a pesar de que le causen dolor a otras personas.

—Entonces, ¿qué tengo que sentir? Odiarlos no me sirve de nada. A ellos no les hace ningún daño. Peor aún, les da a mis violadores el poder sobre mis emociones y mi vida.

—Pero... mírate ahora. Estás gloriosa. Eres una reina fuerte y valiente. Tal vez el pasado te lastrara durante unos años, pero encontraste la forma de superarlo. Aunque cayeras algunas veces, te levantaste y luchaste. Y hoy, eres magnífica.

Ella floreció a cada palabra y, al ver su rostro de felicidad, él notó que su tensión disminuía.

—Gracias, Puck.

Él asintió.

—Háblame de tu madre —le pidió Gillian.

—Era una mujer buena con todo el mundo, dulce. Me acuerdo de que me cantaba nanas para que me durmiera mientras me acariciaba la cara.

—¿Era? ¿Murió?

—Se suicidó después de dar a luz a mi hermana muerta —dijo él.

—Oh, Puck, lo siento.

Él sintió una punzada de dolor en el pecho, e Indiferencia aulló dentro de su mente.

—¿Y tú? ¿Tienes hermanos?

Ella se estremeció, pero dijo:

—Siempre quise tener una hermana.

—Ahora tienes una hermana, Winter.

—Sí. Y a William. Y a Cameron.

¿Veía a William como un hermano?

—Seguro que a ellos dos les encantaría saber que una mujer los considera sus hermanos.

—¡Por favor! Si a los dos les encantan los cumplidos.

Puck apretó los puños.

—No quiero hablar de ellos.

Sobre todo, no quería hablar de William. Detestaba que Gillian pronunciara su nombre.

Algún día, aquel desgraciado iba a tener lo que él más deseaba.

—Bueno, cuéntame más cosas de Sin. ¿Por qué no puedes arrebatarle tú la corona? —le preguntó Gillian, al notar que estaba cambiando su estado de ánimo—. Tú eres fuerte. Te he visto en acción y, a pesar de la carga del demonio, eres increíblemente feroz.

A él se le infló el pecho de orgullo, y ella estuvo a punto de echarse a reír. En muchos sentidos, Puck era el típico hombre y tenía un orgullo muy marcado. En otros sentidos, no tanto.

—Sí, soy feroz. No hay nadie que me supere en eso. Debería ser capaz de conseguir la corona sin problemas, pero, por algún motivo, no puedo. El único capaz de conseguirlo es ese cuyo nombre no quiero pronunciar.

—¿Las pitonisas mencionaron específicamente a William?

—Sí. Dijeron que él viviría o moriría por ti.

—Lo siento, Puck, pero nadie va a morir por mí.

Aunque si William moría en su nombre, ella tendría un final infeliz, ¿no? ¡Su amigo habría muerto para nada!

¿Acaso una profecía alimentaba a la otra?

Tuvo un mal presentimiento. Si tenía que morir alguien... Ella estaba dispuesta a dar su vida por William. Y por Puck, por Winter y Cameron, también. Incluso por Peanut. Por Johanna y Rosaleen. Por toda su gente, en realidad.

—¿Te ha dado ese que no quiero nombrar más detalles sobre tu profecía? —le preguntó Puck.

—No. Y yo tampoco se los he dado.

—Prefieres hablar de estas cosas con tu marido, y con nadie más —dijo él.

Entonces, con una velocidad que ella no pudo registrar, se movió y la tomó de la cintura, la levantó y la sentó sobre su regazo, con la espalda apoyada contra el árbol. Sus cuerpos quedaron pegados el uno al otro.

—Soy capaz de hacer varias cosas a la vez. Mientras escucho lo que me dices, puedo demostrarte mi afecto.

—Creo que lo que me estás demostrando es tu lujuria —replicó ella, mientras frotaba su sexo contra la erección de Puck—. Y yo te estoy demostrando lo mismo.

A él se le escapó un silbido.

—Entonces, afecto y lujuria.

De todos los puntos de contacto surgieron corrientes eléctricas que se concentraron entre los muslos de Gillian. Empezaron a dolerle los pechos, y el calor de la piel de Puck la sedujo por completo mientras él la acariciaba con las manos ásperas. Aquella era una combinación letal para su resistencia.

Sus ojos se fijaron unos en los otros, y la máscara de indiferencia de Puck se desvaneció. No estaba calmado. Aquella proximidad con ella sí le afectaba. Estaba agonizando.

—Por favor, hazme caso en esto —le dijo a Gillian—. Las pitonisas nunca se han equivocado.

—De acuerdo, puede ser, pero siempre hay una primera vez para todo. Además… ¿y si estamos interpretando mal el oráculo?

Él le acarició la mandíbula con un dedo, como si fuera incapaz de no tocarla.

—Siempre lo pones todo en cuestión. ¿Por qué me parece adorable en ti, y me irrita cuando lo hago yo?

—A lo mejor es porque yo soy adorable y tú, irritante.

Él alzó la vista, y ella pestañeó con inocencia. Entonces, en los ojos de Puck apareció una mirada de diversión, aunque solo durara un segundo.

—Tienes razón —dijo él—. Existe la posibilidad de que lo estemos interpretando mal. Puede que las pitonisas quisieran decir que tú no vas a tener un final feliz con William, porque, tal vez, tu final feliz es con otra persona.

Entonces, Puck, el guardián de la Indiferencia, ¿había empezado a albergar esperanzas? Gillian se entusiasmó.

—¿Te refieres a un final feliz con el hombre que no quiere mi amor?

—Quizá él solo pretendiera protegerse a sí mismo cuando pronunció esas palabras.

Ella se entusiasmó aún más. ¿Y si podían conseguir que aquello funcionara?

Surgieron otras preguntas. ¿Y si hacía planes para quedarse con Puck y, de ese modo, activaba su propia profecía, como había hecho Sin? ¿Sería ella la que destruyese, algún día, los sueños de Puck?

—Mira más allá del vínculo —le dijo Puck—, y dime lo que sientes por mí.

«No, no puedo destruir sus sueños. No puedo».

Le acarició con los dedos la barba incipiente de la mandíbula y susurró:

—Vamos a olvidar los sentimientos y el futuro, y vamos a concentrarnos en el placer... de este momento —dijo, acompañando cada una de sus palabras con un movimiento de las caderas.

A él se le escapó un silbido de gozo, pero frunció el ceño.

—William no te merece. Lo sabes, ¿verdad?

—Lo que sé es que te deseo.

—¿Ahora... pero no más tarde?

En lugar de responder, ella volvió a mover las caderas. Más placer. Una descarga de calor.

Él volvió a silbar y soltó una maldición. Se quitó a Gillian del regazo y se puso en pie.

—Voy a volver al campamento. Y tú deberías volver también.

Un momento... ¿cómo?

Él se alejó en silencio, y ella se quedó allí, jadeando, dolorida, lamentándose por la pérdida de sus caricias.

¿Qué demonios acababa de ocurrir?

Capítulo 27

Gillian esperó quince minutos antes de seguir a Puck hacia el campamento para que su lujuria y su enfado se mitigaran. En apariencia, estaba calmada. Seguramente. Por dentro, se lamentaba y se hacía preguntas.

Puck la había rechazado... ¿por qué? ¿Porque se había negado a prometerle que iban a tener un futuro en común? ¿Porque no había negado a William rotundamente?

Sabía que su marido la deseaba, porque, durante aquel rato que habían pasado juntos, él estaba endurecido como el acero. Así pues... ¿quería algo más que su cuerpo? ¿Esperaba protegerse de la profecía de Gillian porque no quería que su sueño fuera destruido? ¿Seguía dominándolo Indiferencia?

Los Señores del Inframundo siempre habían tenido etapas de sufrimiento cruel cada vez que se enfrentaban a sus demonios. Y, para Puck, ese sufrimiento había sido la debilidad extrema. Sin embargo, ¿qué era lo que le ocurría ahora? ¿Podía permitirse el lujo de sentir, o el demonio seguía apagando sus emociones?

—Por aquí, tesoro —le dijo William, desde un saco de dormir que él le había preparado mientras ella se bañaba y hablaba con Puck. Le dio un golpecito al saco que estaba a su lado.

Delante de él había una pequeña hoguera, y las llamas se reflejaban en su piel y la teñían de dorado. Era un bello dios del sexo... pero ella no tenía ganas de probarlo.

A pocos metros, Winter y Cameron habían montado dos tiendas pequeñas. Era fácil distinguir en cuál estaba cada uno. Winter había colgado un cuero de inmortal en la puerta; hacía unos años, había matado a un hombre por ofrecerle sentarse en su regazo... Ahora, el cuero le servía como advertencia de alejamiento para cualquiera que quisiera hacerle una petición semejante.

Mientras ella se estiraba junto a William, no vio a Puck por ninguna parte.

—¿Por qué están ya Winter y Cameron en sus tiendas?

William alargó el brazo para tomarle la mano, pero ella no se la dio, y él bajó el brazo con un gruñido de irritación.

—Yo los he puesto a dormir seis horas seguidas por tocarme las narices.

—¿Les has hecho daño?

—No, en absoluto. Te prometo que están bien. O, por lo menos, lo estarán, si les dejas descansar.

Muy bien.

—Pero... sé bueno con ellos, ¿de acuerdo? Son mi familia.

—Yo soy tu familia —replicó él.

Gillian se giró hacia él y suspiró.

—No te entiendo, William. Bueno, entiendo por qué estás aquí. Te has convencido a ti mismo de que estás condenado por el destino, bla, bla, bla. Pero ¿por qué te hiciste amigo mío, hace tantos años? Sé que no te enamoraste de mí a primera vista. Te acostabas con miles de mujeres. Y yo, por otra parte, estaba asustada y confundida, y necesitaba alguien en quien apoyarme.

—No veo ningún problema en todo eso —dijo William.

Ella dio un resoplido, y él admitió:

—Fue por tus ojos. La primera vez que los vi, me sentí como si estuviera delante de una herida que llevaba años infectada. De niño, veía la misma mirada en mis ojos cada vez que me ponía delante de un espejo. Quería ayudarte.

A ella se le encogió el corazón, y le preguntó con suavidad:

—¿Te maltrataron de niño?

—Me crie en el inframundo, y no siempre estuve bajo la protección e Hades.

Así que... sí. Había sufrido maltrato. Debería habérselo imaginado.

—Lo siento muchísimo, William.

Él no respondió. A lo lejos, se oyó un trueno, y supieron que se acercaba una tormenta.

—No te preocupes —dijo él—. He creado una cúpula sobre el campamento. Las dagas de hielo no nos van a caer encima.

Pero... ¿le caerían a Puck, estuviera donde estuviera?

William suspiró.

—Ya estás haciéndolo otra vez.

—¿El qué?

—Pensando en él. Te prometo que el único motivo es el vínculo. Yo nunca te mentiría. Cuando el vínculo se disuelva, Puck solo será una pesadilla que querrás olvidar rápidamente.

—¿Y si no es así?

—Lo será.

El deseo que sentía por Puck se había convertido en una función de su organismo, en algo tan necesario como la respiración. En un fuego que ardía en su sangre. Aunque se sentía furiosa por su actitud fría y estaba confusa con respecto a su futuro, quería acurrucarse junto a él.

—¿Dónde está? —preguntó.

—Haciendo guardia —dijo William. Le tembló un músculo debajo del ojo, pero sonrió con encanto—. ¿Te acuerdas de esa vez que me pediste que te enseñara a disfrutar del sexo?

—Eh... habías dicho que se te ha olvidado esa noche —murmuró ella—. Así que olvídala.

—No puedo —dijo él—. Después de tu divorcio, te enseñaré. Empezaré con...

—No —dijo ella, agitando la cabeza.

—¿No? —preguntó él, y enarcó una ceja.

—Ya no tengo interés romántico en ti, Liam. No quiero herir tus sentimientos, pero tampoco quiero que haya malentendidos entre nosotros. Ojalá fuera distinto. Ojalá sintiera...

—No tienes por qué pedir disculpas. Eres perfecta, y tus sentimientos son comprensibles. Yo tengo que trabajar para recuperarte, eso es todo. Mi misión está en marcha, y saldré victorioso.

Qué obstinado.

—No, no soy perfecta. Ni de lejos.

—Dime un solo defecto tuyo.

—Para empezar, he matado a mucha gente.

—Y yo. ¿Sabes por qué? Porque los hombres son unos canallas, y los canallas se merecen morir. Le hemos hecho un favor al mundo. Y hacerle un favor al mundo es algo bueno. Sigue.

Ella se echó a reír, pero se puso seria rápidamente.

—Yo no creo que esto sea un defecto, pero seguro que a ti sí te lo parece. William, siento mucho deseo y lujuria por otro hombre.

Él se pasó la lengua por el borde de los dientes.

—¿Qué es lo que te gusta de él, exactamente? Dime

algo en concreto. Algo que él pueda hacer por ti y que no esté al alcance de nadie más.

–La vida es una revelación para él. Yo soy una revelación. Se le iluminan los ojos cuando experimenta cosas nuevas conmigo. Sabe apreciar lo mucho que he tenido que luchar para llegar hasta aquí. Aunque está poseído por Indiferencia, su pueblo le preocupa. Quiere lo mejor para ellos, y para este reino, y está dispuesto a...

–De acuerdo. Ya es suficiente –le dijo William.

–Lo siento –dijo ella; no quería hacerle daño–. Vamos a dormir. Mañana es un gran día. Tenemos que entrar al laberinto, enfrentarnos a monstruos y acertijos y a las cosas que haya ideado Sin.

–Y comenzará oficialmente tu proceso de divorcio.

Ella estuvo a punto de protestar, pero se quedó callada.

«No me voy a quedar contigo, muchacha».

–Sí –dijo, con un vacío en el pecho–. Es verdad.

Puck recorrió el perímetro del campamento sin poder quitarse de la cabeza el fragmento de la conversación entre William y Gillian que acababa de oír. Le resonaba en los oídos y ahogaba las protestas de Indiferencia.

«La vida es una revelación para él. Yo soy una revelación. Se le iluminan los ojos cuando experimenta cosas nuevas conmigo. Sabe apreciar lo mucho que he tenido que luchar para llegar hasta aquí. Aunque está poseído por Indiferencia, su pueblo le preocupa. Quiere lo mejor para ellos, y para este reino».

Ella había dicho todo eso, pero, después, había asumido que al día siguiente empezaría a divorciarse de él.

«Yo estoy anhelándola, y ella solo desea librarse de mí, a pesar de todas las cosas que le gustan de mí. ¿O acaso está intentando protegerse a sí misma, como he hecho yo?».

Fuera cual fuera el motivo, ella se había negado a responder a su pregunta sobre lo que sentía, lo cual ya era una respuesta. Mientras estuvieran juntos, lo usaría para obtener placer, y nada más.

Mientras hacía la ronda de vigilancia, casi deseaba sufrir el ataque de algún depredador. Una lucha a muerte le serviría de distracción.

Desde el laberinto se oían ruidos extraños. Aullidos, gemidos, gruñidos, chillidos y gritos. Cada uno de aquellos sonidos era una advertencia: «Aléjate, o morirás». El mal formaba una espesa cortina delante de la entrada del laberinto, y solo se atisbaba que, en su interior, había algo como una selva tropical. Y aquel mal se originaba en Sin, porque su hermano pequeño era quien había creado los árboles y las trampas.

¿Sabría Sin que él iba a ir a buscarlo en algún momento, a pesar del demonio? Sí, probablemente. Sin no era tonto.

Al día siguiente, nada podría impedirle que entrara en el laberinto. Cuanto antes venciera a Sin, antes se libraría de William y de Gillian. Necesitaba perderla de vista antes de cometer alguna locura, como abandonar su reino y a su pueblo por ella, por una mujer que también podía abandonarlo a él cuando todo terminara.

Al pensarlo, dio un puñetazo de rabia en el tronco de un árbol. La corteza se le clavó en la piel, y la fuerza del golpe le fracturó los huesos. Sintió un dolor agudo por todo el brazo, pero eso le sirvió de desahogo para la tensión.

Se oyó un trueno, y los árboles se agitaron. Era el tercero durante los últimos cinco minutos. La tormenta se iba acercando.

William había creado una especie de protección sobre

el campamento, pero él había salido del recinto. Le molestaba aceptar ayuda de aquel tipo. Además, las hojas formaban una espesa capa por encima de él, y lo protegerían de las agujas de hielo.

—Vaya, no parece que estés muy apático en este momento, ¿eh?

Él se giró en una fracción de segundo, con la daga preparada. Al ver que Gillian salía al pequeño claro iluminado por la luz de la luna, enfundó el arma con la mano temblorosa.

—Vete a dormir —le dijo, con la voz ronca—. Tú necesitas descansar, y yo necesito paz. No quiero que estés conmigo ahora. Ni me siento afectuoso, ni divertido.

—Vaya —dijo ella, sin moverse—. ¿Eres capaz de sentir emociones sin pedirle el hielo a la magia y sin que el demonio te castigue por ello? ¿O el demonio lo borra todo?

Él le dio la espalda. Si seguía mirándola, iba a perder el control. La tomaría allí mismo, y al cuerno con los obstáculos y las consecuencias.

—Respóndeme —dijo ella—. No me voy a ir hasta que lo hagas.

—La respuesta no importa.

—Sí, a mí, sí. Tú me importas, así que dime la verdad. ¿Puedes sentir durante periodos largos si te lo permites? ¿O todas las veces que he pensado que tenías sentimientos era porque fingías?

—Sí, puedo sentir durante periodos largos —respondió él, con tirantez, en voz baja.

Se oyeron más truenos, cada vez más cerca. Comenzó a llover y, a los pocos segundos, a caer dagas de hielo. Sopló un aire frío y húmedo.

—Y ¿qué pasa cuando sientes? Sé que Indiferencia ya no te debilita. ¿Te castiga de algún otro modo? Dijiste que necesitabas protegerte a ti mismo. ¿De qué?

Él necesitaba que ella se fuera y, si dándole respuestas iba a conseguirlo, lo haría.

—Sí, me castiga, pero no como tú piensas. El castigo consiste en una distracción. Olvido lo que es más importante y pongo en peligro mis objetivos. Y sufro de un modo que no creía posible.

Ella se estremeció.

—Pero... ¿y si yo no permito que olvides tus metas? ¿Querrías estar conmigo mientras podamos? Dijiste que sí, y tú nunca me has mentido.

Puck lo deseaba con todas sus fuerzas, pero se resistió.

—Sin mí, ¿Indiferencia recuperará el poder sobre ti?

Él asintió.

—Durante un tiempo. Pero, cuando tú y yo nos hayamos separado, me liberaré del demonio del mismo modo que le libere de ti.

De nuevo, ella se estremeció, pero él no quiso sentirse culpable.

—¿Por qué has venido a hacerme estas preguntas, Gillian?

—Estoy intentando comprender por qué me tratas con pasión y, al momento siguiente, te vuelves frío como el hielo.

—Pues no te lo preguntes más. Yo quiero quedarme contigo, pero no puedo, así que lucho contra las cosas que me haces sentir. Esos sentimientos son enemigos míos, y lucho contra mis enemigos, con todas mis fuerzas —rugió. Notó que se le partía algo en dos, con un chasquido, por dentro. Se dio la vuelta bruscamente y se encaró con ella, lleno de deseo y de rabia.

Gillian dio un paso atrás.

—¿No tienes nada más que preguntarme? —le espetó él.

Ella alzó la barbilla.

—Está claro que no has terminado.

No, no había terminado.

—Si estuviera contigo, condenaría a mi pueblo a la destrucción. ¿Qué tipo de hombre amenaza a su gente? Pero, por otro lado, ¿qué tipo de hombre abandona a su esposa, a una esposa a la que desea con todo su ser, a una esposa que no lo deseará más cuando sea liberada?

—Te deseo ahora, mientras estamos juntos. ¿Por qué no es eso suficiente?

—¡Porque no!

—Deja de pensar en el mañana. ¿Qué es lo que quieres ahora, en este momento?

La deseaba a ella, con tanta intensidad, que el deseo hacía vibrar todo su cuerpo.

La deseaba, e iba a tenerla. Ya no podía evitarlo más.

—Si me deseas durante el tiempo que tenemos para estar juntos, me tendrás —le juró él—. Pero también sufrirás las consecuencias. En estos momentos, apenas puedo controlar mis emociones. ¿Qué crees que sentiré yo después de esto?

—No importa. Lo soportaré —respondió ella.

Entonces, ¿cómo iba a ser menos él?

—Muy bien. Que así sea.

Puck caminó hacia su esposa con una enorme tensión. No podía respirar, pero no importaba; dentro de muy poco, Gillian respiraría por él.

Cuando llegó a ella, le rodeó la cintura con un brazo, la levantó del suelo y la llevó hasta un árbol. Hizo que apoyara la espalda en el tronco y sus cuerpos se estrecharon el uno contra el otro, pecho contra senos, mientras él tomaba posesión de su boca.

Sus lenguas se entrelazaron con frenesí. Él la besó con ferocidad, sin contenerse. Sabía que estaba siendo agresivo, pero no podía remediarlo. Había perdido el control.

Y, tal vez, a ella le estuviera gustando... Le peinó el

pelo con los dedos y, al llegar a su nuca, le agarró los mechones con el puño. La otra mano vagó por su pecho...

—No toques el pájaro —le ordenó él.

Sin queja alguna, ella deslizó la mano hacia su hombro y le clavó las uñas. Ambas acciones eran una petición silenciosa: «No te alejes de mí». Como si él pudiera alejarse...

—Baja —le dijo.

Dejó de besarla el tiempo suficiente para levantarle los brazos y sacarle el vestido por el cuello. Vio sus pechos, pequeños y perfectos, con los pezones rosados. Aquella era su nueva visión favorita de todo el reino.

En cuanto su boca volvió a posarse en la de ella, Gillian se aferró a su cuello y a su hombro nuevamente, y él jugueteó con sus pechos y se recreó en sus pezones, que estaban duros como perlas.

—Tócame —le dijo él, con la voz ronca.

—Sí, sí.

Gillian deslizó la mano por su pecho, hacia abajo, y la metió por la cintura de su pantalón. Pasó sus dedos de seda por su miembro erecto, y aumentó su necesidad más y más con sus caricias.

Puck emitió un gruñido que se mezcló con el siguiente trueno y el repiqueteo de la lluvia.

—Eres tan grande... —jadeó ella.

—Más... Acaríciame más.

Mientras ella le acariciaba, él la besó con un vigor renovado, metiendo la lengua en su boca, succionándola, consiguiendo que ella respondiera. Le mordisqueó el labio inferior.

Ella se retorció contra él y, en aquel instante, Puck deslizó la mano entre sus piernas, le apartó las bragas y metió dos dedos en su cuerpo.

—Estás muy húmeda, muchacha. Y muy caliente. Te gusta tenerme dentro de ti.

—¡Sí! Me gusta, me gusta. ¡Más!

Entonces, él introdujo un tercer dedo, y las paredes internas de Gillian se contrajeron a su alrededor mientras ella tenía un orgasmo.

—No pares —le rogó, jadeando—. Por favor, no pares.

No, en aquella ocasión no iba a parar.

—Preferiría morirme.

Le mordisqueó de nuevo el labio antes de apartar la mano de su miembro. ¡Era una tortura! Pero, sin la presión que ella le estaba proporcionando, el placer se convirtió solo en dolor.

«Va a merecer la pena», pensó Puck, y se puso de rodillas.

Siguió deslizando los dedos dentro y fuera de su cuerpo, posó la boca entre sus piernas y lamió. Notó una miel dulce en la lengua, y se dio cuenta, con reverencia, de que acababa de saborearla. Hacía siglos que no percibía el sabor de ninguna cosa, pero acababa de saborearla a ella, y ya nada le parecía suficiente.

Los gemidos de Gillian eran un sonido celestial. Él notó más presión en el miembro, y la desesperada necesidad de tener un orgasmo. ¿Sería capaz?

—Esto... esto es... ¡Puck!

Mientras lo sujetaba por los cuernos y le hacía girar, ella movía las caderas.

Por aquello, merecía la pena cualquier cosa.

Apretó y frotó la lengua contra su pequeño manojo de nervios, hasta que las paredes interiores de su cuerpo se contrajeron alrededor de sus dedos. Gillian gritó de nuevo.

Aquel último clímax convirtió la miel en un vino que lo embriagó.

Siguió lamiéndola, acariciándola con la nariz, hasta que se quedó laxa... Hasta que terminó su último escalofrío. Cuando él alzó la cabeza, sus miradas se encontraron, y el ardor que él vio en sus ojos hizo que la mariposa que tenía tatuada se moviera por su pecho.

Indiferencia se quedó callado y se escondió, como si no pudiera enfrentarse a aquella oleada de emociones.

«Buen chico». Puck abrazó a Gillian por la cintura y la atrajo hacia sí. Se puso de rodillas y le separó las piernas sobre la cama de musgo y flores silvestres.

—Puck... mi Puck...

Siempre sería suya.

No... No. Siempre, no. Solo en aquel momento.

Entre sus piernas, él se abrió el pantalón y liberó su miembro palpitante. No iba a penetrar en su cuerpo aquella noche, solo iba a enseñarle cómo adaptarse a su tamaño. Y tendría un orgasmo. Lo tendría, porque ya estaba muy cerca.

Habría más noches como aquella, porque él tenía un nuevo objetivo: darle a Gillian todo el placer que se había perdido durante la vida.

Cuando él descendía sobre ella, Gillian le colocó un pie contra el pecho para detenerlo. Aunque él tuvo el impulso de rugir, se limitó a enarcar una ceja a modo de pregunta.

—¿Anticonceptivos?

—No son necesarios —dijo él, y se acarició una vez, dos veces, antes de agarrarla por el tobillo para darle un beso en la pantorrilla.

—¿No?

Él se inclinó hacia delante y le dijo, con la voz ronca:

—Humedécete la mano, muchacha.

Ella lo miró con desconcierto.

—¿Húmeda?

—Húmeda —confirmó él.

Hacía tan solo unos segundos, Gillian pensaba que su cuerpo era incapaz de tener otro orgasmo. Y, sin embargo, cuando Puck se había abierto el pantalón, le había enseñado lo contrario, porque le había provocado un placer abrasador.

Él guio sus manos y las colocó entre sus piernas, e hizo que metiera dos de sus propios dedos en su cuerpo, junto a uno de los de él. Durante siglos, cuando ella se acariciaba, no conseguía sentir más que frustración e ira. Y, allí, con Puck, aquel sencillo roce ya la estaba empujando hacia el próximo éxtasis.

Gimiendo, arqueó la espalda y abrió aún más las piernas, ofreciéndoselo todo.

—Ahora, toma mi miembro con los dedos —le ordenó él.

Ella obedeció con avidez.

Oh. ¡Oh! La esencia de su propia excitación le proporcionó un deslizamiento fácil. Pudo agarrarlo con fuerza. Él se movió hacia delante, hacia su primera caricia. Después, repitió el movimiento.

La expresión de su rostro...

¿Había algún hombre más bello en el universo? Tenía los ojos cerrados y los labios separados. Su piel estaba sonrojada, cubierta de gotas de sudor.

—Lo que me haces sentir... —murmuró Puck—. No quiero que esto termine nunca. Pero necesito que me aprietes más, muchacha.

Ella obedeció.

—Entra en mi cuerpo, Puck, por favor.

Lo necesitaba. ¿Qué había querido decir con que no necesitaban anticonceptivos? ¿Acaso él no podía dejarla embarazada? Tal vez pensara utilizar la magia...

O, tal vez, no quisiera penetrar en su cuerpo porque temía que ella tuviera alguna enfermedad...

—Me hicieron análisis después de... después. Desde entonces no he vuelto a acostarme con nadie. Estoy sana, de verdad.

Él se detuvo y le acarició la mandíbula con dos dedos, dulcemente.

—Nunca había deseado tanto estar dentro de alguien como estar dentro de ti —le dijo—. Pero esta noche no voy a tomarte.

Ella tuvo que tragarse la decepción.

—¿Porque los demás están muy cerca?

—Porque lo vamos a experimentar todo —respondió él, y le dio un beso en los labios. Después, se irguió sobre las rodillas.

¿Iba a dejarla? ¡No!

—Esto es mío —dijo ella, y volvió a tomar su miembro. Lo acarició con más fuerza y con más rapidez, y él movió las caderas hacia delante—. Quiero ver tu placer. Dámelo.

—Sí. Es tuyo. Todo tuyo —murmuró él. La tomó del pelo con una mano y, con la otra, la agarró por las caderas. La acercó a su cuerpo y la besó hasta que ella no tuvo aire en los pulmones.

Entonces... ¡Oh! Movió la mano que tenía en su trasero y deslizó la yema de los dedos por su hendidura ardiente. Gillian empezó a moverse hacia delante y hacia atrás, sin dejar de acariciar la erección de Puck. Muy pronto, ambos se estaban frotando el uno contra el otro, reproduciendo los movimientos de una penetración.

—¿Cómo estás tú... cómo voy a...? —preguntó ella, entre gemidos.

El placer explotó en su interior una vez más. La explosión fue más fuerte que las anteriores y, por un momento, se sintió llena de dicha y de satisfacción. Tenía todo lo que siempre había querido.

—Muchacha... lo vas a conseguir. Vas a conseguir que... ¡que tenga un orgasmo!

Puck inclinó la cabeza hacia atrás y rugió hacia las

copas de los árboles, mientras su simiente se derramaba, entre sacudidas, en las manos de Gillian.

Cuando se calmaron, se bañaron en el lago. Él se quitó los pantalones, y le mostró su figura desnuda. ¡Era bellísimo y perfecto! Cuando terminaron el baño, volvieron a su sitio, entre las flores, y se acurrucaron uno contra el otro. Gillian apoyó la cabeza en su hombro.

—¿Puck?

—Sí.

—Ha sido muy divertido —dijo Gillian. Increíble. Maravilloso.

—Sí —respondió él.

—No me apartes de ti esta noche —le susurró ella.

Él le dio un beso suave en la sien.

—No, esta noche, no.

Capítulo 28

Gillian pasó la noche con Puck, acurrucada en su costado, envuelta en su calor y su olor. El pelaje suave de sus piernas era la manta más caliente del mundo.

Lo que habían hecho había sido mejor que sus fantasías. ¡Y eso que ni siquiera había penetrado en su cuerpo!

¿Cómo iba a tratarla al día siguiente? ¿Volvería el hombre de hielo? Y ¿qué haría ella si, algún día, el hombre de hielo volvía para siempre?

Durmió con un sueño ligero e intermitente, porque temía caer en un sueño profundo. No creía que Puck durmiera nada. Él permaneció tenso, alerta, preparado para matar a cualquiera que se acercara al oasis.

Justo antes de que saliera el sol, él se relajó. Gillian salió de entre sus brazos y se puso el vestido. Miró a su marido, pero no volvió a acariciarlo, porque no habría podido alejarse. Él se tendió de costado, con los ojos cerrados y con una expresión suave, casi infantil.

Ella volvió al campamento con pesar. Le dio de comer a Peanut y se metió en su saco de dormir.

−¿Todo lo que esperabas, y más? −le preguntó William. Por primera vez, parecía que él estaba poseído por Indiferencia. Su voz no transmitía ninguna emoción.

Ella suspiró y le dijo la verdad.

—Sí. Puck me gusta mucho, Liam.

—Te lo dije. Es por el vínculo. No lo conoces, en realidad.

Él ya le había echado la culpa al vínculo con anterioridad. Y Puck. Y ella. Pero eso no cambiaba lo que ella sentía.

El sol apareció por el horizonte, y Puck volvió al campamento. Al verlo, a ella se le aceleró el corazón, y tuvo un cosquilleo en el vientre recordando las cosas que habían hecho... y pensando en todas las que quería hacer. Puck se lo había prometido todo.

Se había bañado, porque tenía el pelo húmedo, pero no se había puesto la camisa, y sus músculos y tatuajes estaban a la vista. Era espectacular. Llevaba unos pantalones limpios.

Él no la miró. ¿Acaso se arrepentía de lo que habían hecho? Gillian observó su expresión, con la esperanza de captar alguna reacción a medida que él se acercaba, pero el hombre de hielo había vuelto con fuerza.

¿Por qué? ¿Por qué no quería sentir nada, aunque Indiferencia ya no lo castigara?

—Me he tomado la libertad de conseguir un nuevo uniforme —dijo. Todavía no la miraba, pero le lanzó una camiseta.

Ella se quedó desconcertada. Observó la prenda, que debía de haber creado con la magia. Tenía una leyenda en la pechera: *Me gusta Puck*.

Gillian soltó un resoplido y se echó a reír. Qué adorable. Y qué sorprendente.

—Oh, qué bien. Un trapo para lavarme la entrepierna —dijo William, que se acercó a Puck y tomó otra de las camisetas—. Ahora vuelvo —añadió, y desapareció de repente.

Mientras ella se ponía la camiseta nueva y unos pantalones de cuero, Puck se dio la vuelta.

—¿Vas a hacer como si anoche no hubiera ocurrido nada? —le preguntó ella, cuando terminó de lavarse los dientes y peinarse.

—Eso sería lo mejor para los dos, pero no puedo fingir —respondió Puck. Se giró hacia ella, con los ojos llenos de pasión, y Gillian sintió una repentina necesidad que le hizo dar un paso hacia él. Él también dio un paso hacia ella...

Winter y Cameron salieron de sus tiendas.

—Uniformes —gruñó Puck, y les lanzó una camiseta a cada uno—. Son del equipo Puck.

Winter y Cameron siempre estaban de mal humor por las mañanas. Se marcharon al río refunfuñando y protestando. Gillian dio otro paso hacia Puck, pero William reapareció en aquel momento. Parecía que el tiempo estaba conspirando contra ellos.

William tenía el pelo húmedo y se había puesto una camiseta negra y unos pantalones de camuflaje con muchos bolsillos. En silencio, comenzó a recoger sus cosas.

Gillian detestaba haberle hecho daño. No quería verlo tan disgustado y distante.

—Ahora que ya estamos todos, deberíamos ponernos en marcha. Cuanto antes empecemos, antes terminaremos.

«Y antes me liberará Puck».

Gillian se acercó a Peanut con el estómago encogido. Percibió un olor a humo de turba y a lavanda cuando Puck se acercó a ella. La tomó por la cintura y la montó sobre la quimera. No dijo nada, y se marchó hacia su montura.

Los demás también montaron. William encabezó la marcha, Cameron y ella se situaron en el centro del grupo y Winter y Puck ocuparon la retaguardia. Llegaron a la entrada del laberinto.

—Que comience el espectáculo... —murmuró William, y se desvaneció dentro de la neblina negra.

A medida que desaparecían las dunas de arena, el mal rozó la piel de Gillian y le heló los huesos. Entraron en un bosque. Era un bosque terrorífico, lleno de árboles retorcidos e insectos. Había huesos humanos por el suelo. ¿Eran restos de quienes se habían atrevido a entrar en el laberinto?

Gillian espantó a una mosca enorme de un manotazo mientras observaba atentamente cada árbol con la esperanza de encontrar un *cuisle mo chroidhe*. Pero no tuvo suerte. Había cedros, pinos y abetos, llenos de serpientes y arañas. Se estremeció y echó mano de una de sus dagas. Al notar que la funda estaba vacía, frunció el ceño.

Miró hacia atrás y atisbó un brillo plateado más allá de la niebla negra.

—Un momento.

Desmontó de un salto y trató de atravesar la niebla, pero se topó con un muro invisible que se lo impidió. Al verlo, Puck y William también desmontaron y empujaron la pared.

—Estamos atrapados —dijo Puck—. La magia nos tiene atrapados aquí, sin armas. A mí también me faltan las mías.

—Y a mí —dijeron Winter y Cameron.

—Yo sí las tengo —dijo William. Frunció los labios y desapareció. Volvió a aparecer en el mismo punto, y puso cara de pocos amigos—. No puedo teletransportarme al exterior del laberinto.

—Entonces, lo único que podemos hacer es avanzar. Y tomar prestadas algunas de tus armas, claro.

Volvieron con las quimeras; allí, William les pasó un sorprendente número de dagas y espadas que sacó del aire.

Montaron y continuaron su camino siguiendo el curso del río. Olía a podredumbre y a humedad, y la temperatura fue descendiendo.

–Hay minas de tierra –dijo Puck, haciendo que su quimera rodeara un punto de terreno aplanado–. Ahí, ahí y ahí. Deberíamos seguir a pie, y muy despacio.

De acuerdo. Sin embargo, cuanto más avanzaban, más trampas descubrían. Había redes en los árboles, preparadas para caer sobre ellos, y pozos disimulados. Todo el laberinto estaba diseñado para provocar el terror en aquellos que lo atravesaban y conseguir que huyeran.

«Pues es una pena, Sin», pensó Gillian. Ella ya no se asustaba por nada.

Salvo, tal vez, por sus sentimientos hacia Puck.

La concentración nunca había sido más importante para él que en aquel momento. Había peligros a cada paso que daban, Indiferencia no se callaba y él no podía dejar de pensar en Gillian.

Puck había tenido un orgasmo de su mano mientras experimentaba un raudal de puro placer. Después, la había abrazado mientras dormía para protegerla del mundo, y había experimentado el mismo placer. Cuando se había despertado y había comprobado que ella ya no estaba con él, había sentido furia.

Sin embargo, ya estaban juntos otra vez, y el instinto le urgía a que permaneciera a su lado y la defendiera de todo. Por eso trotó con su quimera hasta situarse entre Cameron y ella, no por otro motivo.

«Debo ignorar su olor dulce y el hambre que me corroe las entrañas».

Después de indicarle a Cameron que ocupara el último puesto del grupo, se colocó junto a ella y le dijo:

–Te toca a ti, muchacha. Yo ya te he hablado de mi pasado, así que ahora, tú tienes que hablarme del tuyo.

—¿Y qué es lo que quieres saber?

—Todo —dijo él.

—Bueno, comía, me hacía pis y lloraba —dijo ella, repitiendo en un tono ligeramente burlón lo mismo que le había contado él.

—Está bien. Reconozco que soy la segunda persona más molesta de Amaranthia.

Ella se echó a reír, y aquel sonido fue un deleite para él.

«Yo la he hecho reír. He hecho que se divierta, como William».

—Bueno, durante un tiempo fui una niña feliz —dijo Gillian—. Me encantaban los cuentos de hadas, los unicornios y el color rosa. A los doce años, decidí que quería tener una peluquería. Mi padre, mi verdadero padre, me dejaba que le rizara el pelo y le pintara las uñas —dijo ella, con una sonrisa. Sin embargo, pronto se puso seria y se estremeció—. Murió demasiado pronto; fue un accidente de moto. Mi madre se casó de nuevo al año siguiente y... mi padrastro...

—Él es el que abusó de ti —dijo Puck, con rabia. Estaba dispuesto a cometer un asesinato. Lo necesitaba.

Ella asintió. Tomó aire profundamente y se irguió de hombros.

—Él y sus dos hijos. Los había educado como a dos monstruos, y ellos estuvieron a la altura.

—¿Tu madre no te ayudó nunca?

—Un día, reuní valor y le conté lo que estaba sucediendo. Ella se enfadó conmigo y me dijo que estaba malinterpretando sus muestras de afecto.

—No hay forma de malinterpretar una violación —dijo él.

—No —respondió Gillian, en un tono apagado—. No la hay.

—Lo siento, muchacha. Siento mucho que tuvieras

que soportar todo ese horror. Y estoy orgulloso de la mujer en la que te has convertido. Eres valiente y atrevida, y defensora de aquellos que lo necesitan. Siempre vas hacia delante. Y no solo hablas de cambios, sino que emprendes esos cambios...

Ella se quedó sorprendida. Pestañeó y tragó saliva.

–Yo... Bueno, gracias.

–Una vez, me dijiste que William había matado a tus maltratadores.

–Sí, exacto –dijo William, que se acercó con su quimera al otro lado de Gillian, con una sonrisa forzada–. Incluso a tu madre, tesoro. Hice pedacitos a esos cuatro, y disfruté mucho.

–¡Por fin lo has reconocido! –exclamó ella–. ¿Por qué no me lo habías contado nunca? ¿Y por qué mataste a mi madre? Sé que ella lo hizo mal, y no me causaba repulsa, pero la quería...

–Este es el motivo por el que me callé. Tú querías a la madre que habías tenido antes, pero no querías admitir que odiabas a la persona en la que se convirtió después. Sabía que me ibas a pedir que le perdonara la vida, y que me odiarías por negarme. Para ser sincero, no estaba seguro de que pudieras soportar la verdad. Hasta ahora.

Puck admiró a su contrincante por lo que había hecho, y envidió que hubiera podido matar a esas criaturas. Ojalá los mortales pudieran morir más de una vez. Se sentía completamente identificado con Gillian, porque a ella también le había destrozado el alma un ser querido. Ella entendía lo que era sentir angustia por la traición de la familia de un modo que los demás no podrían comprender.

–No, no te odio –le dijo Gillian a William–. Solo estoy decepcionada. De ahora en adelante, no cometas asesinatos a sangre fría en mi nombre sin preguntármelo primero.

Winter dio un jadeo.

—¡Mirad! Un árbol de *cuisle mo chroidhe* sin serpientes ni arañas!

Gillian, como si agradeciera aquella distracción, bajó de Peanut de un salto.

—Winter, me has salvado la vida —le dijo a su amiga, y corrió hacia el árbol.

—Poneos cómodos, chicos —dijo Cameron—. Vamos a estar un buen rato aquí.

Puck desmontó, y dijo:

—Ten cuidado. Puede que sea una trampa.

Él utilizó la magia como si fueran unas gafas invisibles y buscó alguna señal de peligro. No había lianas, ni bombas. Ni armas mágicas. Sin embargo, el árbol se protegía a sí mismo expulsando veneno cada vez que algo atravesaba su corteza. Era un veneno que podía dejar a una persona paralizada durante varios días.

—Parece que no hay ningún problema —dijo.

William se teletransportó junto a Gillian con una sierra en la mano.

—Si quieres sirope, yo te voy a conseguir sirope.

—Gracias, eso es todo un detalle por tu parte —dijo ella, con una sonrisa.

Puck apretó los dientes. Odiaba a William, lo odiaba...

—Pero no voy a dejar que te arriesgues —dijo Gillian.

—Yo sacaré el sirope para Gillian —dijo Puck. Le arrebató la sierra a William y posó los dientes sobre el tronco del árbol—. Este es mi reino, y sé cómo se hacen las cosas. Tú, no.

—Yo lo sé todo sobre todo —replicó William, agarrando el otro extremo de la sierra—. Y soy yo el que lo va a hacer.

Se pelearon por la herramienta, tirando cada uno hacia su lado y, sin darse cuenta, empezaron a trabajar juntos.

—Bueno —dijo Gillian—. En ese caso, yo me sentaré a disfrutar del espectáculo.

Puck y William tuvieron que aserrar durante horas. Cada vez que conseguían cortar una capa de corteza, se formaba otra. Puck nunca dejó de trabajar, aunque se le formaran ampollas en las manos.

Cuando empezó a tener demasiado calor, se quitó la camisa. O, tal vez, solo quisiera que ella pudiese admirar sus músculos.

Gillian se abanicó las mejillas como si ella también tuviera mucho calor. Winter empezó a vitorear.

Cuando William se quitó la camisa, Cameron dijo:

—No soy gay, pero puedo cambiar, Willy. Solo tienes que decírmelo.

—¿Y yo? —preguntó Puck.

Winter levantó la mano.

—¡Yo! ¡Yo! Yo me haré lesbiana por ti.

Él le lanzó una mirada torva.

—¿Qué? —preguntó ella—. Los cuernos no son lo mío.

Gillian, con una mirada de diversión, se tapó la boca para contener una carcajada.

A él se le aceleró el corazón, y la mariposa comenzó a moverse por su cuerpo. Sin querer, comenzó a sonreír, y...

Su esposa se quedó mirándolo con reverencia. A él le gustaría poder ver aquella cara durante el resto de su vida...

El resto de su vida.

Puck llevaba demasiado tiempo sintiéndose como si fuera un muerto viviente, luchando contra todos sus sentimientos y conociendo cada vez mejor la tristeza.

«¿Quieres cambiar? Pues haz algo diferente».

Debería tomar ejemplo de Gillian y luchar para mejorar. Para poder permanecer junto a su esposa, no tendría que olvidarse de sus objetivos. Solo tendría que modificarlos.

Capítulo 29

Taliesin Anwell Kunsgnos Connacht se paseaba de un lado a otro por su suite. Había despedido a su trío de amantes y a sus guardias. No confiaba en nadie, ni siquiera en sí mismo. Había comprobado cómo estaba su prometida... ¿Sí? ¿O la había echado, también?

No lo recordaba. Después de...

Tomó aire bruscamente. ¿Había hecho de verdad lo que creía que había hecho?

Tenía demasiadas sospechas. Sí, debía de haberlo hecho. Él era el único que tenía los medios para hacerlo.

Llevaba siglos acumulando magia. Había guardado todos los poderes, la potencia y las habilidades en cajas, como la Reina Roja tuvo, una vez, a Indiferencia. Las cajas se habían convertido en baterías para él.

Solo había utilizado dos veces aquellas baterías. La primera vez, para crear un laberinto alrededor de las tierras de los Connacht, para proteger a su pueblo.

«Soy un líder sin igual. ¿Por qué me desprecian tanto?».

La segunda, para crear una bomba.

¡Exacto! Había utilizado la bomba contra los Enviados durante una de sus ceremonias; había destruido su templo favorito y había matado a muchos de los soldados de elite.

¿Por qué? Ah, sí. Para salvar a su pueblo y para salvarse a sí mismo. Aquel era su hogar, y los Enviados tenían planes de invadirlo, de aniquilar a todo el mundo y destruir Amaranthia. La pitonisa se lo había advertido.

¿O, tal vez, le habían dicho que los Enviados destruirían Amaranthia si él lanzaba la bomba? El orden de los eventos le causaba confusión. Pero no importaba, lo que estaba hecho, hecho estaba.

Tenía que volver a hablar con las pitonisas y decidir cuál iba a ser su siguiente paso.

Si los Enviados pensaban vengarse...

Tendría que asegurarse de que no pudieran entrar a Amaranthia.

Y ¿qué iba a hacer con respecto a Puck? Su hermano se acercaba más a la fortaleza de los Connacht a cada día que pasaba. Él podía sentir su presencia.

«Lo quiero... no quiero hacerle daño...».

Pero Puck sí quería hacerle daño a él. Quería matarlo. Y, ahora, Puck tenía una esposa con la que había forjado un vínculo. La Asaltadora de Dunas. ¿Querría ella a Puck? Tal vez sí, tal vez no. Pero, probablemente, sí. Y la profecía...

Debería haber matado a aquella muchacha en cuanto había tenido noticias suyas... hacía muchos siglos. Sin embargo, si la mataba a ella, mataría a Puck, y no estaba preparado para terminar con la vida de su hermano. Tal vez no lo estuviera nunca.

«Uno, o el otro. Él, o yo».

Sin se golpeó las sienes con los puños y lanzó amargas maldiciones hacia el techo. Llevaba demasiado tiempo en aquel tira y afloja. «Haz esto. No, esto. No, aquello».

Hasta el momento, ninguno de sus actos le había servido de nada, ni a su hermano, ni a su pueblo. Solo había provocado destrucción.

Entonces, ¿por qué seguía luchando consigo mismo? ¿Por qué no se rendía y se dejaba morir?

No, no podía hacerlo. Puck lo necesitaba. Siempre iba a necesitarlo. Su hermano tenía enemigos, y él tenía que matarlos. Si mataba a todos los ciudadanos de Amaranthia, no quedaría nadie que pudiese hacerle daño a Puck. Además, no quedaría nadie para traicionarlo a él.

Y los ciudadanos se merecían su rencor. Todos los días trataban de robarle algo. Dinero, magia, hijos. Nada estaba ya a salvo.

¿Cuántas veces habían intentado robarle su simiente las mujeres de su establo? ¿Cuántos guardias habían conspirado contra él? ¿Cuántos enemigos lo habían esperado ocultos entre las sombras, esperando el mejor momento para darle un golpe mortal? Demasiadas veces.

Él había oído lo que decía la gente: «Está loco. Está paranoico. Las sospechas lo han cegado».

Siguió paseándose de un lado a otro. En aquel mismo dormitorio, él le había curado las heridas a Puck muchas veces, después de una batalla. Su hermano estaba decidido a gobernar el reino entero a su lado. Pero él sabía que, algún día, Puck habría caído en la tentación y lo habría matado. Seguramente, mientras dormía.

Y era mejor traicionar que ser traicionado.

¿Verdad?

Necesitaba hablar con Puck. Pero, primero, la pitonisa.

Se cargó de dagas, espadas y venenos, y utilizó la magia para impedirles el paso a todos los demás a su dormitorio. Atravesó los pasadizos secretos que él mismo había creado y bajó hasta los calabozos que había debajo de la fortaleza.

—Por fin has vuelto —dijo alguien. Era una mujer que tenía una voz muy familiar, una voz que resonó por las paredes cubiertas de sangre.

Él se detuvo ante una jaula y se agarró a los barrotes.

—Hola, pitonisa.

Ella estaba acurrucada en la esquina más lejana, cubierta de suciedad. Tenía la piel negra, inmaculada. El pelo, azul como un río, y los ojos, verdes como un oasis. Era de una belleza inigualable.

Bella, pero no tan sabia. «A mí no me vio llegar...».

Nadie lo veía nunca. Y él había capturado a la pitonisa con facilidad.

Ahora, sin embargo, tenía una sospecha. ¿Y si ella quería que la capturara?

Se le heló la sangre. Debería matarla antes de que pudiera predecir un futuro aún peor para él.

¡No! Necesitaba conocer el futuro para poder protegerse mejor.

—¿Ha cambiado la profecía original? —preguntó Sin. Se decía que Puck había visitado a las pitonisas hacía varios siglos y les había ofrecido su corazón. ¿Qué le habían dicho? Por mucho que él hubiera torturado a aquella chica, ella se había negado a decírselo—. ¿Voy a verme obligado a matar a mi hermano?

—Ya conocéis el precio de mis visiones, rey Sin.

Avariciosa. No importaba, había ido preparado.

—Por supuesto.

Con una de las dagas, se pinchó un ojo e, ignorando el lacerante dolor, se lo sacó.

La pitonisa lo observó con asombro.

—Tal vez puedas usarlo para ver el mundo a través de mi ojo —dijo.

Apretó los dientes y notó que la sangre caliente le

caía por la mejilla. Le arrojó el macabro pago a la pitonisa.

A pesar de que llevaba semanas sin comer, ella se deslizó como una serpiente hasta el ojo y lo tomó en la palma de la mano, calibrando su peso.

—Me haré un bonito pendiente. Esto nunca pasa de moda –dijo, riéndose.

—Ahora, dime lo que deseo saber.

Ella sonrió.

—Qué tonto eres, Sin. Tal vez nuestros oráculos siempre se han cumplido porque la percepción es la realidad. O, tal vez, no. ¿Tenían intención de atacarte los Enviados antes de que tú los atacaras a ellos? Nunca lo sabrás. ¿Te habría traicionado tu hermano si tú no lo hubieras traicionado a él? Tampoco lo sabrás jamás. Pero quieres saber si la profecía original ha cambiado debido a tus actos. Muy bien, te lo diré: no. Uno de vosotros morirá a manos del otro. Pero, ahora, hay una corrección.

Él no dijo nada. Le lanzó una mirada fulminante.

Un viento helado atravesó el calabozo y silbó entre los barrotes de la jaula. Le revolvió el pelo azul a la pitonisa mientras ella se acercaba a él.

—El día llegará pronto, cabalgando sobre las alas de la furia. La venganza contra ti se consumará. Por fin, encontrarás a tu reina enamorada, pero no podrás reclamarla, porque no tendrás cabeza.

Ser uno de los nueve reyes del inframundo conllevaba muchas responsabilidades, pero las ventajas del cuidado de la salud no tenían parangón. Si Hades quería que alguien viviera, ese alguien iba a vivir.

Caminó por los corredores del Gran Templo, el lugar de reunión alternativo para los Enviados. Llevaba la mano metida en un bolsillo y el puño cerrado alrededor de una pequeña esquirla de cristal. Nunca salía de casa sin aquel pedazo de ella. Un enemigo, pero, también, un aliado muy codiciado. Algún día iba a ganársela. Tenía que conseguirlo, o perdería todo aquello por lo que siempre había luchado.

Pero no iba a pensar en ella.

Como cualquier buen camaleón, cambiaba su apariencia dependiendo de cuál fuera su enemigo. Aquel día había elegido una camiseta negra, unos pantalones de cuero negro y unas botas de combate llenas de barro. Era eso, exactamente, lo que se esperaba de él. Que los Enviados pensaran que lo conocían.

Casi nunca visitaba el tercer nivel de los cielos, a pesar de que se decía que allí reinaba la depravación carnal. Y nunca visitaba aquella sección en la que se congregaban los Enviados.

Nunca, hasta aquel día. En tiempos desesperados había que tomar medidas desesperadas.

Entre los asesinos de demonios alados y él no había simpatía. Él no estaría allí si no creyera que su hijo corría peligro.

William el Oscuro no tenía idea del riesgo que estaba corriendo.

Por lo menos, las vistas eran bonitas. El templo tenía enormes ventanales y la luz entraba a través de los cristales emplomados teñida de diferentes colores.

Tras él caminaba un ejército. Los otros ocho reyes del inframundo, su hijo y su hija, Baden el Terrible y Pandora la Deliciosa. Ella detestaba aquel mote y, por ese motivo, todo el mundo lo utilizaba profusamente.

Los ocho reyes del inframundo eran Rathbone el único, su mano derecha y un cambiaformas que no tenía igual. Achilles el Primero, terrorífico. Nero, que prefería no tener título, lo que le convertía en Cher o Madonna del inframundo. Baron el Enviudador. Gabriel el Enloquecido. Falon el Olvidado. Hunter el Azote y Bastian el Invicto, que eran hermanos.

Todos ellos llevaban la marca de Hades, la suya: dos dagas a ambos lados de una espada mucho más larga.

Todos ellos estaban luchando contra aquel que se hacía llamar el rey de todos los reyes: Lucifer el Destructor. Antes, Lucifer era su hijo mayor, adoptado, igual que William.

Pero aquel parentesco ya no se reconocía.

Una vez rotos los lazos, no podían recuperarse.

Hades entró por unas puertas dobles a una enorme habitación. Había muchos Enviados en formación, preparados para la batalla. Desde los mejores, Lysander y Zacharel, pasando por los recién elegidos Siete de la Elite, con sus alas doradas, por los generales, con sus alas blancas y doradas, hasta los guerreros de alas de color blanco puro. Aquel día no había Mensajeros ni Sanadores entre ellos. También estaba ausente su líder, el Más Alto, también conocido como la Única Deidad Verdadera. Por lo menos, él no lo veía.

Hades alzó la barbilla y anunció:

—Me he enterado de que tenéis intención de atacar Amaranthia.

Uno de los Siete de la Elite dio un paso adelante y preguntó:

—¿Sabes quién soy?

Hades asintió.

—Axel no sé qué, recientemente ascendido a la Elite —respondió, con una sonrisa fría—. Lo sé todo, salvo los detalles sin importancia; esos no los recuerdo.

Incluso sabía por qué Axel tenía el mismo pelo, los mismos rasgos y los mismos ojos cristalinos que William.

Axel había sido abandonado cuando solo era un bebé, pero lo había encontrado una familia de Enviados y lo habían criado con amor.

Hades había encontrado a William de niño, abandonado, y lo había adoptado.

Los dos hermanos nunca iban a conocerse.

—Tengo que decir que tu banda y tú sois... —dijo Axel, y se tomó el tiempo de guiñarle el ojo a Pandora— increíbles. Si no nos matamos los unos a los otros, me gustaría conocerte mejor —le dijo. Ella lo fulminó con la mirada, y él le lanzó un beso—. Hemos estado vigilando Abracadabra, o como se llame, durante mucho tiempo. Allí reina el mal, tal y como se ha demostrado con la bomba que nos lanzó uno de sus reyes en el templo —añadió, en un tono de dureza.

Parecía que era tan irreverente como William.

Otro Enviado, un hombre alto y musculoso de pelo blanco, con la piel de alabastro llena de cicatrices y los ojos rojos, se detuvo a su lado. Se llamaba Xerxes, y sus ojos estaban llenos de secretos. De horrores que no desvelaba a sus compañeros.

—Hemos mantenido en secreto el atentado de bomba —dijo Xerxes, que tenía una voz grave y ronca—. La mitad de nuestra Elite murió. Otros han sido ascendidos para que lleven a cabo una misión: eliminar a Taliesin Anwell Kunsgnos Connacht. Él es el culpable de nuestra pérdida. Tal vez supo que estábamos vigilando su reino y decidió disuadirnos. Allí hay mucha actividad demoníaca. De cualquier modo, sea cual sea el motivo, debe pagar.

Taliesin. El hermano menor de Puck.

Por medio de una comunicación secreta, William mantenía a Hades informado de todo lo que sucedía en Amaranthia, y Hades sabía que estaban atrapados dentro de un laberinto. Si los Enviados lanzaban un ataque en aquel momento, William quedaría herido, o podría morir. Y Puck y la chica, también.

Y, si le sucedía algo a la muchacha, William lo culparía a él.

Además, Hades quería a Puck y a todo el reino de Amaranthia de su lado en la guerra contra Lucifer. Muy pronto, su enemigo no tendría aliados.

—No puedes destruir un reino entero por los actos de un solo hombre —dijo Hades, a pesar de que él lo había hecho en dos ocasiones.

Sin embargo, por la seguridad de William, estaba dispuesto a cambiar de opinión. Su hijo se merecía ser feliz y, para eso, Amaranthia tenía que prosperar, Puck tenía que seguir casado con Gillian y William tenía que aceptar aquella pareja.

—Podemos hacerlo —dijo Xerxes, con los puños apretados—. Y lo haremos. No podemos llegar de otro modo a Taliesin. Tenemos que detenerlo antes de que bombardee otro de nuestros templos.

Thane de los Tres, un hombre rubio, dio un paso adelante.

—Hay un campo de fuerza impenetrable alrededor de Sin. Si destruimos el reino, lo destruimos a él. Fin de la historia.

—Sí, fin de una historia y comienzo de otra. Una historia de guerra, dolor, muerte y pérdidas, porque yo no me detendré ante nada para castigar a quienes actúen contra mí de ese modo. Y no olvidemos a todos los inocentes a los que mataríais.

Se oyeron silbidos de desaprobación y gruñidos llenos de agresividad.

—No necesitáis enfrentaros a Taliesin —dijo Hades—. William el Oscuro ha jurado que castigaría al guerrero. Está dentro de ese campo de fuerza, dirigiéndose hacia Taliesin en estos momentos, y siempre cumple su palabra. Solo necesita más tiempo.

—No estamos dispuestos a conceder más tiempo —dijo otro de los guerreros de la Elite, Bjorn. Era un hombre de pelo oscuro, piel bronceada y con todos los colores del arcoíris en los ojos–. Nuestra venganza debe ser rápida, y ya han pasado varios días mientras tratábamos de recuperarnos.

Algunos de los Enviados comenzaron a gritar.

–¡Matadlo!

Rathbone adoptó la forma de una pantera negra, su favorita.

El clamor de la multitud cesó mientras los otros reyes del inframundo se preparaban para la batalla. Una armadura de plata reemplazó la piel de Achilles. En la mano de Nero apareció un garrote que tenía poderes inimaginables. Baron mostró los dientes; de sus colmillos caían gotas de veneno. Cada uno de los puños de Gabriel se convirtió en un hacha doble. Con uno de sus golpes, un cuerpo quedaba partido en dos. Los tatuajes del pecho de Falon cobraron vida y lo rodearon con sombras. Hunter y Bastian desaparecieron; de repente, no eran visibles a los ojos de nadie.

Hades sonrió.

–Si no le concedéis dos semanas a mi hijo, lucharemos ahora. Decidid –dijo él, y omitió a propósito el detalle de que en Amaranthia, el tiempo transcurría de forma distinta. Después de que accedieran, les daría aquella información.

–Ya estás en guerra con Lucifer –dijo Xerxes–. ¿De veras deseas enfrentarte también a nosotros?

–Lo que deseo y lo que hago normalmente no coincide –respondió Hades.

Los bandos se evaluaron el uno al otro. Se hizo el silencio... en el exterior. Tanto los Enviados como sus guerreros tenían el poder de la telepatía y, seguramente, los Enviados estaban parlamentando sobre la oferta.

–Está bien –dijo, finalmente, Xerxes–. William tiene dos semanas más para matar a Taliesin el Demente.

—Dos semanas de tiempo en el reino de Amaranthia —añadió Thane, y Hades exhaló un suspiro al darse cuenta de que su omisión no había servido de nada—. Si tiene éxito, Amaranthia no será destruido. Si fracasa, arrasaremos el reino y a todos sus habitantes.

Capítulo 30

Gillian estaba observando a Puck y a William que, aunque estaban agotados, seguían recogiendo el sirope del árbol *cuisle mo chroidhe*. Por fin, su duro trabajo había dado frutos. Y, sin embargo, ella no estaba tan encantada como antes por su lujo favorito. O, más bien, su segundo lujo favorito, porque había encontrado algo más dulce y difícil de obtener: la sonrisa de Puck.

«Creía que los orgasmos eran lo mejor de la vida, pero...».

«El premio para el hombre más bello del mundo es para...».

Todo su rostro se había iluminado, y sus ojos. La dureza de sus rasgos se había suavizado. Su boca se había curvado como una media luna, y había mostrado su dentadura blanca y perfecta.

«¿Cuándo volveré a ver esa sonrisa?».

Se les acercó botando, riéndose.

–Chicos, sois mis hér...

Se oyó un terrible grito a lo lejos, y ella se quedó callada.

Todos echaron mano de sus armas. Al siguiente grito, Puck soltó una maldición.

–El hombre de arena –dijo, escupiendo las palabras.

Gillian gruñó. Ella nunca había visto un hombre de arena, pero había oído las historias de terror que les contaban los padres a sus hijos. Eran cuentos para asegurarse de que los pequeños no se escaparan corriendo por las dunas de noche.

El hombre de arena de Amaranthia no se acercaba a los durmientes para concederles buenos sueños, sino que enterraba a sus víctimas en arena hasta que las asfixiaba. Y, como no tenía órganos, era imposible hacerle daño. No se podía luchar contra él.

—Vamos a excavar un pozo —dijo William, y obtuvo una pala del aire—. El agua lo aplastará.

—No tenemos tiempo —dijo Puck, y se acercó corriendo a su quimera. Desabrochó su bolsa y añadió—: Cameron y yo vamos a alejar a la criatura de vosotros.

—Un momento. Tengo una idea —dijo Gillian—. Podemos...

—Tú protege a Gillian, William —le ordenó Puck—. Quédate con ella y defiéndela con tu vida.

Winter dio un gruñido de frustración y se cruzó de brazos.

—¿Es que a nadie le importa mi seguridad?

—No voy a permitir que tú seas el héroe —le dijo William a Puck—. Quédate aquí protegiendo a Gillian. Yo mataré a la criatura y seguiremos nuestro camino. Ya me darás las gracias más tarde.

—¡Idiota! Es imposible matar a un hombre de arena —le espetó Puck.

—¡Chicos! —exclamó Gillian—. Ya basta. Lo único que tenemos que hacer es volarlo por los aires y...

—Recuperaría su forma —dijo Puck.

—Tú no te preocupes por nada, preciosa —le dijo William, mientras tiraba la pala al suelo—. Nosotros nos ocupamos.

Se oyó otro grito, muy cercano en aquella ocasión.

Mientras los chicos discutían, Gillian le dio un beso en el hocico a Peanut.

—No te alejes de Puck, ¿de acuerdo?

Ellos dos eran amigos, más o menos. Puck lo protegería.

Nadie se dio cuenta de que se alejaba a la carrera. A unos cien metros, los insectos, pájaros y reptiles salían corriendo a medida que los árboles iban cayendo uno tras otro... y dejaban a la vista a un monstruo de unos tres metros de altura y dos metros y medio de anchura, cuyo cuerpo era de arena.

Gillian tenía las runas encendidas. Separó las piernas y extendió los brazos. El ser se paró y olfateó el aire; acto seguido, se giró hacia ella.

¡Bum! Una ráfaga de aire golpeó al hombre de arena en mitad del pecho y detuvo su avance. Los granos de arena se dispersaron y él adelgazó, pero siguió luchando, agarrando tierra del suelo. Y, sí, Puck tenía razón. En cuanto el viento cesó, la arena se reagrupó y el monstruo recuperó su forma. Ese era el motivo de la segunda medida.

Gillian desencadenó otra tormenta de magia y consiguió que el cielo derramara una riada sobre el hombre de arena. El agua arrastró al suelo toda la arena del monstruo, hasta que solo quedó un montón de barro que pesaba demasiado como para poder levantarse.

El viento paró por completo. Gillian tuvo la sensación de que los brazos le pesaban mil kilos cada uno. Sus runas se apagaron. La pérdida de tanta magia en tan poco tiempo la había dejado exhausta, y cayó de rodillas. Esperó un segundo, y dos, sin atreverse a respirar, pero el hombre de arena permaneció inmóvil.

Así pues, lo había conseguido. Había derrotado al hombre de arena por sí sola. ¡Porque era la mejor!

En cuanto tuvo fuerzas para ponerse en pie, recogió

dos puñados de barro y volvió junto a sus amigos que, en aquel momento, estaban discutiendo sobre quién sería el cebo más sabroso.

—Tú eres más joven, y tu carne es más tierna —le estaba diciendo William a Puck, mientras continuaba cavando.

—Yo soy viejo y duro, como el cuero —dijo Puck—. Seguro que tú has envejecido a la perfección. Y eres más sabroso.

Winter estaba construyendo un refugio sobre las quimeras y murmurando que iba a salvar a los animales por su propia conveniencia, y nada más. Cameron estaba trepando obsesivamente a un árbol para tomar una fruta.

Nadie se había percatado de la ausencia de Gillian.

—¡Sois lo peor! —les gritó a Puck y William, lanzándoles una pella de barro a cada uno—. Tú, no —le dijo a Winter—. Tú eres maravillosa. Sigue siendo así.

Winter se enorgulleció, y William empezó a tartamudear de indignación. Puck pestañeó con asombro.

—Ya me he ocupado del problema —dijo Gillian, mientras se limpiaba las manos en los pantalones—. Y, ahora, dejad de hacer el tonto, terminad de recoger el sirope y vámonos.

Puck dirigió la marcha del grupo por un camino lleno de curvas y giros traicioneros, claros llenos de minas y un campo de flores con esporas tóxicas. Por suerte, salieron indemnes de cada una de las dificultades, a pesar de que él era incapaz de apartar los ojos de Gillian.

Las pocas veces que lo consiguió, se dio cuenta de que William tenía el mismo problema. La miraba fijamente, como si quisiera resolver un difícil enigma.

Aquel día lo había dejado impresionado venciendo al hombre de arena. Y, en aquel momento...

Seguía impresionándolo.

Guiaba a Peanut con destreza, cabalgando con la cabeza erguida y la cara inclinada hacia los rayos de sol que se filtraban entre las hojas de los árboles. Tenía la postura de una guerrera que podía enfrentarse a cualquier desafío.

«Mi esposa. Es absolutamente magnífica».

Aunque tuviera la ropa arrugada y el pelo enredado, era la mujer más exquisita de todos los reinos. Fuerte. Capaz. Sabia.

«La estoy mirando otra vez fijamente».

«No me importa».

Después de todo lo que él había sufrido en la vida, ¿acaso no se merecía aquella satisfacción?

¿Acaso no se merecía disfrutar de ella?

¿No se merecía seguir con ella?

Sí. La decisión de alterar sus objetivos era sensata. William destronaría a Sin, salvaría a los Connacht y salvaría el reino, pero él no iba a aceptar la corona. Se la dejaría a otro, a algún guerrero que la mereciera. Puck y Gillian reinarían sobre los Shawazons, juntos, y vivirían para siempre como marido y mujer.

En cuanto a la profecía de las pitonisas sobre Gillian... Puck decidió pensar que se refería a un final infeliz con William.

Fueran cuales fueran los obstáculos, él iba a destruirlos.

—En una escala del uno al diez, ¿qué puntuación le das al sirope que he extraído para ti? —le preguntó William a Gillian.

Puck empezó a gruñir al mismo tiempo que Indiferencia emitía unos rugidos muy suaves.

—Que hemos extraído. Pero, sobre todo, yo. Yo hice la mayoría del trabajo.

—Los dos sois mis héroes —dijo ella, en tono conciliador–. Pero ¿sabéis que sería mucho mejor y más delicioso que el sirope? Que por fin os dierais un beso e hicierais las paces.

–¡Que se besen, que se besen, que se besen! –gritó Winter, alzando un puño hacia el cielo.

–Ni lo soñéis. No me gustan las cabras. Prefiero a las guerreras –dijo William, y alargó el brazo como si fuera a apartarle un mechón de pelo de la mejilla.

Puck se puso tenso y estuvo a punto de saltar sobre las quimeras y tirar a William al suelo. Sin embargo, Peanut se le adelantó y le pegó un mordisco a William en la muñeca.

–¡Ay! –gimió William.

«Buen chico», pensó Puck.

–Peanut –dijo Gillian, sonriendo y acariciándole la cabeza a su mascota–. Sé bueno. Se le pregunta a mamá antes de morder, ¿no te acuerdas?

El animal le sacó la lengua a William.

William, frotándose la herida, dijo:

–Necesitas darte un baño, tesoro. Nos pasaremos la noche en el lago –dijo, señalando hacia la izquierda, desde donde llegaba el sonido del agua–. Cuando hayas terminado, mis dedos mágicos te librarán de los dolores. Será un masaje completamente platónico, por supuesto. A no ser que me supliques. O que me lo pidas por favor. O que lo insinúes.

Si tocaba a Gillian, él iba a desencadenar un infierno.

–No, gracias –dijo ella–. Todavía nos quedan unas horas hasta que anochezca. Cuanto más camino hagamos...

–No, muchacha. Vamos a acampar aquí para que los animales puedan descansar –intervino Puck, por mucho que detestara la idea de estar de acuerdo con William. Gillian necesitaba descansar; él la había visto hacer un gesto de dolor en un par de ocasiones. Y, en realidad, a él también le iría bien un descanso, como a todos los demás–. Si tú te empeñas en llegar al agotamiento, yo no te lo voy a permitir.

Ella dio un resoplido, pero, al final, asintió y respondió:

—Está bien. Vamos a descansar.

William desmontó sin decir nada, y se teletransportó para colocarse a los pies de Gillian. A Puck se le formó un grito de furia en la garganta, un grito al que Gillian dio voz gritando al cielo.

Él sabía que estaban conectados, pero aquello parecía diferente, como si estuviera más sintonizada con su estado de ánimo. Como si se estuvieran convirtiendo en una sola persona con un solo corazón.

«No. Ya no puedo separarme de ella».

—Ve. Tómate el sirope. Báñate –le dijo William, empujándola suavemente hacia los árboles que ocultaban el lago–. Yo haré guardia y te prometo que no voy a mirar... más que dos veces.

—Tú te quedas aquí –le dijo ella. Después, se giró hacia Puck con una mirada de puro deseo con la que le pedía que la siguiera.

Él asintió secamente.

«Esta vez voy a tomarla. Con suavidad, con destreza, con maestría. Lenta, rápida y febrilmente. Le voy a proporcionar todo el placer que se le ha negado toda su vida, y la voy a compensar por todo el dolor que ha tenido que soportar. Si acepta mis condiciones».

Peanut la siguió. En cuanto ella se alejó, William se enfrentó a él y el ambiente se llenó de hostilidad.

—Eh... voy a montar mi tienda –dijo Winter–. En otro sitio.

—Te ayudo –dijo Cameron, y se fue con su hermana.

—No vas a ir con Gillian –le espetó William a Puck.

—No me lo vas a impedir –le dijo Puck.

Al instante, William le clavó una daga en el estómago a Puck. Él tuvo un dolor muy intenso, pero solo emitió un suave gruñido.

No era necesario malgastar magia. La velocidad sobrenatural le serviría también. En un abrir y cerrar de ojos, se colocó a espaldas de William y le clavó una daga en el tronco encefálico. Ese golpe, que habría acabado con la vida de un ser humano, solo iba a paralizar temporalmente a William.

—Dices que quieres que ella sea feliz —le recriminó Puck—. ¿Mientes? Porque Gillian odia a los mentirosos.

William emitió un sonido gutural de puro odio.

—Yo la hago feliz. Tú tuviste tu oportunidad y no la aprovechaste. Asume las consecuencias.

Aunque sabía que la parálisis terminaría en cuanto sacara la hoja de la daga, tiró de la empuñadura. William se giró al instante.

—Ve, entonces —le dijo, entre dientes—. Pero tienes un tiempo limitado, Pucker. Tic tac, tic tac.

Puck también había oído aquella cuenta atrás en su cabeza, pero ya no la aceptaba.

«Voy a quedarme con ella para siempre. No aceptaré la corona de los Connacht y no cumpliré las condiciones del acuerdo».

«¡No digas nada!». No iba a avisar a su competidor.

Puck, presa de una feroz necesidad, se abrió paso entre la vegetación y llegó a la laguna. Gillian estaba nadando y solo se veían sus hombros y su cabeza, y él sintió que su cuerpo se endurecía.

Observó el entorno en busca de alguna amenaza, pero no encontró ninguna. Al otro lado del lago había una pared de piedra de la que caía una cascada, sobre la boca de una cueva.

Él quiso darle una sorpresa a su esposa y se ocultó a sí mismo con la magia antes de tirarse al agua y trepar por las rocas, donde encontró una spéir que había crecido en una enredadera.

Tomó la fruta, se metió detrás de la escalera y esperó...

¿Dónde estaba Puck?

Gillian acababa de tener la sensación de que percibía su olor a turba y a lavanda, y había sentido una gran impaciencia, pero, finalmente, Puck no había aparecido.

El agua fría la estaba ayudando a calmar el dolor muscular, pero no conseguía apagar su lujuria. Le dolían los pechos y tenía un calor que se le creaba en el vientre y se le concentraba en la unión de los muslos.

Un momento... el olor de Puck se hacía más intenso. ¿Se habría escondido detrás de la cascada?, se preguntó, con impaciencia.

Subió a la plataforma de roca de la cueva y caminó, vestida tan solo con la ropa interior, meciendo las caderas, hacia la cortina de agua...

Al atravesarla, sintió una punzada de placer. Puck estaba allí.

Estaba al otro extremo de la espaciosa caverna, apoyado contra la pared, con los brazos a los lados y los tobillos cruzados. Una pose despreocupada. O, al menos, eso parecía. En realidad, irradiaba posesividad y tensión.

Gillian se fijó en que tenía una nueva herida en el torso, y no tuvo que preguntarse cuál era la causa. ¡William!

Sin embargo, el enfado no pudo superar a su excitación. Ni la de Puck; él estaba endurecido como una roca, muy lejos de sentir indiferencia.

Gillian notó el aire fresco en la piel, y los párpados se le entrecerraron. Se le aceleró el corazón y los pezones se le endurecieron y se le frotaron contra la tela del sujetador. Umm... Más. Notó cosquilleos por todo el cuerpo.

Puck la miró de arriba abajo, lentamente, como si estuviera saboreando un festín, y le ofreció una especie de ciruela pequeña de color violeta.

—Para ti.

—¿Qué es?

—Spéir.

¿De veras? Ella siempre había oído decir que aquella fruta solo se encontraba en el territorio Connacht, y solo en primavera... algunas veces.

Gillian se acercó a él y tomó la fruta. Mordió la carne tierna y gimió de placer al percibir su sabor a piña, coco y ron.

Puck tomó la fruta y mordió en el mismo lugar, como si la estuviera besando y haciéndole una invitación carnal. Ella se estremeció, y su pasión se encendió aún más.

Terminaron la fruta en silencio, sin dejar de mirarse.

—Yo todavía tengo hambre —susurró Gillian, consumida por la necesidad.

A él se le dilataron las pupilas mientras la rodeaba con pasos lentos.

—¿Me deseas por completo? ¿Quieres estar por primera vez conmigo?

—Sí. Lo deseo con todas mis fuerzas.

—Entonces, me tendrás... pero después de haber aceptado mis condiciones.

Gillian tragó saliva.

—¿Qué condiciones?

—William destronará a Sin. Yo rechazaré la corona. Tú y yo reinaremos sobre los Shawazons como marido y mujer.

—Pero... si tú anhelas gobernar a los Connacht y unificar a todos los clanes.

—Te deseo más a ti.

Entonces, Gillian se dio cuenta de algo que la dejó hundida. «He destruido su sueño, tal y como decía el oráculo».

No había ningún problema en que reinaran juntos sobre los Shawazons. Incluso él podría unir a todos los clanes y dejarle el trono de los Connacht a otro hombre. Sin embargo, nunca podría gobernar a los Connacht, lo cual significaba que solo podría gobernar a cinco de los seis clanes, y eso nunca sería suficiente para él.

Puck se detuvo delante de ella, tan cerca, que sus pezones se rozaban contra su pecho cada vez que inhalaban.

—Di que aceptas.

—No. Te dije que no iba a permitir que olvidaras tus objetivos, y lo dije en serio. No voy a destruir tus sueños.

—Tengo unos objetivos nuevos. Tengo un sueño nuevo. Di que aceptas, muchacha —le pidió él, y tomó su cara entre las manos grandes y encallecidas. Le acarició los pómulos con los dedos pulgares, con una expresión reverencial—. La vida es interminable pero, a la vez, es demasiado corta, y yo no quiero pasar ni un minuto más sin llenar tu precioso cuerpo con todo lo que soy.

—Yo... —dijo ella, y tuvo que tragar saliva para poder continuar—: No. Nunca voy a aceptar eso.

Él entrecerró los ojos y asintió con sequedad.

—Muy bien. Si no hay acuerdo, no hay sexo.

—¿Me estás chantajeando?

—Sí —respondió él, y bajó la cabeza hasta que el calor de su respiración le acarició los labios—. Haría cosas mucho peores con tal de conseguirte.

Durante una eternidad, él se mantuvo inflexible. Poco a poco, Gillian fue derritiéndose y se apoyó contra él. Cada punto de contacto le envió una nueva andanada de sensaciones y despertó aún más su primitiva necesidad.

Tenía que conseguir más. El anhelo se apoderó de ella. Se estaba muriendo.

–¡Haz algo! –le exigió a Puck.

Él le rozó la punta de la nariz con la suya, y ella gimió. Él dio un gruñido, como si acabara de tomarse su droga favorita.

Pero eso no fue suficiente.

–Dame lo que quiero –le pidió ella–. Lo que ambos necesitamos.

–Te voy a besar, y te voy a acariciar –respondió él–, pero no te voy a tomar hasta que aceptes mis condiciones.

–Puck...

–Gillian –dijo él, y, por fin, la besó.

Fue un beso suave, seductor. Ella gruñó y se preguntó dónde pondría él las manos...

Una la metió entre su pelo para inclinarle la cabeza. La otra la deslizó bajo sus bragas para agarrarle las nalgas y acercarla más, para pegarse a ella piel con piel. Sus pechos se aplastaron contra el suyo, y sus pezones palpitaron.

–Más –dijo ella, con la voz ronca. Aquello era delicioso...

Puck metió la lengua entre sus labios y se los separó. Dio una sacudida y alzó la cabeza durante un segundo.

–Me encanta tu sabor –le dijo. Otro gruñido. Su lengua luchó contra la de Gillian.

El sabor de Puck era como una droga para ella. Era un sabor a miel, a champán, a piña. Era más dulce que la spéir, y hacía un contraste perfecto con su escandalosa exploración.

Lo necesitaba más que al aire.

Le rodeó la cintura con los brazos para anclarlo a su cuerpo. Sentía oleadas de placer, una tras otra, pero necesitaba más. Lo necesitaba todo.

Sus dedos viajaron por las protuberancias de su espina dorsal, y notó que a él se le contraían los músculos bajo sus caricias.

Tanta fuerza controlada por un solo hombre... «Mi hombre».

Él la besó con más fuerza, como si estuviera hambriento de ella. Y ella le correspondió con la misma vehemencia. Estaba desesperada, como a menudo le ocurría en presencia de Puck, y persiguió todas las sensaciones que él le producía. Le clavó las uñas en los omóplatos y emitió más gemidos.

Su mundo empezó a dar vueltas. El beso no cesó, y él comenzó a acariciarle uno de los pechos. Deslizó la otra mano por su estómago, hacia abajo, la metió en sus bragas y empezó a jugar hasta que ella se retorció, gritó y suplicó.

–Di que aceptas mis condiciones –le dijo él. Tenía una gota de sudor en la sien.

–No–no –respondió ella.

El futuro de Puck le importaba más que su propio placer.

–Por favor, Puck, por favor. Si no me das un orgasmo, voy a arder por combustión espontánea.

–Yo me quemaré contigo. Dudo que haya una forma mejor de morir.

Entonces, él detuvo todos sus movimientos, y ella gritó de frustración. Le golpeó el pecho.

–¿Qué estás haciendo?

–Es imposible. Me voy a... alejar –respondió Puck. Soltó su pecho y sacó la mano de entre sus muslos... ¡No!–. Nunca había hecho algo más difícil, pero voy a hacerlo. Para mí significa mucho poder tener un futuro en común contigo.

–Puck –dijo ella, y le agarró las muñecas mientras lo miraba a los ojos–. Quédate.

—Ya sabes lo que tienes que hacer para que me quede.
Pero... pero...
—Dijiste que podíamos besarnos y acariciarnos.
—Y eso es lo que hemos hecho. No dije que iba a llevarte al orgasmo.
—¡Eres una rata de cloaca! —exclamó ella—. Termina lo que has dicho o... o... —dijo, pero no se le ocurría nada lo suficientemente violento—. O me las arreglaré yo sola.
—No creo que lo hagas. No creo que puedas, por culpa del vínculo. Pero, de todos modos, tus orgasmos me pertenecen a mí. Tú no tienes por qué masturbarte para tener un orgasmo, Gillian. ¿Entendido?
—¡No!
Él la arrinconó contra la pared rocosa y presionó con su erección entre sus piernas, mientras atrapaba su labio inferior con los dientes.
—En cuanto aceptes mis condiciones, estaré tan profundamente hundido en ti que me sentirás para el resto de la eternidad.
Ella se echó a temblar. Abrió y cerró la boca, y sus defensas se debilitaron.
Él debió de notar aquella vacilación, porque la miró con petulancia.
—Escúchame y hazme caso, Gillian: si te masturbas ahora y tienes un orgasmo, yo no te lo daré después.
Ella se sintió completamente frustrada. ¿Con lo de «después» se refería a «nunca»?
—Vas a volver al campamento muerta de deseo por mí.
—Sí —dijo ella, mirándolo a los ojos. Y, mientras lo miraba, se humedeció los labios—. Pero tú, también.

Capítulo 31

Mientras los otros dormían en sus sacos, todos, salvo Gillian, que no dejaba de moverse y dar vueltas, Puck hizo la ronda por el perímetro del campamento. El demonio no dejaba de aullar en su mente.

El único motivo por el que no se estaba volviendo totalmente loco en aquel momento era que su mujer lo necesitaba.

Gillian no se había masturbado, lo había esperado. No sabía si lo había hecho a propósito o sin darse cuenta, pero no le importaba. Sabía que lo deseaba con todas sus fuerzas. Y que se había ocupado de vengarlo.

Al volver al campamento, había ido en busca de William y le había espetado:

–Sé que has apuñalado a Puck. No vuelvas a hacerlo.

–¿Qué dices? –respondió el guerrero–. Se tropezó y cayó sobre mi daga.

–Si vuelves a hacerlo, tú serás el que caigas en mi cuchillo, y repetidamente.

Puck había estado mil veces a punto de ir a su lado y terminar lo que habían empezado, pero había demasiado en juego, y tenía que resistir. O lo conseguía todo, o no podía aceptar nada.

Sabía que estaba demasiado agitado como para conciliar el sueño, así que pidió el primer turno de guardia. Las horas pasaron poco a poco hasta que apareció Cameron. Él se sobresaltó y echó mano de un arma.

—Vengo a sustituirte. Es mi turno de guardia —dijo su amigo, con una sonrisa de oreja a oreja—. Parece que estás un poco nervioso, ¿eh? ¿Y distraído? ¡Sorpresa! He sido tu sombra durante las dos últimas vueltas. He pensado en apuñalarte para demostrarte que tengo razón, pero, después, me he dado cuenta de que ya sientes suficiente dolor —dijo, y señaló el bulto que Puck tenía entre las piernas—. Yo me quitaría eso de ahí.

—Ese es el plan —dijo él.

Guardó la daga en su funda y se pasó una mano por la cara. El hecho de que no hubiera oído acercarse al otro guerrero... era como para que lo azotaran.

Volvió al campamento y se quitó las botas sin tratar de ser silencioso. Mientras se metía en el saco, que había colocado junto a Gillian, ella se giró hacia él con un gemido de necesidad.

«Mi mujer está sufriendo de deseo. Tengo que...».

¡No! Hasta que ella no cediera, no.

La luz de la luna iluminaba suavemente su exquisito rostro. Ella abrió los ojos y lo miró.

—Puck —susurró.

—Acepta el trato —le dijo él, en voz baja. William y Winter estaban durmiendo a pocos metros de distancia, pero él no tenía fuerzas para terminar con la conversación.

—Acepta tú mis condiciones —dijo Gillian, al mismo volumen—. Y haré realidad tus fantasías. Lo haré todo.

—¿Me deseas, muchacha?

—Tanto...

—Pues, entonces, demuéstramelo. Acepta mis condiciones. Danos un final feliz a los dos.

Ella tomó aire bruscamente, como si él acabara de arañarle una herida con una garra.

—No juegas limpio, marido.

—Nunca lo he hecho, y nunca lo voy a hacer –dijo él. Y, menos, cuando había algo tan importante en juego–. Acepta.

—No. No puedo.

—Puedes, pero no quieres. Así que esperaremos, y descubriremos quién aguanta más que el otro...

Puck no consiguió quedarse dormido. El demonio gritaba demasiado, y la necesidad que sentía por Gillian era demasiado intensa. Tuvo la esperanza de que ella fuera la primera en ceder. Sin embargo, estaba amaneciendo y ella permanecía callada e inmóvil.

¿Estaba durmiendo placenteramente?

El suelo empezó a vibrar bajo él, y frunció el ceño.

¿Era una amenaza? Se puso en pie de un salto, con una daga en cada mano. William, Gillian y Cameron se unieron a él. Winter estaba en el perímetro del campamento, con los ojos muy abiertos.

Entre ellos comenzaron a hundirse círculos del terreno debido a unas explosiones que ocurrían en el subsuelo, en el núcleo del reino.

—¡Ven aquí! –le dijo Cameron a su hermana–. ¿Qué demonios está pasando?

—No lo sé –dijo Winter, y se acercó a ellos corriendo, esquivando los agujeros–. El temblor no llega hasta las quimeras. Vamos a recoger las cosas y salir corriendo de aquí.

Buen plan.

—Yo me ocupo del equipo –dijo William, y las bolsas y armas desaparecieron.

Sin embargo, era imposible llegar hasta las quimeras. Un fuerte viento barrió el campamento. Era un viento mágico; era un viento de Sin. En un instante, todo el mundo fue teletransportado a otro punto, a metros de distancia unos de otros, y todos ellos, al borde de uno de aquellos pozos.

Algunos tenían fondo, pero otros, no. El que estaba a los pies de Puck tenía fondo, sí, y en él había clavadas infinidad de lanzas con la inclinación precisa para atravesarlo si caía sobre ellas.

William se tambaleó, y Cameron se lanzó a sujetarla. Al mismo tiempo, William se agarró a una rama caída para tendérsela a Gillian, pero Puck ya había seguido el ejemplo de Cameron, corrió hacia ella y la agarró por la cintura.

—Esto es cosa de Sin —dijo.

—Tú lo conoces mejor —dijo Gillian—. ¿Crees que va a parar esto?

Más vibraciones.

—¿Nos movemos? —preguntó Winter.

Pero ya era demasiado tarde, porque se formaron nuevos pozos.

—Tengo que pensar —dijo Puck.

A Sin siempre le había gustado jugar con sus enemigos; por lo tanto, sí, crearía una salida para asegurarse de que el juego continuara.

Los primeros pozos se habían formado cuando Winter estaba en el perímetro del campamento y el resto estaba junto a la hoguera. Los segundos se habían formado después de que soplara el viento y la magia los hubiera trasladado a otros lugares.

Así pues, Sin los había separado a propósito con su magia. La proximidad era importante... y eso le recordó a Puck un juego al que jugaban los niños de Amaranthia, en el que dos equipos se enfrentaban, cada uno con el objetivo de separar al otro.

—Venid —les ordenó a los demás—. Poneos uno junto al otro, en fila. Ahora.

William y los hermanos se acercaron sin protestar, y los temblores de tierra cesaron. No se abrieron más pozos en el suelo.

Hubo otra ráfaga de viento y, después, otro teletransporte. El temblor de tierra aumentó y se hundieron nuevas partes de la tierra.

—Tomaos de la mano —dijo Gillian.

Era demasiado tarde. Volvieron a dispersarse y, a medida que se formaban más pozos, se quedaron sin tierra bajo los pies. William se desvaneció y Gillian, con un grito de espanto, trató de alcanzarlo.

¡Magia! Puck hizo brotar una liana del suelo y la enroscó alrededor del tobillo de Gillian para tirar de ella antes de que cayera al pozo sin fondo.

—¡Suéltame! —gritó ella, forcejeando, intentando alcanzar a William.

—Estate quieta.

Indiferencia empezó a gritar cuando él se dio cuenta de que su mujer lo había besado un día y, al día siguiente, había estado a punto de dar la vida por salvar a otro hombre.

William apareció junto a Puck, comprendió que Gillian había tratado de salvarlo y la ayudó a ponerse en pie.

Cameron y Winter se acercaron, de un salto, desde sus pequeñas parcelas de tierra. Con dificultad, formaron otra línea entre todos, pero Puck se preparó de todos modos, porque esperaba otro teletransporte forzado. Sin embargo, pasó un segundo. Dos, tres. No ocurrió nada.

Entonces, olvidando el resentimiento que le tenía, se dirigió a William.

—Teletransporta a Gillian hasta las quimeras en mi nombre —le dijo; a él ya no le quedaba magia suficiente para trasladar a nadie a un lugar seguro. Solo tenía magia para crear las lianas, el hielo... y quizá algunos otros trucos.

William hizo un gesto negativo.

—Solo tengo la capacidad de teletransportarme a mí mismo.

—Pues vete a un lugar seguro, idiota —le gritó Gillian—. Nosotros ya encontraremos una salida sin ti.

—O se colapsará toda la zona en cuanto me vaya —respondió él.

No estaba desencaminado. Sin castigaría a cualquiera que intentara escapar matando a todos sus compañeros. El sentimiento de culpabilidad era un arma más afilada que cualquier espada.

—Eh, chicos... tengo un pequeño problema —dijo Winter.

Puck gruñó, porque sabía lo que iba a decir.

—¿Cuánto tiempo te queda?

Sus ojos plateados estaban llenos de odio.

—No mucho. Egoísmo está aullando. Si no abandono el barco, la locura me dominará. Ya empiezo a sentirlo... y no tengo ni idea de lo que voy a hacer.

—Tú no eres la única que tiene un demonio difícil —le dijo Cameron—. Obsesión tiene muchas preguntas sobre estos pozos sin fondo, y quiere respuestas.

—Aguantad, chicos —les dijo Gillian, y miró hacia el bosque—. Podemos hacer esto, y vamos a hacerlo. Solo tenemos que permanecer juntos y movernos hacia las quimeras.

Puck utilizó una mínima cantidad de magia para examinar los alrededores. ¡Allí! Había una línea brillante que marcaba el límite del juego. Estaba a unos cincuenta metros.

—No tenemos que llegar hasta las quimeras —dijo.

Si podían atravesar aquel umbral juntos, seguramente escaparían ilesos. Pero ¿cómo podían cruzarlo juntos?

«¡Piensa!». Lo intentó, pero tenía la mente demasiado revuelta por la emoción. Temía por la seguridad de

Gillian. Se arrepentía de no haber estado con ella cuando había tenido la oportunidad. Le enfurecía la idea de morir y de que el tiempo que tenía con su mujer hubiera sido tan corto, y que su reino y su pueblo quedaran condenados para siempre. Le apenaba haber llevado a gente buena a una situación tan irremediable. Sentía, también, celos por la devoción que Gillian tenía por William. Y, además de todo eso, su demonio estaba frenético.

—Lo siento, Gillian, pero tengo que... necesito pensar con claridad...

—¡No! —exclamó ella—. Ya lo resolveremos. No...

—Demasiado tarde —dijo él, y pidió el hielo a su magia. No podía permitirse el lujo de titubear.

Una tormenta de hielo glacial cubrió y congeló cada una de sus emociones. Indiferencia quedó en silencio, y los pensamientos e ideas de Puck se ordenaron y alinearon de nuevo. No había manera de que todos pudieran caminar hacia delante tomados de la mano. Había demasiados pozos y, si dos personas caían en uno de ellos, arrastrarían a una tercera y, posiblemente, a una cuarta y una quinta.

Así pues, si no podían caminar, tendrían que ir por encima del terreno. La magia estaba causando el problema, pero la magia también era la solución. Vio los árboles que rodeaban aquel claro y eligió uno que tenía las ramas y el tronco muy gruesos. Era robusto. ¿Sería lo suficientemente fuerte como para sujetar una de sus lianas y el peso de todo el grupo? Iban a averiguarlo.

La corteza estaba llena de bichos, y esos bichos tratarían de mordisquear la liana. El tiempo no iba a estar de su parte.

¿Había otro modo de conseguirlo?

La lógica decía que no.

Así pues, tendrían que utilizar las lianas.

—Necesito tener una mano libre, así que tenemos que

cambiar de posición –dijo. En aquel momento, estaba entre Gillian y William–. Cuando tenga la mano libre, utilizaré el árbol para crear otra liana de espinas y la utilizaremos para volar sobre los pozos. En teoría.

Cameron y Winter se quedaron asustados. La expresión de William se volvió fría como el hielo. Puck miró a Gillian y se dio cuenta de que estaba muy pálida. Supo que debería estar disgustado por ello, pero no sintió nada.

–A la de tres –dijo–. Uno, dos y... tres.

Se soltaron las manos, y se formaron nuevos pozos. Puck cambió su sitio con William y arrastró a Gillian consigo, porque ella se negó a soltarle la mano. Cameron se tambaleó al borde de un pozo.

Winter lo agarró de la mano y lo salvó. Un acto desinteresado. Se le escapó un grito de dolor desgarrador, y los hermanos se tambalearon juntos.

William hizo una demostración de fuerza dándole una patada a Cameron hacia atrás y levantando a Winter con una sola mano mientras sujetaba a Gillian con la otra. Al mismo tiempo, Puck alargó un brazo e hizo crecer una liana espinosa del árbol. La liana le rodeó la muñeca y las espinas se le clavaron en la piel y los músculos. Empezó a sangrar.

El peso muerto de Winter amenazaba con llevárselos a todos hacia abajo, pero él dio un salto y los arrastró a todos consigo. Se balancearon con la liana. A él se le clavaron aún más las púas, que llegaron hasta los huesos, pero resistió.

En cuanto la liana superó el pozo, él gritó:

–¡Soltaos!

Y, juntos, salieron volando por el aire, se chocaron con la fila de árboles y cayeron al suelo.

Capítulo 32

Gillian estaba en el momento álgido de una gran diversión. Habían pasado varias horas desde que el grupo se había salvado del juego del escondite con pozos sin fondo. Cameron estaba catatónico; apenas podía respirar. No había investigado lo que había al final de aquellos pozos, y estaba recibiendo un castigo por ello. Winter estaba en la misma situación, meciéndose hacia delante y hacia atrás y murmurando cosas incoherentes.

Gillian estaba sentada entre los dos hermanos, acariciándole el pelo a Winter y la cara a Cameron alternativamente. Nada de lo que había hecho había servido de ayuda.

Tampoco había servido de ayuda nada de lo que había hecho Puck. Le había pedido que compartiera su hielo con los hermanos, pero él había respondido:

—Si lo hago, empeoraré las cosas para ellos. En este momento, se preocupan mucho por los estragos que causarían si dejaran de luchar contra el demonio. Si dejara de importarles todo...

Después, se había ido a rodear el perímetro del nuevo campamento con una barrera de seto de espino, y William lo había seguido.

¿Volvería el Puck con capacidad para sentir emociones, se preguntó Gillian, o tendría que vérselas de nuevo con el hombre de hielo?

Cuando Puck apareció entre los árboles, Gillian se dio cuenta de que tenía un ojo morado y la ropa sucia de tierra y de sangre. William y él debían de haberse peleado. Su expresión seguía siendo glacial.

Ella perdió las esperanzas.

—No podemos quedarnos aquí, y no podemos llevarnos a los hermanos —dijo él, en un tono duro—. Nos retrasarían.

Ella tenía que hacer algo para ayudar a sus amigos, pero, también, a su marido. Una vez, le había explicado que era necesario que una fuente externa tenía que conseguir que sintiera algo para que el hielo pudiera resquebrajarse. Muy bien.

Gillian se puso en pie y se acercó a él. Lo miró y le dijo:

—Bésame.

Él la ignoró y respondió:

—Toma tu bolsa. Nos vamos.

—No. Todavía no nos vamos.

—Sí —respondió él—. Si te resistes, te haré daño.

—Pues hazlo. Hazme daño.

Él... no lo hizo. Ni siquiera lo intentó. ¡Porque no podía!

Ella le puso las manos en los hombros.

—Si fueras mi Puck, me besarías, y querrías quedarte aquí.

—No soy tu Puck.

—¡Ya lo sé! Ese es el problema.

Él se apartó de ella y repitió:

—Toma tu bolsa.

—No.

Durante los años que Gillian había vivido con los

Señores del Inframundo, había visto enamorarse a uno tras otro, y los había visto querer ser mejores por su amada.

«Pero Puck no quiere mi amor, ¿o es que se me ha olvidado?». No, no. Sí lo quería. Tenía que quererlo. Sus condiciones...

Y ella, ¿lo quería a él?

No estaba segura. Así que, adelante. Las mujeres de los Señores del Inframundo siempre habían ejercido un efecto muy potente sobre ellos. Ellos no eran más que barro moldeable en sus manos.

La poderosa Sienna, que en el presente era la reina de los dioses griegos, podía dejar a Paris fascinado tan solo entrando en una habitación, a pesar de que él había vivido varios milenios y ya había experimentado todos los vicios, los placeres y los lujos.

La delicada Ashlyn calmaba a Maddox con una sola mirada, o con una caricia, o con una palabra.

La guerrera Kaia excitaba a Strider con las cosas tan atrevidas que decía.

¿Qué dirían los demás de Puck y de ella, algún día?

—Por una vez, estoy de acuerdo con Pucker —dijo William, que apareció junto a su marido. Su tono era tan glacial como el de Puck, y él también tenía un ojo morado y la ropa rasgada y manchada—. No deberíamos quedarnos aquí.

—Winter y Cameron están indefensos en estas condiciones —replicó ella.

—No es mi problema —dijo Puck.

¿Hasta qué punto llegaba su frialdad para dar una respuesta tan cruel?

William se quedó rígido. En sus ojos apareció un brillo de ira.

—Tengo que ocuparme de un asunto. Volveré —dijo, y se desvaneció.

Gillian se sintió aliviada por el hecho de poder estar un momento a solas con Puck.

—No podemos marcharnos mientras él esté ausente. Lo necesitas, ¿no te acuerdas? Así que, por el momento, tenemos que quedarnos aquí. Podríamos aprovechar el tiempo para deshacer tu hielo.

—El hielo no es el problema —dijo él—. Tú eres el problema.

—¿Yo?

—Estabas dispuesta a morir por William. Te habrías matado por salvarlo.

¿Aquel era el problema? Ella alzó la barbilla y dijo:

—Si fuera necesario, volvería a hacerlo.

Él dio un paso atrás, como si lo hubiera golpeado.

Entonces, Gillian añadió:

—Pero también lo habría hecho por ti, Puck. Y, probablemente, con más rapidez. Habría pasado por encima de William con tal de llegar hasta ti.

Él le clavó una mirada de duda. Se le dilataron las pupilas, y apretó los puños.

¡Por fin se estaba derritiendo el hielo!

Ella se sintió triunfante, poderosa, y la sensación fue embriagadora. Algún día, la gente iba a decir que la astuta Gillian había conseguido derretir el hielo de Puck con la verdad.

—Vamos, muchacha. Tenemos que hablar.

Él se acercó a ella y, sin detener el paso, se la echó al hombro y la llevó hasta la manta en la que estaba descansando Peanut.

—Y no te preocupes por los demás. He rodeado el campamento con un seto de espino que mantendrá a raya a los depredadores.

Se sentó en el suelo y a ella se la colocó en el regazo, con su hombro pegado al pecho.

—Yo te gusto más que él —dijo, con una sonrisa de satisfacción–. Quieres seguir casada conmigo para siempre.

–Sí, Puck. Tienes razón.

Él la abrazó con fuerza.

–Mi misión en la vida será hacerte feliz, muchacha.

–¿Aunque no acepte tus condiciones? Porque no estoy dispuesta a destruir tus sueños, Puck. Aunque vayamos a estar juntos, tú tienes que ser el rey de los Connacht. A lo mejor podemos convencer a William para que te libere de tu promesa.

¿Estaría dispuesto su amigo?

No, no creía. Así pues, tenía que haber otro modo.

Un final infeliz... Lo que podría ser contra lo que sería... De repente, Gillian tuvo un sentimiento de aprensión.

–Te lo advierto ahora para que no haya malentendidos –continuó Puck–. No pienso separarme de ti. Haré lo que sea necesario para retenerte, y te elegiré siempre por encima de todo lo demás. Ya no me importará lo que es mejor para los otros o para mí. Solo me importará lo que es mejor para Gillian y para Puck. Somos un equipo. Una familia. Confiaré en ti, y tú confiarás en mí.

Gillian no había oído unos votos más hermosos en toda su vida. Se le llenaron los ojos de lágrimas. Sin embargo, aún no podía aceptar sus condiciones. Aquellos últimos días, él le había dado más cosas de las que nunca hubiera podido imaginar, así que, en adelante, ella también iba a darle cosas a él. Haría cualquier cosa por conseguir que él hiciera realidad sus sueños.

Necesitaban una distracción. Gillian rebuscó en su bolsa y tomó un saquito de bayas y frutos secos que había llevado de casa. Entonces, puso la más madura y jugosa de las bayas en sus labios.

–No hemos desayunado ni comido, y sé que a mi guerrero le gusta reponer fuerzas. Abre la boca.

—Tengo hambre —dijo él, con una mirada abrasadora—, pero no de comida.

—Es una pena, porque necesitas sustento si quieres estar a mi altura, ancianito. Yo soy joven y tengo resistencia.

Él sonrió antes de aceptar la baya. Al morderla, enarcó las cejas con cara de sorpresa.

—Noto la riqueza de los sabores —dijo. Le quitó el saquito y se metió varias bayas en la boca. Las masticó y frunció el ceño—. Ya no.

Ella tomó dos bayas y puso una en la lengua de Puck y otra en la suya.

Él volvió a sonreír.

—Otra vez percibo los sabores, como te saboreé a ti una vez. Qué dulce. Es delicioso.

Entonces, él podía saborear... ¿porque era ella quien le había dado la baya? Que exquisitamente seductor.

—Dame más —dijo él, y masticó unas cuantas bayas más—. Es asombroso. Cuando me las das tú, puedo saborearlas. Cuando me las tomo yo, no.

Ciertamente, era asombroso. Gillian sonrió.

—Al final, te voy a hacer vegetariano —bromeó.

—Sí —dijo él—. Dame más. No pares hasta que se nos terminen.

Ella se contagió de su entusiasmo y, con una sonrisa, le puso una nuez pacana en la boca. Se quedó mirando absorta cómo masticaba. Él, con los ojos cerrados, dejó escapar un jadeo de placer, y ella se sintió feliz.

—Igual de delicioso —dijo Puck, mirando a Gillian como si fuera un milagro—. Salado.

Ella se movió en su regazo; la necesidad que sentía de él era cada vez más intensa. Cuando le rozó la erección con la cadera, los dos se quedaron quietos, sin atreverse a respirar. Entonces, con un gruñido, Puck la giró y la colocó a horcajadas sobre él.

A ella se le escapó un gimoteo.

—William puede volver en cualquier momento —dijo, pero, sin poder evitarlo, metió los dedos entre su pelo y se meció contra él—. No podemos... No... Tenemos que estar alerta por si Sin lanza otro ataque.

—Podemos hacer esto y mantenernos alerta a la vez —dijo él, y la tomó de las caderas—. Necesitas un orgasmo, y me voy a asegurar de que lo tengas. Antes te dejé dolorida, ansiosa.

Entonces, la respiración de Gillian se volvió entrecortada, y la excitación hizo que sus muslos palpitaran.

—Sí, estaremos alerta.

«Imposible».

«Cállate».

Cuando posó su frente sobre la de Puck, su pelo formó una cortina alrededor de sus dos caras. En aquel momento, eran las dos únicas personas del mundo.

Gillian se meció contra él sin poder evitarlo. ¡Sí!

Con el contacto de sus pechos sobre el de Puck, sintió más gozo.

—Nunca me hartaré de ti.

—Nunca —dijo él—. Te desearé siempre.

—Estaría perdida sin ti.

Él la tomó por las caderas y la apretó más fuertemente contra sí.

Se oyó el crujir de una ramita. El susurro de unas hojas. Llegaba alguien.

¡No! No en aquel momento... Puck se puso rígido y se levantó. Gillian tuvo que contener un gemido, pero también se levantó, con una daga en la mano.

William entró al claro, los vio y frunció el ceño.

—He hablado con Hollywood. Tenemos dos semanas para destronar a Sin, o los Enviados destruirán todo el reino.

—¿Por qué? —preguntó Puck.

–Parece que el imbécil de tu hermano bombardeó un templo sagrado y mató a miles de Enviados, y toda la raza está furiosa. Pero no te preocupes, Hades nos va a enviar refuerzos.

Dos semanas para encontrar la forma de estar con Puck y de que él pudiera cumplir sus sueños. Dos semanas, como máximo. Si encontraban a Sin antes de ese tiempo...

A Gillian se le encogió el estómago. Su excitación y su buen humor se desvanecieron. Había empezado una cuenta atrás para el final de su felicidad, y no veía la forma de pararla.

Capítulo 33

Puck, que ya no tenía a Gillian entre los brazos, tuvo que luchar por mantener la calma. Sus emociones habían entrado en crisis, y el demonio protestaba con más ímpetu que nunca. Tenía que pensar. ¿Ayuda de Hades? ¿Los Enviados iban a atacar Amaranthia? ¿Sin había sido condenado a muerte por una raza entera?

¿Era todo ello parte de la profecía?

Sentía una mezcla de furia, urgencia, lujuria y frustración. Desesperanza, soledad, traición. Odio, amor. Orgullo, dolor y pena.

Odiaba a Sin por lo que había hecho y, al mismo tiempo, sufría por la pérdida de su hermano. Necesitaba ayudar... ¿a quién? ¿A quién necesitaba ayudar?

Para averiguarlo, tenía que conseguir paz y tranquilidad. Y, sin embargo, no tenía valor para cubrir su alma de hielo y decepcionar a Gillian.

Se tiró del pelo; cada vez se sentía más agresivo. Era como si se hubieran caído sus barreras defensivas, y todo lo que había sentido hasta aquel momento solo fuera una insignificancia comparado con aquello.

Gillian iba a...

Con solo pensar en su nombre, sintió otra potente

descarga de lujuria. Estaba endurecido, palpitante. Si William no hubiera vuelto, ya estaría dentro de ella.

Rabia. Sentía mucha rabia.

Indiferencia se escabulló por el vínculo, y Puck oyó un silencio sobrenatural en su cabeza.

Gillian se percató de la intrusión, y se le escapó un jadeo.

Él sintió el impulso de ir hacia ella para reconfortarla, pero estaba atado por unas cadenas emocionales. ¿Cómo iba a enfrentarse a la situación?

En el fondo, siempre había sabido que llegaría aquel día. Sabía que las cosas que había enterrado iban a salir a la superficie. Aunque Gillian le había ayudado a sacar muchas de esas cosas poco a poco, lo que quedaba hacía añicos su legendaria capacidad de control.

¿Cómo iba a sobrevivir a aquello?

Puck inclinó la cabeza hacia atrás, abrió los brazos y lanzó un grito al cielo. No obtuvo ningún alivio.

Deseaba a aquella mujer, e iba a tenerla. Si era necesario, movería montañas para alcanzarla. Mataría a cualquiera que se atreviese a interponerse en su camino hacia ella.

Tenía que asegurarse de que su final con William era infeliz, y crear un final feliz con él. Quería que sus amigos estuvieran a salvo. Quería derrocar y matar a Sin, y que la corona de los Connacht estuviera en manos de otro. Pero también quería que Sin viviera. ¿Cómo iba a hacerle daño a un hombre que había sido su querido hermano? Más rabia. No podía contenerla...

Se sentía impotente. Iba a tener que dejar allí a Winter y a Cameron. Iba a tener que abandonar a sus amigos cuando más lo necesitaban. En las próximas horas, iban a empeorar. Winter dejará de delirar y comenzará a atacar a cualquiera que estuviese cerca. Cameron saldría de su coma y empezaría a agredirse a sí mismo. Habría sangre y se perderían vidas.

Y, sin embargo, no era capaz de dejarlos allí. Si no podía matar a Sin durante los siguientes catorce días, todos los habitantes de Amaranthia iban a morir.

Era demasiado para él. Se lanzó hacia el tronco de un árbol e impactó en él con los cuernos. Cuando los liberó de la corteza, repitió la embestida una y otra vez, hasta que derribó el árbol.

Con la respiración entrecortada, pensó en hacer lo mismo con todo el bosque. No había nada que pudiera detenerlo.

—Ya está bien —le dijo Gillian, con la voz temblorosa, por medio del pensamiento.

«¿Acaso mi mujer me tiene miedo?».

Se giró y la miró. Ella tenía los ojos muy abiertos y los brazos cruzados sobre el torso, con los dedos posados en las caderas, como si estuviera formando un escudo.

William estaba a su lado.

«Cree que puede quitármela».

Con la barbilla agachada y los cuernos inclinados hacia delante, echó a correr a toda velocidad. William se colocó delante de Gillian. Era un error, el último que iba a cometer. Él corrió aún más, y vio que William se preparaba para una colisión brutal; sin embargo, Gillian lo empujó con fuerza y lo apartó en el último momento. Estaba dispuesta a soportar la acometida de Puck.

Él se detuvo en seco justo delante de ella, jadeando. Ella le tomó la cara entre las manos y le acarició las mejillas con los pulgares.

—Nunca pensé que iba a decirte esto, Puck, pero necesito que te calmes.

—No me tengas miedo —le dijo él, con la voz ronca.

—No, nunca.

—Eres mía.

—Soy tuya.

Ella miró hacia delante, por encima del hombro de Puck, y frunció el ceño.

—Se acerca alguien.

Puck se giró y se dio cuenta de que las ramas de los árboles se movían a lo lejos, a medida que una enorme sombra avanzaba por la tierra.

«Debo protegerla». Puck decidió enfrentarse primero a la amenaza que se acercaba por el aire. Era un hombre rubio con unas enormes alas blancas, que voló hasta el campamento y aterrizó a pocos metros de ellos.

Reconoció al intruso. Era Galen, el guardián de los Celos y la Falsa Esperanza. Era uno de los ayudantes de Hades, y el inmortal más odiado del mundo. Durante siglos, había dirigido un ejército de seres humanos que tenían el único propósito de asesinar a los inmortales. Él había traicionado a amigos y enemigos por igual. No era de fiar.

Puck se había enterado de todo aquello mientras recopilaba información sobre William. Galen deseaba a una mujer llamada Legion, o Honey. Su pasado estaba tan lleno de dolor y violencia como el de Gillian. En aquellos momentos, a Legion la mantenían apartada de él, y Galen la buscaba sin cesar mientras luchaba en la guerra del inframundo e intentaba recuperar su amistad con los Señores del Inframundo, unos inmortales a quienes, en el pasado, había torturado.

Dos intrusos más salieron a pie de entre los árboles. Pandora, la única hija de Hades, que tenía el pelo negro a la altura de los hombros, un rostro deslumbrante y los ojos de color marrón.

A su lado había un hombre musculoso, sin camisa, con la piel del color de la sangre y lleno de tatuajes de ojos de los pies a la cabeza. Era Red, él que lo había llevado por teletransporte al callejón de Oklahoma City. Entonces, Puck se dio cuenta de cuál era la verdadera identidad: era Rathbone el único, otro de los aliados de Hades y, también, uno de los reyes del inframundo. Tenía múltiples piercings y... ¿acababa de pestañear uno de los ojos que llevaba tatuados?

—Han llegado los refuerzos —dijo William.

Puck debería haberse alegrado. La motivación de William había cambiado; ya no estaba involucrado en el éxito de Puck solo por la libertad de Gillian. Ahora luchaba por salvarle la vida.

Si Amaranthia moría, él moriría también. Su magia, la fuerza de su vida, estaba vinculada a aquel reino majestuoso. Y, como la fuerza de la vida de Gillian estaba vinculada a la suya, ella también iba a morir.

Indiferencia se carcajeó dentro de su mente, como si estuviera deleitándose con todas aquellas muertes. Sobre todo, con la de Gillian. Sin embargo, tenía lógica: ella era la causa de la debilidad del demonio y del aumento de fuerza de Puck.

«Ella es la causa de todo para mí». Hacía un momento, estaba pensando que su vida en común sería de Puck y de Gillian. Ahora veía la verdad: su propia vida giraba en torno a la de Gillian. Haría lo mejor para ella, siempre.

Si Puck no destronaba a Sin en aquellos trece días, utilizaría las tijeras para liberar a Gillian de su vínculo. De ese modo, ella ya no estaría unida a él y, por lo tanto, tampoco tendría ningún vínculo con Amaranthia. Por supuesto, Gillian iba a negarse a abandonar a su clan, así que él tendría que obligarla.

Pero... ¿separarse de ella? Por mucho que quisiera negarse, tendría que hacerlo para salvarle la vida. Por mucho que sufriese después.

Si vencían a tiempo a Sin, todo sucedería como él

esperaba. William destronaría al Demente. Entonces, él mismo lo mataría, pese al pasado que compartían como hermanos. Después, se aseguraría de que la corona fuera para el mejor soldado de los Connacht. Y, por último, se quedaría junto a Gillian.

Mientras conseguía todos sus objetivos, le enseñaría a su mujer lo bien que podían ir las cosas entre ellos. No más esperas, ni condiciones, ni interrupciones. Desde aquel momento en adelante, tomaría lo que quisiera, cuando lo quisiera.

–¿Cómo nos habéis encontrado? –preguntó.

–Ese ha sido el menor de nuestros problemas –dijo Rathbone. Adoptó la forma de Sin y, después, volvió a adoptar la suya–. Hay un escudo rodeando todo el reino e impide entrar o salir a otro que no sea Sin. He tenido que convertirme en tu hermano para poder entrar.

Sin debía de haber colocado aquel escudo justo después de que llegaran William y él. O, tal vez, su grupo y él fueran una excepción...

–Tienes buen aspecto, Gillian –le dijo Galen, moviendo con entusiasmo los dos pulgares hacia arriba–. Eres toda una adulta. Fantástica.

–Bueno, gracias por eso –respondió ella, con ironía–. Por fin merece la pena vivir la vida.

¡Bum! De repente y sin previo aviso, Peanut embistió a Galen en el estómago y lo derribó. Después, la quimera le mordió la mano a Rathbone, que gritó de dolor.

A Puck se le escapó una carcajada mientras Rathbone soltaba maldiciones y Pandora se escabullía para ponerse a salvo de la quimera. Galen se puso de pie, dolorido.

¿Diversión, en un momento como aquel?

El hecho de que Indiferencia no pudiera hacer otra cosa que corretear por su mente resoplando convirtió aquel momento en algo mucho más dulce aún.

—¿Y cómo podemos saber que sois quienes decís ser? —preguntó Gillian, y dio un paso hacia delante con la intención de acercarse a los recién llegados. Sin embargo, Puck la sujetó de la mano y se lo impidió—. Puede que sea un truco —murmuró ella—. Otro reto, incluso.

—¿Quién te gustaría que fuera, preciosa? —le preguntó Rathbone, mientras se convertía en un perrito, en Puck, en William, en un jaguar, en Rick de The Walking Dead y, finalmente, en sí mismo de nuevo—. De todos modos, no tiene importancia. Soy un asesino tenga la apariencia que tenga.

—Yo respondo por ellos —dijo William.

Puck se volvió hacia Gillian.

—Tenemos que ir a buscar a Sin, y eso significa que no queda más remedio que dejar aquí a Cameron y a Winter. Pero —añadió, antes de que ella pudiera protestar—, uno de los enviados de Hades se quedará con ellos para protegerlos. ¿Te parece bien?

Ella cerró los ojos un instante, tomó aire profundamente y asintió.

—Entonces, ya está decidido —dijo William—. Rathbone, tú te quedas con los hermanitos del infierno. Galen, tú vas a ir volando por encima del grupo para poder advertirnos de los peligros que se presenten. Pandora, tú vendrás con nosotros, y tu único cometido será el de proteger a la chica y morir en su lugar, si es necesario.

—Ah, ¿solo eso? —inquirió Pandora, con sequedad.

—Yo estoy de acuerdo con William —le dijo Puck—. Si es necesario, darás la vida por ella.

—Nadie va a morir por mí —les dijo Gillian.

William señaló a las quimeras.

—¿Acaso no me habéis oído? Todo está decidido. Mi palabra es la ley. Vamos.

Puck, príncipe de nacimiento y que, una vez, fue un futuro rey, tuvo el impulso de atacar al usurpador que pensaba que podía tomar el control de la situación. ¡Nadie le daba órdenes a sus soldados, solo él!

¿Celoso, en aquel momento, y por aquello?

—Pandora es muy atractiva —dijo Gillian, con un tono glacial—. ¿La deseas?

¿Ella también tenía que luchar contra los celos?

Entonces, Puck lo entendió todo. Señaló a Galen con un dedo, y le dijo:

—Controla a tu demonio.

Galen se encogió de hombros. No parecía que estuviera muy preocupado.

¡Imbécil! Puck acompañó a Gillian hasta las quimeras, la ayudó a montar en Peanut y, después, montó en la suya, Walnut.

Cuando William pasó trotando junto a Puck, para ponerse en cabeza, murmuró:

—Acuérdate de lo que te he dicho.

Mientras atravesaban el bosque, después de haber dejado atrás a Rathbone, a Cameron y a Winter, para olvidar la culpabilidad que sentía por haber tenido que abandonar a sus amigos, Puck fue pensando en la conversación que había mantenido un poco antes con William, mientras él ponía un vallado de espino alrededor del campamento.

—Te voy a contar una cosa —le había dicho William—: Colecciono calaveras. Feas y bonitas, de hombre o de mujer. De jóvenes o de viejos, de mortales o de inmortales. Los de mis amigos y los de mis enemigos. Incluso la calavera de una persona que haya conocido en un ascensor.

—Vaya, Willy, ojalá me hubieras avisado antes de que era la hora de contar cuentos —le había dicho Puck—. Me habría puesto el pijama y me habría metido debajo de mi manta favorita.

El amado hijo de Hades siguió hablando sin inmutarse.

—Tengo miles de calaveras. Lo único que tienen en común es que yo maté a su propietario.

—Sí, sí, eres muy malo y haces cosas macabras. Tomo nota. Entiendo que lo que quieres decirme es que, si no tengo cuidado, terminaré en tu colección.

William se pasó la lengua por los dientes.

—Odio esas calaveras, porque me recuerdan a los peores actos que he cometido. Una vez pensé en deshacerme de ellas, pero, antes de que tomara la decisión, un amigo me robó la que menos me gustaba de todas. ¿Sabes lo que hice?

—¿Lo mataste de aburrimiento con esta historia?

—No. Lo encontré, le corté la cabeza y me hice un orinal con su cráneo. La moraleja es que a mí no se me roba.

De repente, empezó a expandirse un olor espantoso que impidió contestar a Puck. Hizo un mohín al percibir el hedor de la muerte. Olía a algo corrupto y a sulfuro.

—Galen —gritó Pandora—. ¡Te dije que no te comieras esos burritos!

—¿Me estás echando la culpa de esto? —gritó él, mientras movía sus alas blancas a la velocidad adecuada para seguir el paso de las quimeras—. Pensaba que la culpa era tuya, y me estaba callando para ser caballeroso.

Puck miró a su alrededor y descubrió unos cadáveres medio cubiertos con un montón de hojas a unos cincuenta metros de distancia. Mediante la magia, hizo una inspección a distancia, y se dio cuenta de que los muertos estaban descuartizados.

Ralentizó el paso para ponerse a la altura de Gillian.

—¿Ves esos cadáveres? Han tenido una muerte horrible. Y sea quien sea el que los mató, tal vez siga por ahí.

—No te preocupes —respondió ella—. Yo te protejo.

Él la miró, y a ella se le dibujó una sonrisa en los labios rojos. Puck sintió una descarga de lujuria.

«Tengo que tomarla. Pronto».

Pandora, que cabalgaba al otro lado de Gillian, sacó una espada de una de las fundas que llevaba a la espalda.

—¿Qué tipo de bestia vamos a encontrarnos, Indiferencia?

—Puedes llamarme «Majestad» —respondió Puck. Él no era el demonio. Nunca volvería a serlo.

Observó los cadáveres. Les habían arrancado los miembros del cuerpo y tenían marcas de mordiscos por toda la piel. Sin embargo, no eran agujeros de colmillos. Tenían arañazos hechos con uñas romas, no con zarpas.

Cada una de las manos tenía sangre y piel seca bajo las uñas... Casi parecía que aquellas personas se habían atacado las unas a las otras.

Pero... no era posible.

—No sé nada sobre la bestia.

—Me preocupa más el laberinto —dijo Gillian, señalando a la derecha—. Tengo la sensación de que he visto ese árbol tres veces ya.

Laberinto... laberinto... Gillian había llamado «laberinto» a la creación de Sin más de una vez, pero a él no se le había ocurrido pensar que el bosque fuera algo más que un bosque.

¿Se había equivocado?

—Vuela alto, Galen, y dinos lo que ves.

Galen obedeció y, cuanto más ascendía, más se le abrían los ojos.

—Deberíais ver...

Se chocó contra una cúpula invisible y se rompió una de las alas. Cayó como una estrella e impactó contra el suelo a pocos metros de William; el golpe lo impulsó por el suelo hasta que chocó con el tronco de un árbol.

Debido a los golpes, se había roto las dos alas y tenía el hombro salido de la articulación. El hueso había atravesado la carne. Del tronco del árbol salieron miles de insectos para alimentarse de él.

Todos desmontaron para ayudarlo. Galen gritó y rodó hacia un lado, y tiró a Gillian al suelo.

Indiferencia se echó a reír. Parecía que le estaba gustando el espectáculo.

Puck se puso muy tenso y se acercó corriendo a su mujer, pero William se teletransportó y llegó antes a su lado. Puck pensó que iba a sentir ira, pero sintió... gratitud. Aquel desgraciado la ayudaba cuando ella lo necesitaba.

—Estoy bien —dijo Gillian, sonriendo—. De verdad.

En aquel momento, Puck sí que sintió rabia. «Esa sonrisa es mía».

Galen se colocó el hueso del hombro de un puñetazo. Aunque tenía un tobillo roto y el pie le colgaba de la pantorrilla, se puso de pie y fue cojeando hacia Puck.

—¡Cabrón! ¿Sabías que me iba a...?

Peanut lo embistió en el estómago. Galen volvió a estamparse contra un árbol.

—Bueno —dijo Puck—, ¿qué es lo que has visto?

Galen se quedó en el suelo y, con una mirada fulminante, respondió:

—He visto nuestro final.

Gillian escuchó, con el estómago encogido, la descripción que estaba haciendo Galen de un desastre de magnitud bíblica. Las partes del laberinto iban cambiando de sitio, de modo que, por mucho que avanzara el grupo, o por mucho que el paisaje pareciera cambiante, tal vez nunca llegaran a la fortaleza de Sin.

—¿Sabéis por qué sé yo que vamos a escaparnos de este laberinto? —inquirió Pandora—. Pues porque yo estoy aquí.

Gillian se frotó la nuca y se dio cuenta de que la temperatura había descendido. Rápidamente, empezaron a castañetearle los dientes.

Los demás también se dieron cuenta y fruncieron el ceño al ver que estaba empezando a nevar, y que los copos caían en su piel desnuda y eran absorbidos por sus poros.

Dentro de su organismo hubo una explosión de calor que convirtió su sangre en lava y sus órganos en ceniza.

¿Magia?

–Puck –dijo ella, pero no pudo continuar hablando, porque sintió un dolor desgarrador. Se le escapó un gemido y, después, un grito.

–¡Ayuda!

Los huesos de su cara, pecho y miembros se alargaron, se engrosaron y rotaron. De su piel brotó un pelaje oscuro que la cubrió por completo. Sus colmillos tomaron la forma de los de un jabalí, y le crecieron garras en las manos y los pies.

Al sufrir aquel horrible cambio, perdió su centro de gravedad y cayó al suelo.

Peanut se giró, dio un chillido y salió corriendo para huir de ella.

¿Dónde estaba Puck? Lo necesitaba. Se le estaba nublando la vista. Miró a su alrededor y se dio cuenta, con espanto, de que todos sus compañeros se habían convertido en monstruos con cuernos y colmillos.

El instinto se hizo con el control de sus pensamientos.

«No son amigos, sino enemigos. Comida. Tengo hambre».

Gillian retrocedió, se preparó... y se lanzó al ataque.

Capítulo 34

A pesar de las ruidosas protestas de Indiferencia, Puck se esforzó por entender lo que estaba ocurriendo. Gillian, William, Galen y Pandora estaban en el suelo, a cuatro patas, girando en círculo de manera amenazante, lanzando rugidos y mordiscos.

Aquello no podía terminar bien.

William se abalanzó sobre Galen con los dientes desnudos. Los dos se enzarzaron en una pelea a muerte y rodaron sobre las piedras y las ramas.

Gillian soltó un grito de guerra e, igualmente, se arrojó contra Pandora, que se encontró con ella a medio camino. Se mordieron, se dieron zarpazos. Todo el mundo se había vuelto loco, salvo él. ¿Y por qué él no? ¿Por Indiferencia? Sin embargo, Gillian también tenía una conexión con el demonio…

Entonces, tal vez, ¿por su magia? No, porque Gillian y William también tenían su propia magia.

Tenía que ser por algo que los demás no tuvieran. ¿La magia innata que él había heredado de los Connacht?

Exactamente. Así pues, solo había un modo de detener aquello.

Era una solución drástica que le inquietaba. Tal vez pudiera razonar con ellos, en vez de aplicarla.

Merecía la pena intentarlo. Puck saltó hacia las mujeres y las separó. Ellas se abalanzaron sobre él, le clavaron las uñas y le mordieron el cuello. A pesar del dolor, no se defendió.

«Cuidado. Tengo que defender a Gillian a toda cosa». Pero no a Pandora. Agarró a la otra mujer del pelo y la tiró hacia un grupo de árboles. Después, sujetó a su mujer bajo él.

Ella dio unas sacudidas salvajes. No lo reconocía.

—Cálmate, muchacha. Respira profundamente. Vamos, vamos...

Ella le arañó la cara y el cuello, y él sintió otra nueva oleada de dolor.

Sintió una descarga de peso en la espalda. Pandora había vuelto. Lo arañó, le dio puñetazos y le pateó. Rabia debajo de él, furia encima de él. Qué diversión. De nuevo, agarró a la hija de Hades del pelo y la arrojó por el aire, en aquella ocasión, hacia William.

Pero eso lo distrajo, y Gillian aprovechó para aplastarle la nariz con la palma de la mano, con tanta fuerza, que le rompió el cartílago. Puck gruñó de dolor y se mareó. La sangre empezó a manar de su nariz y a derramársele por la cara.

Gillian se desembarazó de él a patadas y se agachó en el suelo. Miró a William, que estaba agitando la cabeza y aullando hacia el cielo, desafiándola para que lo atacara.

—Quédate aquí —le dijo Puck.

La agarró de los tobillos y tiró, y Gillian cayó de cara en la tierra. Al ver que se estremecía de dolor, Puck se estremeció también, por haberle provocado dolor a su mujer.

Cuando la tuvo sujeta, le dijo:

—Gillian, sé que estás ahí. Concéntrate en mí. Piensa en...

Ella le golpeó la barbilla con la frente y le dislocó la mandíbula. Puck vio las estrellas. Sin embargo, Gillian no había terminado aún. Consiguió liberar sus brazos y le golpeó la cara mientras agitaba salvajemente las piernas, intentando con desesperación conseguir la libertad.

A pesar de las heridas, Puck le dijo, con la voz ronca:

–Gillian, soy tu marido. Acuérdate de mis caricias y de mis besos. Estamos...

Entonces, ella elevó la cabeza, succionó sus labios y le arrancó de un mordisco la lengua. En un segundo, a él se le llenó la boca de sangre, y estuvo a punto de ahogarse.

La escupió y, con la magia, aceleró el proceso de curación. Se le colocó la mandíbula, se le cerraron las heridas y se le regeneró la lengua.

–¡Ya está bien, muchacha!

Ella volvió a patearlo y consiguió zafarse de él. Al instante, le dio una patada en la cara.

Bien, así que no iba a poder razonar con ella.

Aprovechando que ella intentaba darle otra patada, Puck la agarró del tobillo y tiró con fuerza para derribarla. Después, la tomó del cuello y apretó lo justo para inmovilizarla. Entonces, alcanzó el vínculo que los unía interiormente, le lanzó un hilo de magia Connacht. ¿Qué iba a perder por ofrecer una parte de su magia voluntariamente? ¿Su habilidad de cambiar de forma? ¿De correr a la velocidad de la luz? De cualquier modo, nunca recuperaría la magia si no mataba a aquellos con los que la había compartido. Pero Galen y Pandora, a quienes iba a tener que marcar con runas, no iban a aprender a devolvérsela ni en siglos, y William no iba a hacerlo por puro desprecio. «No, no importa. Tengo que ayudar a Gillian».

Entonces, ella fue quedándose quieta. Lo miró y, a medida que iba aclarándosele la mente, sus ojos se llenaron de espanto.

—Te he atacado —dijo—. Oh, Puck, lo siento.

Él se sintió aliviado. Se sintió orgulloso por haberlo conseguido.

—¿Todavía no te has dado cuenta de que estoy dispuesto a soportar cualquier cosa con tal de tenerte en esta posición?

—¿Cómo ha ocurrido esto?

—Es un encantamiento. Una trampa mágica que nos ha tendido Sin, y que estaba programada para saltar cuando llegáramos a cierto punto. Creías que eras un animal, ¿no?

Ella asintió.

—Los otros todavía se lo creen —le dijo Puck, y se puso en pie—. Si podemos sujetarlos, les daré un poco de magia Connacht.

No era necesario compartir un vínculo para poder donar magia; eso solo servía para facilitarlo.

Gillian se quedó horrorizada al ver a William, a Galen y a Pandora enzarzados en una pelea, llenos de heridas y de sangre. Rápidamente, Puck y ella se acercaron al grupo.

—Yo agarro a William —dijo Gillian—. Tú, a los otros dos.

—No te va a reconocer. Puede hacerte daño —le dijo él. «Y, entonces, yo tendría que vengarme».

Ella sonrió un segundo, y a él se le aceleró el corazón.

—Ten más fe en tu esposa —dijo Gillian.

Entonces, sacó cuatro dagas y, mientras sujetaba dos con cada mano, le dio una patada a Pandora en la cara y un codazo a Galen en la barbilla.

Los dos combatientes salieron volando y cayeron; Puck aprovechó para clavar a Galen al suelo con unas dagas. Mientras tanto, Gillian derribó a William, lo sujetó boca arriba y le clavó las muñecas y los tobillos con dagas al suelo. Lo hizo con facilidad, y Puck se sintió orgulloso de sus habilidades.

Teniendo en cuenta lo fuerte que era William, él no estaba seguro de cuánto tiempo iba a durar inmovilizado. Abandonó a Galen por un instante, le puso la mano a William sobre la frente y lanzó un tenue hilo de magia Connacht. Entonces, William dejó de forcejear, frunció el ceño y se quedó inmóvil. Pero no había tiempo para darle explicaciones.

Puck se lanzó hacia Pandora. La clavó al suelo del mismo modo que a los demás y, rápidamente, le grabó una runa en la mano con la punta de una daga. Después, le transmitió un fino hilo de magia.

Y, finalmente, se acercó a Galen e hizo lo mismo: le grabó las runas y le cedió la magia Connacht.

Terminado.

—Creía que me había convertido en un animal —dijo Pandora, entre jadeos—. ¿Por qué?

Gillian le explicó la situación mientras quitaba las dagas que sujetaban las muñecas de William. Él se incorporó y se sentó, en silencio, se liberó los tobillos y se frotó las heridas, que ya estaban en proceso de curación.

—Y ¿qué pasa si esto solo es el comienzo? —preguntó Gillian—. ¿Y si lo que viene después es peor?

Sus miedos tenían justificación. Cada desafío había resultado ser más difícil que el anterior.

—Nos las arreglaremos —dijo Puck.

Debían hacerlo. No tenían elección.

Siguieron el viaje durante el resto del día.

Gillian no podía apartar los ojos de Puck. La había salvado a ella, los había salvado a todos, compartiendo su magia. Podía haberse convertido en el hombre de hielo en cualquier momento, pero había decidido quedarse con ella y sentirlo todo. Nunca había visto a un hombre tan tempestuoso. Tenía una tormenta en los ojos y en el semblante.

«Se nos acaba el tiempo. No sé lo que nos depara el futuro».

«Lo necesito. Lo necesito ahora mismo».

Nunca se había sentido tan preparada para ser poseída por un hombre. Tenía el corazón acelerado y los pezones endurecidos, y una palpitación entre los muslos.

«Todavía no puedo tomarlo. Todavía. Pero pronto, sí...».

Una hora antes de la puesta de sol, llegaron a un lago. Después de montar el campamento, todo el mundo fue a bañarse para quitarse la sangre de las batallas. Puck fue el primero; ella quería ir con él, pero no había tiempo. Lo siguieron William, Pandora y Galen. Y, finalmente, ella se desnudó y entró en el agua que, a pesar del frío, no pudo refrescar su piel ardiente.

Esperó... pero Puck no apareció. Con desilusión, se secó y se puso una camisa y una falda corta para atormentar a Puck.

Volvió al campamento nerviosa, frustrada sexualmente y alerta. William estaba sentado delante de la hoguera, afilando sus dagas. Pandora y Galen estaban tumbados cerca de Puck, haciéndole preguntas sobre Sin, sobre Amaranthia y sobre la magia, pero él no estaba de humor para conversar, así que daba respuestas lacónicas.

Cuando vio a Gillian, le lanzó una mirada cargada de deseo, tanto, que ella se mareó de lujuria y dio un traspiés.

William se puso de pie y murmuró:
—Me llama mi padre.

Y, sin dar más explicaciones, desapareció.

Galen y Pandora se pusieron en pie.

—Uno de nosotros debe ir donde vaya él —dijo ella.

—Afortunadamente, Hades nos equipó con un Sistema de Navegación William —dijo Galen tocándose la sien.

—William va a estar fuera unas cuantas horas —dijo Pandora, y movió las cejas con picardía—. Yo me encargo.

—Es bueno saberlo —dijo Puck—. Entonces, manteneos también alejados del estanque.

Gillian se ruborizó.

—No quieres que te espíe nadie, ¿eh? —preguntó Galen—. Está bien. Yo iré con William, y me aseguraré de que no se acerque. Pandy, tú vigila el perímetro. Me da la sensación de que nuestros enamorados están a punto de perder la noción del tiempo.

Pandora chasqueó los dientes al oír que la llamaba «Pandy».

—Vamos, vete antes de que pierdas tu apéndice favorito —dijo, y se llevó a rastras a Galen.

¡Por fin!

Puck se puso de pie y recorrió con su intensa mirada las curvas del cuerpo de Gillian. Como si no pudiera soportar su separación más tiempo, avanzó hacia ella, oscuro, encantador, caliente y agresivo. Se la echó por encima del hombro y la llevó lejos del campamento. A ella se le aceleró el pulso cuando su aroma la envolvió y embriagó.

—¿Puck?

—Esto va a suceder de verdad, muchacha. Lo mejor será que te hagas a la idea.

—¿Acaso has oído alguna protesta por mi parte?

—No, pero quiero oír tu aquiescencia.

—¿Quieres decir que voy a tenerte por completo, pase lo que pase? —le preguntó ella, sin aliento.

—Hasta el último centímetro —respondió él. Cuando llegaron al borde de la laguna, él la dejó en el suelo.

Gillian sintió una excitación abrasadora mientras lo miraba. Puck era una pura delicia sensual. Sin camisa, el pájaro tatuado quedaba en una espectacular exhibición. El pájaro que él no iba a permitirle que tocara... todavía. «Pronto tocaré hasta el último centímetro de él...».

—Tú me deseas —dijo él, enmarcando su rostro con sus manos—. Dilo.

—Te deseo —respondió Gillian. Desesperadamente. Locamente. La luz de la luna se abría camino a través de las copas de los árboles y acariciaba a Puck con dedos amorosos—. Tendremos que ser rápidos. El peligro...

—¿Rápido? —preguntó Puck, y Gillian notó su cálida respiración en la frente mientras él se reía entre dientes—. Imposible, esposa mía. Esta es nuestra primera vez. Tu primera vez. Vamos a saborear hasta el último segundo. Si mi hermano intenta algo, sentiré su magia. Ahora ya estoy preparado.

—De acuerdo —susurró Gillian. ¿Cómo iba a poder resistirse?—. Mi respuesta es sí.

Mil veces sí.

Él gruñó y la tomó del pelo de la nuca para acercarle la cara.

—Dame lo que me he estado perdiendo.

—Siempre.

Sus labios chocaron ardientemente y sus lenguas se entrelazaron. Fue un beso profundo, reverente y salvaje y, aun así, dulce.

Puck la besó como si su supervivencia dependiera de ello y, al mismo tiempo, exigiendo una entrega total. Y ella se rindió totalmente a aquel deseo abrasador. Se devoraron el uno al otro con voracidad. Gillian no había sentido nunca un hambre así. Cada célula, cada órgano, cada centímetro de su ser anhelaba que él la poseyera.

Puck la depositó en un lecho de musgo y se tendió a su lado. Con una mano le tomó el trasero y, con la otra, tomó uno de sus pechos, rozándole el pezón con el dedo pulgar. ¡Paraíso!

—¿Me has echado de menos, muchacha?

—Cada centímetro de ti.

Gillian sintió a la vez escalofríos y calor en los huesos y, mientras Puck acariciaba su carne, ella habría podido jurar que él consideraba que su cuerpo era un templo y que adoraba hasta el último centímetro.

A los dieciocho años no había estado lista para él. A los cien... A los doscientos... Tal vez, incluso, a los cuatrocientos, sus problemas habrían podido entorpecerla. Después de múltiples guerras y batallas, amistades y traiciones, dolor y sufrimiento, después de crear un clan y un hogar, por fin sabía lo que quería y lo que necesitaba. Para ella, todo giraba en torno a Puck Connacht, príncipe guerrero, futuro rey, marido adorado. El hombre que lo sentía todo era para ella.

Él hizo el beso más profundo, y ella separó las piernas y permitió que el muslo de Puck descansara entre los suyos. Sintió una urgencia instantánea y un calor líquido le empapó la ropa interior. Se sintió incapaz de permanecer quieta y arqueó la espalda, apretando su sexo contra él.

Se le escapó un gemido. ¡La prisa y el placer!

—¡Puck! —gritó.

—¿Quieres que pare? —preguntó, con la voz entrecortada.

—No. No te detengas. Nunca.

Capítulo 35

Gillian deslizó una mano sobre el pecho de Puck... sobre el tatuaje del pájaro. Notó el pinchazo de la magia, que subió por su brazo e hizo que temblara. Vaya, vaya, no era de extrañar que él no quisiera que lo tocara. Aquel tatuaje significaba algo. Pero... ¿qué?

Tenía la mente demasiado ofuscada como para desentrañar el misterio.

—¿Quieres que pare? —preguntó ella, mientras trazaba con los dedos las alas, bellamente detalladas.

—Nunca. No te detengas nunca.

El latido del corazón de Puck golpeó contra la palma de su mano en sincronía con el de ella. La seda y el calor de su piel y de sus músculos... Su aroma a almizcle, combinado con la dulzura de su sabor... Todo aquello la enloquecía.

Desde que él había regresado, ella había tenido la sensación de que ardía, a veces a fuego lento y otras, la mayoría, plenamente. Impulsada por aquella nueva pasión, o fiebre, Gillian se arqueó y se giró contra su muslo.

—Buena chica —la elogió él—. Vamos a prepararte perfectamente.

«Ya estoy preparada, guerrero». Nunca había estado tan empapada.

Cuando él movió la pierna, su muslo la rozó allí donde más le dolía. Ella gimió. Él gruñó. Cada punto de contacto creó corrientes eléctricas que sobrecargaron su excitación.

¿Cuánto tiempo había estado privado de afecto y adoración aquel hermoso hombre? ¿Desde antes de su posesión demoníaca? Lo habían arrancado de los brazos de su madre cuando era niño, lo habían obligado a luchar en los ejércitos de su padre y lo habían castigado por cualquier cosa que se percibiera como «la suavidad de una mujer».

Por muchas cosas que ella quisiera tomar, también quería dar.

—Puck —jadeó, cada vez más desesperada—. Yo también necesito acariciarte.

—Entonces, acaríciame. Por favor.

Llena de impaciencia, Gillian levantó la cabeza para mirar su cara mientras deslizaba una mano por debajo de la cintura de sus pantalones. Aunque tenía poca experiencia, fingió que se sentía segura y envolvió su erección con los dedos.

—Dime si hago algo mal —dijo.

—Lo haces... todo bien.

Su semblante se tensó y su respiración se volvió irregular. La lujuria brillaba en sus ojos oscuros y hermosos. Era como si Puck tuviera un sistema solar en los iris, y Gillian tenía la sensación de que ella era el sol.

Lo acarició de arriba abajo. A él se le arquearon las caderas con cada movimiento.

—Las cosas que me haces, muchacha —susurró él. La tomó con una mano de la nuca y la inclinó hacia abajo para darle otro beso. Un beso frenético, con dientes, lengua e intercambio de aire. De vida.

Él deslizó la mano libre por debajo de sus bragas y le apretó el centro del cuerpo con la palma. La presión aumentó y ella tuvo unas sensaciones incomparables.

—Puck... por favor.

¡Estaba tan preparada!

Él hundió dos dedos en su cuerpo. ¡Sí! Gillian gritó y soltó su miembro, porque tuvo que aferrarse a sus hombros. Le clavó las uñas en la piel. Su mente quedó reducida a un estado animal. Movió las caderas hacia arriba para que los dedos se le hundieran aún más, y empezó a emitir ruidos guturales cuando él le acarició el clítoris con el dedo pulgar.

—Estoy tan cerca...

—Me alegro, esposa mía. Voy a hacer que tengas un orgasmo rápido y fuerte. Pero eso no será suficiente. Vas a necesitar más, y más...

Su voz fue como una droga que obligó a Gillian a obedecer. Explotó y gritó de placer. Se le contrajeron los músculos, se le licuaron los huesos. Se le aceleró tanto el corazón, que ya no distinguió los latidos. Su mente subió hasta las estrellas y la dejó envuelta en una neblina.

Pero, tan rápidamente como había llegado al éxtasis, volvió a dejarlo. Su cuerpo quedó vacío cuando él extrajo los dedos, y ella necesitaba que la llenara.

Entre jadeos, le dijo:

—Hombre diabólico. Tenías razón. No ha sido suficiente. Quiero más.

Él asintió con los párpados entrecerrados.

—Entonces, tómalo tú de mí.

Ah, lo haría con gusto. Pero no hasta que le devolviera el favor...

Con las manos temblorosas, sabiendo que estaba jugando con fuego, Gillian pasó los dedos por sus labios, por sus pómulos, alrededor de sus ojos y a través de su pelo... Y por encima de los cuernos. Cada roce era una revelación del poder innato de Puck, y una agonía para ella.

El peligro de excitarlo a él era que ella también se excitaba.

Cuando él se abrió la cintura del pantalón para liberar su miembro largo, grueso y endurecido, a ella se le contrajeron las paredes internas, como si estuvieran desesperadas por acogerlo.

—Esto es lo que me haces —dijo él, acariciándose—. Mira lo mucho que te deseo.

—Quiero probarlo —dijo ella, cada vez más temblorosa. Descendió por su cuerpo y rodeó su erección con los labios, y lo tomó profundamente.

Él reaccionó con una ferocidad que la deleitó. Se agarró al musgo que había en el suelo y clavó los talones mientras silbaba.

—¡Sí!

Era la encarnación del deseo.

Ella succionó cada vez más rápidamente, hasta que él se puso tenso, la agarró por debajo de los hombros y la elevó. La besó con fuerza, le quitó la camisa y le acarició los pechos desnudos. Ella jadeó de placer.

—Más —dijo.

Él terminó de desnudarla.

—Siéntate a horcajadas sobre mí. Usaremos un anticonceptivo mágico.

¿Por fin iba a tenerlo dentro? ¡Sí!

—Se está acabando la magia.

—Merece la pena el sacrificio.

¡Cierto! Gillian se subió a su regazo con toda la prisa que pudo y separó las piernas para que su erección le presionara el sexo.

—Todavía no —gimió él. La tomó de las caderas, la elevó y posó la boca en su feminidad dolorida—. Antes necesito probar tu cuerpo.

Sacó la lengua y la movió, y a ella se le escapó un gruñido de agonía. El placer era tan grande, que Gillian se sintió laxa y dejó caer la cabeza hacia atrás. Él lamió y devoró mientras metía y sacaba dos dedos de su cuerpo. Y fue algo tan bueno, que ella solo pudo agarrarse a los cuernos de Puck y deleitarse mientras movía las caderas hacia delante y hacia atrás. Empezó a emitir sonidos incoherentes, y sus músculos empezaron a tensarse y a prepararse para el clímax...

Pero él no le permitió que lo alcanzara. Se detuvo justo en el momento previo, y Gillian gritó de frustración. Puck volvió a colocársela en el regazo y la situó para que, al descender sobre él, su miembro fuera entrando en su cuerpo lentamente, dándole tiempo para adaptarse mientras la llenaba.

Se le cubrió la frente de gotas de sudor.

—Me estás tomando perfectamente, esposa mía.

Su tono de voz ronco la excitó aún más y permitió que su cuerpo se deslizara más hacia abajo. Cuando Gillian experimentó un calor que la transformó en un objeto candente, se detuvo. Habían pasado siglos desde que había tenido... ¡No! Nunca había tenido a un hombre dentro. Lo que había ocurrido durante su infancia no contaba. Puck tenía razón, aquella era su primera vez.

Él apretó los dedos, como si quisiera tirar de ella hacia abajo pero estuviera conteniéndose.

—Me estás matando, muchacha. Nunca había sentido algo tan... bueno. Pero necesito... necesito...

Cuando él necesitara algo, ella se lo daría. Siempre.

Gillian siguió descendiendo, y el calor siguió aumentando. Por fin, lo tomó completamente. Puck exhaló un suspiro.

Pasó un minuto y... ¡sí! El dolor desapareció y sus músculos se relajaron.

Entonces, Puck alzó las caderas y ella pudo descender otro centímetro, y la sensación fue increíble. Quedaron tan pegados el uno al otro, que cada vez que respiraban la fricción crecía entre ellos.

—¿Estás bien, muchacha? Dime que estás bien.

—Ummm... Muy bien.

Gillian se movió. Tenía que moverse. Se irguió apoyándose en las rodillas y, después, volvió a deslizarse hacia abajo. Fue algo tan increíble, que volvió a hacerlo una y otra vez. Al principio, fue algo vacilante, pero, después, ganó confianza y velocidad.

—Así —dijo él, agarrándola de las caderas para guiarla con fuerza hacia arriba y hacia abajo—. Verte y sentirte es algo...

Gillian notó que las terminaciones nerviosas de su cuerpo chisporroteaban, y que la presión aumentaba cada vez más en su interior...

—Puck —gritó—. ¡Por favor!

«Mi esposa me necesita».

Puck estaba consumido por un deseo tan intenso que no tenía percepción de Indiferencia ni noción del mundo que lo rodeaba. Solo podía ver a Gillian, su esposa, llena de energía y pasión, cálida, tensa y húmeda.

Estaba bañada en luz de luna y tenía la piel sonrosada. Le brillaban las runas de las manos. Sus ojos de color castaño estaban llenos de vida y ardían.

Él se sintió orgulloso. «Yo he hecho esto. Yo».

Ella, con la cabeza inclinada hacia atrás y con el pelo oscuro enmarcándole el rostro, era una diosa. La personificación de la carnalidad.

—Déjame —dijo él.

Entonces, acercó la cara a su pecho y pasó la lengua por uno de sus pezones y, después, por el otro.

A ella se le entrecortó la respiración. Sus movimientos se aceleraron cada vez más. Él sintió una tensión creciente que le contrajo los músculos. Estaba a punto de explotar, de morir. Pero, si tenía que morir, lo haría con una sonrisa.

–Eres mía –gruñó–. Dilo.

–Soy tuya. Tuya. Por completo.

«Esta es mi mujer».

–Vas a tener un orgasmo grandioso, muchacha.

Entonces, dio una fuerte sacudida con las caderas mientras tiraba de ella hacia abajo y, al mismo tiempo, mordió uno de sus pezones.

–¡Puck!

«Tengo que probar el sabor de mi nombre en esos labios».

La besó en la boca, y sus lenguas danzaron a un tiempo. Entonces, él metió la mano entre sus cuerpos y la acarició.

–¡Sí, sí! –gimió ella.

Sus paredes internas se contrajeron alrededor del miembro de Puck mientras ella alcanzaba el clímax.

Puck se puso frenético y acometió su cuerpo con fuerza, sintiendo un placer irresistible. ¿Iba a tener también él un orgasmo?

Notó un calor en la base de la espina dorsal, un calor que fue extendiéndose por sus caderas y concentrándose en sus testículos. Su cuerpo se preparó. Muy pronto, él iba a...

Puck rugió hasta que se le resquebrajó la garganta. Su éxtasis se repitió una y otra vez dentro de ella, y todo su cuerpo dio sacudidas de puro gozo. No dejó de embestir en ningún momento, y su esposa tomó toda su simiente y aceptó sus acometidas como si no sintiera más que avaricia por él.

Había esperado mucho tiempo para que una mujer fuera suya, y solo suya, había deseado tener siempre a la misma mujer en su lecho. Y, con Gillian, quería tener todas las noches, todas las mañanas, todos los momentos de la eternidad.

Nunca lo había sabido, pero era Gillian a quien había estado esperando. La deseaba a ella, y solo a ella. Era una mujer que tenía la fuerza necesaria para sentir cuando él no podía sentir, y que no le permitía abstraerse de sus propias emociones. Gillian sabía lo valiosa que era la alegría, y no iba a conformarse con menos.

Al final, cuando quedó exhausto, se desplomó, y Gillian se quedó allí, envolviéndole el pecho.

¡Aquello era asombroso! Una revelación.

Gillian se maravilló. Acababa de mantener relaciones sexuales de un modo alucinante y delicioso. Siempre lo había deseado, pero había tenido miedo de no poder experimentarlo. Y había disfrutado hasta el último segundo.

El quid de la cuestión estaba en el hombre adecuado, tal y como ella sospechaba.

Con Puck, el placer se había apoderado de ella y la había llevado a nuevas alturas. Y aquello había forjado un vínculo tan fuerte como el que ya compartían. Gillian nunca se había sentido tan cerca de su marido.

Alzó la cabeza y vio que Puck estaba sonriendo. Tenía la sonrisa más sexy y más bella que ella hubiera visto nunca, tenía el rostro entero iluminado.

De repente, una lágrima se le cayó por la comisura de un ojo, y la sorprendió. ¿Acaso se iba a echar a llorar siempre que tuviera un orgasmo?

No. Solo se trataba de que aquel acto tan bello había sido, una vez, una pesadilla para ella, por culpa de unos hombres malvados. ¡Por fin era libre!

Puck la había poseído, y no sus recuerdos ni su pasado. Puck. Puck se había apoderado de ella.

De adolescente, ella pensaba que necesitaba mantener relaciones sexuales normales con una pareja normal para poder sentirse normal. Sin embargo, Puck no era normal. Era extraordinario, y era exactamente lo que ella necesitaba.

«Y es mío, por ahora».

«¿Cómo voy a poder separarme de él?».

Con delicadeza, él le secó las lágrimas.

—¿Qué te ocurre, esposa mía?

Ella disimuló su vulnerabilidad y respondió:

—Es solo que... soy feliz. No está mal, para ser la primera vez, ¿no?

—Mujer, me has rehecho —respondió él, e hizo una pausa—. Yo también quiero escuchar tus alabanzas. Dime que vamos a repetir este encuentro. Dime que vas a recordar lo que sientes por mí, pase lo que pase entre nosotros.

Recordarlo... porque él no había olvidado sus condiciones y pensaba divorciarse, después de todo.

A Gillian se le encogió el pecho. Alzó la barbilla y le posó las manos en las mejillas.

—Yo nunca podría olvidarte, ni olvidar lo que siento por ti. Tú eres mi...

¿Qué era? Su marido, sí. ¿Su vida? Tal vez. ¿Su familia? ¿Su amor?

«Creo... creo que quiero su amor. Y creo que quiero amarlo».

De repente, se oyó un grito de guerra. Era la voz de William.

Puck se puso de pie inmediatamente y la ayudó a levantarse. Ella emitió un gruñido al notar su pérdida, pero no había tiempo que perder. Se vistieron y tomaron sus armas.

De repente, un torbellino de oscuridad chocó con él y lo empotró contra un árbol.

Puck y William cayeron al suelo con violencia y, de algún modo, consiguieron desarmarse y hacerse daño el uno al otro. Sin armas, incluso, la pelea fue brutal.

—¡Parad! —gritó ella—. ¡Ahora!

—Creía que iba a poder soportar esto —dijo William, con los ojos iluminados de color rojo—. Por primera vez, me equivocaba.

—Es mi esposa —dijo Puck, con la ira grabada en el rostro.

—No por mucho tiempo.

Puck se abalanzó sobre William, lo embistió y le clavó los cuernos en el pecho. Sin embargo, William aprovechó la oportunidad para agarrar a Puck del cuello y retorcérselo. Le rompió la espina dorsal.

Puck se quedó paralizado durante un horrible minuto, y William aprovechó aquel tiempo para liberarse de los cuernos y darle una patada en la cara.

—¡He dicho que paréis! —gritó Gillian.

Ellos la ignoraron, porque estaban demasiado ocupados rodando por el suelo y golpeándose de nuevo. Hubo gruñidos, rugidos y salpicaduras de sangre.

William agarró una daga por la hoja y no le importó que le cortara la mano mientras golpeaba a Puck en la sien con la empuñadura.

—Te has aprovechado de ella —le espetó.

Puck consiguió esquivar el último golpe y le dio un gancho brutal a William en la barbilla.

—No se ha aprovechado de mí. Yo se lo rogué —dijo ella. Se puso entre ellos dos de un salto y movió los brazos—. Por favor, parad ya.

Si le ocurría algo a alguno de aquellos dos hombres...

William la rodeó para seguir golpeando a Puck. Su marido bloqueó sus puñetazos y, a su vez, lanzó otro, esta vez, cargado con una magia que no podía permitirse el lujo de malgastar. William salió volando hacia atrás, impactó contra un árbol y partió el tronco por la mitad.

Rápidamente, se dio la vuelta y regresó corriendo hacia Puck para embestirlo. Gillian se puso de un salto entre ellos, una vez más. William ya había tomado tanta velocidad que no podía parar, pero, al verla, se teletransportó hacia delante, de modo que pudo esquivarla y chocar con Puck.

Galen y Pandora, que habían oído el ruido de la pelea, se acercaron y, al ver la escena, se detuvieron con una sonrisa.

¿De verdad les parecía divertido? Gillian se puso furiosa.

–Veinte pavos a que William se lleva el oro a casa –dijo Galen–. Y las joyas familiares de Puck.

–Acepto la apuesta –dijo Pandora–. Puck no va a dejar que Willy gane a la chica. He visto cómo la mira.

Veinte dólares y ningún ofrecimiento de ayuda. Gillian pasó de la furia a la rabia. Empezó a sentir un cosquilleo por la nuca, y sus pensamientos comenzaron a descarrilar. Oh, no, no, no.

Tomó el frasquito de sirope que llevaba colgado del cuello, pero ya era demasiado tarde.

«¡Tengo que matar... a todo el mundo!».

Agarró a Galen, lo levantó por encima de su cabeza y lo arrojó contra Pandora. Siguió a los dos al suelo y comenzó a golpearlos con todas sus fuerzas. Ellos trataron de resistir y de escapar, pero no podían hacer nada contra su fuerza brutal. Gillian notó las salpicaduras de sangre en la cara, y sonrió. Oyó el sonido de las roturas de los huesos, y se echó a reír con la alegría de un maníaco.

–Gillian, muchacha –le dijo Puck. Parecía que la estaba llamando desde el otro lado de un largo y oscuro túnel.

Estaba cerca. Era su marido. ¿Quería matarlo a él? No, no. Aquella idea le causaba espanto.

—Así, mi dulce niña —dijo él, y le acarició la espalda—. Cálmate, chuisle. Por mí.

«Chuisle». Eso significaba «pulso». Pero... aquella palabra cariñosa no tenía sentido para ella. ¿Por qué le llamaba «pulso»? A menos que se refiriera a que ella era su pulso, el motivo por el que latía su corazón.

«¿Ya me quiere?».

Tal vez sí, tal vez no. Sin embargo, se dio cuenta de que ella sí lo quería a él.

Dentro de ella ya no había dos Gillians diferentes que lucharan por la supremacía dentro. Todo su ser quería a Puck.

Se había enamorado locamente de él. Amaba su fuerza y su fiereza, su calma y su astucia. Y le encantaba que estuvieran juntos.

Sin embargo, él era algo más que el amor de su vida. Era su vida entera. Cuando él sonreía, ella se derretía. Cuando la miraba, lo deseaba. Cuando se acercaba a ella, perdía la noción de todo lo demás.

Así pues, Puck Connacht podía descansar tranquilo, porque de verdad era el Invicto. Se había ganado su lealtad además de su corazón.

Y, ahora que él había conseguido una reina enamorada, ¡podría ayudarlo a que reunificara los clanes de su reino!

El problema era que, supuestamente, ella no iba a tener un final feliz, a no ser que las pitonisas se hubieran equivocado por primera vez en la historia de Amaranthia.

Se dijo a sí misma que ella podría superarlo todo, incluso aquella profecía, y que iba a luchar por lo que quería. También se dijo que no podía arriesgarse a hundir a Puck con ella. Él había nacido rey, y cabía la posibilidad de que terminara por odiar a la mujer que le había impedido hacer realidad sus sueños.

No podía tener ambas cosas. Debía elegir.

La felicidad de Puck era muy importante para ella, ¡más que la suya!

Y su liderazgo era importante para todo el mundo. Aquel laberinto en el que estaban era una creación de Sin y daba una idea muy acertada de lo que era su mente: diabólica, enloquecida y malvada. Había que detenerlo. Según las pitonisas, solo un Connacht podría gobernar Amaranthia, y ese Connacht tenía que ser Puck.

También, de acuerdo con las pitonisas, el único que podía hacerse con la corona en nombre de Puck era William. Pero... ¿y si era ella la que encontraba la manera de conseguirlo? ¿Y si ella mataba a Sin? ¿Llegaría Puck a odiarla por eso? Después de que él hablara con tanto afecto del Sin joven, ella tenía la sensación de que no iba a aceptar con facilidad al asesino de su hermano.

Si William destronaba a Sin y le entregaba a Puck la corona, Puck tendría que divorciarse de ella. Tal vez se casara con otra reina enamorada y consiguiera reunificar los clanes. Si ocurría eso, ¿qué iba a hacer ella? ¿Quedarse en Amaranthia, mirando? ¡No, nunca! Recogería sus cosas, se despediría de su clan, de Peanut, de su hogar, y se iría. Porque, si se quedaba, terminaría matando a la mujer de Puck.

«Si alguien se queda con lo que es mío, sufrirá».

William esperaba que el deseo que sentían Puck y Gillian el uno por el otro desaparecería en cuanto se cortara el vínculo. ¿Ocurriría eso? ¿Seguiría deseándola Puck?

Los clanes la odiaban y no la aceptarían como reina. Sin embargo, ella estaba dispuesta a trabajar para ganarse a todo el mundo. Habría pueblos más seguros, casas de acogida para viudas, huérfanos y antiguas esclavas de los establos, además de escuelas para integrar a los niños de todos los clanes. Nadie volvería a mandar a los adolescentes a la guerra ni a las niñas a aprender a satisfacer a un amo.

«Esas son las promesas de mi campaña», pensó. Y, al contrario que la mayoría de los políticos, ella iba a cumplirlas.

¿Le perdonarían los demás clanes los errores que había cometido en el pasado?

«No, no podía tener un final feliz…».

Demonios, no podía quitarse aquello de la cabeza.

—Muchacha, vuelve conmigo —le dijo Puck, con una voz dulce que le dio paz a su mente—. Esa es mi adorada muchacha.

¿Adorada? Al oír aquella nueva expresión de cariño, su mente se aclaró. Ella pestañeó, se concentró, y soltó un gruñido al ver que Galen y Pandora estaban tirados en el suelo, ensangrentados y sin conocimiento.

—¿Los he matado? —preguntó.

—No, están vivos —dijo Puck, y se quedó a su lado, acariciándola y ofreciéndole consuelo.

Ella lo miró. Al instante, se le encogió el estómago. Puck tenía uno de los cuernos casi desprendido de la cabeza, un ojo morado e hinchado, la nariz rota y el labio inferior partido. Tenía cortes en el cuello y el pecho, y también estaba ensangrentado.

—¿Te lo he hecho yo? —preguntó ella, con la barbilla temblorosa.

—¿Esto? Esto no es nada.

—Yo también estoy bien, gracias —intervino William, malhumoradamente.

Gillian se dio la vuelta y lo vio a su lado. Su amigo tenía tan mal aspecto como todos los demás. Tenía un corte en la cara que se arqueaba desde su frente a la barbilla. Se le veían partes de la tráquea y una de las costillas se le había salido del pecho.

—Lo siento —dijo ella, con la voz ronca.

William no respondió; miró a Puck con los ojos entrecerrados.

—No tienes de qué preocuparte, Pucker. Dije que te ayudaría a recuperar tu corona, y lo haré. Y tú cumplirás tu parte del trato: la liberarás en cuanto la corona esté en tu frente.

Después, William se concentró en Gillian, y ella hubiera querido que se la tragara la tierra.

—Me desees o no —le dijo él—, hay que liberarte del vínculo. No vas a saber lo que piensas ni lo que sientes de verdad hasta que seas libre.

Después, hizo algo que no había hecho nunca: se alejó de ella y, al igual que había hecho Puck, no miró atrás.

Capítulo 36

Sin estaba moviéndose con inquietud por su habitación, murmurando maldiciones. La pitonisa había escapado. Su ubicación no tenía importancia, porque él mismo la había marcado con un rastro mágico la primera noche, en el calabozo, después de drogarla. Ella no sabía que él podía encontrarla en un instante.

Creía que la pitonisa tenía planeado ayudar a Puck. Para volver a capturarla, él iba a tener que enfrentarse a su hermano.

Y no estaba preparado.

Recordó la última provocación de la pitonisa: «Pronto llegará el día, cabalgando sobre las alas de la furia, y se cumplirá la venganza contra ti».

Puck se vengaría, pero no conseguiría vencer. De acuerdo con la última de las profecías, no iba a poder matarlo, porque él iba a encontrar a su enamorada después. Y, entonces, solo entonces, perdería la cabeza.

«No quiero matar a mi hermano, pero no puedo permitir que él me mate a mí».

Sintió tanta rabia que dio un puñetazo en la pared y quebró la piedra. Se hizo un gran daño en los nudillos y formó una polvareda. Las gotas de sangre de su mano cayeron sobre la alfombra de piel que había elegido su madre... hacía tanto tiempo.

Cada una de aquellas gotas le recordaban a la noche en que él había maldecido a Puck. Su hermano había entrado en la tienda, empapado de la sangre de sus enemigos, portando con orgullo la espada del rey galés.

Él había pensado que maldecir a su hermano con Indiferencia era un mal necesario, pero... los males necesarios no existían, ¿verdad? Solo era algo malo que se intentaba hacer pasar por bueno. Eran excusas.

¿Había dejado que la profecía dictara sus actos? Sí. ¿Había convertido una suposición en una profecía que él mismo había cumplido? Tal vez.

¿Volvería a hacerlo? Sin duda.

No había otro modo de salvarlos a los dos.

Pero... ¿y si había existido otra forma? ¿Y si había podido pasarse aquellos siglos con su hermano, trabajando juntos, tal y como habían planeado?

No, no. Imposible. La mayor debilidad de Puck era también su mayor fortaleza: la posesividad. A pesar de lo que siempre decía, que iba a gobernar al lado de su hermano, Puck consideraba que el clan Connacht era suyo. Y los otros clanes, también. De hecho, todo el reino. Suyo, suyo, suyo.

Puck había intentado esquivar la profecía no acostándose nunca dos veces con la misma mujer, no arriesgándose nunca a enamorarse, no alimentando el deseo de casarse con una reina enamorada. Sin embargo, algún día se habría rendido.

En el momento en que su padre había anunciado el compromiso de Puck con la princesa, él había visto a su hermano estremecerse, y había comprendido la verdad. Puck había pensado que aquella princesa era solo para él.

«Yo le ayudé a olvidar algo tan absurdo. Le di la paz.

No conoce el miedo, ni la impaciencia, ni el sentimiento de culpabilidad, ni el fracaso.

Y ¿cómo se lo había agradecido su hermano? Llevando a Amaranthia a un grupo de inmortales para que lo destronaran.

¿Lo amaba su esposa?

Al pasar por delante de un espejo, vio la imagen que más odiaba en el mundo: la de la mariposa que llevaba tatuada en el pecho.

La marca de su demonio, Paranoia.

Puck no sabía que él estaba poseído. Ni él mismo lo sabía hasta que se le había aparecido la Reina Roja por segunda vez y le había explicado lo que le sucedía.

En el reino vecino, las conversaciones de paz habían sido infructuosas. Se habían reído de él y de todas sus sugerencias, sin disimulo. Y él detestaba la idea de volver ante Puck con un fracaso. ¡Qué humillación!

La noche anterior a su vuelta a casa, la Reina Roja se le había aparecido por primera vez y le había ofrecido una solución: un estuche con gemas engastadas que contenía el poder necesario para conseguir que cualquiera de los reinos de Amaranthia lo temiera. Y lo único que él tenía que hacer a cambio era entregarle a su hermano otro estuche, la noche que ella le indicara.

Sin aceptó y abrió la caja, porque quería impresionar a Puck con sus habilidades, y que Puck tuviera el mismo poder. Al instante, una neblina negra con unos ojos luminosos de color rojo salió de su interior y entró en su cuerpo.

El demonio de la Paranoia lo había poseído y lo había dominado. La rabia y la locura se habían apoderado de él, y había matado a sus propios hombres.

Todo lo que había experimentado Puck durante su posesión, él ya lo había experimentado hacía unas semanas. Una oscuridad terrorífica, una oscuridad interminable. La pérdida total del control. Sin embargo, merecía la pena. ¡Qué poder! ¡Qué miedo inspiraba en los demás! La Reina Roja no le había mentido.

Se le escapó una carcajada llena de amargura. Él nunca había querido hacerle daño a Puck. Solo quería vivir en Amaranthia con su hermano, y para siempre. Si Puck no hubiera considerado que la corona Connacht era suya, y ya no hubiera tenido interés en unificar a todos los clanes, la profecía habría quedado sin efecto y todo habría ido bien.

Sin embargo, después de su posesión, Puck ya no sintió nada por él.

«Tengo que matarlo antes de que me mate él a mí».

«¡No! ¡Nunca!».

Sin se golpeó las sienes con los puños. No conseguía distinguir qué pensamientos eran suyos y qué pensamientos eran del demonio. Enloquecido, soltó una descarga de magia que levantó un muro de arena delante del espejo. En el centro apareció una imagen de Puck y de su grupo. Habían recorrido todo el laberinto y estaban muy cerca del final. Solo les quedaba superar un desafío y la puerta se abriría. Entonces, podrían pasar a un puesto de control de los Connacht, una medida de seguridad que había tomado Sin por si acaso alguna vez lo atrapaban.

Un rey debía prever cualquier posibilidad.

Además, una parte de él esperaba que Puck encontrara una forma de entrar.

Tenía que haber alguna forma de que pudieran vivir juntos en armonía. Él había resuelto dificultades mucho más grandes durante su vida y había tenido éxito.

El problema era la profecía o, más bien, la variable en la que se basaba toda la profecía: la reina enamorada.

Si él pudiera borrar a la Asaltadora de Dunas de escena...

¿Sería capaz de hacerle daño a la mujer de su hermano?

«No hay otro remedio», le dijo una voz interior, una voz oscura y seductora. «Si no lo haces, él te matará, o tú lo matarás a él. ¿Quieres que suceda eso?».

No, no. Por supuesto que no.

Así pues, estaba decidido. La chica tenía que morir.

Sin embargo, Puck y Gillian tenían un vínculo y, si ella moría, Puck, también. Tal vez él pudiera aprisionarla y meterla en el calabozo para el resto de la eternidad.

¿Estaría dispuesto Puck a negociar por la integridad de su esposa?

Él solo tendría dos condiciones: que Puck lo perdonara y que volviera a quererlo.

Por otra parte, también podía matar a Puck y a su esposa. Después, se casaría con su princesa, por fin. Ella lo amaría. Tenía que hacerlo, puesto que lo habían profetizado las pitonisas. Y, finalmente, él mismo reunificaría a los clanes del reino.

«¿Y me he planteado renunciar a esto?».

«¡Idiota!». En cuanto hubiera cumplido la profecía, todos sus problemas habrían terminado.

Así pues, estaba decidido. Mataría a la esposa y a su hermano.

Aunque sintió una punzada de dolor en el pecho, Sin salió de su habitación y llamó a sus guardias. Caminó con decisión, porque había llegado la hora de terminar la guerra con Puck, de un modo u otro.

Los guardias lo acompañarían y serían su escudo mientras seguía el rastro de la pitonisa. Esperaba que aún no hubiera encontrado a Puck ni lo hubiera advertido de cuáles eran las intenciones de su hermano, pero, si había sucedido, se enfrentaría a ello.

Dos de sus hombres aparecieron por una esquina, pero ninguno de los dos lo miró a la cara.

—Rey Sin —dijo uno, con nerviosismo—. ¿Cómo podemos ayudar a Su Majestad?

«¿Nerviosos? Me han traicionado en algo. Seguramente, intentarán matarme durante el viaje, en el momento en que menos me lo espere».

Cambio de planes. Iría solo.

Al acercarse a los soldados, sacó la daga y los decapitó.

—Traicionadme ahora.

Hades estaba relajado en su trono, con los brazos apoyados en el estómago, las piernas estiradas y los tobillos cruzados. Era una postura que transmitía una despreocupación engañosa. Había dado permiso a sus hombres para que se retiraran. Los demás reyes habían vuelto a sus reinos para proteger a sus súbditos de la ira de Lucifer y de la guerra, cada vez más sanguinaria, que se estaba librando en el inframundo. Sin embargo, él no estaba solo.

Miró hacia su espejo favorito. Siobhan, la diosa de Los Muchos Futuros, estaba atrapada en su interior, y el odio que sentía por él emanaba del cristal. Tenía el don de ver los días y años futuros, y saber cuáles eran los diferentes caminos que podía tomar una persona. Entonces, podía mostrar las consecuencias, o no mostrarlas. Hasta aquel momento, a él no le había mostrado nada que tuviera importancia.

Si hubiera vivido en Amaranthia, sería una pitonisa.

De adolescente, una vez, le había pedido a Hades que se casara con ella. Le había dicho que ese era su destino común. Por supuesto, él se había negado. La idea era hilarante. ¿Casarse, él, con una niña? ¡Jamás! Tal vez fuera un hombre de moral relajada, pero tenía sus límites.

Sin embargo, aquella adolescente había empezado a

matar a todas sus amantes, las del pasado, del presente y, aparentemente, también las del futuro. Y, como hubiera hecho cualquier hombre racional, él había ordenado que la maldijeran y la encerraran en aquel espejo hasta que aprendiera la lección: nada de meterse con Hades.

—Es obvio que todavía estás aprendiendo —dijo.

Deseaba con todas sus fuerzas saber lo que le esperaba. ¿Salvaría William el reino de Amaranthia, y a sí mismo?

Él había enviado a Rathbone, a Pandora y a Galen como refuerzo, pero sabía que debería haber ido en persona. Sin embargo, había vuelto a casa para aplastar otra rebelión instigada por Lucifer.

Y, ahora, él ya no podía entrar a Amaranthia. El escudo se lo había impedido en todos sus intentos. Necesitaba a Rathbone, pero no podía comunicarse con aquel guerrero, solo con William, y William no tenía ni idea de dónde estaba el rey. William se había teletransportado, incluso, hasta el lugar donde había visto por última vez a Rathbone, pero el rey, Winter y Cameron ya se habían marchado de allí.

—Debes de saber que soy de ese tipo de hombres que reunirán a tu familia y seres queridos y los matará delante de ti —dijo—. Si es eso lo que quieres, continúa sin mostrarme nada. Yo estaré encantado de complacerte. ¿O es que sigues pensando que soy el compañero que te ha deparado el futuro?

Nada. No obtuvo ninguna reacción por parte de la diosa.

Muy bien. Cumpliría lo prometido, porque él nunca hacía amenazas en vano.

De repente, notó que alguien se acercaba. Ocultó el espejo con un velo de invisibilidad y se puso en pie justo cuando la Reina Roja aparecía en el centro de la sala del trono. Era una belleza. Llevaba rulos en el pelo rubio e iba vestida con un conjunto de sujetador y bragas de encaje rosa. Tenía una pierna cubierta de crema depilatoria desde el muslo al tobillo.

Él sonrió.

—¿A qué debo el placer de tu compañía, cariño?

Ella soltó un resoplido.

—En primer lugar, no soy tu «cariño». Nunca lo fui. De lo contrario, no me habrías vendido a cambio de un barril de whiskey y habrías seguido con tu vida mientras yo estaba encarcelada sufriendo torturas.

—Eso son ofensas sin importancia. He hecho cosas mucho peores a otros.

—Cierto. Pero Torin es maravilloso, y está loco por mí —replicó ella, con orgullo—. En segundo lugar, he venido a avisarte de algo.

Él se puso alerta.

—Dime de qué se trata.

Keeley, la Reina Roja, también habría sido una pitonisa si hubiera vivido en Amaranthia.

—Alguien a quien queremos va a morir —dijo—. Lo presiento.

Hades sintió una gran tensión. Solo había una persona a la que amaran los dos: William.

Capítulo 37

Puck era consciente de que había llegado a un punto de inflexión.

Tan solo unas horas antes, había experimentado la satisfacción más absoluta. Había tenido un orgasmo dentro de su propia mujer. Se había visto dominado por la necesidad de poseer a Gillian, de marcarla como suya. De llenarla; de convertir sus dos cuerpos en uno.

Se había vuelto loco de lujuria por ella, y seguía igual. Había querido disfrutar de los momentos posteriores, y se lo merecía. «Algún día, mataré a William por interrumpir el mejor momento de mi vida».

El hijo de Hades se había mantenido alejado del campamento casi toda la noche, en compañía de Galen. Pandora había estado recorriendo el perímetro y, a pesar de los gritos que el demonio estaba profiriendo en su cabeza, él mismo había estado atento a la más mínima señal de magia de Sin.

Tenía un mal presentimiento y, por eso, solo quería tomar a Gillian en brazos y no separarse de ella. Sin embargo, cuando lo había intentado, unos minutos antes, ella se había zafado para ir a caminar alrededor del campamento.

«Está loca...por él». William era el hombre al que siempre iba a querer.

Puck se quedó destrozado al pensarlo. Solo podía observarla y añorar el hielo con el que siempre había cubierto sus emociones. Cada minuto que pasaba se sentía más herido, y herido de una forma que nunca hubiera pensado.

Pensaba que había renunciado para siempre a los lazos familiares. Si no había relaciones, no había traiciones. Pero Gillian le había hecho cambiar de opinión.

El hecho de tener un vínculo con la persona adecuada no hacía a alguien más vulnerable ante los ataques, sino más fuerte. Solo había que ver lo que había ocurrido con Indiferencia. Gillian le había ayudado a dejar al demonio reducido a la nada. La familia era una base sólida sobre la que ponerse en pie. Cuando llegara una tormenta, siempre habría alguien que le ayudaría a levantarse, si caía.

Y, tal vez, las emociones que sentía no fueran tan malas. La satisfacción que le invadía cada vez que miraba a su mujer... La plenitud que encontraba entre sus brazos... Por eso, merecía la pena cualquier dificultad.

Sin embargo, William seguía siendo un problema. Gillian no estaba enamorada de él o, por lo menos, eso era lo que pensaba. Sin embargo, fuera un sentimiento romántico o no, aquel amor los unía. Y, al final del día, el vínculo que Gillian tenía con William era más fuerte que el que tenía con él, porque había elegido a William con el corazón, sin ninguna coacción.

No importaba. Él había decidido luchar por ella, y lo haría. Nada, ni siquiera aquello, iba a impedírselo. Iba a conseguir que Gillian lo amara, incluso cuando ya no compartieran el vínculo. Iba a asegurarse de que ella lo eligiera a él, y para siempre. Pero... ¿cómo? ¿Cómo iba a poder llegar a ella?

Gillian se estaba paseando de un lado a otro, delante de la hoguera. Su cabeza estaba atrapada en un laberinto tan peligroso como el de Sin. Sabía qué era lo que tenía que hacer: conseguir cualquier cosa que Puck pudiera desear, aplacar a William y cumplir o eludir las profecías de manera que todo el mundo tuviera un final feliz. Además, tenía que conseguir que los clanes la aceptaran y ayudar a que todos vivieran felices para toda la eternidad.

En primer lugar, tendría que impedir que William ganara la corona de los Connacht. Si fracasaba, si Puck se negaba a aceptarla, tendría que encontrar la forma de obligarle. Además, tendría que actuar basándose en que él seguiría deseándola después de utilizar las tijeras y cortar el vínculo, porque no podía aceptar otra cosa. Eso significaba que tendría que encontrar la forma de eludir el final infeliz que las pitonisas habían profetizado para ella.

Lo más importante era quedarse junto a Puck sin poner en peligro su futuro. Puck era su hombre, el latido de su corazón.

Y debía de quererla tanto como ella a él. Se había arriesgado más de una vez por estar con ella. Los dos se equilibraban en muchos sentidos. Algunas veces, él sentía muy poco y ella, demasiado. Él la entendía, y entendía sus vacilaciones. Respetaba su destreza en la batalla y nunca trataba de dejarla atrás.

Percibió el olor único de su marido y se giró. Se encontró cara a cara con un Puck de aspecto salvaje. Él tenía la respiración acelerada y dificultosa.

Para ser un hombre que llevaba siglos sin sentir nada,

en aquel momento estaba transmitiendo muchas emociones. Un apetito sexual inmenso. Deseo. Adoración. Afecto.

«Está claro que me quiere».

—Eres mía —dijo él, con la voz ronca—. Lo dijiste, y tú no mientes. Y yo seré tuyo, seré todo lo que desees y necesites para siempre.

Mientras hablaba, le quitó la ropa sin miramientos, rasgándole la falda y las bragas y sacándole la camiseta.

—Desnudos, esta vez —dijo él.

—Desnudos —dijo ella y, a su vez, tiró de la ropa de Puck hasta que lo hubo desvestido.

Entonces, él le acarició la parte trasera de los muslos y la tomó en brazos. La llevó hasta los sacos de dormir y, allí, cayó de rodillas. Sin soltarla, la besó en los labios y hundió la lengua en su boca.

Ella se entregó al beso. Se rindió, pero también exigió la rendición. Cedió su corazón mientras hacía todo lo posible por conquistar el de Puck. Y pensó que... pensó que él le estaba haciendo lo mismo a ella.

Puck irradiaba tensión, y cada uno de sus actos era provocador. Más. Gillian se abandonó al placer y le clavó las uñas en la espalda, frotó los senos contra su pecho, se apretó contra su erección.

Él gruñó y la tendió boca arriba. Él permaneció de rodillas, devorándola con la mirada. Le pasó un dedo por los pezones y por la planicie del estómago... y llegó hasta la carne húmeda y tierna que había entre sus muslos.

Con los párpados entrecerrados, se pasó la lengua por los dientes.

—Mi esposa es más y más exquisita cada vez que la miro. Quiero ver más.

Entonces, se posó los pies de Gillian en las caderas y le separó las rodillas, dejándola en una situación vulnerable.

Ella empezó a temblar y dijo su nombre susurrando.

–Tu esposa necesita.

Gillian se deleitó con la visión de sus músculos y sus tendones. Tenía la piel oscura e inmaculada, y unos tatuajes deslumbrantes. Y entre sus piernas destacaba el extremo de su miembro.

–¿Necesita más placer? ¿O me necesita a mí?

–Tú eres más placer. Tú, solo tú.

Él se inclinó hacia delante con una expresión intensa. El sudor brillaba en su piel y, al fijarse en sus ojos, a ella se le escapó un jadeo. ¿Cómo había podido pensar alguna vez que eran como carbón helado? Aquellos ojos ardían.

Aquellos ojos hacían promesas.

«Siempre te querré. Te adoraré. Lucharé por darte el mundo».

«Puck va a tener tanta suerte...».

Él se inclinó hacia delante y le succionó los pezones hasta que se los convirtió en dos puntos duros. Mientras ella se retorcía y levantaba las caderas para frotarse contra su cuerpo, él le besó el centro del estómago. Después, descendió mientras su barba le dejaba arañazos rosados en la piel, a modo de marca.

Puck dejó que su boca flotara sobre el hueso púbico, y ella estuvo a punto de morir de impaciencia. Se sintió febril y el aire de los pulmones se le convirtió en vapor.

–Tengo que volver a probarte –dijo él, y acarició con su respiración aquel lugar íntimo. Después, lamió su cuerpo.

Al hacerlo, se le escaparon pequeños gruñidos.

–Mi miel. Mi vino.

¡Piedad! Ella se echó a temblar.

Él siguió lamiendo, y succionó. Apretó la lengua contra su sexo palpitante y metió dos dedos en su interior. Ella dio una sacudida contra su boca.

Él continuó sus caricias, lamiendo y succionando.

—Nunca será suficiente —dijo, subrayando cada una de las palabras con un movimiento de los dedos y otra presión de la lengua.

Gillian ya no podía... iba a...

—¡Puck!

Su nombre se le escapó al llegar al clímax y llenarse de placer. Se sintió ahíta, abrumada.

Él se irguió y se puso de rodillas. Se inclinó hacia delante y se colocó entre sus muslos.

—No puedo esperar más —dijo, y se hundió en su cuerpo de una acometida.

Al hacerlo, él dio un gruñido de aprobación. Ella gritó de alegría y tuvo un segundo orgasmo instantáneo. Ya no era Gillian Shaw, ni Gilly Bradshaw, ni ninguno de los nombres que había utilizado en el pasado. Era la mujer de Puck. Le pertenecía, y él le pertenecía a ella. «Mi hombre».

«Mi hogar».

—Qué húmeda. Qué tensa —dijo él, e hizo una pausa.

La observó con concentración, como si quisiera memorizar sus rasgos. Estaba jadeando y tenía la respiración acelerada. Se le cayó una gota de sudor por la frente, por la mejilla, por el mentón, hasta que cayó sobre el hombro de Gillian. Incluso aquello fue un estímulo para ella. La gota se convirtió en vapor al entrar en contacto con su piel ardiente.

—Muévete dentro de mí —le rogó ella.

Y él lo hizo. Entró y salió de su cuerpo lentamente, llenándola y consumiéndola, deslizándose cada vez más rápido. Era una agonía y un éxtasis.

—Tu cuerpo me rodea perfectamente, muchacha. Soy tuyo. Para siempre.

Acometió una y otra vez, cada vez con más fuerza y más velocidad, con más frenesí y necesidad.

Gillian le arañó la espalda y le mordió el cuello, y cruzó los tobillos por detrás de su espalda. Tenía una presión por dentro, una presión que aumentaba cada vez más. Y, cada vez que él se retiraba, ella hacía un esfuerzo por retenerlo arqueando las caderas hacia arriba. Había estado demasiado tiempo vacía y sola. Ahora, sin embargo, formaba parte de algo.

Puck la tomó de la nuca.

–Dame tu placer. Toma el mío.

Y, cuando la miró a los ojos, ella sintió el asalto del placer... y no pudo resistirlo.

Gritó su nombre mientras sus paredes internas se contraían alrededor del miembro de Puck.

–Vas a conseguir que tenga un orgasmo, muchacha. Vas a...

Rápidamente, él se puso de rodillas y la elevó sin salir de su cuerpo. Aquella nueva postura hizo que él pudiera hundirse aún más en ella. La abrazó y la estrechó contra su pecho. El pelo de Gillian los envolvió a los dos como un velo negro que los aisló del resto del mundo.

–Mi Gillian. Toda mía.

–Mi Puck. Todo mío.

Los dos emitieron sonidos entrecortados mientras él embestía con fuerza y, cuando ella le mordió el labio inferior, él perdió el control y se volvió salvaje en sus movimientos.

–¡Gillian! –gritó, mirando al cielo.

Derramó su simiente dentro de ella y le dio todo.

«Es exactamente eso, mi todo...».

Capítulo 38

Gillian se quedó exhausta y feliz, y se acurrucó contra el costado de Puck. Apoyó la cabeza en el hueco de su cuello. Ambos estaban envueltos en uno de los sacos de dormir. Él le acarició perezosamente el pelo, con suavidad, pero ella no podía dormir. O, más bien, no quería dormir. Estaba alerta, a la espera de cualquier posible ataque.

Al amanecer, la luz empezó a filtrarse entre las copas de los árboles y cayó sobre el fabuloso pecho desnudo de Puck. Seguramente, solo les quedaban cinco o diez minutos para tener que levantarse y vestirse. Además, los otros volverían pronto. En realidad, William debía de haberse ido a propósito porque no quería saber lo que iba a encontrarse una vez más.

«Pero yo no voy a sentirme culpable».

Distraídamente, dibujó un corazón sobre los pectorales de Puck, y él le preguntó:

–¿Sientes afecto por mí, muchacha?
–¿Acaso no te lo he demostrado?
–Necesito oír las palabras.
–Sí, Puck. Siento afecto por ti.
–¿Te diviertes conmigo?
–Sí. Pero es mucho más que eso. También me siento aceptada y apoyada cuando estoy contigo.

Él asintió, como si se sintiera satisfecho.

—Falta poco para tu cumpleaños.

—¿Sí? —preguntó ella. Había perdido la noción del tiempo.

—Solo faltan doscientos doce días.

—Ah, claro, entonces está aquí mismo —respondió ella, riéndose—. Y ¿cuándo es el tuyo?

—No lo sé. Dejé de celebrarlo cuando me separaron de mi madre.

A ella se le encogió el corazón.

—Bueno. Entonces, si quieres, podemos celebrar tu cumpleaños el mismo día que el mío.

De repente, él se puso tenso.

—Si no conseguimos dar con Sin en el plazo de tiempo previsto, voy a cortar el vínculo con las tijeras, y me cercioraré de que te marchas del reino —dijo—. No voy a permitir que mueras en Amaranthia.

¡No!

—Yo tampoco voy a permitir que mueras tú. Tiene que haber una forma de conseguirlo todo: la corona y la venganza para los Enviados. Y nuestro matrimonio. Te quiero, Puck. No quiero renunciar a ti.

—¿Me quieres? —preguntó él. Se incorporó de golpe y se sentó, sin dejar de mirarla, y se dio un golpe en el pecho.

—Claro, so bobo. Te quiero. Y tú me quieres a mí.

—Me quieres. Mi Gillian me quiere —dijo él, con una expresión de reverencia. Después, entrecerró los ojos—. Pero ¿todavía lo quieres a él?

—Sí, siempre querré a William, pero como amigo. Es mi amigo. Por favor, créeme.

Sin embargo, él se llenó de una furia contenida que se le reflejó en la mirada y que lo dejó rígido como una piedra.

—Cariño, ya hemos llegado —dijo alguien. Ella se incorporó también, y sus pechos rebotaron con el movimiento–. Pero no te preocupes por nosotros. Estoy disfrutando del espectáculo.

Galen estaba en el aire, a poca distancia, sobre ellos. Movió con picardía las cejas, sin avergonzarse lo más mínimo de su voyerismo.

Puck agarró una de las piedras que había alrededor de la hoguera y se la tiró.

–Nadie puede mirarla, salvo yo.

Galen recibió una pedrada en una de las alas y se cayó al suelo. Cuando se estaba poniendo en pie, Peanut lo embistió y volvió a tirarlo.

Gillian, que se estaba vistiendo apresuradamente junto a su marido, dijo:

–Buen chico.

–Gracias por la advertencia, a propósito –refunfuñó Galen.

Se oyeron unos pasos, y William y Pandora aparecieron entre los árboles.

William no la miró a la cara, sino que la rodeó sin decir nada, recogió su bolsa y montó en su quimera. Vaya.

Pandora miró a Gillian con una expresión de disculpa.

–Vamos a dejar las discusiones para después. Tenemos que irnos de aquí.

Gillian recogió sus cosas rápidamente. Cuando montó en Peanut, los otros ya se habían adelantado bastante. Todo el mundo, salvo Puck, que la estaba esperando.

–Lo siento –dijo ella–, pero tengo que hablar con William.

Puck apretó la mandíbula, pero asintió. Cuando Gillian cabalgaba para alcanzar a William y colocarse a su lado, se sobresaltó a causa de un trueno. Empezó a soplar un viento frío que le azotó el pelo, dándole en la cara. El cielo estaba cada vez más oscuro. Se avecinaba una tormenta.

–Háblame, por favor –le rogó.

Sin embargo, William la ignoró.

—Bueno, pues hablaré yo y tú me escucharás. Liam, yo nunca te hice ninguna promesa. De hecho, hice lo contrario: te dije que no sentía nada romántico por ti. Te dije que deseaba a Puck.

Entonces él soltó un gruñido y se giró para fulminarla con la mirada. Sus ojos, tan azules, se pusieron rojos en un instante.

—Ni siquiera lo sientes, ¿verdad?

—Lo único que siento es haberte hecho daño. Pero, si lo piensas, tú estás contento porque yo me haya ido con otro hombre.

Él tomó aire bruscamente.

William no sufría por haberla perdido. No estaba destrozado, ni siquiera estaba celoso. En sus extraordinarios ojos, ella solo vio ira, dolor y orgullo herido.

—Ahora volvemos —dijo él. Desmontó y les advirtió a los demás—: No vengáis a buscarnos.

Obligó a Gillian a desmontar también, la tomó de la mano y se la llevó hacia los árboles.

—No tenemos tiempo para esto —gritó Puck.

Gillian miró hacia atrás y le pidió a Puck, en silencio, que no los siguiera. Necesitaba resolver las cosas con William de una vez por todas.

Cuando se hubieron alejado, William se detuvo de repente y se giró para mirarla.

—Eres mía, pero has decidido elegir a ese... ese... macho cabrío.

Ella se puso las manos en las caderas.

—Puede que sea un macho cabrío, pero es mi macho cabrío.

—Te dije que el vínculo te iba a afectar. Te dije que esperaras hasta que estuvieras liberada.

—Pero, William, yo ya me sentía atraída por Puck antes de que forjáramos el vínculo.

—No. Te equivocas. Para ti han pasado demasiados años, siglos, y eso ha alterado tus recuerdos. Es comprensible, porque, cuando sucedió, estabas muy enferma. Si él fuera el compañero que te ha asignado el destino, no disfrutarías estando conmigo. No te reirías conmigo, ni me echarías de menos cuando me voy.

¡Qué obstinado!

—Creo que deberías pensar mejor en tus argumentos, William. Según tu lógica, si yo fuera la compañera que te depara el destino, tú no te habrías acostado con todas las mujeres de la creación. Habrías considerado que el celibato era una bendición mientras me esperabas.

Él se indignó.

—Eras una niña.

—Y tú eres inmortal. El tiempo no es nada para ti. ¿Habría sido tan difícil esperar dos años? ¿De verdad?

Se oyó retumbar otro trueno, y el relámpago iluminó la cara de aquel hombre a quien ella amaba... como a un amigo. A un hermano. Al padre que hubiera querido tener.

—Te esperé, aunque no fuera del modo que a ti te hubiera gustado —le respondió William—. ¿O es que se te ha olvidado esa noche en la que te encontré en mi apartamento?

Ella se ruborizó.

—Ya sabes a qué me refiero.

—Yo no he estado con nadie desde que llegué aquí.

—¿Una semana entera? ¡Vaya, qué fortaleza! ¡Qué fuerza de voluntad! Tienes que estar muy orgulloso.

Se hizo el silencio mientras él la miraba con dureza, con atención. Entonces, William se pasó una mano por la cara.

—¿Por qué estamos discutiendo sobre esto? ¿O es que tienes miedo de que abandone a tu precioso Puck antes de que se convierta en rey? Pues no te preocupes más. Voy a matar a su hermano y voy a entregarle a Puck la corona de los Connacht. A cambio, él va a cortar su vínculo contigo y, entonces, tú te darás cuenta de que yo tenía razón, y me pedirás perdón. Y, tal vez, algún día, yo te lo conceda.

¿Estaba de broma?

—¿Que tú me perdonarás? ¡Yo no quiero que me perdones, William! ¡No he hecho nada malo!

—¡Sí, lo has hecho todo mal!

Ella pestañeó, y William cambió. El hombre gentil a quien ella amaba desapareció y, en su lugar, apareció el guerrero vengativo que la había encontrado unos segundos después de que se casara con Puck. Unas alas de humo negro surgieron de su espalda. El mismo humo le rodeó los ojos, como si se hubiera puesto una máscara. Y, por debajo de su piel, aparecieron haces de luz.

Ella pensó que él iba a gritar, a despotricar y a mostrar su rabia. Sin embargo, él le dijo:

—Me has roto el corazón, Gillian.

—No. No.

«No es posible que le haya hecho daño».

—Yo nunca quise hacerte daño.

Entonces, William, en un silencio letal, se teletransportó hasta el tronco de un árbol y comenzó a darle puñetazos, hasta que lo partió por la mitad.

A ella se le cayeron las lágrimas.

—Lo siento. Lo siento muchísimo —balbuceó.

—No me diste ni la más mínima oportunidad —respondió él, y volvió junto a ella a grandes zancadas—. Le dije que no te tocaría, y siempre cumplo mis promesas. Pero no le dije que no fuera a besarte.

Entonces, la besó con dureza y metió la lengua entre sus labios.

Aquel beso la dejó hundida. A ella sí le rompió el corazón. Lo único que pudo saborear fue la sal de sus propias lágrimas.

Adoraba a aquel hombre, pero no podía corresponder a su beso, ni siquiera para darle consuelo ni para decirle adiós. Ella no podía traicionar a su marido.

Posó las palmas de las manos en el pecho de William y lo apartó.

—Para, Liam. Para.

Notó en las manos el ritmo de los latidos de su corazón. La pasión de aquel latir no era tan grande como para que no pudiera negarse.

Ella siguió llorando, y se le escapó un sollozo. Él la miró con los ojos llenos de tristeza.

—Sh, sh —le dijo, y le secó las lágrimas con los dedos pulgares—. Vamos. Todo va a salir bien, ya lo verás.

¿De veras? Había demasiadas cosas desconocidas, demasiadas cosas sin terminar.

—Te quiero —le dijo William.

—Ya lo sé. Yo también te quiero a ti. Eso no va a cambiar nunca.

Sin embargo, lo que ella sentía... no había sido nunca un amor romántico. En el fondo, siempre lo había sabido, pero en su adolescencia había confundido la protección y la seguridad con un enamoramiento, y la desesperación, con el deseo.

Se le escapó otro sollozo.

—Lo siento.

—No, tesoro, no. No lo sientas. Antes te he mentido. Tú no has hecho nada mal.

—¿Por qué lo dices ahora? ¿Qué ha cambiado?

—No puedo hacerte daño. Eres demasiado importante para mí. Y, además... besas fatal. Pero, fatal, de verdad.

A ella se le escapó una carcajada.

—Lo mismo digo, idiota.

—Te quiero mucho —le dijo él, y le dio un abrazo—. Más de lo que he querido a ninguna otra persona.

De nuevo, lágrimas.

Él, con delicadeza, hizo que alzara la cara para mirarlo. Y ¿qué vio ella? Ternura. Comprensión. Decepción.

—Llevo viviendo mucho tiempo. He oído a muchos hablar del poder de un solo beso. Un beso puede cambiarte para siempre, impedir que vuelvas a disfrutar con otros amantes. Un beso puede enseñarte, o calmarte, o excitarte. Tu beso... En él, he sentido tu amor por él. Y me ha parecido algo extrañamente bello.

—William —dijo ella, en un tono angustiado—. Nunca he querido hacerte daño.

—Lo sé, tesoro, lo sé. Me recuperaré, no te preocupes. Siempre me recupero. Y no vayas a pensar que soy un admirador de Puck. En eso no he cambiado de opinión. Creo que el vínculo es la causa de esto, pero...

De repente, se quedó callado y frunció el ceño.

—Hades me está gritando. Peligro. Muerte. Se acercan.

¿Magia?, se preguntó Gillian, al notar una brisa. La última vez, la magia de Sin se había manifestado con una ventolera.

El terreno empezó a temblar con tanta fuerza, que ella se tambaleó hacia un lado. Jadeó mientras trataba de mantenerse en pie. Al ver que se abrían grietas en el suelo, se le heló la sangre. ¿Más pozos?

¡Puck! ¡Peanut!

Corrió con todas sus fuerzas para llegar hasta ellos. Al salir de entre los árboles, vio a Puck, que trataba de calmar a la quimera mientras la esperaba. En cuanto la vio, el alivio se reflejó en su rostro... hasta que se fijó en sus labios y frunció el ceño.

«No es lo que piensas, cariño». Bueno, sí, sí lo era, pero ella no había participado.

En cuanto se pusieran a salvo, le daría todas las explicaciones. Sin embargo, entre un paso y el siguiente, el suelo de abrió bajo sus pies, y Gillian cayó al vacío.

Capítulo 39

—¡Gillian! —gritó Puck, mientras utilizaba la magia para lanzar una liana desde algún lugar por encima de ellos e intentar agarrarla. El suelo había desaparecido y se había llevado a Gillian.

Debido al pánico que sintió, Indiferencia comenzó a aullar en su mente. ¿Cómo había podido suceder aquello en un día que había comenzado de un modo tan bello?

Lanzó lianas también para Peanut, Pandora y William, utilizando la magia que le quedaba. Galen se había salvado porque podía volar. Las otras quimeras habían notado que iba a ocurrir algo y se habían desperdigado antes de que el suelo se hundiera.

¿Había conseguido sujetar a Gillian y a William? No veía a ninguno de los dos. El bosque había sido sustituido por unas nubes espesas de color gris.

A Gillian sí debía de haberla alcanzado, aunque no la viera. Si él seguía con vida, ella no podía haber muerto.

—«Ve a esta misión, vamos, hazlo por papá» —dijo Pandora, imitando la voz de su padre, Hades. Con cara de mal humor, plantó sus botas sobre las espinas de las lianas y se mantuvo en pie en la pared del pozo, en vez de colgando—. «Ya verás como será muy divertido», me dijo.

—Si Gillian y William están ahí abajo, yo los encontraré —dijo Galen, y se lanzó hacia abajo, entre las nubes.

Hacía tan solo un momento, Puck estaba furioso con Gillian. Se había dado cuenta de que tenía los labios hinchados y enrojecidos, como si acabaran de ser besados. Pero él no estaba con ella...

«¡Mi esposa me ha traicionado!».

Indiferencia había tratado de dominarlo de nuevo. Si pedía una gruesa capa de hielo a su magia, los celos y la rabia desaparecerían. Sin embargo, se había resistido, porque no era un cobarde y no quería seguir luchando contra sus emociones.

Iba a sentir, e iba a enfrentarse a sus sentimientos. Pero... al ver aparecer a Gillian, había tenido ganas de zarandearla y de darle un beso tan fuerte que quedara marcado para siempre en sus labios. Y lo haría muy pronto. También había querido cortarle la cabeza a William, y de un solo golpe...

Entonces, se había dado cuenta de que no había nadie más honrado que Gillian. Ella no engañaría a su marido. William debía de haberla besado, sí, pero no tenía ninguna garantía de que ella hubiera correspondido a su beso...

—¡Estoy aquí, estoy bien!

La preciosa cara de Gillian apareció entre las nubes. Ella ascendió agarrándose a las espinas de las lianas, hasta que estuvo al nivel de Puck.

Él sintió un enorme alivio, pero se dio cuenta de que ella estaba sangrando por los brazos, y volvió a preocuparse.

—¿Estás herida?

—Me he clavado algunas de las espinas, pero estoy bien. William, también, pero tiene que escalar mucho más —respondió ella.

Al ver a Peanut, que estaba forcejeando con una de

las lianas, se quedó pálida. La quimera tenía la enredadera alrededor del estómago y las espinas se le clavaban en la carne.

—Gracias por salvarlo —le dijo a Puck, y, después, corrió hacia el animal—. Vamos, Peanut, cariño, cálmate.

Peanut se asustó aún más. Cuanto más se agitaba, más sangraba. Tenía que estar sufriendo mucho dolor, y no sabía por qué. Si no dejaba de moverse, iba a partir la liana.

—Por favor, Peanut, cálmate —le rogó Gillian, con desesperación.

—Las lianas están ancladas en algún sitio, por encima de nosotros —le dijo Puck—. No sé cuánto vamos a tener que escalar, pero, en cuanto lleguemos a nuestro destino, podríamos subir a Peanut sano y salvo.

—¿Y por qué no bajamos? —preguntó Pandora.

—No hay forma de bajar a Peanut al suelo —dijo William, con esfuerzo, mientras atravesaba las nubes.

Aunque a la quimera nunca le había caído bien el inmortal, se calmó cuando William le hizo una caricia con un dedo entre los ojos. De hecho, el animal se quedó dormido, y su cuerpo quedó relajado.

—No se va a acordar de nada de esto —dijo William—. No puedo teletransportarme y subirlo yo, porque solo puedo trasladarme a sitios que ya haya visitado, o que pueda ver. Y, con esta cubierta de nubes...

—Lo vamos a conseguir —dijo Gillian—. Sigamos subiendo.

«Esa es mi mujer».

Sin embargo, parecía que aquel día no había nada que pudiera salir bien, porque los truenos empezaron de nuevo y un relámpago atravesó el cielo justo por encima de sus cabezas.

Galen volvió hasta ellos y se quedó flotando a su lado, aleteando suavemente.

—He bajado mucho, pero no he encontrado el suelo firme. Lo que sí he encontrado ha sido la puerta a otro reino. No sé cuál es.

—No podemos arriesgarnos —dijo Puck. Podían terminar en un volcán, o en una prisión. O en algún sitio peor—. Vamos a seguir subiendo.

—Voy a subir un poco para averiguar qué es lo que nos espera —dijo Galen, y ascendió.

Después de unos segundos, se oyó otro trueno y comenzó a llover. Era una lluvia ácida, y Puck notó que cada una de las gotas le quemaba la piel y le causaba un dolor agónico. Olía a carne quemada.

Todos empezaron a gritar de dolor y asombro, formando un coro de pesadilla.

Galen volvió. Todo su cuerpo temblaba cada vez que le alcanzaba una gota de lluvia.

—No me apetece seguir revoloteando —dijo. Se agarró a una de las lianas y cerró las alas para convertirse en un blanco más reducido.

Si aquella lluvia continuaba, todos quedarían reducidos a cenizas. Y ¿qué ocurriría con las lianas? Sin la magia, él ni siquiera iba a poder crear un escudo protector para Gillian.

Indiferencia gritó con más fuerza aún. Parecía que estaba especializado en empeorar las cosas.

Odiaba a aquel demonio.

Al ver que la liana de Peanut empezaba a agitarse sin motivo, Puck soltó una maldición. El enorme peso de la quimera había empezado a rasgar la cuerda.

Gillian se dio cuenta y gritó de terror.

—¡Tenemos que ayudarle!

—Su liana se va a romper. Es inevitable —dijo William, y miró a Puck—. Yo me ocupo de la quimera, tú ocúpate de la chica.

No tuvo tiempo de pensar en las consecuencias del

plan, ni de preguntarse por qué William iba a aceptar separarse voluntariamente de Gillian. La liana de Peanut se rompió y la quimera cayó al vacío.

—¡Peanut! —gritó Gillian, y se dejó caer detrás de la quimera.

William siguió a Peanut, y Puck siguió a Gillian.

En cuanto llegó a su altura, la agarró por la cintura con una mano y, con la otra, se aferró a una liana. William alcanzó a Peanut y lo agarró por el cuello. Los dos desaparecieron a través del portal.

—¡Suéltame! —gritó Gillian, con la cara llena de lágrimas—. ¡No me obligues a hacerte daño!

—¡Tú no vuelvas a comportarte de una manera tan estúpida! William tiene a Peanut, y él se va a asegurar de que los dos sobrevivan. Lo sabes. Y ahora, vamos, sube —dijo, y comenzó a empujarla con la rodilla, sin piedad, hacia arriba.

—Tengo órdenes de permanecer junto a William pase lo que pase —dijo Pandora—. Lo siento, chicos, pero os quedáis solos —añadió. Después, se dejó caer hacia el portal.

—Lo mismo digo. Nos vemos. No me gustaría estar en vuestro lugar —dijo Galen, y se dejó caer detrás de Pandora.

—Tienes razón, Puck —dijo Gillian, secándose las lágrimas con una mano temblorosa—. William y Peanut van a estar bien —añadió, y empezó a escalar.

Puck se fijó en una cosa: si ella lloraba y se extendía las lágrimas por la cara, las gotas de lluvia ácida no le quemaban las mejillas ni las manos.

—Sigue llorando —le ordenó—. Tus lágrimas neutralizan el ácido.

—Tienes razón —repitió ella. Entonces, tomó sus lágrimas con la palma de la mano y se la extendió a él por las quemaduras. Aquel acto tan generoso le encogió el corazón a Puck—. Y tiene sentido, porque, seguramente, tu hermano creyó que tú eras el único que tenías la fortaleza suficiente como para llegar tan lejos y, como eres el guardián de Indiferencia, pensó que no sentirías ninguna emoción.

—Salva tu piel, esposa, no la mía.

Una pausa.

—Yo hago lo que quiero —dijo ella—. Acéptalo y aguántate.

Muy bien. Él lo aceptó, y siguió junto a los talones de Gillian mientras trepaban por la liana. Ella no bajó su ritmo ni siquiera cuando ya llevaban una hora... y dos... Más lluvia. Más llagas.

Él imaginaba que su hermano estaba esperándolos más arriba, en algún lugar, y perseveró. Se preguntó si sería él quien iba a luchar con Sin, ahora que William se había marchado, y se apresuró.

¿Acaso había sido aquel su destino durante todo el tiempo?

«Solo el hombre que viva o muera por Gillian podrá derrotar a Sin el Demente».

Y ese hombre era él. Estaba dispuesto a morir por ella. La amaba. Aquella muchacha le había devuelto la vida a su corazón muerto.

«Solo tengo que lograr mis dos objetivos. Matar. Seleccionar».

—¿Qué vamos a hacer sin William? —preguntó Gillian, entre jadeos. Era obvio que estaba pensando en lo mismo que él.

—William ha cumplido su cometido. Yo te amo. Yo viviré o moriré por ti. Yo destronaré y mataré a Sin.

Ella se quedó boquiabierta y asomó la cabeza por su hombro, hacia abajo, para ver a Puck.

—¿Y te perdonarás a ti mismo el hecho de matar a tu hermano? Y no se te ocurra morir por mí, Puck Connacht. Lo digo en serio.

–Quiero quedarme contigo, Gillian. ¿Tú crees que hay algo que no estoy dispuesto a hacer para conseguirlo?

–No... No. Creo que harías cualquier cosa para conseguirlo.

Aquellas palabras tenían un trasfondo de tristeza que él comprendió. Era a causa del inminente asesinato de su hermano. ¿Cómo podría hacérselo entender?

Continuaron escalando y, por fin, atravesaron las nubes. Entonces dejó de llover, pero la carne les colgaba de los huesos a causa de las heridas. A pesar del dolor, él se alegró al ver el final del acantilado a pocos metros por encima de ellos.

Subieron, ascendieron y, por fin, Gillian y él llegaron a la parte superior y se dejaron caer sobre la tierra.

Capítulo 40

Gillian sintió un agotamiento que la entumeció hasta los huesos, pero no podía dejar de preguntarse qué les habría ocurrido a William y a Peanut.

Tenía ganas de acurrucarse en el suelo y echarse a llorar, pero se contuvo. Sabía que los dos estaban vivos, que William habría encontrado la forma de salvar a Peanut, tal y como le había prometido.

Seguía sintiendo el mismo amor por él, y quería terminar su conversación cuando volvieran a estar juntos. William iba a volver, estaba segura. Por lo tanto, no iba a sufrir por su pérdida. Sus amigos vivían, y Puck, también.

Por el momento, se concentraría en recuperarse y en salvar Amaranthia. Solo les quedaban diez días de plazo.

Se acercó a Puck arrastrándose, y sintió una punzada de angustia en el estómago. Él tenía muy mal aspecto.

Gillian abrió el frasquito de sirope de *cuisle mo chroidhe* que llevaba colgado al cuello y vertió el contenido en su boca.

—Te vas a recuperar —le aseguró.

Mientras esperaba a que la sustancia hiciera efecto y lo curara, Gillian observó el entorno. Había un río a la izquierda y, a la derecha, dunas de arena salpicadas de tiendas. ¿Habían llegado por fin hasta el clan Connacht?

Unos hombres se acercaron. Iban vestidos con una túnica blanca y unos pantalones de lana. Por su aspecto fuerte, Gillian supuso que eran guerreros. Dieciocho guerreros, para ser exactos.

Al verla, uno de ellos gritó:

—¡Una mujer!

Los demás le devolvieron los gritos de entusiasmo.

—Apartaos. Es mía.

—Yo estoy dispuesto a luchar por ella.

—Gracias por la discusión —dijo Gillian—, pero ya estoy adjudicada.

Sonó una alarma.

—Pero está claro que a vosotros no os importa —dijo ella, con un suspiro.

Puck se puso de pie, tambaleándose, pero, al mismo tiempo, preparándose para la pelea. No se había recuperado del todo, y no estaba en condiciones de librar un combate, pero ella sabía que nada iba a impedírselo.

Los hombres tomaron sus armas y se acercaron a ellos con la intención de acorralar a su presa. Todos la miraban con lascivia, y le recordaron a su padrastro y hermanastros. Eso desató su furia.

—¿Conoces a esta gente? —le preguntó ella, mientras sacaba las dos únicas armas que no había perdido durante su paso por el laberinto: una daga de oro macizo y otra daga con joyas engastadas.

A Puck se le prolongaron las garras y los colmillos.

—Esto es un campamento de criminales. Si intentan quitarme lo mío, morirán.

—Me parecen muy monos tus celos, y me gustan —le dijo ella—, pero quisiera asegurarme de que no te vas a enfadar si mato a todo el mundo. Después de todo, son Connacht.

—Te he visto luchar, y sé lo buena que eres. Mata a todos los que puedas y quédate con su magia. Después, ya me demostrarás lo mucho que te gusta que me ponga celoso.

A ella se le hinchó el pecho de orgullo. Puck confiaba en su capacidad y no iba a empeñarse en que se quedara aparte mientras él resolvía el problema.

—Tú ocúpate de los de delante, y yo me abriré paso hacia atrás para que nadie pueda escapar y avisar a otros campamentos.

—Dicho y hecho.

—Que te diviertas —respondió Gillian, y le dio un beso en los labios antes de abalanzarse sobre aquellos que querían meterla a uno de sus establos.

Puck corrió tras ella y la adelantó. ¡Impacto! Cuando ella llegó a la lucha, le clavó un cuchillo en un ojo a uno de aquellos brutos. Después, le apuñaló el otro ojo. Le dio una patada en el estómago a otro y, cuando el agredido se doblaba de dolor hacia delante, le clavó las dagas a él.

Vio a Puck embestir con sus gloriosos cuernos a alguien y decapitar a otros con las garras. Se oyeron gruñidos y rugidos. Hubo sangre.

Cuando los demás lo atacaban, él hacía fintas y devolvía las acometidas. Esquivaba todos los golpes. Era un peligro para todo el mundo, salvo para ella.

Gillian siguió haciendo su parte, apuñalando y matando mientras se abría camino hacia el final de las tiendas. Durante su trayecto, iba asimilando a través de sus runas la magia que emergía de los cuerpos. Ya casi había llegado...

Sin dejar de correr, se agachó para recoger una espada que se le había caído a alguien y se irguió para lanzarles las dagas a dos enemigos que huían montados en quimeras. Los cuchillos se les clavaron entre los omóplatos, y ambos cayeron de la montura. Cuando ella empezaba a correr hacia delante para rematarlos y absorber su magia, notó un golpe de magia en la espalda. Fue tan fuerte, que le flaquearon las rodillas y todo el aire se le escapó de los pulmones. Cayó de bruces, y se le llenó la boca de tierra. Reaccionó rápidamente, se levantó y se vio frente a un hombre que parecía de unos veinte años.

Se preparó para atacarlo, pero Puck apareció tras el adversario. Había adquirido la magia suficiente como para poder teletransportarse.

Agarró al hombre de la nuca y lo derribó de cara contra el suelo.

—Le has hecho daño —dijo con furia—. Nadie puede hacerle daño.

—Exacto —añadió ella, y le dio una patada en la boca. Al ver que se le saltaban varios dientes, sonrió—. A mí no se me hace daño. Nunca.

Puck también sonrió.

—¿Quieres hacer los honores, esposa mía?

El hombre sin dientes se removió en el suelo, y preguntó con un jadeo:

—¿Sois vos el príncipe Neale?

Gillian lo ignoró.

—Toma tú su magia, yo voy por la de ellos —le dijo a Puck, señalando a los dos hombres a quienes había derribado, que se alejaban arrastrándose.

—De acuerdo —dijo Puck, y mató al hombre sin vacilación.

Gillian remató a los otros dos con la misma determinación y absorbió su magia. En pocos minutos, había pasado de estar exhausta a tener enormes reservas de magia.

Con satisfacción, volvió junto a su marido. Aunque estuviera manchado de sangre y de trozos de carne de sus víctimas, nunca le había parecido más bello.

—Tu destreza en la batalla me impresiona —le dijo él.

Ella se atusó el pelo, intentando dar una imagen de calma y frialdad.

—¿Qué ha pasado con tu velocidad ultrasónica? ¿Por qué no has acelerado las cosas?

Él se encogió de hombros.

—Ya no puedo.

—¿Qué quieres decir?

—Que ya no tengo esa habilidad.

—No lo entiendo... —dijo ella. Sin embargo, de repente, sí lo entendió—. Renunciaste a ella. Tenías muy poca magia cuando nosotros nos convertimos en animales y empezamos a pelear, y tú nos liberaste con la mayor parte de tu magia.

Él se encogió de hombros otra vez.

¡Puck había renunciado a muchas cosas! A demasiadas. Y ella quería compensarlo.

—Eh —dijo—, tengo una idea. ¿Y si nos pasamos el resto del día...?

Al mismo tiempo, él dijo:

—Vamos a quedarnos aquí y...

Se echaron a reír. La risa de Puck era grave, musical, mágica... Magnífica. Era un sonido que ella quería oír durante el resto de su vida.

—¿Te has dado cuenta de que yo te lo he pedido y tú me lo has ordenado? —le preguntó Gillian.

—Sí —respondió él, y se la echó al hombro como si fuera un bombero—. Por eso sé que mi método es mejor.

Ella se echó a reír de nuevo.

—Esto se va a convertir en una costumbre —dijo—, pero me gusta.

Él le acarició el trasero.

—Sé que tenemos un plazo, pero no vamos a poder derrotar a Sin si estamos débiles. Tenemos que descansar hoy para estar fuertes mañana. Y, como estamos fuera del laberinto, en tierras de los Connacht, dudo que haya más peligros. No siento esa carga en el aire, como me pasaba dentro del laberinto.

—Sí, estoy de acuerdo. Pero me da la sensación de que no vamos a descansar mucho.

—Por un buen motivo. No vamos a ganar si tú estás distraída por este deseo sexual que sientes por mí —respondió él, y le dio un azote en el trasero. Después, añadió—: He revisado las tiendas con la magia. No hay más ocupantes. Estamos solos, y nadie se va a atrever a aparecer sin previo aviso. Y he utilizado mi nueva magia para crear un escudo protector alrededor del campamento.

La intensidad de su voz le produjo escalofríos a Gillian.

—¿Qué tienes pensado hacer conmigo y con mi deseo sexual, entonces?

—No es lo que tengo pensado. Es lo que voy a hacer.

—Bueno, y ¿qué vas a hacer? —preguntó ella, con la voz temblorosa.

—Disfrutar de lo que es mío.

Puck arrojó a Gillian al agua. Ella emergió tartamudeando mientras él se quitaba la ropa manchada de sangre. Al verlo, a Gillian se le dilataron las pupilas.

Puck se quedó desnudo frente a ella, permitiéndole que lo admirara. Estaba erecto, preparado para ella.

Gillian se humedeció los labios.

«Mi mujer me desea».

Indiferencia no se había callado, pero a Puck no le importaba. Sentía tanta pasión, que nada podía molestarlo. Estaba feliz.

«¿Yo, feliz?».

Entró al agua, borracho de deseo, pero ni siquiera

el frescor pudo mitigar el fervor de sus venas. Estaba seguro de que iba a convertir aquella laguna en un baño termal.

Gillian esperó, nadando suavemente para mantenerse a flote, mientras él se hundía varias veces para quitarse la sangre del cuerpo, la cara y el pelo. Cuanto más se acercaba, más impaciencia sentía. Por fin, posó los pies en el fondo y se irguió. El agua le llegaba por la mitad del torso.

Gillian alzó los brazos, y él le quitó la camiseta. Sus pechos eran una visión celestial, erguidos y regordetes, coronados por unos pezones de color rosa oscuro.

—Te deseo —le dijo él, con la voz ronca—. Siempre te desearé.

—Y yo a ti.

Entonces, la besó. Ella gimió y separó los labios para recibirlo. Movió las manos por su pecho y se estrechó contra él. Frotó su sexo contra la erección de Puck, una, dos veces, utilizándolo para sentir placer. Era lo que él deseaba.

Entonces, Puck la tomó de las nalgas y la ayudó a acrecentar el ritmo de sus roces. Ella emitió pequeños gemidos de desesperación, y él empezó a jadear.

Entonces, él la giró y pegó la espalda de Gillian a su pecho. Con destreza, le quitó la falda y la ropa interior y empezó a acariciarle el pecho. Deslizó las manos por su estómago y metió un dedo en su cuerpo. Las paredes internas de Gillian lo aprisionaron de forma ardiente.

Ella apoyó la cabeza en su hombro con un gemido, y él tuvo que aguantarse la imperiosa necesidad de entrar en ella. Quería durar y quería que aquello fuese muy bueno para Gillian. Mejor que nunca. Quería marcarla con su esencia.

Puck caminó hacia delante y la colocó sobre una piedra.

—Colócate sobre las manos y las rodillas —le dijo, y le

separó las rodillas, dejando a la vista la imagen más deliciosa de todos los reinos.

Gillian estaba húmeda e hinchada de necesidad, del color rosa más bello que él hubiera visto nunca.

—¿Así? —preguntó ella, escandalizada—. ¿En este ángulo?

—En este ángulo —respondió él. Y lamió su cuerpo.

Ella gritó y onduló las caderas. Él, embriagado por su esencia, alargó el brazo y le acarició los pechos, jugueteó con sus pezones hasta que ella empezó a rogarle. Entonces, él metió dos dedos en su cuerpo y ella alcanzó el clímax entre gritos de gozo.

Él era como una caldera a punto de estallar, y aquel éxtasis le hizo todo mucho más dulce.

Más...

Para conseguir que ella tuviera otro orgasmo, volvió a lamer su cuerpo y usó la lengua como si fuera su miembro. Le masajeó el clítoris con el dedo pulgar una y otra vez, hasta que ella empezó a gimotear.

En ese momento, él subió a la roca y se situó tras ella, de rodillas, y comenzó a acariciar su hendidura con el extremo del miembro.

—¿Me deseas mucho? —le preguntó, mientras besaba su espina dorsal.

Ella miró hacia atrás y sonrió lentamente, y a él se le aceleró salvajemente el corazón.

¿Había alguna persona más perfecta que aquella?

—Te deseo... —respondió Gillian, y alargó el brazo hacia atrás para acariciarle el miembro desde la base al extremo— todo esto.

Entonces, Puck se hundió por completo en su cuerpo.

Capítulo 41

Gillian sintió un placer sublime. Puck la llenó, la expandió y la consumió. Quería más orgasmos, porque se había convertido en una adicta.

Él estaba tan ardiente como el fuego, tan endurecido como la piedra, y la marcó por dentro y por fuera. Eran hombre y mujer, esposo y esposa.

Mientras él embestía cada vez con más fuerza y más rapidez, sus movimientos se fueron haciendo más rudos. Gillian notaba su desesperación y su hambre.

—¡Bésame! —le pidió ella.

—¿Quieres que te bese? —preguntó él, y salió de su cuerpo lo suficiente para poder alcanzarla. Pero no la besó. Volvió a hundirse en ella y entrelazó las manos para levantarle los brazos por encima de la cabeza. Aquella nueva postura forzó a Gillian a arquearse, y elevó los pechos para que él pudiera acariciárselos.

—Hay diferentes tipos de besos —dijo él, y comenzó a moverse de nuevo. El ritmo de sus movimientos había cambiado—. ¿Es este el tipo que tú quieres?

Sin dejar de entrar y salir de su cuerpo lentamente, deliciosamente, él se inclinó y pasó la lengua por uno de sus pezones.

—Sí, sí. De todos los tipos.

Gillian notó una corriente eléctrica desde su pecho a su sexo y movió las caderas para acogerlo más profundamente. Aquello era lo que debía ser el sexo, una unión voluntaria entre dos adultos. Era como un bálsamo para su corazón herido. Era un placer sin sentimiento de culpabilidad ni asco. Era, incluso... divertido.

No era posible que el vínculo fuese el único motivo de aquel milagro.

–Me has poseído –le dijo a Puck, con la voz enronquecida.

–Soy yo el que está poseído... por ti –dijo él.

–Bésame, Puck. Un beso de este tipo, ahora –le pidió ella, y tomó ambos lados de su rostro para besarlo en los labios.

Mientras sus lenguas danzaban juntas, él siguió acometiendo su cuerpo con más y más fuerza, hasta que ella metió los dedos entre su pelo y le clavó las uñas en el cuero cabelludo. Sus terminaciones nerviosas vibraron, y sus huesos empezaron a arder. Las llamas crecieron e invadieron todo su ser.

El resto del mundo ya se había desvanecido para ella.

–¡Puck! –exclamó, mientras arqueaba las caderas para recibir sus embestidas–. ¡Más, por favor!

–Eres un gozo, esposa mía. No hay nada mejor...

Tres, dos, uno... ¡Detonación!

A ella se le quedó la mente en blanco cuando la invadió una oleada de dicha. Aquel fue un clímax más fuerte que ningún otro, tanto, que la rompió en pedazos, pero también lo suficientemente dulce como para volver a unirla.

–No puedo más... Voy a... ¡Muchacha! –gritó Puck.

Se hundió en ella una vez más, y todo su cuerpo empezó a temblar a causa del orgasmo.

En cuanto se desplomó sobre Gillian, cambió el peso para no aplastarla, aunque siguió abrazándola.

Ella se acurrucó contra él, sin aliento, pero satisfecha. Cuando, por fin, recuperó la capacidad de pensar, le preguntó:

—¿Has estado enamorado alguna vez?

—No. Nunca me había permitido a mí mismo conocer a ninguna mujer.

Además de William y, después, a Puck, ella tampoco se había permitido conocer a ningún hombre. Puck no era perfecto, pero era perfecto para ella. Y sería un magnífico rey. En el laberinto, ella había llegado a conocer su fuerza, su integridad, su determinación, su honor y su resistencia. Amaranthia lo necesitaba. Los clanes lo necesitaban.

«Yo lo necesito».

—Dijiste que las pitonisas no se habían equivocado nunca —dijo ella.

Él se frotó el pájaro que tenía tatuado en el pecho, y dijo:

—Exacto.

—¿Y si conseguimos lo imposible y les demostramos que sí se han equivocado, y en todo? ¿Y si yo puedo ayudarte a hacer realidad tu sueño? ¿Y si yo puedo tener un final feliz contigo?

—Yo quiero esto —dijo él—. Y lo voy a conseguir.

—Pero... ¿y si no puedo demostrar que las pitonisas se equivocaban? ¿Y si destruyo tu sueño? ¿Y si no puedo tener un final feliz contigo?

—En esto no podemos permitirnos el lujo de dudar tanto. Y te lo advertí: no voy a separarme de ti a menos que tenga que hacerlo por salvarte la vida. No he cambiado de opinión. Voy a hacer todo lo posible por asegurarme de que sigues siendo mía. Mataré a mi hermano y lucharé por tener un final feliz.

Él habló con tanta felicidad, que ella se estremeció.

—¿Quieres tener hijos, algún día?

A él se le iluminó la mirada.

—Sí. ¿Y tú?

—Sí —dijo ella. Quería tener niños y niñas con los mismos ojos de Puck, negros y llenos de brillo.

Puck miró al cielo un instante, pensativamente.

—Vamos —le dijo, y la tomó en brazos antes de ponerse en pie. Salió del río y la llevó hasta el campamento.

—Es hora de descansar —dijo.

—Antes deberíamos encontrar ropa limpia y armas —dijo ella, y bostezó.

Él abrió con un hombro la solapa de la tienda más grande y la dejó en el suelo. Con una sonrisa, le dio una palmada en la nalga.

—Ahora eres parte de mi establo, mujer. Si quieres tener la piedad de tu amo, obedecerás.

Aquella sonrisa era casi infantil, muy bella. Le brillaban los ojos como antiguas runas. Las estrellas habían ocupado todo el espacio de su iris.

Aquel era el verdadero hombre. El hombre bueno que su padre había intentado endurecer a base de palizas y que su hermano había estado a punto de destruir.

Aquel era Puck Connacht, su marido.

Entonces, pensó en lo que él le había dicho y se puso a tartamudear de indignación.

¿Parte de su establo?

—¡Ja! En esta relación, yo soy la dueña, y tú eres uno de los sementales de mi establo. Ya tienes las piernas para serlo, chaval.

Él gruñó de broma.

—A ti te gustan mis piernas.

—¿Ah, sí? —preguntó ella, mientras se miraba las uñas.

—El día que volví a Amaranthia, tú te convertiste en Hulk. Yo te llevé a la cama y, durante mucho rato, estuviste agarrada a mí, frotándote contra mis piernas.

¿De verdad? Bueno, y ¿por qué no? A fin de cuentas, ella era una chica inteligente.

—Para que lo sepas, si intentas montar un establo, te voy a cortar el miembro y obligarte a que te lo comas. Y lo digo con todo el corazón, cariño.

Aquellas palabras debieron de satisfacer a Puck, porque se irguió de hombros y dijo, con orgullo:

—Tú nunca te cansarás de mi miembro. Sin embargo, tal vez yo debiera descargar mis deseos en otras partes. Me acuerdo de que, en una ocasión, me dijiste que tenía permiso para...

—Ese permiso queda revocado. Tú eres mío —respondió ella—. Y solo mío.

Él sonrió.

—Qué posesiva es mi mujer.

—Lo que es tu mujer es muy peligrosa cuando se enfada —respondió ella, y miró a su alrededor, por la tienda.

El anterior ocupante había reunido muchas armas; hachas, espadas, arcos y flechas. Había un montón de pieles formando un camastro muy calentito, y una olla de estofado sobre un hogar. El humo ascendía hasta el pináculo abierto de la tienda.

Todas sus necesidades estaban cubiertas.

—¿Quieres que te diga la verdad? No hay ninguna otra potranca como tú —dijo él—. ¿Por qué iba a intentar acostarme con otra mujer?

Entonces, ella lo abrazó con fuerza, piel con piel, hombre contra mujer. El deseo se reavivó.

Gillian sintió un escalofrío al tomar con la mano el miembro viril de Puck. Él estaba erecto otra vez.

—Voy a hacer que te sientas muy feliz de haber dicho eso.

Capítulo 42

Sin duda alguna, aquello era la felicidad.

El día anterior, Puck había hecho todas sus cosas favoritas. Había nadado desnudo junto a Gillian. Había hecho el amor con ella sobre las rocas y, después, en la tienda. Habían comido juntos y se habían quedado dormidos acurrucados el uno contra el otro.

Gillian antes de la guerra.

Gillian antes de todo.

Aquella mañana, él se había marchado antes de que Gillian se despertara, y le había dejado una nota pidiéndole que no se moviera de allí y explicándole que volvería enseguida.

Entonces, había ido a explorar, y habían pasado horas hasta que había conseguido lo que necesitaba. Esperaba que, al volver, ella protestara y le pidiera explicaciones. Sin embargo, Gillian se había alegrado mucho, y su risa se había oído por todo el campamento. A él se le había calentado el alma, y la había tomado en brazos.

—No voy a destruir tu sueño, no lo voy a hacer —dijo ella, como si hubiera estado todo el día pensando en aquello—. Asesinato de un Connacht y una corona, marchando, ¿de acuerdo?

—De acuerdo —dijo él.

Sin la presencia de William allí, Puck no tenía preocupaciones. Él mismo vencería a Sin, salvaría a Amaranthia y conseguiría todo lo que quería.

Aunque había pensado en que abandonaran aquel mismo día el campamento, ya había anochecido, así que se quedarían a dormir. La luz de la luna entraba por la rendija de la solapa de la tienda, e iluminaba a Gillian con suavidad. Ella estaba desnuda sobre el montón de pieles, y ronroneó cuando él le pasó un pedazo de spéir por un pezón. El pezón se endureció cuando él lamió las gotas de zumo de la fruta.

Después, él cambió de dirección y pasó el pedazo por los labios de Gillian. Cuando ella iba a morderlo, él se lo comió.

—Bruto —le dijo Gillian, riéndose con sensualidad—. Era para mí.

—No, esto es tuyo —dijo él, y sacó un frasco de sirope de *cuisle mo chroidhe* que había podido recoger.

Entonces, ella soltó un gritito de alegría y tomó el frasco.

—¿Por eso has tardado tanto?

Él asintió.

—Oh, Puck —dijo ella, y le dio un beso en los labios—. Gracias. Aunque no haya vuelto a convertirme en Hulk, te estoy muy agradecida.

«Yo he conseguido esto: hacerla feliz».

—Por ti haría cualquier cosa, en cualquier momento, en cualquier lugar.

—Muy bien. Pues, entonces, quédate quieto y deja que te haga lo que yo quiera.

Lo empujó para que se tendiera boca arriba, abrió el tarro y vertió sirope sobre su pecho... y más abajo.

Después, lamió todo el líquido de su cuerpo.

Cuando Gillian se desplomó sobre su pecho, él se quedó maravillado al sentir su cuerpo envolviéndolo como una manta. Durante largo tiempo, permanecieron tendidos así, y aquello era como el cielo. Una vez, él había soñado con alcanzar una satisfacción como aquella.

—Iba a preguntarte si te ha gustado lo que te he hecho —dijo ella—, pero todavía te oigo gemir.

—Me asombras —dijo él, y le acarició la nariz con la punta de la suya.

—Tú me sacias.

—Me alegro. Espero que te acuerdes de eso, porque, ahora, estoy a punto de enfadarte —dijo él, y la agarró con fuerza por si ella salía corriendo—. Me he imaginado que una parte de ti quiere quedarse aquí el mayor tiempo posible por si aparecen William y Peanut, ¿verdad?

Ella se mordió el labio y asintió.

—Pero tenemos que marcharnos mañana, aunque ellos no hayan llegado aún. Lo sabes, ¿no?

Para sorpresa de Puck, ella volvió a asentir.

—Sí, y estoy de acuerdo. Creo que ellos están fuera del reino y no pueden volver a entrar. Pero no te preocupes. Me tienes a mí, y yo no voy a parar hasta que seas el rey. ¿Cuál será tu primer acto real?

Eso era fácil.

—Las mujeres tendrán los mismos derechos que los hombres. Pasarán a ser ciudadanas de pleno derecho. Construiré más refugios y orfanatos. Y endureceré las penas para aquellos que les hagan daño a los demás.

Ella sonrió y le acarició el pecho. Claramente, le había agradado aquella respuesta. Era tan bella, que él no podía dejar de mirarla. Ya había memorizado la increíble pureza de sus ojos marrones, la belleza de sus pómulos, la delicadeza de su nariz. El color rojo de sus labios carnosos.

De repente, tuvo un pensamiento terrible. Si de verdad quería a aquella mujer, ¿cómo iba a mantenerla atada a él por medio del vínculo, sin saber si sus sentimientos hacia él eran reales o no? ¿Y si, una vez que no existiera ese vínculo, ella quería a otro hombre?

Puck supo, en aquel momento, que haría cualquier cosa por aquella mujer. Incluso dejarla marchar.

Solo había una forma de saber la verdad, y tenían que saberla. De lo contrario, él le estaría robando su verdadera vida, la que ella quería y se merecía.

—Creo que... creo que deberíamos cortar nuestro vínculo, tal y como habíamos pensado.

—¿Cómo? ¡No! Ya hemos tomado una decisión. Sin William, tú te quedas con la corona y con la chica. Vamos a quedarnos juntos, y yo tendré mi final feliz.

—Eso espero —dijo él—. Espero que me sigas deseando después.

Ella se incorporó de golpe. Se había quedado muy pálida.

—Crees la profecía de las pitonisas. Crees que yo voy a destruir tus sueños.

—Ya has destruido mi sueño, muchacha —respondió él. La verdad era la verdad.

Ella se estremeció.

Puck intentó abrazarla, pero ella se escapó y se puso de pie. Comenzó a vestirse con la ropa que había hallado por el campamento, una túnica blanca, unos pantalones de lana y un par de botas de combate.

Dejar que cubriera su desnudez habría sido un crimen.

Puck se levantó y la agarró por los antebrazos.

—Vamos, déjame terminar.

—¿Por qué? ¿Acaso hay alguna otra parte de mi corazón que quieras pisotear?

—Mi sueño de reinar en Amaranthia ha sido sustituido por el sueño de hacerte siempre feliz. Y ese cambio me complace.

Ella se suavizó.

—La idea de gobernar todo el reino a tu lado me hace feliz.

—No hay nada que desee más que pasarme el resto de la eternidad a tu lado. Tendríamos hijos, formaríamos una familia y reinaríamos juntos sobre los clanes. Cuando corte el vínculo, lo único que tú tienes que hacer es... quererme.

Su futuro era así de sencillo y, a la vez, así de complicado.

—Ya te quiero ahora –replicó ella, alzando la barbilla.

A él se le rompió el corazón, pero no estaba dispuesto a ceder.

—Voy a liberarte del vínculo.

—Bueno, pues disculpa que no te crea. ¡Hace unos minutos has dicho que te quedarías conmigo, pasara lo que pasara! –exclamó ella. En vez de enfadarse, lo abrazó–. Eres tonto por escuchar a tus miedos en vez de escuchar a tu mujer. Te digo que sé que te quiero, y que no es a causa del vínculo.

—Gillian...

—¿Es que te has convertido en el hombre de hielo otra vez? –le preguntó ella–. ¿Por eso eres capaz de decir esto?

—No, no soy el hombre de hielo –replicó él–. Nunca más seré ese hombre contigo. No puedo. Siento demasiadas cosas. Lo siento todo.

Ella volvió a estremecerse, pero dijo:

—Si me liberas... Si me liberas, yo no tendré mi final feliz. Ese es el motivo que se profetizó. Yo presiento eso.

No. ¡No! Aquel era el único modo de asegurarse de que ella consiguiera su final feliz.

—¿Cómo puedes saber lo que quieres? El vínculo habla por ti.

—No. Hablo por mí misma –dijo ella, y se apretó las

manos contra el pecho–. ¿Y por ti? ¿Habla el vínculo por ti?

¿Era cierto? ¿Cómo podía saberlo? En cuanto perdiera su vínculo con Gillian, Indiferencia volvería a dominarlo, aunque solo fuera durante un corto espacio de tiempo. Él utilizaría las tijeras, si podía. ¿Podría usar el artefacto más de una vez?

Había muchas preguntas sin respuesta.

–Si me quieres después de cortar el vínculo, volveremos a forjarlo –le dijo a Gillian.

Ella se tambaleó hacia atrás, como si él la hubiera empujado. ¿Cómo era posible que no lo entendiera? Él iba a hacerlo por ella.

–Has vacilado –le dijo Gillian–. No crees que vayas a quererme después.

–Eso es imposible, muchacha. No me cabe en la cabeza.

A ella se le cayeron las lágrimas, y respiró profundamente.

Aquellas lágrimas fueron como una cuchillada en el corazón para Puck. Le estaban matando.

Ella se las enjugó con el dorso de la mano. Entrecerró los ojos y alzó la barbilla. Se cuadró de hombros. Él había presenciado muchas veces aquella transición.

Gillian acababa de convertirse en toda una guerrera.

–Ahora lo entiendo –dijo, con una voz apagada.

La emoción había desaparecido de su rostro, y lo estaba mirando con frialdad, no con afecto ni ternura, aquellas cosas que él había llegado a adorar y a anhelar. Cosas sin las que no iba a poder vivir nunca más.

–Yo no voy a tener un final feliz –prosiguió ella, en el mismo tono horrible–. Tú vas a romper el vínculo. Yo seguiré queriéndote, pero tú a mí, no. O, tal vez, los dos nos queramos, pero no podamos hacer nada al respecto. Tal vez las tijeras nos impidan volver a forjar un vínculo. O, tal vez, yo sea una pitonisa. Veo la muerte de nuestra relación con mucha claridad. Pero no me importa. Ya, no.

—Nadie ha roto jamás un vínculo y ha vivido para contarlo, pero nosotros vamos a conseguirlo —dijo él, y se frotó el pájaro del pecho. Después, se puso unos pantalones y unas botas—. Si no podemos volver a forjar el vínculo, nos casaremos como los humanos.

—No será lo mismo. Nuestro vínculo te permite controlar al demonio sin que haya consecuencias. ¿Qué pasará cuando él vuelva a dominarte? ¿Qué pasará cuando yo sea mortal, aunque consiga superar la transición?

—Vivirás y seguirás siendo inmortal. Tomaste la poción y ya hiciste la transición. Eso no va a cambiar. Y ahora eres muy fuerte.

—Pero no te importaré nada —replicó ella, y se dio la vuelta.

—Tú siempre me vas a importar. Pero no voy a permitir que me conviertas en el malo de esta historia. Estoy dispuesto a darte lo que más deseo para que tú puedas tener lo que más necesitas. Porque te mereces elegir con libertad. Yo no voy a ser como tu padrastro. No voy a tomar lo que tú no desees dar. Si tu corazón le pertenece a William, mereces saberlo.

—Te dije que te quiero, y es cierto. O, más bien, te quería. Ahora ya... —dijo ella, y se encogió de hombros—. Sé que tu temor es que yo te traicione como te traicionó Sin. Es el único motivo por el que quieres hacer esto.

Tal vez fuera uno de los motivos, sí, pero no el único.

—¿Y si solo crees que me quieres y, en realidad, no es así? —le preguntó él.

—En esto, no podemos vivir dudando.

—En esto, yo no puedo pensar de otro modo —replicó Puck.

—Te has convencido a ti mismo de que estás haciendo lo mejor, pero lo único que has conseguido es hundirme —dijo Gillian, mientras tomaba diferentes armas y una cantimplora llena de agua—. No hay un poder lo suficientemente grande como para obligarme a desear a alguien a quien no quiera. Si hubiera creído que existía la más mínima posibilidad de que sintiera algo por William, me habría resistido a ti. Pero tú... Una parte de ti sospechaba que yo deseaba a otro y, sin embargo, me tomaste de todos modos. Así pues, enhorabuena. No tienes que esperar a destruir el vínculo para saber si podemos estar juntos. Yo he terminado contigo. Hemos terminado.

—Nosotros no hemos terminado. Eso no puede suceder —rugió él, y echó por tierra todo lo que había dicho previamente. La tomó de los hombros y la zarandeó. Después, la besó y la besó, hasta que ella se suavizó contra él y le correspondió.

Puck sintió un enorme alivio. Ella estaba perdiendo la frialdad glacial.

—Demuéstrame que me quieres —susurró Gillian—. Demuéstramelo.

Y él lo hizo.

—Tenemos que irnos —dijo Puck.

Gillian se abrochó las armas con correas al cuerpo y comenzó a caminar detrás de su marido, clavándole dagas en la espalda con la mirada. Abandonaron el campamento y caminaron por las dunas de arena.

Después de que hubieran hecho el amor, después de que él le hubiera demostrado cuánto la quería adorando su cuerpo con las manos y la boca, se había comportado como si nada, y se había vestido.

A ella le habría gustado volver a ser fría, quedarse sin emociones, distanciarse del dolor que aún sentía. Pero no lo hizo, porque, para conseguir que él entendiera su punto de vista, necesitaba todas las emociones de su arsenal.

Dos soles empezaron a brillar con fuerza en el cielo y, a cada kilómetro que recorrían, el calor era más intenso. Cuando llegaron a un oasis parecido a un bosque, Puck miró hacia atrás para pedirle, en silencio, que comprendiera su punto de vista.

Gillian le hizo un gesto hostil con el dedo corazón estirado. Estaba claro que Puck no confiaba en lo que sentían el uno por el otro, pero ella iba a luchar por él, por ellos.

A lo lejos, se oyó un gemido de dolor, y Gillian frunció el ceño cuando se dio cuenta de que acababan de salir del bosque y habían entrado en otra zona arenosa.

—¿Qué ha sido eso?

—Viene de allí —dijo Puck, señalando hacia delante.

Ella observó las dunas... y vio a una mujer con la ropa hecha jirones, encorvada. El viento agitaba el pañuelo que llevaba al cuello. Tenía la piel del color de la arena, el pelo del color del cielo y los ojos como esmeraldas.

Al percibir su esencia, Gillian la reconoció.

—¡Es una de las pitonisas!

La mujer alzó un brazo, pero no tenía fuerzas para mantenerlo en alto. ¿Cuánto llevaba sin comer y beber? Tenía las mejillas demacradas, los ojos hundidos. Estaba sucia y, seguramente, helada.

—Ayuda, por favor...

—¿A qué estás esperando? —le preguntó Gillian a Puck, y le dio un empujoncito—. Vamos a ayudarla.

Él se detuvo en seco.

—¿Qué está haciendo en territorio Connacht?

Oh, vaya...

—¿Piensas que es una trampa?

—Posiblemente.

Ella volvió a mirar hacia las dunas, en aquella ocasión, en busca de algún peligro. No había sombras ni olores extraños, ni se veía el brillo de ningún metal. No había ni rastro de magia.

—Ayuda —gritó de nuevo la mujer.

—No podemos dejarla sola y desesperada.

—Quédate aquí —le dijo Puck—. Yo me acerco a ella.

—¿Ah, sí? ¿No decías que estabas impresionado con mis habilidades? Quédate tú aquí. Yo voy a ver qué pasa.

Gillian lo rodeó, con las armas preparadas. Sin embargo, a medio camino, entre un paso y el siguiente, se abrió un bolsillo de aire brillante. Era una puerta. La magia vibró dentro de ella, como si se hubiera rozado con una corriente eléctrica.

Gillian se detuvo y se dio la vuelta. No había cambiado de situación ni había entrado en otro reino. Todavía estaba entre dunas de arena, y la pitonisa seguía a pocos metros de ella.

—No te muevas de ahí, Puck —le dijo, por si acaso—. Hay una especie de escudo mágico a mi alrededor. No sé de qué se trata, exactamente.

No oyó ninguna respuesta. Miró a Puck, y lo vio en el mismo sitio. No se había movido ni un centímetro, pero tenía una expresión tensa y se le había hinchado una vena en el centro de la frente. Se comportaba como si quisiera moverse, y luchaba con todos los músculos del cuerpo para hacerlo, pero no podía. Lo único que se movía era su boca, que se abría y se cerraba. A ella le pareció que estaba pronunciando su nombre, pero no oía nada.

Frunció el ceño. Se le había encogido el estómago de inquietud. Sí, aquello era una trampa, pero ¿por parte de la pitonisa? Y ¿por qué?

Tal vez Sin se hubiera enterado de que Puck había vuelto al reino, y había utilizado a la pitonisa, que no era consciente de sus estratagemas, para tenderle una trampa.

Pero ¿cuándo una pitonisa no era consciente de algo?

Gillian retrocedió, pero se topó contra un muro invisible. Así pues, había quedado atrapada en un recinto mágico. Mejor ella que Puck, sí. Aunque, si él continuaba luchando contra sus restricciones de movimiento, iba a romperse todos los huesos del cuerpo.

—¡No te preocupes por mí! —le gritó—. ¡Cuida de ti mismo!

Tal vez la pitonisa pudiera ayudarles. Se agachó junto a la mujer, con la daga en una mano y la cantimplora de agua en la otra. Estaba dispuesta a todo.

—Toma. Bebe.

La pitonisa tomó la cantimplora. Tenía las manos tan temblorosas que casi no podía sostenerla. Sus dedos se rozaron con los de Gillian. Al notarlo, la mujer tomó aire bruscamente, y los ojos se le llenaron de terror.

—No confíes en tu marido. No puedes confiar en él.

¿Qué era lo que había visto? Gillian respondió, malhumoradamente:

—Yo siempre voy a confiar en Puck. Y tú vas a ayudarme a volver a su lado. Así que bebe agua y reúne fuerzas.

Ayudó a la mujer a inclinar la cantimplora, y la pitonisa bebió ávidamente. Cuando terminó, dijo, llorando:

—Gracias. Muchas gracias.

—Mira, sé que esto es una trampa —le dijo Gillian—. Lo que no sé es si tú lo sabías; dime si me vas a ayudar a pasar este escudo.

—No, no lo sabía. Lo siento muchísimo. Tenía que haberlo visto... Él me utilizó, tiene intención de...

De repente, se le cerraron los ojos y se desplomó.

Gillian le dio unas palmaditas en la mejilla. Nada. No hubo respuesta. La pitonisa se había quedado inconsciente.

Sintió frustración e ira, y se dio la vuelta mientras tomaba una segunda daga. Puck... Se dio cuenta de que Puck no estaba. ¿Adónde había ido? ¿Qué le había ocurrido?

Reapareció un segundo después, al otro lado de la pared mágica. Debía de haberse teletransportado utilizando la nueva magia que habían acumulado. Ella se sintió muy aliviada.

—Te dije que te quedaras donde estabas. Ahora estamos atrapados por la magia los dos.

—No te preocupes, muchacha. Ya encontraremos la forma de salir. Siempre lo conseguimos.

Aquel tono despreocupado irritó mucho a Gillian. Al percibir un olor a flores y a arces, ella frunció el ceño. ¿Qué había sido de la embriagadora mezcla de turba y lavanda de Puck, su olor favorito del mundo?

—Puck —dijo ella, y dio un paso hacia él. Entonces, se detuvo, con el corazón encogido, y observó atentamente a su marido.

Él no la miraba con esperanza, adoración y lujuria. La miraba con odio y desconfianza, y tenía una ligera sonrisa de malicia en los labios. Y llevaba una espada corta en cada mano. Tenía los nudillos blancos de apretar la empuñadura.

«No confíes en tu marido».

Puck nunca le haría daño, ella lo sabía. Sin embargo, aquel hombre...

—Ven conmigo, esposa —le dijo él.

—Por supuesto.

Gillian sacó una conclusión: aquel no era su amado Puck.

Aquel era Sin, el cambiaformas.

Capítulo 43

Puck no podía moverse. En cuanto Gillian había empezado a correr por delante de él, un rayo mágico había desintegrado sus armas y le había clavado los pies en el sitio. Era una magia muy poderosa. Caótica y maligna. ¿Demoníaca?

No, no podía ser... En aquel momento, él era el único poseído por un demonio.

No obstante, lo más importante de todo era que Sin, por fin, había ido por él.

Puck no entendía por qué su hermano no lo había atacado desde el principio; no le importaba. Lo único que le importaba en aquel momento era salvar a Gillian.

Sin apareció junto el escudo brillante que lo separaba de su esposa y miró a Puck con anhelo. ¿Y él, lo estaba mirando igual?

Después de tantos siglos, Puck habría esperado una oleada de afecto.

Sin había cambiado con los años, y no para mejor. Estaba envejecido y endurecido. El pelo se le había puesto blanco, pese a su inmortalidad. Tenía tanta musculatura como Puck, pero su ademán era de torpeza, como si nunca se hubiera acostumbrado a su fuerza.

Llevaba un círculo de oro brillante sobre la cabeza.

Los mortales lo llamaban «halo», pero era una corona de rey.

Puck sintió una mezcla desconcertante de amor y odio. Después, sintió la traición. El anhelo frustrado de cómo podían haber sido las cosas. Adoración. Un impulso de matar. Y un pesar tan grande, que habría caído de rodillas de haber podido moverse.

Y vio que todas aquellas emociones se reflejaban en los ojos de Sin.

¿Cómo iba a poder matar a un hombre que había sido como una extensión de sí mismo?

¿Cómo no iba a matarlo? Sin era un obstáculo entre su esposa y él.

Ante sus ojos, Sin adoptó la forma de un monstruo con cuernos, garras y pezuñas. Su forma.

—No le hagas daño —dijo Puck, mientras luchaba con todas sus fuerzas por liberarse.

—Haré lo que tenga que hacer —respondió Sin, en un tono de tristeza.

—¡Gillian! ¡Gillian, corre! —gritó.

Pero ella no lo oyó. Siguió cuidando de la pitonisa.

—Sin, por favor. Te lo ruego. Si todavía me quieres un ápice, no le hagas daño.

Sin cerró los ojos y agachó la cabeza. Puck pensó que, tal vez, había podido alcanzar al niño al que había amado de pequeño. Sin embargo, Sin miró a Puck con una expresión decidida y enloquecida, y se giró. Caminó hacia Gillian.

Ella no sabía que el enemigo se le acercaba, y no podría defenderse de él. Puck se puso frenético.

—Ven conmigo, esposa —le dijo Sin a Gillian.

—Por supuesto.

—Dale un beso a tu marido.

Ella sonrió con dulzura, pero aquella sonrisa no le iluminó la mirada. Puck se quedó inmóvil.

—Me encantaría besar a mi marido –dijo Gillian, acercándose a Sin.

—¡No, Gillian! –gritó Puck.

—Deja las armas –le dijo Sin a Gillian–. No son necesarias.

Puck gritó una maldición al ver que Gillian obedecía.

Ella llegó hasta Sin y le acarició el estómago, el pecho y el pájaro que él llevaba tatuado en el corazón. Sin embargo, el tatuaje de Sin era un espejismo, mientras que el suyo tenía un poder inimaginable...

Sin levantó los brazos lentamente, como si fuera a abrazarla. En el último segundo, flexionó las muñecas preparando el golpe.

Pero, justo antes de que Gillian besara a Sin, fue ella la que le clavó una daga en el cuello sin vacilación. Brotó un río de sangre roja, y Puck vio a su hermano gritar de asombro y de dolor mientras se tambaleaba hacia atrás.

—Sé quién eres –le dijo Gillian, mientras lo desarmaba con facilidad–. ¿Qué has hecho con mi Puck?

Así que ella se había dado cuenta de todo, pero ¿cómo era posible? Fuera cual fuera el motivo, Puck se sintió orgulloso. «Mi mujer me conoce».

La herida debía de haber debilitado la magia de Sin, porque, de repente, él podía mover el brazo. Aunque tenía los músculos agarrotados y parecía que se le iban a romper los huesos, pudo posar la mano en el pecho y apretar dos dedos contra las garras redondas del pájaro tatuado.

Hacía mucho tiempo, él había utilizado la magia para esconder las tijeras de Ananke dentro de su carne. Aquel día, las utilizaría para romper las ataduras de Sin y ayudar a Gillian.

Pero... ¿y si las tijeras solo podían ser utilizadas una vez? Ya se lo había preguntado más veces y, en aquel momento, tenía miedo. No podría divorciarse de Gillian, lo cual era un beneficio, pero tampoco podría separarse de Indiferencia. ¿Y si solo podían utilizarse dos veces? Podría divorciarse de Gillian, y eso también era un beneficio, porque así podría darle la libertad que necesitaba para saber cuáles eran las verdaderas emociones de su corazón, pero él se quedaría por siempre unido a Indiferencia, sin tener ningún filtro.

Miró a su mujer, y pensó: «Estoy dispuesto a arriesgarme».

Extrajo las tijeras de su carne con un hilo de magia y, en cuanto el artefacto entró en contacto con el aire, se hizo tangible. Puck abrió y cerró las tijeras. ¿Cómo se suponía que funcionaban?

La magia que lo tenía constreñido se separó en dos, como si la hubiera cortado. Así de fácil.

Sin embargo, no tuvo tiempo de saborear la satisfacción, porque la rabia se apoderó de él. ¡Al ataque!

Devolvió las tijeras a su pecho. El artefacto se fundió con su carne. Entonces, salió corriendo y atravesó el muro de Sin con tanta facilidad como lo había hecho en el pasado.

Puck tuvo un segundo para evaluar la situación. Sin ya había empezado a curarse, y Gillian estaba a poca distancia, preparándose para dar otro golpe. Él emitió un grito de guerra y embistió a su hermano. Ambos rodaron por la arena y pasaron por encima de la pitonisa. Ella ni siquiera se movió.

Se mordieron el uno al otro, se dieron puñetazos, patadas y puñaladas. Eran como dos depredadores con un único objetivo: la victoria.

La adrenalina fue como un combustible para la rabia de Puck. Sentía unas emociones tan intensas que ni siquiera Indiferencia habría podido someterlas. Con la destreza de un experto, sujetó a su hermano contra el suelo apretándole los hombros con las rodillas.

—No le hagas daño a Gillian —dijo, mientras le daba puñetazos y le desgarraba la carne a golpes—. Ni siquiera la mires.

—Voy a hacer eso, y más —respondió Sin, y sonrió con la boca llena de sangre—. Ella es tu mayor debilidad.

Su hermano metió las piernas entre ellos, puso los pies contra el pecho de Puck y lo empujó con tanta fuerza que hubiera podido romperle el esternón.

A Puck le dolía respirar, pero no se detuvo. Se arrojó hacia su hermano por segunda vez y le clavó las garras. Además, mordió su carne y la rasgó. A patadas, le reventó varios órganos.

Y Sin... ¿se lo permitió?

—¿Cómo pudiste hacerme esto? —le gritó con rabia—. Yo te quería, solo quería protegerte.

—Sí, pero ¿cuánto tiempo habrías querido eso? Algún día me habrías traicionado. Estás enfurecido porque yo me adelanté.

Sin le golpeó con una ráfaga de magia y lo tiró hacia atrás. Con una velocidad supersónica, tomó una espada y se colocó a su lado. Sus miradas se encontraron. Por mucho que tuviera la misma apariencia que Puck, Sin no podía ocultar sus emociones. El verdadero Puck vio en sus ojos el odio, la incertidumbre... y un débil reflejo de afecto y esperanza.

Aquellas mismas emociones todavía vibraban en el pecho de Puck. Sin embargo, no podía tolerarlo. Sin se lo había quitado todo, y Puck había estado sobreviviendo como podía durante muchos siglos... hasta que había conocido a Gillian.

La esperanza, sin embargo, se hizo más intensa.

Gillian aprovechó aquel momento para darle un espadazo a Sin y cortarle la muñeca. Su mano cayó al suelo, sin soltar la empuñadura de su arma.

Él rugió de furia y angustia, y la sangre salió a chorros de su arteria. Gillian se preparó para golpear de nuevo y, en aquella ocasión, su blanco sería el cuello de Sin.

–Lo siento, Pucky –dijo, con los ojos llenos de lágrimas.

Un antiguo instinto lo removió por dentro.

«Debo proteger a Sin».

«No, debo destruir a Sin».

Puck solo necesitó un segundo para pensar. Se arrojó contra Sin y lo derribó.

Gillian estuvo a punto de cortarle el cuello a su marido. Solo faltó un centímetro.

Sin, entre jadeos, volvió a adoptar su verdadera forma. Tenía cortes en las mejillas y en el cuello, y heridas que se extendían hasta...

Puck se sobresaltó. Sin tenía una mariposa tatuada en el pecho. La marca de un demonio.

¿Su hermano estaba poseído?

No tuvo tiempo para procesar aquella información. Sin le dio una patada y le hizo volar por los aires. Mientras se ponía en pie, le creció otra mano; su regeneración era tan rápida como las de William.

–Puck, ¿qué quieres que haga? –le preguntó Gillian, con la espada lista para atacar–. Respetaré tus deseos. Puedo destruirlo o dejarle vivir sano y salvo, si deja de agredirte, claro.

Sin los miró a los dos con envidia, con alivio.

–Ella te quiere.

–Sí. Como yo la quiero a ella.

–La profecía –dijo Sin–. Ya tienes a una reina enamorada a tu lado.

Sí. Uno de los hermanos reunificaría a los clanes con una reina enamorada a su lado. El otro moriría.

Sin tragó saliva.

–Hoy morirá uno de nosotros, y supongo que seré yo. No hay manera de cambiar el destino, ¿verdad?

—Puck —insistió Gillian—. ¿Vivo o muerto? Y, a propósito, sí hay forma de cambiar una profecía, y yo lo voy a demostrar.

Puck se puso de pie lentamente. No sabía lo que iba a decir hasta que la palabra salió de su boca.

—Vivo.

Tenía demasiadas preguntas sin respuesta. ¿Su hermano estaba poseído? ¿Cuándo había sucedido? ¿Qué demonio habitaba en él? ¿Lo tenía dominado en aquel momento? ¿Había estado dominándolo durante todos aquellos siglos?

De repente, una quimera atravesó el escudo y embistió a Sin.

—Eso nunca envejece —dijo alguien con una voz muy familiar.

Puck se vio frente a una mirada de color azul glacial. La mirada de William. El guerrero entró en el recinto mágico junto a los otros: Winter y Cameron, que parecían estar sanos y salvos, Keeley, Torin, Rathbone, Galen y Pandora. Incluso Hades había acudido a ver el final. Todos aquellos que habían tenido un papel activo en la vida de Puck desde el día de su posesión.

—Hola, chicos —dijo Keeley—. Me acordé de que hoy iba a haber una fiesta y les dije a todos que vinieran a divertirse.

A Gillian se le escapó un jadeo y, después, sonrió.

—¡William! ¡Peanut! ¿Cómo...? —dio un paso hacia delante, pero, después, se detuvo, sin apartar el arma con la que estaba amenazando a Sin—. Sabía que estabais vivos.

—Yo también me alegro de verte —dijo Winter, con ironía—. Estoy bien, gracias por preguntármelo.

—Winter —respondió Gillian, y le hizo un gesto de aprobación con los pulgares hacia arriba—. Veo que ahora ya solo estás medio loca. Es increíble.

Winter le mostró el dedo corazón, pero también sonrió.

Peanut trotó hacia William, que le acarició detrás de una oreja y le dijo:

—Buen chico.

Gillian sonrió aún más al verlo. Después, saludó a Keeley y a Torin.

Mientras, Cameron maldijo a Torin. Todavía le echaba la culpa al guardián de la Enfermedad por dejarlos presos en el reino prisión, y quería atacarlo. Era comprensible, pero no estaba permitido.

Keeley y Torin habían ayudado a Puck a ganarse a Gillian. Por eso, en Amaranthia, estaban bajo su protección.

—Cameron —le espetó a su amigo—, no vas a hacer nada.

«Cuidado. Las distracciones pueden ser mortales».

Puck se fijó en su hermano mejor, se agachó y sacó un par de dagas de unas fundas que llevaba abrochadas a los tobillos.

—William, ¿podrías asegurarte de que Sin se queda aquí mientras yo decido cuál va a ser mi siguiente paso? Quiero que permanezca atrapado entre estos muros mágicos.

—Yo lo haré —dijo Hades, quien parecía ofendido porque no se lo hubiera pedido primero a él.

Muy bien. Puck se acercó a su hermano, pero Sin, con el ceño fruncido, desapareció. Aquella era una habilidad nueva para su hermano, y prueba de la enorme cantidad de magia que tenía acumulada en sus runas.

Puck se puso muy tenso, porque sabía que su hermano iba a reaparecer en cualquier momento. Y Sin se materializó junto a Gillian. Sin embargo, ya no tenía su apariencia, ni la de Puck, sino que se había transformado en Gillian.

La verdadera Gillian se quedó boquiabierta.

¿Qué...?

Sin se abalanzó sobre ella y la tiró al suelo. Hubo un forcejeo y, cuando por fin se separaron y se pusieron en pie, William soltó una maldición.

—¿Quién es quién?

—Ni idea —dijo Winter.

Hades se rascó la cabeza.

—Bueno, pues las matamos a las dos.

Puck le lanzó una daga al rey del inframundo y le atravesó el corazón. Nadie amenazaba a su esposa.

—Idiota —le dijo Hades, mientras se sacaba la daga del cuerpo—. Para que esto te saliera bien, haría falta que yo tuviera corazón.

—¿Y si las apuñalamos a las dos hasta que la impostora confiese? —sugirió Galen. Pandora asintió.

Puck lanzó otra daga, y se la clavó a Galen en el hombro.

—¡Ay! —gritó Galen, y se sacó la daga de la carne—. ¿Por qué has hecho eso? No la he amenazado de muerte.

—Cualquiera que sugiera hacer daño a Gillian recibirá un castigo inmediato.

Puck volvió a mirar a sus dos esposas y, en un instante de claridad, supo cómo había distinguido Gillian la verdadera identidad de Sin: él reconoció la dulzura de su olor, y las emociones que ardían en sus ojos, la ira, la consternación y la indignación.

Y, ahora que ya sabía quién era quién, ¿cómo debía actuar?

—Yo soy Gillian —dijo una de ellas.

—No, soy yo —replicó la otra, con la misma voz.

—Estás muerto —le dijo Cameron a Torin, y, sin poder contenerse, lo atacó finalmente.

Puck lanzó una liana de espinas entre los dos hombres.

Aquella distracción, por muy breve que fuera, tuvo un precio muy alto. Sin aprovechó para lanzarse hacia Gillian y apuñalarla.

La verdadera Gillian, herida, tuvo que adoptar una posición defensiva y hacer todo lo posible por salvarse sin hacerle daño a su adversario, porque sabía que Puck quería que su hermano viviera.

¿O había querido que su hermano viviera?

Nadie le hacía daño a su esposa.

Capítulo 44

Puck entró en la lucha. Abrazó a la verdadera Gillian y, de una patada, lanzó a Sin en dirección a William, gritando:

—¡Somételo!

—¿Cómo sabes que es...? —preguntó William.

—¡Hazlo! —ordenó Puck, y apretó la herida que Gillian tenía en el costado. La sangre le empapó las manos.

—Estoy bien, estoy bien —dijo ella—. Pero ¿cómo has sabido que soy yo? ¿Del mismo modo que lo supe yo?

—Podría reconocerte entre miles de personas, muchacha.

—Si te has equivocado... —dijo William. De todos modos, agarró a Sin. Los dos desaparecieron. ¿Acaso Sin había intentado teletransportarlos a los dos?

No lo consiguió, y los dos aparecieron delante de Puck.

—Ah, sí, nuestro Pucker tenía razón —dijo William—. Dame las tijeras. ¡Ahora!

Puck no tuvo tiempo de protestar ni de cuestionarlo. Por instinto, se sacó las tijeras del pecho y se las entregó.

—Lo sabía —murmuró Gillian.

William le dio un puñetazo a las tijeras y las metió en el pecho de Puck. Al retirar la mano, sacó a Indiferencia.

¿Retiró al demonio?

Un humo negro se retorció en el puño de William. La neblina tenía unos ojos rojos.

¿Las tijeras habían cumplido su cometido?

Puck permaneció en pie, sin moverse. No sintió dolor. Notó la mente en calma. La presencia oscura había desaparecido.

Respiró profundamente y saboreó aquel momento. ¡Estaba liberado de su demonio! Los cuernos comenzaron a desaparecer, así como el pelaje de sus piernas, que el viento se llevó lejos. Las pezuñas se le cayeron, y los pies aparecieron de repente.

Se le quitó un enorme peso de los hombros. Todas sus emociones cobraron nueva vida. Sintió una oleada de amor, adoración, afecto, diversión... Y, también, odio, pena, remordimiento y angustia. Una alegría desconocida para él. Pena.

Sintió lo bueno y lo malo. No habría querido otra cosa.

—Las tijeras... —dijo.

—Están en tu pecho. Y no te preocupes por tu hermano. La clase no ha terminado todavía —respondió William, y metió el demonio de la Indiferencia en el pecho de Sin.

Sin se quedó rígido y, al instante, le fallaron las rodillas. Cayó sobre la arena retorciéndose de dolor. Ya no tenía el aspecto de Gillian. Se había convertido en sí mismo, y comenzaron a brotar unos cuernos de su frente. El pelaje cubrió sus piernas y sus pies se transformaron en pezuñas.

Puck sintió lástima por su hermano. Algún día, utilizaría las tijeras para liberarlo. Tal vez, algún día. Pero, primero...

Miró a Gillian, y se le encogió el corazón al ver que estaba llorando.

—¿Sientes mucho dolor? —le preguntó, suavemente.

Ella se arrojó a sus brazos. Estaba temblando.

—¿Estás bien?

No, no estaba dolorida, sino preocupada por él.

—Sí, muchacha, te lo juro.

—Tu hermano...

Puck miró a Sin, que se había quedado inmóvil. Estaba observando a Puck con unos ojos vacíos de toda emoción. Indiferencia tenía un nuevo anfitrión, una nueva víctima.

—¿Vas a dejar que viva? —preguntó Gillian.

—Sí. Por el momento, voy a encerrarlo —respondió él.

Gillian sonrió.

—Entonces, vas a hacerlo. Vas a cambiar la profecía. ¡Podemos estar juntos!

Él quería que estuvieran juntos. Quería que tuvieran un final feliz. Después de todo lo que había sufrido, Gillian era su recompensa. Y, sin embargo, todavía estaba decidido a cortar su vínculo.

«Su felicidad es lo primero. Siempre lo será».

—Siento darte una mala noticia, pero no puedes limitarte a encerrar a Sin. Los Enviados no se van a conformar con eso, ¿sabes? —dijo Hades. Agarró a Sin por la nuca y lo levantó del suelo—. Sin va a ser un regalo para su Elite. Mató a cientos de los de su raza, y tiene que rendir cuentas por su crimen. Es la única manera que tienes de salvarte a ti mismo y salvar tu reino, Puck.

—No. Voy a encontrar otra forma. Yo mismo supervisaré su castigo. Yo.

—No te he dicho esto para que debatamos, sino para informarte de lo que va a suceder. Pero no te preocupes, los Enviados no tienen pensado matarlo hasta dentro de varios siglos.

Puck dio un paso hacia el rey del inframundo con la intención de atacarlo, pero notó que alguien lo agarraba delicadamente por el tobillo. Miró hacia abajo y se dio cuenta de que la pitonisa se había despertado. Estaba mirándolo ciegamente, con una expresión de remordimiento.

—Me has salvado la vida —dijo, con la voz quebrada—, así que estoy en deuda contigo, y yo siempre pago mis deudas. El hermano al que conociste y quisiste ha muerto. Si quieres recuperarlo, tienes que dejarlo marchar. Algún día, perderá la cabeza. Volverá y lo que una vez fue volverá a ser.

¿Perdería la cabeza literalmente? ¿Y podría volver? ¿Recuperarían el amor y el compañerismo que habían tenido de niños?

Puck, con el corazón en un puño, se obligó a sí mismo a responder. Muy bien. Entregaría a Sin a los Enviados. Por el momento.

—¿Qué otro demonio lo está poseyendo? —preguntó Puck.

—Paranoia —respondió Keeley—. El demonio entró en él durante las conversaciones de paz que estaba manteniendo con vuestros vecinos. Alguien le dio un estuche... ¿Quién pudo ser? Ah, sí, fui yo. ¡Piénsalo! Ahora tiene a Paranoia y a Indiferencia. Y esos dos no se llevan bien. Me da la impresión de que va a pasarse el tiempo entre la locura más enfebrecida y la apatía más glacial.

Keeley se giró hacia Torin.

—¿Podríamos espiarlo? ¡Por favor!

Paranoia. Aquel era el motivo por el que Sin había cambiado de actitud tantos siglos antes, y su completa certeza de que él iba a traicionarlo.

Era un milagro que Sin no lo hubiera asesinado en el acto.

—¿Por qué lo hiciste? —le preguntó Puck a Keeley—. Oí lo que dijiste en la cueva, que nos quieres. O que, algún día, me querrás. No lo entiendo, ¿por qué quieres hacerle daño a la gente a la que quieres?

Ella sonrió con tristeza.

—Puck, ¿sabes cuántas vidas sienten la influencia de una sola persona y, sobre todo, la de una persona inmortal? Yo te vi hace muchísimo tiempo en mi mente. Eras mi amigo, aunque no nos conociéramos. Te ayudé a sobrevivir durante unos siglos que, de otro modo, habrías perdido. Te ayudé a encontrar la forma de que Sin siguiera con vida. Te ayudé a conocer a Gillian. Te ayudé a zurrar a William. Te ayudé a todo. ¿Moraleja? Que soy increíble.

Hades tosió para interrumpir el momento, y dijo:
—William.
—Sí —dijo William, y se acercó a su padre. Tomó la corona que Sin aún llevaba en la cabeza, y añadió—: Así termina el reinado de Sin el Demente.

¡La corona!

Gillian corrió hacia él, pero era demasiado tarde. William ya tenía el aro en la mano. Sin no protestó; se limitó a pestañear con una falta total de emoción.

—Ahora, me despido —dijo Hades, y se teletransportó con Sin.

—Eso significa que nosotros también nos vamos —dijo Keeley—. Pero, antes... William, cariño, he encontrado a la única mujer, u hombre, de toda la Historia, que tiene el poder de descifrar el código de tu libro. El que piensas que contiene la solución a tu mayor problema... El de tu muerte a manos de tu amante...

—¿Quién es él?
—O ella.
—¡Dímelo!
—De acuerdo, de acuerdo. Vaya, qué impaciente eres.
—¡Keeley!

Ella alzó una mano con inocencia.

—La semana que viene habrá un congreso de analistas de criptología en Manhattan. La última vez que lo consulté, había unos cincuenta frikis apuntados para las ponencias. Son mortales e inmortales. Tú solo tendrás que encontrar a esa persona entre la multitud. Pan comido.

–¿La semana que viene, en Manhattan?

Rathbone guiñó un ojo.

–Pues serán cincuenta y cuatro asistentes –dijo–. Yo no me lo perderé.

–Ah, y, Galen –prosiguió Keeley–. Si quieres tener alguna posibilidad de conquistar a Legion, ven a buscarme. Hades tiene mil cosas que ordenarte antes de permitir que te acerques a ella. Yo solo tengo diez... diecisiete.

Con aquello, desapareció, y Torin, con ella.

Galen soltó un rugido e intentó agarrarla antes de que se teletransportara, pero no lo consiguió. Se dio la vuelta hacia Rathbone.

–Llévame con ella.

Rathbone sonrió.

–Claro, claro. Ya te explicaré lo que tienes que pagarme cuando la alcancemos.

Galen asintió sin vacilar. Rathbone pasó un brazo alrededor de Galen y Pandora se agarró del brazo del guerrero alado. Los tres se esfumaron.

–Por favor, no me hagas esto, William –le rogó Gillian–. No obligues a Puck a cumplir su promesa. Por favor.

Puck alzó la barbilla. Había decidido utilizar las tijeras pasara lo que pasara. No tenía ningún motivo para rechazar la corona, aunque prefiriera estar con Gillian. Los Connacht, y Amaranthia, necesitaban un rey. Y, para ser sincero, él no tenía ningún motivo para dudar del amor de Gillian, porque ella le había demostrado que lo amaba una y otra vez.

Puck sabía que ella tenía razón sobre la profecía y que, al mismo tiempo, estaba equivocada. Pensaba que habían cambiado el futuro al permitir que Sin viviera, pero, tal y como había dicho la pitonisa, el hermano que había conocido Puck estaba muerto, y quien vivía en su lugar era otro hombre. La profecía se había cumplido.

La profecía de Gillian pronosticaba que ella no podría tener un final feliz.

Durante un tiempo, Gillian había pensado que ella podría tener ese final feliz con William. Sin embargo, con el paso de los días se había convencido de que ese final feliz podría hallarlo con él. El problema era que ninguno de los dos entendía la profecía.

William miró a Puck, pero habló para Gillian.

–Hay que hacerlo, tesoro.

–No –dijo ella, y dio una patada en el suelo–. Por favor, no.

Tenía miedo de que el final del vínculo fuera también el final de su relación. Y eso significaba que, en parte, ella también temía que su amor por Puck desapareciera. Sin embargo, él se había dado cuenta de que el amor no era solo un sentimiento. Los sentimientos fluctuaban, cambiaban según las circunstancias y otros muchos factores. El amor era una emoción. Un compromiso que alguien ponía por delante de lo demás: el compromiso de dar y de proteger, y de no hacer daño nunca.

Si él permitía que el vínculo continuara vigente, estaría eligiendo el futuro de Gillian en su lugar. Y, para tener un final feliz, ella tenía que elegir su propio camino.

Así pues, Puck se irguió y se preparó para encarar el futuro.

–Hazlo, William.

–¡No! –gritó Gillian, y trató de impedírselo, pero William se teletransportó y apareció delante de Puck.

Solo tardó un instante en coronar a Puck. Gillian gimoteó, y a él se le encogió el corazón. Sin embargo, al segundo siguiente, perdió la noción de todo a causa del poder que lo inundó. Era toda la magia de Sin, la magia de todos los reyes Connacht.

Puck recuperó todas sus habilidades y adquirió algunas más. Las cosas que podría hacer... El poder que tenía...

Asombroso. Magnífico.

Desgarrador.

—Hecho —dijo William—. Te he entregado la corona de los Connacht.

—Sí —dijo Puck. Abrió los ojos y asintió.

—William, por favor —dijo ella, poniéndose de rodillas—. Libéralo de su promesa. No podré tener un final feliz sin él.

—Claro que sí. Lo tendrás —dijo William.

—¡No! Las tijeras tendrán un truco. Sabes que siempre hay una consecuencia imprevisible con los artefactos mágicos. Lo he aprendido con el paso de los siglos.

Puck también había pensado lo mismo.

—Las tijeras solo se pueden utilizar una vez cada cien años. Años humanos —dijo William—. A menos que no se usen durante cien años; entonces, podrán usarse dos veces en cien años. Si no se usan en trescientos años, podrán usarse tres veces en cien años. Y, así, sucesivamente.

—Yo las he tenido en mi poder durante trescientos años mortales —dijo Puck. Ese tiempo equivalía a miles de años en Amaranthia—. Lo cual significa que tengo más de un uso.

Para Gillian. Dentro de cien años mortales, podría ayudar a Winter. Al cabo de otros cien años, podría ayudar a Cameron. Y, por fin, cien años después, podría ayudar a Sin.

Y no cambiaría ese orden por nada del mundo. Sus amigos habían estado ayudándolo durante siglos, así que los ayudaría a ellos primero.

—¿Vas a hacer esto para hacerme daño, porque yo te lo hice a ti? —le preguntó Gillian a William.

—No. Lo creas o no, voy a hacer esto para ayudarte.

Ella se quedó hundida.

—Ya han cambiado demasiadas cosas. Solo... concédenos cincuenta años mortales. O cien. Después, podremos retomar esta situación.

William chasqueó la lengua.

—Tú no eres así, tesoro. Deberías querer que suceda esto.

—¿Por qué? —gritó ella—. Por fin, mi vida es perfecta. ¿Sabes cuánto tiempo llevaba esperando este momento? ¿Por qué iba a querer cambiarlo?

—Cariño, no es cierto. Esto no es perfecto. Pero lo será cuando terminemos.

—¡No! —insistió ella—. Quiero quedarme con Puck. Quiero que recupere sus cuernos y su pelaje. Puedo renunciar a las pezuñas. Solo quiero... estar más tiempo con él antes de que tengamos que arriesgar más cosas. Tengo el presentimiento de que el hecho de cortar el vínculo es lo que provocará que yo tenga un final infeliz. Vamos a demostrar que la profecía está equivocada.

A Puck se le estaba rompiendo el corazón, y estaba empezando a dudar. Sin embargo, él tenía el presentimiento de que aquello era lo que tenían que hacer.

—Sin el demonio, tengo la capacidad de cambiar de forma, y lo haré siempre que tú quieras —le dijo a Gillian. Para demostrárselo, volvió a adoptar la forma de macho cabrío—. Te quiero, Gillian. Te quiero, te lo prometo. Ahora, tienes que dejarme que te lo demuestre. Deja que haga esto por nosotros.

—No. Te dije que es muy arriesgado.

William exhaló un suspiro.

—Ya está bien. Hay que hacerlo. Los efectos serán inmediatos, pero vamos a esperar todo el día, por si acaso. Si todavía lo deseas cuando se ponga el sol, tu nuevo matrimonio contará con mi bendición. Pero, pase lo que pase, sabrás cuáles son tus verdaderos sentimientos. Esto es un regalo que te estoy haciendo.

Ella lo abofeteó con fuerza. Seguramente, el sonido se oyó en varios kilómetros a la redonda.

–¿Por qué estás haciendo esto? ¿Para que me vaya contigo? Aunque no exista el vínculo, yo no voy a...

Puck se teletransportó y se situó delante de ella, por si acaso William decidía atacar. El otro hombre se frotó la mejilla y puso los ojos en blanco.

–Puede que esto sea un regalo para ti, Puck. Si no la quieres, no tendrás que soportar su genio.

Entonces, Puck se dio cuenta de la verdad: William había renunciado a Gillian. No tenía ningún derecho sobre ella, y no lo quería.

Puck se apartó, sonriendo, para permitir que los dos amigos hablaran.

William se dirigió a Gillian con delicadeza:

–Permití que la necesidad de proteger a una criatura asustada y maltratada me confundiera. Y, aunque adoro a la guerrera que eres ahora, lo que sientes por otro hombre y tu fuerza me impedirían estar a tu lado. Yo no podría estar con una mujer que sea capaz de vencerme. A no ser, claro, que encuentre por fin la manera de descifrar el código del libro. Cosa que pienso hacer.

Puck miró a Gillian. A pesar de su fuerza de guerrera, cayó de rodillas y comenzó a llorar. Aquella visión hizo trizas su corazón; si él la quisiera menos de lo que la quería, le hubiera rogado a William que no le obligara a cumplir su promesa. Sin embargo, era necesario que ella lo eligiera por voluntad propia.

–Ten confianza en mí, por favor, muchacha –le rogó. Se arrodilló a su lado y le besó las manos–. Deja que te demuestre que mi amor por ti es real, que es eterno, aunque no exista el vínculo.

Por fin, ella asintió, entre lágrimas.

Como no quería que las dudas le hicieran cambiar de opinión, Puck tomó las tijeras de su pecho... y cortó.

Capítulo 45

Gillian notó cuál fue el momento exacto en el que se rompía su vínculo con Puck, porque también se le rompió el corazón. Sintió tanta tristeza, que toda la alegría que había podido conseguir en aquellos últimos tiempos desapareció.

Todas las células de su cuerpo sufrieron por la pérdida de conexión con su marido.

Antes había pasado quinientos años sin él, y había avanzado mucho en la vida. Y, ahora, ¿ya no podía pasar ni cinco segundos?

La banda de metal que Puck tenía en la muñeca se abrió y cayó al suelo.

Ella miró a su exmarido, que la estaba observando con una expresión vacua. Tuvo ganas de vomitar. ¿Se había convertido de nuevo en el hombre de hielo? No, ya no tenía dentro a Indiferencia, así que no necesitaba pedirle hielo a la magia. A menos que no quisiera enfrentarse a sus emociones, claro…

¡No! Él le había prometido que nunca más volvería a cubrirse de hielo.

Entonces, ¿había perdido el amor que sentía por ella? ¿Había llegado a su final infeliz?

¿Y ella? ¿Seguía enamorada de él?

William los estaba observando con expectación. Ella vio sus ojos, increíblemente azules, y se dio cuenta de que lo quería, pero no con deseo, ni con romanticismo, sino con amistad.

Volvió a mirar a Puck y sintió que se le aceleraba el corazón. Por él sí sentía amor, lujuria y romanticismo.

—¿Han cambiado tus sentimientos por mí? —le preguntó.

—No quiero responderte para no influir en tu decisión, pero... —dijo Puck. Entonces, la adoración, la ternura y el amor aparecieron reflejados en su semblante—. No solo eres el amor de mi vida, muchacha. Eres mi vida. Te lo dije, ¿no?

Gillian soltó un grito de felicidad y lo abrazó.

—¡Yo también te quiero!

Lo quería tanto... Y se había preocupado tanto para nada... Les habría ahorrado a los dos mucha angustia si hubiera confiado más en su unión.

El amor nunca fallaba.

—Esto es un aburrimiento —comentó Winter, como si estuviera azorada por la escena—. Y un poco cursi. El amor es un asco.

—Por una vez, estoy de acuerdo contigo, Winter —dijo William, mientras trataba de ayudar a Gillian a ponerse en pie. Sin embargo, no consiguió que soltara a Puck, y añadió—. No podéis pasaros vuestras horas de solteros mirándoos sin parar. Si vais a casaros otra vez...

—Sí —dijeron ellos, al unísono.

—Entonces, tenéis que tomar posesión de la fortaleza de los Connacht para que yo pueda estar seguro de que Gillian va a tener un hogar estable.

William tenía razón, así que Puck la besó y ambos se levantaron. Todos se dirigieron hacia el árbol junto al que los esperaban las quimeras. Ella montó en Peanut llena de esperanza. Winter encabezó el grupo, y Cameron permaneció al final.

Cuando, después de varias horas de marcha, llegaron a un espeso bosque, Puck desmontó y todo el mundo hizo lo propio. Llevaron a las quimeras hacia la vegetación.

—Bueno —dijo William, en un tono de exasperación—. He estado esperando a que alguien me preguntara cómo he conseguido la mayor victoria de todos los tiempos. Sin embargo, como parece que sois todos unos groseros, tendré que llevarme la historia a la tumba. Aunque, en realidad, no voy a morir nunca.

Gillian enarcó una ceja y se mantuvo a la espera.

—De acuerdo, os lo contaré para que dejéis de rogármelo con la mirada. La Reina Roja tenía una premonición y, como es una Curator, y sabéis que los Curators están vinculados a la tierra, pudo unirse a Amaranthia para crear un portal por debajo de las nubes. Peanut y yo caímos y lo atravesamos junto a Pandora y Galen, y terminamos en el inframundo. Hades nos recogió con una descarga de poder y amortiguó nuestro aterrizaje.

—¿Y cómo habéis vuelto a Amaranthia? —preguntó Puck—. Para nosotros ha pasado muy poco tiempo.

—Nadie puede mantenerme alejado de mi mejor amiga —respondió William—. En cuanto Sin utilizó la magia para atrapar a Gillian con la pitonisa y para inmovilizarte, la barrera que él había puesto alrededor de Amaranthia se debilitó. Yo la atravesé, me puse en contacto con Rathbone y ¡tachán! Aquí estoy. En cuanto a lo de desafiar al tiempo... —dijo, y se encogió de hombros—. Digamos que mi magia es mejor que la tuya.

Amiga. La había llamado amiga. Ella le dio una palmadita en la mano.

Siguieron caminando y llegaron a la cima de una duna. Desde allí, divisaron la fortaleza de los Connacht.

A ella se le cortó la respiración; el edificio era como un enorme castillo de arena, el más bello que hubiera visto en su vida. Su pináculo más alto desaparecía entre las nubes, y tenía una torre a cada lado, conectadas ambas por una muralla sobre cuyo adarve patrullaban los soldados.

Los soles se estaban poniendo y creaban una atmósfera dorada que lo envolvía todo...

Un momento... ¡Los soles se estaban poniendo! ¿Por qué no iba a pedir ella que se celebrara la nueva ceremonia en aquel atardecer? ¿O debía esperar a que Puck se lo pidiera?

—¿Esta es tu casa?
—Nuestra casa —respondió Puck, con énfasis.
Ella sonrió.
—¿Y crees que los ciudadanos van a oponerse cuando tú reveles tu nuevo estatus?
—No. El gobernante es aquel que lleva la corona. No se hacen preguntas. Aunque puede que se quejen a nuestras espaldas.

Así pues, su marido era oficialmente el rey de los Connacht. Ella iba a ser la reina de los Shawazons y de los Connacht, y ayudaría a Puck a unir todos los clanes.

El grupo siguió avanzando. Uno de los guardias los divisó, y se oyeron gritos de guerra. Después, se oyó el tañido de una campana.

Alguien gritó:
—¡Un momento! ¿No es aquel el príncipe Neale?
¿Neale? Gillian frunció el ceño. Entonces, se acordó. Neale era el nombre que usaba su pueblo.
Más gritos.
—¡El príncipe Neale es el rey!
Sin embargo, no parecía que fueran gritos de alegría.
Los soldados se arrodillaron.
—¡Salve al rey Púkinn!

No, no lo decían con alegría, sino de mala gana.

Se abrieron las puertas de la fortaleza, y vieron que había más gente arrodillada.

—Te los ganarás —le dijo Gillian a Puck—. Lo haremos los dos.

«Vamos, vamos. Pídeme que me case contigo otra vez, Puck».

—Bueno, bueno, antes de que nos separemos —intervino William—, tengo que confesarte que besé a tu mujer, Puck. Vamos, vamos. No me mires con esa expresión torva. Ella no me correspondió. Y me alegro, porque me sentí como si estuviera besando a mi tía Trudy. Si la tuviera, claro.

—Ya sé que la besaste —gruñó Puck—. Si vuelves a hacerlo, te mataré sin dudarlo.

William se echó a reír, hasta que se tropezó con una liana de pinchos que había salido del suelo por generación espontánea. Cortó la liana de un espadazo y escupió la arena que había tragado.

Entonces, la que se echó a reír fue Gillian.

Era feliz…

En aquel instante, se dio cuenta de que la profecía era correcta. ¡No iba a tener un final feliz, sino un comienzo feliz! Iba a tener un vínculo de amor con Puck, un vínculo forjado voluntariamente. Y, cuando tuvieran su comienzo feliz, podrían tener también su final feliz.

¡Tendrían toda la eternidad para estar juntos!

—No te preocupes, Puck —le dijo, bromeando—. No voy a permitir que William vuelva a besarme. Tengo mejor gusto que eso. Me esperaba más habilidad por parte de alguien que se pasa el tiempo acostándose con todo bicho viviente. Inepto —le dijo, en un susurro de broma.

William la miró con ironía.

—¿Cómo te atreves, tesoro? Soy increíble.

En un instante, se colocó junto a Puck y lo agarró de la nuca para darle un beso en los labios.

Winter se puso a gritar y a bailotear, y Cameron se echó a reír. Gillian tampoco pudo contener la risa.

Cuando William alzó la cabeza, Puck sonrió también. Entonces, miró a Gillian y le dijo:

—Tenías razón, amor mío. Es un inepto.

William se quitó una mota de polvo inexistente de la camisa.

—Voy a decirle a todo el mundo que Puck besa como... Bueno, bueno, no importa. No voy a decir nada. Yo no soy de los que van contando intimidades por ahí.

Gillian apartó a William de un empujón y se arrojó a los brazos de Puck. Ya no quería esperar más.

—Te quiero, y quiero casarme contigo.

—Yo también te quiero, pero debes estar segura, porque nunca más me separaré de ti.

—Estoy segura. Ahora sé que no voy a tener un final feliz porque...

—No me importa lo que dijeran las pitonisas —la interrumpió él—. Yo voy a...

—No, no me has dejado terminar. No voy a tener un final feliz porque tengo un comienzo feliz. Vamos a unirnos otra vez, ahora, delante de todo el mundo. Vamos a estar juntos para siempre. Pensaba que debía esperar a que tú me lo pidieras, pero...

Él sonrió.

—Me has elegido libremente.

—Sí, te he elegido. Siempre te elegiré a ti. Y a nuestro pueblo. Voy a casarme contigo delante de todo el mundo. Algún día, celebraremos una ceremonia delante de los Connacht y de los Shawazons.

Winter, Cameron, Johanna y Rosaleen serían sus damas de honor. William sería su padrino.

Todo el grupo prorrumpió en vítores.

—Te doy mi corazón, mi alma y mi cuerpo —dijo Gillian, rememorando los votos que habían hecho una vez, en un pasado muy lejano—. Ato mi vida a la tuya y, cuando tú mueras, yo moriré contigo. Esto es lo que digo, y esto es lo que haré.

Él repitió las palabras, y ella añadió:

—Te ayudaré a unir los clanes. Seré un apoyo, no una molestia. Te amaré y construiré contigo, y nunca te traicionaré.

Él la abrazó con fuerza.

—Yo te adoraré durante todos los días de mi vida. Pondré tu seguridad por delante de la mía, y siempre escucharé tus sabios consejos. Te amaré por encima de todo y de todos. Nadie podrá apartarme de tu lado.

Ella, con el corazón lleno de amor y alegría, se puso de puntillas y lo besó.

Después, se hicieron una incisión con una daga en la palma de la mano, y bebieron la sangre el uno del otro.

—Sangre de mi sangre, aliento de mi aliento —dijo él—, hasta el final de los tiempos.

—Sangre de mi sangre, aliento de mi aliento, hasta el final de los tiempos.

Ambos notaron un vínculo más fuerte que el anterior. Era una unión aceptada libremente, verdadera. Y Gillian se sintió ahíta de felicidad.

—Eres mi esposa —le dijo él.

—Y tú eres mi esposo.

—Vamos a tener una vida preciosa.

—Una vida para siempre —dijo ella.

Gillian siempre iba a luchar por él, y lo conseguiría todo. ¡Podía con todo! Se había convertido en una guerrera. La adolescente temerosa de los hombres había pasado a ser una mujer que se había enamorado del guerrero inmortal más salvaje de todos los tiempos. Una chica normal que había emergido de sus cenizas y se había hecho la reina de todo un reino.

O, al menos, lo sería muy pronto.

Y lo mejor de todo era que tenía a su lado a un príncipe encantado y apasionado.

Gillian sonrió y dijo:

–Preséntame a tu pueblo. Estoy preparada para empezar a vivir nuestra eterna felicidad.

Epílogo

Puck y Gillian ya llevaban casados más de un mes, y eran felices. Habían presentado el clan de los Shawazons al clan de los Connacht y, hasta el momento, solo se habían producido cincuenta y tres peleas con dieciocho heridos graves.

Puck lo consideraba un gran éxito.

Cameron y Winter habían vuelto al mundo de los mortales para ayudar a Galen, por motivos que no le habían revelado a Puck. Legion, la muchacha a la que deseaba Galen, había desaparecido por tercera o cuarta vez, y Galen estaba frenético por encontrarla.

También se rumoreaba que William estaba intentando encontrar a la persona que podía descifrar el código de su libro. Una amiga de los Señores del Inframundo, Viola, una mujer que también estaba poseída por un demonio, había desaparecido, así como el Enviado que la estaba persiguiendo por un motivo desconocido.

Pero, aunque las cosas en el exterior de Amaranthia eran caóticas, en el interior del reino iban muy bien.

Aquel día, Puck y Gillian habían sido coronados reyes de todos los clanes. Él había visto que su esposa conquistaba al clan de los Connacht con su belleza, su ingenio y su fuerza, y estaba muy orgulloso.

Para la ceremonia, Gillian se había puesto un vestido negro y ajustado con la espalda escotada y adornos de plata que colgaban del cuello. Él había sentido la imperiosa necesidad de arrancarle el vestido con los dientes... y lo había hecho, algunas horas después.

En aquel momento, ella estaba acurrucada entre sus brazos, dibujando corazoncitos sobre su pecho.

Seguiría habiendo resistencia entre los clanes durante el proceso de unificación, pero lo superarían. Siempre lo conseguían todo.

En cuanto a Sin, Puck había concertado una cita con los Enviados para negociar cuál sería el castigo de su hermano, y su posterior regreso al reino.

¿Podía ser más perfecta la vida?

Gillian y él habían tomado la decisión de formar una familia y, muy pronto, habría pequeños príncipes y princesas correteando por la fortaleza.

Puck siempre le agradecería a su esposa que hubiera confiado en él para emprender aquel nuevo comienzo, y se sentía honrado por tener el privilegio de asegurarse de que ella fuera feliz para siempre.

—Tengo frío —dijo Gillian, y se estremeció contra él—. Necesito tu pelaje.

Él adquirió la forma de bestia, y ella exhaló un suspiro de satisfacción.

—¿Mejor? —preguntó Puck.

—Mucho mejor.

Él le besó la sien y le acarició el pelo. Estaba satisfecho y sentía impaciencia por el futuro. Cada día con Gillian iba a ser más dulce que el anterior. Si siempre hubiera sabido lo que le deparaba el futuro, habría soportado su dolor y su sufrimiento con una sonrisa.

Algunos cuentos de hadas no tenían un final feliz... pero aquel, sí.

Glosario de personajes y términos

Aeron: Señor del Inframundo, antiguo guardián de la Ira, marido de Olivia.

Amaranthia: Reino del desierto, el hogar de Puck el Invicto.

Amun: Señor del Inframundo, guardián de los Secretos. Marido de Haidee.

Anya: Diosa menor de la Anarquía, eternamente comprometida con Lucien.

Ashlyn Darrow: Humana con la habilidad sobrenatural de escuchar las conversaciones pasadas. Esposa de Maddox, madre de Urban y Ever.

Axel: Enviado con un secreto. Es igual que William el Libidinoso.

Baden: Señor del Inframundo, antiguo guardián de la Desconfianza, marido de Katarina.

Bianka Skyhawk: Arpía. Hermana de Gwen, Kaia y Taliyah. Casada con Lysander.

Bjorn: Enviado.

Caja de Pandora: También llamada dimOuniak. Hecha con los huesos de la diosa de la Opresión. Una vez albergó a los señores de los demonios.

Cameo: Señora del Inframundo. Guardiana de la Tristeza.

Cameron: Guardián de Obsesión, hermano de Winter.

Capa de la Invisibilidad: Artefacto que tiene el poder de ocultar a quien la lleva de los ojos de los demás.

Cazadores: Enemigos mortales de los Señores del Inframundo.

Cronus: Antiguo rey de los Titanes. Antiguo guardián de Avaricia. Marido de Rhea.

Danika Ford: Humana novia de Reyes, conocida como el Ojo que Todo lo Ve.
dimOuniak: Caja de Pandora.
Downfall: Discoteca para inmortales. Sus propietarios son Thane, Bjorn y Xerxes.
Elin: Híbrida de fénix y ser humano. Compañera de Thane.
Enviados: Guerreros alados. Asesinos de demonios.
Estrella de la Mañana: El objeto más poderoso de la historia del mundo.
Ever: Hija de Maddox y Ashlyn.
Fae: Raza de inmortales que desciende de los Titanes.
Galen: Guardián de los Celos y las Falsas Esperanzas.
Gideon: Señor del Inframundo. Guardián de las Mentiras.
Gillian Shaw: Humana que recientemente se ha convertido en inmortal. Esposa de Puck.
Griegos: Antiguos gobernantes del Olympus.
Gwen Skyhawk: Arpía. Hermana de Kaia, Bianka y Taliyah. Consorte de Sabin.
Hades: Uno de los nueve reyes del inframundo.
Haidee Alexander: Antigua Cazadora. Guardiana del Amor. Amante de Amun.
Hera: Reina de los Griegos. Esposa de Zeus.
Jaula de la Compulsión: Artefacto que tiene el poder de esclavizar a quien esté en su interior.
Josephina Aisling: Reina de los Fae. Consorte de Kane.
Juliette Eagleshield: Arpía. Se considera la consorte de Lazarus.
Kadence: Diosa de la Opresión. Muerta, pero tiene forma espiritual.
Kaia Skyhawk: Parte Arpía, parte Phoenix. Hermana de Gwen, Taliyah y Bianka. Consorte de Strider.

Kane: Señor del Inframundo. Antiguo guardián del Desastre. Marido de Josephina.

Katarina Joelle: Antigua humana. Alfa de los Perros del Infierno. Consorte de Baden.

Keeleycael: Curator. Reina Roja y prometida de Torin.

Lazarus: Guerrero inmortal. Hijo único de Typhon y de una Gorgona desconocida.

Legion: Demonio sirviente en un cuerpo humano. Hija adoptiva de Aeron y Olivia. También conocida como Honey.

Lucien: Uno de los líderes de los Señores del Inframundo; guardián de la Muerte. Comprometido con Anya.

Lucifer: Uno de los nueve reyes del inframundo. Hijo de Hades. Hermano de William.

Llave de Todo: Reliquia espiritual que puede liberar a su propietario de cualquier cerradura.

Lysander: Enviado de la Elite. Consorte de Bianka.

Maddox: Señor del Inframundo. Guardián de la Violencia. Padre de Urban y Ever, y marido de Ashlyn.

Más Alto: También conocido como la Deidad Única y Verdadera. Líder de los Enviados.

Ojo que Todo lo Ve: Artefacto divino con el poder de ver el cielo y el infierno, también llamado Danika Ford.

Olivia: Un ángel. Amante de Aeron.

Pandora: Guerrera inmortal. Una vez fue la guardiana de dimOuniak.

Paris: Señor del Inframundo. Guardián de la Promiscuidad. Marido de Sienna.

Phoenix: Inmortales que tienen una íntima relación con el fuego y que descienden de los Griegos.

Puck el Invicto: Su nombre completo es Púkinn Neale Brion Connacht IV. Guardián de Indiferencia. Príncipe del clan de los Connacht, del reino desértico de Amaranthia. Marido de Gillian Shaw.

Rathbone: Uno de los reyes del inframundo.

Reyes: Señor del Inframundo. Guardián del Dolor. Marido de Danika.

Reyes del Inframundo: Nueve gobernantes en guerra con Lucifer.

Sabin: Uno de los líderes de los Señores del Inframundo. Guardián de la Duda. Consorte de Gwen.

Scarlet: Guardiana de las Pesadillas. Esposa de Gideon.

Señores del Inframundo: Guerreros inmortales exiliados que acogen en su interior a los demonios de la caja de Pandora.

Sienna Blackstone: Antigua cazadora. Guardiana de la Ira. Gobernante del Olympus. Amante de Paris.

Sin Connacht: Su nombre completo es Taliesin Anwell Kunsgnos Connacht. Hermano de Puck el Invicto.

Siobhan: Diosa de los Muchos Futuros. Sobre ella pesa la maldición de vivir atrapada en un espejo mágico.

Taliyah Skyhawk: Arpía. Hermana de Bianka, Gwen y Kaia.

Tartarus: Dios griego del Confinamiento. También, la prisión para inmortales del monte Olympus.

Teletransportarse: El poder de trasladarse con solo un pensamiento.

Thane: Enviado. Compañero de Elin.

Titanes: Gobernantes de Titania. Hijos de ángeles caídos y humanos.

Torin: Señor del Inframundo. Guardián de Enfermedad. Comprometido con Keeleycael.

Typhon: Padre de Lazarus.

Urban: Hijo de Maddox y Ashlyn. Hermano de Ever.

Vara Cortadora: Artefacto con el poder de separar el alma del cuerpo.

Viola: Diosa menor. Guardiana del Narcisismo.
White: Uno de los cuatro hijos de William. Fallecida.
William el Oscuro: Guerrero inmortal de orígenes cuestionables. Hijo adoptivo de Hades.
Winter: Guardiana del Egoísmo, hermana de Cameron.
Xerxes: Enviado.
Zeus: Rey de los Griegos. Marido de Hera.

ÚLTIMOS TÍTULOS PUBLICADOS EN HQN

Atardecer en central Park de Sarah Morgan

Lo mejor de mi amor de Susan Mallery

Nada más verte de Isabel Keats

La máscara del traidor de Amber Lake

Mapa del corazón de Susan Wiggs

Nada más que tú de Brenda Novak

Corazones de plata de Josephine Lys

Acércate más de Megan Hart

El camino del amor de Sherryl Woods

Antes beso a un hobbit de Carla Crespo

El ático de la Quinta Avenida de Sarah Morgan

La príncesa del millón de dólares de Claudia Velasco

Hora de soñar de Kristan Higgins

El año del frío de Jane Kelder

Las chicas de la bahía de Susan Mallery

Con solo tocarte de Victoria Dahl

www.ingramcontent.com/pod-product-compliance
Lightning Source LLC
LaVergne TN
LVHW040129080526
838202LV00042B/2855